KUWEI

酷威文化

图书 影视

平行线

杀Ⅲ局

樊 落◎著

江苏凤凰文艺出版社
JIANGSU PHOENIX LITERATURE AND
ART PUBLISHING, LTD

目 录

CONTENTS

平 行 线 05 真凶游戏

003 **楔子**

005 **第一章** 离奇的车祸

018 **第二章** 死亡指南针

035 **第三章** 心理医生的逃亡

055 **第四章** 遗留的线索

068 **第五章** 山难背后的秘密

085 **第六章** 追踪逃亡者

100 **第七章** 猎手与猎物

117 **第八章** 潜伏的杀机

141 **第九章** 疑点寻踪

150 **第十章** Fiend 游戏

平 行 线 06 燕尾蝶之咒

177　**楔子**

180　**第一章** 燕尾蝶凶案

195　**第二章** 身份之谜

212　**第三章** 情人与香水

231　**第四章** 失踪的嫌疑人

246　**第五章** 记忆闪回

266　**第六章** 疑犯身亡

286　**第七章** 香水中的杀机

303　**第八章** 谁是真凶

317　**第九章** 诱饵

338　**第十章** 最终对决

平 行 线

05

真凶游戏

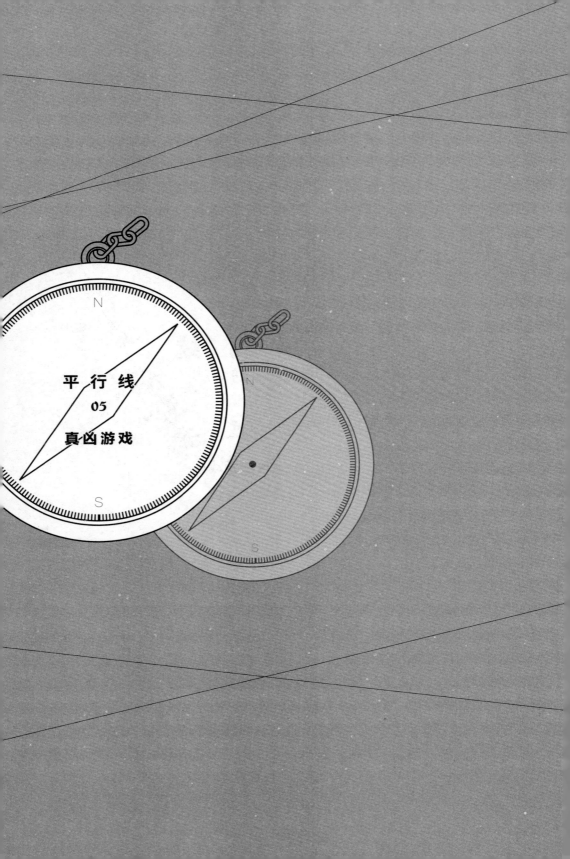

楔子

俞旻从咖啡供应商那里装好货，开车往回走的路上，手机响了。

她瞅空瞄了一眼，是堂妹俞菲的来电，她一直觉得俞菲是小孩子性情，在哪儿都待不长久，昨天突然说在咖啡屋做事太累，再加上和前男友和好了，就收拾了一下行装坐今天的车回家去了。

——这不关你的事，全都是她的问题。

俞旻在心里这样对自己说，她没接电话，手机响了一会儿，停了，没多久又响了起来。

时间太晚了，俞旻不敢一边开车一边讲电话，刚好道边就有个便利店，她赶忙把车开进去，停好车，滑开接听键。

"怎么才接？！"

手机一接通，很暴躁的声音传了过来。俞旻吓了一跳，然后马上回过神，说："刚才在开车呢，到了？我还以为你会更早就到呢。"

"车半路抛锚了，真倒霉，总之我到了，跟你说一声。"

"都这么晚了，你先给家里打个电话，别让叔和婶儿惦记，再打个车，记得别找黑车，不差那两个钱，还有……"

俞旻把话都交代完了，不知道该再说什么，停了停，问："你要……"

"嘟嘟嘟"的忙音传来，对面把电话挂断了。

俞旻放下手机，通话还不到一分钟，不过好歹是联络上了，她看看对面的便利店，下了车，进去随便买了份盒饭，付账时又挑了罐果酒，打算回家慢慢喝。

她付了钱，拿着购物袋出来，夜晚寂静，行驶的车辆不多，她打开车门，没有马上上车，而是眺望远处，考虑要不要干脆在车里吃饭，顺便看风景。

就在这时，一声轰隆巨响在前面响起，那撞击声特别大，俞旻几乎都感觉到了车身在摇晃，她下意识地紧抓住车门，便利店的店员也闻声跑了出来，奔去车道，向前张望。

俞旻犹豫了一下，把购物袋丢到车里，追着店员跑过去。

不远处是个十字路口，两辆车在路口中央相撞，MINI Cooper 的车头撞在了大货车的车后厢上，剧烈撞击下，MINI Cooper 原地滑了个半圆，被大货车带动着又一头撞去车道的另一边。

又一声轰响传来，接下来是长长的寂静。接着货车司机下了车，他都吓傻了，在原地转了两圈，像是不知道该做什么。

"老天……"俞旻捂住嘴，喃喃地叫道。

她的声音被店员的呼喊盖过去了，一些在便利店买东西的顾客也都跑了出来，大家陆续赶过去，吵嚷着救人和报警。

俞旻被大家带动着也跟了过去，路灯光芒斜照在 MINI Cooper 上，车窗都震碎了，上面布满了血迹，一个女人靠在驾驶座上，满脸都是血，血沫从她嘴里不断地冒出来，胸口在剧烈起伏，证明她还活着。

像是感觉到周围的嘈杂声，女人机械性地活动了一下头，眼珠转了转，呆滞地往这边看，忽然眼睛瞪大了，眼神里充满了对生命的渴望。她身体颤抖着，拼命抬起一只手臂，像是在诉说，又像是在求救，想努力活下来。

鬼使神差的，俞旻无法控制自己的双腿，朝着被撞得破碎不堪的车走了过去。

第一章
离奇的车祸

"我已经说了很多遍了，我是从楼梯上滚下来的，我记得很清楚，我也绝对没有看错人，推我的是杨医生！对，就是杨宣，是他推我下楼的！"

"他为什么要推你下楼？"

"我怎么知道？这种事你得问他，我是受害者啊！"

卧室里，舒清扬靠着墙壁，听着李一鸣和傅柏云一问一答，一直没有插话。

两个人都很激动，一个是无缘无故遭遇命案现场，继而被推下楼的受害者；一个是嫌疑犯的好友，今早才被提醒不许跟这个案子的警察。舒清扬理解他们的心情，没有去打断你们的争吵，因为偶尔的愤怒也是一种舒压方式。

案子发生在两天前，李一鸣七点多去了杨宣的诊疗室，发现前台没人，休息区也找不到护士，他这才注意到自己记错了就诊日期，不过里面亮着灯，还不时传出声响，他就没多想，推门进去了。

谁知这一进去，他就被眼前的景象吓傻了，原本摆放在各处的精巧装饰品都摔在地上，花瓶砸碎，花和水洒落一地，供患者休憩的安乐椅也翻倒了，音箱和电脑被砸得看不出原来的模样。

李一鸣进去时，杨宣正挥舞高尔夫球杆砸向盆栽，他听到声音，转头看过来，眼神疯狂，嘴里嘟囔着一些意义不明的词，恶狠狠地瞪向李一鸣。

李一鸣可怜的大脑在那一瞬间完全没理解状况，他看到了盆栽下方横躺着一双脚，首先想到的是杨医生在对病人进行刺激性治疗，但是随即觉得不对劲，因为一切操作都太真实了，他可以清楚感受到徘徊在杨宣周围的气场，有愤怒有恐惧，但更多的是不知所措的疯狂。下一秒，杨宣就高举高尔夫球棒，大叫着冲他甩过来。

李一鸣没有很聪明，但总算反应还机灵，看到有危险，他弯腰避开，就在他闪避的那一瞬间，眼前骤然眩晕，恍惚中他看到了遮在那双脚上的长裙，裙子是白色的，所以当被红色浸染后，就变得异常醒目。

红色液体似乎不满足于那条长裙，缓慢地延伸向周围的地板，杨宣脚下也踩到了，地上满是零乱的红脚印。李一鸣哪见过这阵势啊，吓得魂都飞走了一半，连滚带爬地往外跑。

或许是恐惧的关系，他脚底发沉，勉强跑出诊疗室，又呼哧呼哧往前跑了半天，却总是跑不出这条走廊，他也找不到电梯在哪儿。用他事后的话说就是好像进了恐怖片片场，走廊又长又弯曲，照明灯忽明忽暗，只听到后面传来的脚步声和高尔夫球棒拖着地板发出的刺啦刺啦的响声。

他好不容易找到了洗手间，跑进去联络傅柏云。傅柏云的手机接不通，他只好又打给舒清扬，这次还算幸运，舒清扬接听了，说自己马上过去，让他别挂电话，先找个地方藏起来，可就在他要答应时，刺啦刺啦的滑动声又响起来，他不敢再待在这里，跑出去想寻找更安全的地方。

杨宣不在外面，走廊灯光也不像刚才那么忽闪了，李一鸣终于跑到了楼梯口，就在他要松口气的时候，有人在后面叫住了他。

李一鸣回过头，杨宣竟然已经站在了他身后，看到了杨宣衣领上的血，李一鸣不由得毛骨悚然。

"杨医生你……"

他只来得及叫出这几个字，肩膀就被猛力一推，他滚下了楼梯，直到从昏迷中醒来，他都以为这次自己要挂了。

以上就是李一鸣的遭遇，结合现场状况和监控录像，可以判断他没有说谎，然而最糟糕的是之后杨宣消失了，只留下横躺在办公室的女尸。

舒清扬认识那个女生，她在前台工作，每次舒清扬去看病，她都会笑眯眯地接待，舒清扬对她的印象不错，却不知道她叫什么，讽刺的是他第一次知道她的名字是在她死亡之后。

她叫陆小帆，独生女，家境不错，没有犯罪前科，没有不良记录。没人知道她为什么会在休息日特意进医院。据同事们说陆小帆曾经一厢情愿地追求杨宣，但是被拒绝了。

杨宣虽然在女性问题上不太检点，但从不和属下或病人有亲密关系，有位同事说陆小帆曾提过要辞职，后来不知为什么没有辞，假如这个凶案没有夜枭和吴小梅的参与，或许会按情杀案来做调查。

那晚傅柏云先舒清扬一步赶了过去。电脑和其他办公用品都掉在地上，从狼藉的现场来看，这里曾发生过激烈的搏斗，一柄尖锐的茶刀插在陆小帆的心脏部位，她当场毙命。

杨宣不好茶，茶刀是朋友送给他的礼物，他便当作装饰物摆在了会客室的书架上，茶刀还配了古香古色的架子，从外观看不会知道那是什么。

傅柏云曾开玩笑说来这里的患者心理方面都有疾病，还是别放锋利的物品比较好，杨宣没当回事，还笑他当警察就喜欢杞人忧天，没想到一语成谶。

尸体被发现时呈仰卧状，但是经鉴定，尸体曾被人翻动过。茶刀上只有陆小帆的指纹，并且是呈握住刀柄的状态。尸体指甲里沾有稍许腈纶纤维，推测是在与凶手撕扯时留下的。

他们调取了大楼监控，发现陆小帆和杨宣先后进入大楼，前后相差了二十五分钟，杨宣进楼十分钟后，李一鸣也进了大楼，之后诊疗室那一层发生了什么事，没人知道，大家只看到后来杨宣慌慌张张从商业大楼的后门跑了出去，此后便销声匿迹。警方在网上和电视上公布了嫌疑人照片，暂时还没有接到举报。

在傅柏云的要求下，李一鸣不得不把那晚的经历又重新说了一遍，傅柏云听完后，阴沉着脸不说话。

杨宣的诊室里没有尖锐物品，除了茶刀，可是知道可以把它当攻击物来用的人屈指可数，而且陆小帆死前最后一通电话是打给杨宣的，通话时间不到一分钟，之后杨宣就赶到了商业大厦，再加上监控视频当佐证，杨宣的嫌疑最大。

李一鸣偷偷瞄了傅柏云一眼，嘟囔道："其实我想申请警察叔叔保护的，我是目击证人，杨宣他要杀我灭口，我能活下来那都是命大，可我不可能每次都这么幸运啊。"

傅柏云想说杨宣绝对不会杀人，但想到这样说太感情用事，便改为："你进去的时候，陆小帆已经躺在地上了，所以严格来说，你没有亲眼看到杨宣杀人。"

"可现场除了他没有别人了，我也亲眼看到他发疯了，又喊又叫的，要是他是被诬陷的，那为什么他看到我就要杀我呢？"

傅柏云语塞了，舒清扬帮他救场，对李一鸣说："放心，他不会再来杀你的，因为现在所有人都知道他是嫌疑犯，他没必要再杀你灭口。"

李一鸣一脸纠结，他接受了舒清扬的解释，但还是有些担忧，问："那他会不会报复我啊？要不是被我撞到，他可能就蒙混过关了。"

"不会的，你公寓附近有便衣，除非你离开，否则没危险，你片场的工作做完了吗？"

一听有便衣，李一鸣马上振作起来了，说："做完了，我接的新工作是样品设计，在家里做就行了。"

"所以你就放心吧，比起杨宣，吴小梅这个人更危险，你记住，如果她联络你，你一定要即时告诉我们。"

有关吴小梅参与犯罪的事情，舒清扬已经告诉李一鸣了，他很接受不了。他说他和吴小梅的相遇纯属巧合，那天他坐公车，他看的时装杂志吴小梅刚好也有，两个人就攀谈了起来，一聊才发现居然还是老乡，吴小梅自称吴梅，是做服装设计的，她又聊到了一些兴趣爱好，和李一鸣的都一样，于是在李一鸣眼中，那次的相遇简直就是天赐良缘。

　　后来两人约了去喝咖啡，当听说吴小梅接下来要去杨宣的诊疗室时，李一鸣兴奋极了，为了向吴小梅证明他们真的有缘，他说自己也要去那里看病，所以最近他看心理医生主要是为了拉近和吴小梅的关系。可是就在他以为他的春天就要到了的时候，被人当头一盆冷水泼下，告诉他说吴小梅是犯罪集团的成员，接近他都是有目的的。

　　李一鸣越想越沮丧，拿起桌上的相框看着："她真的有问题吗？"

　　"是的，如果没有确凿的证据，我们不会乱说的。"

　　"可我不明白她接近我的目的，为了跟我套你们的话？但我和你们就是朋友关系，你们在办什么案子，办到什么程度了，根本不会跟我说啊，像她这样又要事先查我的资料，又要配合我的兴趣接近我，是不是太浪费时间了？"

　　"根据我们的调查，她在认识你之前就是杨宣的病人了，你说的那些资料什么的，有她的同伙去调查，并不会费多少时间，至于她接近你的目的，也许并没有你想的那么复杂。很多时候，犯罪团伙要的都是一个长期的关系网，一枚随时可以用到的好用的棋子，她先找机会认识你，再慢慢拉你下水，等你觉察到的时候，想抽身就很难了，只能听凭他们的摆布，你很幸运，在没被利用之前发现了她的伪装。"

　　"可怕，我一直以为犯罪这种事离我们普通老百姓很远。她那么漂亮，又有个性，而且谈吐特别优雅，这绝对不是伪装的，她为什么要做坏事？"

　　面对这种天真的问题，舒清扬很难解答，他想了想，说："你要感谢你所处的环境让你没机会接触到黑暗。"

　　傅柏云问："那天不是她约你去杨宣诊疗室的？"

　　"不是，是我记错了预约日期，你们问了好几遍了，难道那晚她也去过？"

　　"暂时还不确定，现在唯一确定的是自从那晚事件后，她就消失了。"

　　"你们也通缉她了？"

　　李一鸣突然变得紧张起来。面对他的反应，舒清扬感觉好笑："没有，我们没有确凿的证据证明她犯罪，但如果她联络你，你一定不能包庇她，知道吗？"

他说得严肃，李一鸣老老实实地点了头。

两人告辞出门，下楼的时候，傅柏云说："看来那晚李一鸣的出现是个变数，不知道夜枭原本的计划是怎样的。"

舒清扬没有回应。

刚才有一件事舒清扬没有对李一鸣说，吴小梅不仅是杨宣的病人，还是他的恋人。在吴小梅和李一鸣认识之前，她和杨宣就接触频繁，这些都是护士小姐提供的消息。

杨宣还是有身为医生的职业道德的，所以从不和患者交往，这一次他打破惯例和吴小梅交往，诊疗室的医护人员都大跌眼镜，私底下议论他们是不是早就认识。

直觉告诉舒清扬，吴小梅和这次的案子有关，但监控系统没有抓到吴小梅进出大楼的记录，她唯一的疑点是在凶案之后人间蒸发，手机销号，而且她在诊疗室登记的地址也是假的。

舒清扬打电话联络她的父母，两位老人都不知道她现在的情况，只说她回老家没多久，就收到一个大公司的高薪聘请，家人还为她事业顺利感到开心。舒清扬就没多说，让技术科的同事监控吴家的手机和邮件，只要吴小梅和家人联络，他们就能第一时间追踪到她。

见舒清扬不说话，傅柏云又说："没想到吴小梅在七巧板事件过后不久就回来了，还找机会接近杨宣。"

"我说过，一个人一旦染手犯罪，就很难再脱身了，这么好用的棋子，夜枭怎么舍得用一次就扔掉？"

"你的意思是她被要挟了？"

"只能是这样，她接近杨宣，想了解我们就诊的情况，也许还有其他目的。她胆大心细，个性又偏执，善加利用的话，会是个好帮手。"

"而且她是杨宣的女友，可以自由进出杨宣的办公室，用他的电脑给我们发送邮件，导致我们疑神疑鬼，怀疑身边的人。"

"发送邮件应该不是她做的，她没有那么高明的黑客技术。"舒清扬想了想，又说，"我的感觉是陆小帆的死是个意外，夜枭的确洞察人性，可他无法完全预料女人的心态——陆小帆追求杨宣不成功，眼看着他和吴小梅交往，他们三人之间的矛盾可能就是从感情方面开始的。"

"不会的，杨宣绝不可能杀人。"

"我们现在需要理性分析，而不是感情用事。"

"我没有感情用事，而是根据我和杨宣多年的交往得出的结论。就像你以前说的，杨宣自视甚高，有点瞧不起人，不过他为人不坏，更不可能杀人。现在如果有人说你是杀人犯，我也不会信的，我信任你，也信任他。"

"谢谢你把我最讨厌的职业者和我并列在一起拿来说。"

"不谢，我实话实说。"

来到停车场，舒清扬坐上车，看看傅柏云："看在你实话实说的份上，我友情送你回家。"

"不用，我回局里。"

舒清扬本来要开车了，听了这话，他把挡又挂了回去。

这次的案子中，傅柏云的身份比较尴尬，所以王科特别放了他大假，让他好好休息一下，别管这个案子。不过傅柏云这人平时看着很好说话，可认真起来就特别地拗，这也是舒清扬默许他来询问李一鸣的原因，因为他知道没自己盯着，傅柏云大概会更加"暴走"。

傅柏云对视他投来的目光，一脸无辜："上次你有事也是我帮忙的，你欠我一个人情。"

舒清扬不说话，傅柏云又说："还欠我好几顿早饭钱，家里的水电费、物业费、厕纸的钱你都没给我，还有……"

舒清扬抬起手制止了他的絮絮叨叨："你这么斤斤计较，我妹知道吗？"

"暂时还不知道，我在努力隐藏自己的缺点。"

"知道这是缺点，你还有救。"

舒清扬把车开了出去，傅柏云的目的达到，心满意足地往椅背上一靠，问："现在杨宣下落不明，吴小梅人间蒸发，我们要怎么查？"

"是我查，不是你，你要是乱插手乱说话，害得我也被王科放大假，那就真没戏唱了。"

"是是是……那说正事，我想到一件事，刚才李一鸣在，我就没说。之前我们监视乔家的时候，你被下了致幻剂，会不会是吴小梅事先在李一鸣准备的食物里下的？"

"不太可能，那晚李一鸣并不知道我们会去埋伏，而且吴小梅也无法确定我会吃李一鸣带来的东西，假如我不吃的话，她下药就完全没有意义，最重要的一点，杯里没检查出有致幻剂。"

"杯子里没有，也许是在食物袋子上。那晚你没有化验李一鸣带的所有的东西，也许吴小梅要害的不是你，而是李一鸣，她想利用致幻剂控制李一鸣为自己做事，你是误伤。"

舒清扬觉得这个可能性也不太大，但傅柏云的猜想给了他新启发。他一转车头，把车拐进了旁边的停车场。

傅柏云没防备，被晃得甩去一边，等他坐稳，舒清扬已经停好了车，开始用飞快地语速自言自语。

"吴小梅打破了杨宣不和患者交往的先例，她有那么漂亮吗？没有。杨宣自己就是心理医生，最擅长控制他人的心理，他内心是看轻患者的，看轻，便不会太重视，他轻敌了，所以只要吴小梅用某些药物刺激他体内的性激素睾酮分泌就行了，再接着刺激多巴胺和肾上腺素的分泌，对，就是这么简单！"

舒清扬说完，看向傅柏云，傅柏云正想发问，他又说："你有没有觉得杨宣那晚的反应和我服用致幻剂后的反应很相似？假如杨宣长期服用刺激性药物，那么他也会更容易被致幻剂控制，也许当时在他眼中，李一鸣就是要攻击他的凶手或野兽，他要杀李一鸣不是杀人灭口或实施暴行，而是出于恐惧。"

傅柏云连连点头，但马上又说："这个假设我也想过，可诊疗室的饮水机里没有查出致幻剂。"

"未必是服用的，借由喷雾剂吸入也有可能。你有注意到李一鸣说过他被杨宣攻击时感觉到头晕，逃跑时像是遇到了鬼打墙吗？"

"有，我第一次听他说时，首先的反应就是他和杨宣都被吴小梅下药了，可他的化验结果没有异常。"

"那晚李一鸣去诊疗室是个意外，所以更大的可能是他在进去后也吸入了空气中的致幻剂，但他的吸入量远远小于杨宣，所以他之后很快就清醒了。剂量太少，很难查出来。我们都犯了个先入为主的毛病，以为吴小梅特意接近李一鸣，要对他下药很简单，但实际上那晚凶手的目标不是他，他是被误伤的。"

舒清扬边说，边在脑子里把凶案现场又过了一遍。从血迹分析来看，被害人是一刀致命卧倒在地的，之后尸体被翻动，变成仰面朝天的状态。假设杨宣不是凶手，他在看到陆小帆卧倒后，肯定会上前检查她的状况，当他把陆小帆翻转过来想要救她的时候，很可能就在那时无意中摄入了致幻剂。

他模拟着现场，说："如果是这样，那最有效的做法就是把液体混入空调或加湿器里，雾气在狭小空间里散开，挥发得快，浓度也高，不过诊疗室是中央空调，不太容易混入液体，所以我比较倾向于加湿器，凶手只要把加湿器放在尸体旁边就可以了，杨宣在救人过程中的吸入量要远高于李一鸣，所以他的中毒反应也比李一鸣强烈得多，可惜现场没有加湿器，这些都是我的推想，只是……"

"只是什么？"

"我以前去看病时，杨宣的办公室也没有加湿器，这不太合理，按说空调房干燥，为了让患者感觉舒适，他应该配置加湿器才对的。"

"之前有一个的，坏掉了，我听杨宣说要买的，但不知道后来他买没买，"傅柏云说着，突然想到一个可能性，"会不会是买了，那晚凶手用了后又拿走了，所以我们才没发现现场有东西丢失，凶手还顺手打开了门，好趁我们赶到之前让致幻气体挥发掉。"

舒清扬觉得这个不无可能，不凑巧的是凶案赶上周末休息，特调科的同事们还在分头联络诊疗室的员工，他说："那就先去问问加湿器的事。"

"还有个问题，假如真有这么个凶手的话，先不管他去诊疗室的目的是什么，他是怎么避开监控的？"

这一点也非常不可思议，舒清扬曾怀疑视频是不是被拼接修改了，但小柯说没有。

手机响了，舒清扬拿起来一看，是交警大队一个姓姜的同事，好久没联络了，他有些意外。

电话接通，老姜说了两句寒暄话后就直接进入正题，问："你认识一个叫张璐的女人吗？"

舒清扬一愣，他不认识张璐，不过这个名字他不陌生，张璐和陈天晴都是登山队的成员，一个长得很漂亮的女生，在山难后她就出了国。

"我没见过她，不过她和我调查的某个案子有点关系，怎么了？"

"喔，昨晚发生了一起交通事故，我处理的时候发现她口袋里有你的名片，这个事故有点奇怪，所以我来问问你。"

名片不是舒清扬给的，他越发疑惑，跟老姜说马上过去。

等他挂了电话，傅柏云问："什么事？"

"是交通大队的一位同事，以前我们合作调查过一起伪装成交通事故的谋杀案。"

舒清扬转述了老姜说的话，傅柏云说："在你调查陈天晴的时候，登山队的成员遭遇车祸，这也太巧合了，你赶紧过去看看是怎么回事，杨宣的案子我来查。"

舒清扬答应了，傅柏云下了车，说搭车过去，他走的时候，舒清扬又交代说："你这次身份特殊，如果查到疑点，一定不要擅自做决定。"

"我明白，有问题我会找你的。"

傅柏云走后，舒清扬又联络王科，说了他们的推测，请他同意傅柏云参加调查。

王科听了舒清扬那番用自己的人格做保证的话后，说："老实说清扬啊，你的人格还不如傅柏云的人格有信誉呢。这样吧，参加可以，得有个人跟着，免得被说闲话，我先让玎珰过去，你忙完了你那边的，就过去接班。"

舒清扬道了谢，挂了电话后他认真想了三秒钟，最后得出结论——当领导的都喜欢夸大其词，他的信誉绝对没问题，至少没有比傅柏云差。

舒清扬来到交通大队，老姜和他很熟，看到他进来，也不废话，丢给他一罐饮料，让他坐下，把电脑往他面前一转，让他看里面的资料。

车祸发生在昨晚九点多，张璐驾驶的 MINI Cooper 在行驶到一个十字路口时，与一辆大型货车相撞，张璐属于酒驾，又没系安全带，在救护车还没到达之前就咽了气。

舒清扬看了事故现场照片，张璐还是一头长发，和三年前拍的照片相比，她的变化不大，脸上有很多血，尤其是嘴巴附近的血液特别多，不过表情没有太扭曲，舒清扬想大概死亡来临得太快，她还没有感觉到恐惧就死亡了。

"她家人都移民了，她本人也一直住在美国，一个星期前才回来，这里的亲戚只有表哥夫妇。表哥现在出差不在，是她表嫂来做确认的，说会联系她父母，让他们尽快赶回来。"

老姜说着，把一张名片递给舒清扬，那是舒清扬的名片，上头还是他在警队时的头衔。他眉头微皱，忽然想起三年前他调查陈天晴失踪案时，曾给过大家自己的名片，张璐和陈天晴同是登山队队员，她应该是从某一位朋友那里要来的。

可是她为什么会要自己的名片？难道她也在调查陈天晴的事？

他看着名片，问："她住在她表哥家？"

"没有，据她表嫂说，她说回来看一些朋友，住酒店比较方便。死者是独生女，家境富庶，就住这么几天就买了辆新车，天天开着到处逛，晚上就去酒吧喝酒，完了再驾车回酒店。这种做法，出事是迟早的，不过有一点很诡异，她出事也不能完全说是因为酒驾。"

"为什么这么说？"

老姜调出事故发生时的监控，大型货车行驶的方向是绿灯，当货车驶入十字路口当中时，MINI Cooper 以飞快的速度冲进路口，和货车相撞。

乍看去，事故原因是张璐的酒驾和无视信号灯造成的，但舒清扬很快发现了所谓诡异的地方：在货车刚开进路口的时候，另一边的红灯突然转成了绿灯，也就是说交叉路口的信号灯在同一时间都呈绿灯状态，所以张璐驾驶的轿车没有减速，也冲入了十字路口，造成两车相撞。

舒清扬按重播，倒回去又仔细看了一遍。老姜说："可能是交通信号机自动控制程序出现了问题，导致两边都变成了绿灯，假如张璐没喝酒，车速没那么快的话，可能会及时刹住车。"

"然而她来不及踩刹车，甚至连安全带都没系，她平时也没有系安全带的习惯吗？"

"对，她表嫂说她在美国住的地方都是大农场，一眼就能看到头的那种，不系也不用担心撞到哪儿，大概就习惯成自然了，不过不管怎么说，这次交通事故的起因很严重，我已经跟上头汇报了，要尽快检查电脑程控的问题，避免惨剧再发生。"

说到这里，老姜看了舒清扬一眼，意味深长地说："但如果不仅仅是交通事故的话，那就是你的工作范围了。不知怎么的，当看到她皮包里有你的名片时，我总有种预感，这案子不简单啊。"

老姜做交警几十年了，他的直觉很准。舒清扬说："她包里还有什么，都给我看一下。"

老姜把张璐的东西拿过来，一一摆放到桌上。

张璐随身带了个小皮包，里面有半盒女士香烟、摔得看不出原本面目的手机、一个化妆包，此外还有皮包内侧拉链上挂着的一个圆形小挂件，看到它，舒清扬的眉头皱得更紧了。

他把东西取下来，那是个仿古指南针，做得还算精致，直径在六厘米左右，边角磨损严重。

指南针和黑鼠给舒清扬看的指南针照片很像，重量却没有大家说的那么重。幸好是挂在皮包里面，没有因为重撞而坏掉，只有壳上沾的零星血迹，表明它是事故遗留物。

　　舒清扬来回看着指南针，突然想起黑鼠提到的案子——有个女生愿意出一千块买回被小偷童大强偷去的指南针。看这个指南针的磨损程度，张璐一定随身带了很久，她会不会就是那个女生？她还花了一万块买回自己的背包和手机，他当时还想小偷后来为什么没有再讹诈她，假如女生是张璐的话，那就解释得通了，因为张璐后来出国了，很难联络上。

　　老姜看着他反复摆弄指南针，心里就有底了，说："看来我联络你是对的。"

　　"嗯，我查的某个案子和死者有点联系，我想让我们的法医重新做尸检，可以吗？"

　　"没问题，还有什么需要我帮忙的，尽管说。"

　　舒清扬又要了张璐的遗物和事故发生时段的监控录像，跟老姜道了谢，离开交警队。

　　他出来后，打电话给王科，说了张璐的事情，王科让他继续调查，有问题及时联络。

　　讲完案子，舒清扬又打电话给黑鼠，他把指南针和张璐的照片传了过去，让他再问问童大强的朋友，当初童大强偷的是不是张璐的东西。

　　他和黑鼠聊完，又打给江山，江山的手机一直没人接，他只好放弃，开车去了杨宣的诊疗室。

第二章
死亡指南针

　　来到商业大厦，舒清扬没有马上进去，而是停好车，步行去了后门。

　　凶案当晚，监控显示杨宣是从后门离开的，高尔夫球杆就丢在后门外面的地上，后来他们着重检查了连接后门的几条街的监控，都没有拍到杨宣的行踪。其中一条小巷可以避开监控，他们在小巷的墙上找到了部分血迹，那是属于陆小帆的血，指纹却是杨宣的，但那之后杨宣就消失了，哪里都找不到。

　　杨宣吸入了强烈的致幻剂，精神激动亢奋，把周围的人都当成敌人，然而他同时又是有头脑的，所以他避开了正门，选择从后门逃跑，那么这样的人会怎么选择逃跑路线？

　　舒清扬站在大楼的后门门口，把自己想象成杨宣，转头看着周围的景色，忽然耳边传来夜枭的声音。

　　"如果是我，要逃脱警察追踪，很简单。"

　　自打舒清扬发现所谓的夜枭幻听就是他自己的真实想法后，夜枭的声音就很少再出现了，突然听到，舒清扬反而有些不适应，随口应道："哦，那要怎么逃？"

"哪都不逃，最危险的地方就是最安全的地方。"

"你的意思是他还在这栋大厦里面？"

"至少那一晚他应该在大厦里面。"

"可是我们都看到他出去，没有看到他再进来。"

舒清扬说着，转头看向后门，刚好一只麻雀飞过，门上的感应器被影响，门自动打开了。

这个现象在凶案当晚也发生过，舒清扬曾询问过大厦保安。那位保安大叔在这里做很久了，他说大楼附近的树上有个鸟巢，这种情况常发生。保安还带他来后门检查，他亲眼看到有光影闪动后，自动门就会打开，因为感应器的灵敏度太高了。

但如果自动门打开不是因为探头的错误感应，而是真的有人再进去过呢？

舒清扬打开手机里的监控视频，在杨宣出去五分钟后自动门开了，随即又关上了，这段视频从案发到他们拿到手之间也就半小时，再加上保安解释了是自动门的感应有问题，小柯也证明视频没被动过手脚，所以他们排除了有人进入保安室修改视频的可能，但假设有人可以做到，就比如那个一直隐藏在后面的黑客……

"也许你说对了。"

他喃喃说，回应他的却是傅柏云的声音。

"舒队？"

舒清扬回过神，转头一看，傅柏云从小巷跑了过来，他问："你怎么在这儿？"

"喔，我又问了下周围的住户，看有没有新线索，顺便还帮巷口那家的老奶奶提了两桶水。"

看傅柏云的表情就知道他什么都没问到，舒清扬问："你是借着提水进老奶奶家检查吧？"

傅柏云嘿嘿笑了。

这附近的几家居民之前他们都询问过了，大家都说没看到杨宣，那位老奶奶岁数比较大，又是独居，耳朵还背，傅柏云怀疑杨宣会不会藏在她家里，不过进去看了，里面除了老奶奶外没别人。

"我和珥珰说了加湿器的事，她问了几名职员，有一个说杨宣办公室的卫生打扫都是前台小姐做的，通常由陆小帆负责，好像是办公室的加湿器坏了后，陆小帆说先用她的，东西不大，放在地上，刚好被桌子挡住，所以平时大家都没有太留意。"

傅柏云把拍的照片给舒清扬看，他是从各个角度拍摄的，那是个云朵形状的中型加湿器，放在前台角落里，从就诊患者的位置无法看到，他又说："这个加湿器现在放在前台，是什么时候放的没人知道，珥珰已经把它拿去技术科进行检查了。"

舒清扬神色微变，傅柏云看到了，说："我在想，凶手杀了人后一直都没走，他等杨宣和李一鸣先后中毒离开，才取走了加湿器，让我们无法第一时间觉察到是加湿器的问题，而且放回陆小帆的座位旁，其他人就算看到也不会特别在意，只以为是杨宣把加湿器还给了陆小帆。"

"而且我们给了他清洗的时间，恐怕技术科那边查不出什么。"

"我也是这样想的，但至少证明我们的推论没问题，杨宣是被人陷害的。"

——但这些推论没有实证做基础，还是无法帮杨宣洗脱嫌疑。

不想傅柏云受打击，舒清扬没有说自己的想法。

他走进大厦，傅柏云跟上，问："交警大队那边是什么情况？"

乘电梯上楼的时候，舒清扬说了经过，看到他拿出的指南针，傅柏云的眉头皱了起来。

"这东西还真是阴魂不散啊，张璐到底是从哪儿要到你的名片的？"

"不知道，我想问问江山，没人听电话。"

说曹操曹操就到了，舒清扬的手机响了，正是江山来的。

舒清扬接听后说了张璐的事，江山十分吃惊，首先的反应就是："不可能，我前天还见过她！"

"事故是昨晚发生的，她身上放了我的名片，所以我想问问看是谁把我的名片给她的。"

"是我。最近我带老婆儿子来我爸妈家玩，刚好在公寓门口遇到了她，她问起我山难时的事，还有关于天晴的一些事，我说我什么都记不起来，就把你的名片给了她。名片一直放在我爸妈家，也算是碰巧了，我还以为她已经联络你了……这怎么可能，她还那么年轻……"

听江山的口气，他无法接受这个事实，又问："她真的是酗酒导致的意外？那应该喝了很多吧，她的酒量特别好，半瓶白酒基本面不改色。"

"看来你记起了很多事情啊。"

"呃，不是，是我妈说的，那天张璐走后，我妈说了些她的事，还说幸好当初我没追张璐，她不喜欢女孩子又喝酒又抽烟的，不过……"

江山踌躇了一下，说："我感觉她是特意来找我的，她这次回国不是探亲，而是另有目的，但当时我老婆在，我不想多谈，就和她约了有时间再聊，没想到她就出事了。"

"其实你并没有想再和张璐见面对吧？"

一阵沉默后，江山承认了："是的，我失忆之前做事挺放浪的，我不想我老婆了解太多，而且我和张璐也没什么好谈的，对我来说，她基本就是个陌生人。"

"她有没有给你看她的指南针？"

"没有！呃，就是上次你提到的那个吗？没，我都忘了……"

对面传来小孩子叫爸爸的声音，江山趁机收线，舒清扬开了外放，傅柏云听得清清楚楚，说："他又有话没说。"

"嗯，他其实想帮我们，但又不想回忆过去。"

对于这一点，舒清扬可以感同身受，他自己也是这样，在调查陈天晴失踪之谜的同时又本能地想避开某些话题，因为他怕真正触摸到真相。

诊疗室的楼层到了，舒清扬抢先出去，一路走到诊疗室门前。

现场鉴证结束后，这里就拉了封条，里面没开灯，有些暗，舒清扬进去后打开灯，检查前台。

加湿器已经被取走了，陆小帆的电脑还有她的私人物品也都被拿走做调查了，这里很空。傅柏云说："加湿器放在墙角，没插电源，上面还放了两盆绿色植物，鉴证人员以为那是装饰物，就忽略了。像我们来看病的人站在前台外面又看不到加湿器，所以案发后就算看到也不觉得违和。凶手很狡猾，在短时间内完成了下毒、栽赃嫁祸、制造盲点等步骤，一切都像是有预谋的。"

"不仅如此，他还在监控视频上动了手脚，可惜我还没想到他是怎么动手脚的。"

舒清扬走进凶案现场，灯打开后，他看着还保持狼藉状态的凶案现场，空气里流淌着让人很不舒服的气味。所有相关物品都被拿走了，这里没什么需要再检查的，他只是想借由现场激发灵感——那晚到底发生了什么事，导致凶手杀了陆小帆，继而嫁祸杨宣。

傅柏云没打扰舒清扬，去了患者休息区，就在这时，隔壁药房传来轻微的响声，他提起了警觉，放轻脚步走过去。

对面响起开门声，原来药房另有一道门连着出口。傅柏云冲进药房追过去，舒清扬则直接顺着走廊冲去大门，就见一个长发女人低头向前跑，她跑得飞快，眼看着快到楼梯口了，一个保洁大叔推着保洁车从另一条走廊横穿过来，女人正撞在他的保洁车上，车被撞去了墙上，她也摔倒了。

保洁大叔的帽子被撞飞了，露出一头白发，他急忙抓住自己的车，冲女人叫道："我说你这人……"

话还没说完呢，女人就爬起来又要跑，被舒清扬上前一把按住，再顺手抓住她的头发往下一拉，假发被扯了下来，露出原本的小平头——不是孙长军又是谁！

傅柏云赶过去一看，真想说句你是李一鸣第二吗？见了警察就跑，就算说你没做坏事都没人信的好吧。

保洁大叔整理着自己的保洁车，又打量孙长军，孙长军把头撇开不看他，他唠唠叨叨地说："这才出了人命案，就又有人进来偷东西，还男扮女装，我马上通知保安，他们是怎么做事的啊，小偷进来都不知道。"

"小偷？大爷您还是先去看下眼科吧，青光眼要早点治……"

孙长军的话还没说完，就被舒清扬揪着衣领提溜去了一边，对保洁大叔说："不用通知了，我们就是警察。"

大叔有点耳背，没听清，又问了一遍，舒清扬解释了后，他还是不信，用怀疑的目光打量他们，直到傅柏云掏出刑警证给他看，他才信了，嘟囔着出命案可怕什么的，推着保洁车要离开，舒清扬叫住他，提高声量，问："那晚发生命案，你有没有看到或听到什么？"

"没有，那个时间我早下班了。"

孙长军在旁边听着，"嗤"地一笑："他眼神不好耳朵也不好，你指望他能看到什么？"

目光凌厉地瞪向他，孙长军有点怕舒清扬，乖乖闭了嘴，大叔没听到他的嘲笑，推着保洁车离开了。

等他走远了，舒清扬把假发丢给孙长军，又把他往墙上一推，他"哎哟"叫痛："你们是警察，怎么可以暴力执法？"

傅柏云的回应是指指他那副歪了的无框眼镜，孙长军摘下眼镜，他原本就长得清秀，做了简单的化妆，再配上一条小长裙，还真挺像漂亮女孩子的。傅柏云没好气地说："你有女装癖吗？"

"没有，不过我参加过 coser 聚会，跟她们学了不少化妆技术。"

"coser？"

舒清扬没听懂，孙长军翻着白眼说："大叔，你连这都不知道？"

"我知道怎么抓贼就行了。"舒清扬说。

傅柏云配合他，掏出了手铐，孙长军的目光在他们和手铐之间转了转，嘟囔道："上次我还帮过你们呢，你们可别磨完磨就杀驴。"

舒清扬懒得理他，伸手去拿他肩上的小包，他伸手捂住，但很快就在舒清扬的注视下收回了手。

舒清扬打开包，里面有个笔记本电脑，电脑右上角贴了个蝴蝶贴纸，墨黑羽翅扬起，上面点缀着大片艳丽的蓝色。看到这个，舒清扬的眉头微微皱起，曾经褪色的记忆被灿烂的颜色重新渲染，逐渐变得清晰起来。

除了电脑，包里还有只手机，外加一包卸妆纸，他看了孙长军一眼，孙长军嘿嘿笑道："回头卸妆用的。"

"那衣服呢？"

"放在车站的储物柜里，唉，大叔，你怎么发现是我的？"

"女孩子摔倒护的是脸，只有死宅才护自己的包，看你这包的大小，刚好可以放个笔记本电脑进去。说吧，你来这里干什么？"

"没啥，就是听说这里发生了命案，之前你还让我做调查的，所以我就好奇来看看。"

孙长军一脸真诚，舒清扬直接对傅柏云说："带他回局里，让他在那里慢慢说。"

傅柏云拿起手铐就要往孙长军的手腕上铐，孙长军立刻躲去了舒清扬身后，叫道："我说，我在这儿说还不成吗？"

成功把人镇住了，舒清扬给傅柏云使了个眼神，说："进去讲，顺便把脸洗了。"

三人去了诊疗室的休息区。孙长军洗了脸，跑过来坐下，他想拿回笔记本电脑，被舒清扬按住，他不情愿地缩回手，说："你没收也没用，你又打不开。"

傅柏云打开录音笔，问："说正事，你来干什么？"

"当然是来调查凶手啊。"

"你什么时候改行当侦探了？"

"我没改行，是舒警官怀疑黑客就是诊疗室的某个人，我在调查的时候也发现杨宣的电脑有很多次在工作时间以外被用过，还不是远程操作的那种。我一听出了案子，怀疑凶手就是黑客，一定是他在使用杨宣的电脑时被陆小帆发现了，所以杀她灭口，顺便嫁祸给杨宣。那间药房里有不少治疗精神方面的药物，要控制杨宣的神智应该不难。"

"思考还挺严谨的嘛，不过既然你说凶手是黑客，那他完全不需要进入办公室来使用电脑，他远程操作就行了。"

"远程操作会留下痕迹啊，如果那样做，怎么能给你们造成身边有敌人的恐慌？"

"那你查到什么了？"

"没有，我刚进来，还没查呢，就被你们抓现行了。"

傅柏云看看舒清扬，舒清扬对孙长军说："你会确定凶手是黑客，不单单只靠这点推理吧？"

"那当然，凶手把自己在监控里的踪迹都删掉了，这个技术可不是一般程序员可以搞定的。"

孙长军的话里充满了优越感，舒清扬想到自己的怀疑，说："你的意思是凶手改动了原始数据？可是从案发到我们拿到监控视频只有半个小时，即使这样，他也有能力进行篡改吗？"

"不需要篡改，只要改动下设定就行了。那家伙应该早就了解这栋大厦的监控程序设定，所以就一键更改了，这就像你们拿铐子铐人那么简单。"

孙长军说完，瞟了一眼傅柏云放在桌上的手铐。舒清扬说："你再说得详细一点儿。"

"以你们的智商，我实在很难跟你们解释清楚。"

傅柏云一听这话，又探手去拿手铐，孙长军立马老实了，说："把电脑给我，我实地讲解。"

舒清扬把电脑还给他，他打开，输入密码，屏幕上显示出监控画面，正是这栋大楼前后门的监控视频，画面一旁是一排排设定程序，傅柏云气道："你又偷偷黑人家的网络！"

"我也是为了帮你们做调查啊，你看看我是怎么进来的。"

孙长军敲打键盘，视频转到二十分钟前大厦后门的画面，两人看了一会儿，后门自动打开，却没有人进来，傅柏云看着门很快又自动关上，他说："这个现象保安说过，是因为感应器的灵敏度设置造成的。"

"那只是一个原因，还有一个原因是我就是在这个时候走进来的，只是镜头没抓到我而已。"

"为什么？"

"我查了安保公司的情况，他们给大型购物商场开发过一些带有特别功能的安全系统，大概觉得这种多功能系统装置很好用吧，所以就同时用在了商业大楼上，这栋楼也在其中。系统可以自动识别人体的体型、身高、性别、年龄，大商场就可以根据这些数据计算出顾客阶层和购买率，不过普通商社大楼根本用不到这种，呃，不，用得到，那就是方便了我们这种人修改设定。"

孙长军把画面调去大厦的正门，他在系统里修改了一些数据，刚进来的两个女人便腾空消失了。

傅柏云看得目瞪口呆："你修改了什么？"

"我设定删掉女性，如果你想要更详细的设定也可以啊，比如五十岁以上的胖子或三十岁以下的女人，这些都可以随心所欲地设定。"

舒清扬问："所以黑客只要在安保系统上修改设定性别或年龄的范围，就可以让监控镜头抓不到那个人了？"

"是的。"

"那如果再修改回来，原本没有显示的人会再显示出来吗？"

"理论上是可以的，但如果黑客把原始数据都删除了，那就无法修改了，我说的不是你们拿到的那个监控视频，是安保公司的系统数据。"

傅柏云听完，气得拍了下大腿："这么重要的地方，保安那晚都没提过，否则我们说不定可以提早一步拿到原始数据，至少可以知道问题出在哪里。"

"当保安的都是老人家，可能压根儿就不知道还有这功能，我也是进入人家安保公司的系统才发现的……这句话就不用录了吧？"

傅柏云关了录音笔，舒清扬让孙长军调出案发当晚的视频，他重新对照前后大门的画面，想到了另一个可能性，问："黑客修改这些设定，是不是不需要特意来大厦？"

"不需要，随便在哪儿做都行，只要有网络。不过他能在事发后马上做出修改，并且可以配合杨宣跑路，那当时肯定是有个人在现场附近的，才会对案发经过了如指掌，要么是黑客的同伙，要么是他本人。"

"如果是你呢？"

"我？如果整件事是我计划的，我肯定会在附近，至少会在一个可以观察到状况的地方，喝杯酒……不，我不喜欢酒精，我肯定选热饮和甜点，顺便欣赏自己的成果，你们不觉得很有成就感吗？"

傅柏云拿起手铐锤了下桌子，孙长军一指舒清扬："是他问的，我实话实说，不过我没做过，我不会做犯法的事，在脑子里模拟一下又不犯法。"

舒清扬神情严肃，起身跑出去，傅柏云拉着孙长军跟在后面。来到楼下，舒清扬警告孙长军说："不许再去黑安保公司的系统。"

孙长军揉揉鼻子，看他的表情就知道他没听进去。舒清扬说："你能力很好，应该用在更好的地方，我不想真的抓你。"

孙长军的表情若有所动。舒清扬又问："上次你问我喜欢蝴蝶是什么意思？"

"因为我喜欢，就随口问问你咯。"

舒清扬眯起了眼，孙长军耸耸肩："不然呢？难不成还会是什么杀人案吗？"

他不想说实话，舒清扬也没再多问，转身离开了。孙长军盯着他们上了车，这才收回眼神，同时也掩饰住了眼底的冷漠和嘲讽。

"就算是杀人案，大概你也早就忘记了。"

两人上了车，傅柏云叹道："现在的小青年啊，又傲又叛逆，还不服管，他要是我弟弟，我一定打得他满地找牙。"

"这也跟他从小生长的环境有关。"

孙长军幼年家境很不错，直到父母出车祸过世，家产被亲戚瓜分一空，他被亲戚们像踢皮球似的踢来踢去，最后进了儿童福利院，这些是舒清扬查到的书面资料，他想实际情况应该复杂得多，而且孙长军接近他也是抱有目的的，可惜最近太忙，没时间做深入调查。

"回局里吗？"傅柏云问。

"先去张璐出车祸的地方看看，正好顺路。你联络小柯，让他马上和安保公司确认两天前的大厦监控，看能不能修改设定，复原当时的录像。"

傅柏云照做了，话刚说到一半，小柯就明白了，气哼哼地说："他们在普通商业大楼弄这些花俏玩意儿干吗啊？行了，我懂了，我马上去交涉！"

电话刚挂断，傅柏云的手机就又响了，是个不熟悉的号码，他看看舒清扬，打开外放。

一接通，杨宣的声音就传了过来，问："你现在是不是一个人？"

他声音急促，带着紧张和烦躁感，舒清扬打了个手势，傅柏云说："是，你在哪里？"

"这不重要，我要说的是我没杀人，陆小帆不是我杀的，那晚……应该是有人给我服用了什么药，我很亢奋，砸了很多东西，但我记得很清楚，我没杀人！"

"冷静点，我相信你是无辜的。"

傅柏云说的时候，舒清扬把车停去路边，留言给小柯，让他追踪通话的手机定位。傅柏云说："你现在很危险，你在哪里，我去接你，相信我，大家都知道不是你做的，你是被陷害的。"

"他们不会信我的，因为是陆小帆打电话叫我过去的，凶器也是我房间的摆件，而且她一直缠着我，说我不回应她，她就会付诸行动。"

"她有没有说是什么行动？"

"不知道，但我很难撇清关系，总之你不要告诉你同事，他们肯定认为是感情纠纷造成的，你放心，我会自己来解决问题，我有点眉目了，我知道是谁想害我。"

"不要做傻事，太危险了，你说的眉目是什么，告诉我，我来查。"

那边传来喘息声，像是在考虑可行性。舒清扬马上写了几个字亮给傅柏云，傅柏云问："陆小帆约你过去的时候说了什么？"

"说……让我……看一件……事……"

杨宣的话开始拖慢，傅柏云不知道他是遇到了危险还是过于紧张导致的，正要再问，杨宣的语调突然一转，换成了他平时说话时慢条斯理又充满自信笃定的风格。

"柏云，刚才是逗你的，你信了？"

"什么？"

"其实我是在做一个心理测试，你、陆小帆、吴梅，还有舒清扬都是测试对象。杀陆小帆是失手，是误杀，我一开始有些紧张，不过后来一想，刚好可以借由这个测试观察你的反应，你的反应让我有点失望，我以为身为警察，你会更冷静地对待这个案子，现在看来，你还是不如舒清扬啊。"

前后完全不同的说辞，傅柏云都懵了，反问："你是不是被威胁了？什么测试会导致误杀？"

"没有人威胁我，是陆小帆认为我欺骗了她的感情，就拿茶刀要杀我，在争执中茶刀插到了她身上，我不想因为他人的失误而接受法律的制裁，更不想蹲监狱，所以抱歉，柏云，请不要怪我骗你，我只是想自保。"

杨宣说完就挂了电话，舒清扬已经把车开了出去，刚才对话到中途小柯就来了联络，说杨宣在福华购物中心，王科已经带人赶过去了。

舒清扬脸色冷峻，傅柏云看看他，打开刚才的通话录音，一边听着一边说："杨宣肯定是遇到麻烦了，他绝对不会杀人的。"

"证据呢？就凭你和他认识这么多年的交情？"舒清扬冷声反问。

傅柏云语塞，自嘲道："至少有一点他没说错，在冷静方面，我远不如你……"

"把录音往前倒！"

对话录音快到最后了，舒清扬突然让傅柏云倒回去重听，就在杨宣说到"你不如舒清扬"的时候，里面传来音乐声，舒清扬又让傅柏云倒了一遍，他听完，在前面路口把车掉了个头，开去了完全不同的方向。

傅柏云再倒回去重听，问："你知道这音乐是哪里的？"

"知道，这是教堂钟声，以前我跟着天晴和俞旻去过那个教堂，它的钟声和别处的不一样，教堂就在小鸟窝附近，他们原本是要在那里举办婚礼的。"

"可教堂不是小柯搜到的地方，难道又是黑客搞的鬼？"

"不管是哪种，都可以确定这件事与夜枭脱不了关系，"舒清扬加快车速，见傅柏云还在听音乐那段，他说，"这是我认识这位心理医生之后，他说的最正确的一句话了。"

"你是指——你还是不如舒清扬这句？"

"把这一段截下来备份给我。"

"感觉你这样做不是为了取证。"

"不是，是为了必要时用来打击你的。"

舒清扬说得堂堂正正，傅柏云都无语了，一边嘟囔着"这都是什么人啊"，一边做了备份。舒清扬瞥了他一眼，说："如果有人说清滟是凶手，我的反应肯定和你一样，甚至更糟糕，所以警察总是搭档行动，就是为了保证在遇到突发事件时，至少有一个可以保持冷静。"

傅柏云点点头，就在他觉得舒清扬还是有点儿属于正常人的思维的时候时，舒清扬又说："至少在抓住夜枭之前你别掉链子，在这个节骨眼上换搭档很麻烦的。"

"我都没嫌弃你有精神病了，你还敢嫌弃我？"傅柏云的鼻子差点气歪了，没好气地说。回应他的是加速的引擎声。

两人赶到了教堂，教堂附近有个小广场，有不少人在那儿休息闲聊。舒清扬下了车，和傅柏云分头寻找，可是找了半天都没找到杨宣，也没看到夜枭的身影。

舒清扬联络王科，说了他们的情况。路上，傅柏云已经把他们的怀疑汇报给了王科，果然，王科带人赶去福华购物中心后没有找到杨宣。王科让小柯调教堂附近的监控录像，以便追踪到人。

他刚联络完，一对年轻夫妇带着孩子从旁边经过，女人埋怨老公不好好看孩子，男人则说她杞人忧天，小孩子只是跑去看小丑表演。

舒清扬心一动，跑过去拦住他们，亮出刑警证，询问小孩走失的事。女人眼睛还泛着红，一看是警察，马上打开了话匣子，说老公买冷饮，一个不留神，孩子就不见了，她都快急疯了，差点儿去报警，幸好有人把孩子送回来了，是个器宇不凡、很有绅士风度的男人，他还提醒他们说现在人贩子太多了，要他们好好看着孩子。

舒清扬调出夜枭的照片给他们看，女人犹豫着说有点像，但绅士男人好像岁数更大一些，留了胡子，还戴着金边眼镜，头发是灰色的，看气质像是学者。

等他们离开后，傅柏云马上说："是夜枭拐走孩子的，他利用孩子要挟杨宣那样说！"

"不过杨宣也不是完全没反击的，他后面的话真真假假，故意给我们提供线索。"

"你是说心理测试那里？"

"还有他特意提到了吴梅和陆小帆，我想他应该是觉察到吴小梅有问题了，如果那晚吴小梅也在场的话，当时起冲突的可能是吴小梅和陆小帆。"

耳机响起来，小柯说查了教堂广场附近的监控，没找到夜枭和杨宣，这两人太狡猾，应该都避开了镜头。舒清扬让他查查看有没有小孩被带走的录像，他描述了孩子的岁数和打扮，小柯很快就回了信，说查到有个女人拿着气球把孩子带走，之后监控就跟踪不到了。

女人戴了头巾和墨镜，不是吴小梅也不是他们认识的任何人，体型数据库里也找不到吻合的对象，只能确定她的岁数不是很大。

舒清扬看了小柯传来的照片，转给傅柏云。傅柏云说："又是个被夜枭洗脑的人，可惜监控没拍到，小孩又很快被送回去了，大概连孩子自己都不知道自己差点儿被拐走，更别说立案了。现在我更担心杨宣，夜枭要挟他后又抓走了他，你说会怎么对付他？"

"夜枭和杨宣是认识的，夜枭出现后，杨宣除了说话稍微停顿外，没有表现得太吃惊，而且马上明白了他的目的，证明他们一早就接触过，夜枭不会动他的，至少暂时不会，而且他也没有抓走杨宣，是杨宣主动跟他走的。"

"他用小孩做要挟让杨宣跟他走，这跟抓有区别吗？"

"杨宣说他在做某个心理研究的课题，我想除了我们，夜枭也是他的研究对象之一。他现在被陷害，一定是准备反被动为主动，接近夜枭，查清他陷害自己的目的。"

"那岂不是更危险？"

"不，夜枭应该很开心有人向他挑战，然后再被他打败，或许他还会借机拉拢杨宣吧，但他不会杀杨宣的，因为陆小帆的死是个意外，那不是夜枭设计的，夜枭没有杀陆小帆的动机，而吴小梅有。吴小梅和陆小帆是情敌关系，至少在陆小帆眼中她是情敌，刚才杨宣还特意提到了吴小梅，证实了我们的怀疑，那晚吴小梅也在案发现场。"

少许沉默后，傅柏云说："好，我相信你的推断，那我们现在该怎么办？"

"等小柯的调查结果，如果能复原监控数据，那是最好的，"舒清扬扫了一眼教堂上方的大钟，说，"先吃饭，顺便看看俞旻的情况。"

夜枭在小鸟窝咖啡屋附近出没，傅柏云知道舒清扬是担心俞旻的安全，他答应了，两人开车过去。

下午，里面客人不多，俞旻在柜台后整理茶点，看到他们，马上端来红茶和点心，说这是赠品，并递上菜单让他们点餐。

傅柏云点了菜，又跟舒清扬打趣说："以后我都要跟着你一起来，能吃到好多免费的茶点。"

俞旻笑了："说的就好像你单独来，我没提供免费茶点似的。"

"上次俞菲就没给，还说我不能要求和舒队相同的待遇。"傅柏云扫了一圈店面，问，"她不在？"

"嫌累，再加上她的前男友来联络说想复合，她就回家了。现在的孩子啊做什么都不长久。"

舒清扬看看俞旻，觉得她精神挺差的，说："你也要适当休息下，别太拼了。"

"我脸色是不是很难看？我就知道，昨晚没睡好，一直做噩梦……我先帮你们准备饭，回头说。"

不一会儿，俞旻把两人的午餐端了过来。舒清扬吃着饭问："最近有没有奇怪的人来店里？"

"没有。"

"今天也没有？"

"没有，不是店里的事儿，是昨晚……"

有客人要结账，俞旻离开了，等她都忙活完，两人也吃完了饭，她过来把餐盘都收拾了，又换了新茶，坐在旁边，说："昨天我去进货，回来得晚了，走到半路遇到了车祸。"

舒清扬看向她，她急忙摇手："不是我，是我目睹了车祸，就在眼前发生的，挺惨的，大家都过去看，我也不知道怎么了，也跟着过去了，没想到出事的人我居然认识。"

舒清扬的心一跳，隐约有了某种预感，果然，俞旻接着说："她叫张璐，以前和天晴是同一个登山队的，他们几个队员常过来吃饭，我都挺熟的，好几年没见了，我听说她出国了，所以突然看到她，我都以为是自己认错了人。"

"当时你在现场？"

"是啊，正好小菲出车站了，打电话来给我报平安，我就聊了几句，顺便去便利店买了晚饭，准备在车里吃，谁知就看到车祸了。她满脸的血，我都吓傻了，还试着叫她的名字，她也没回应，后来还是别人把我拉开的。"

说到昨晚的事，俞旻的脸色变得苍白，犹豫了一下，说："也不知道他们那个登山队是不是被诅咒了，好几个人都出事了。我不信邪，可有时候又不得不信，所以昨晚一晚上都没睡好。"

"别多想，都只是巧合，她酒驾，又没系安全带。"

"你怎么知道得这么清楚？"俞旻奇怪地问。

舒清扬没详细解释，只是说他去交警大队办事时刚好遇到，他以前看过登山队员的合照，对张璐有点印象，说完又向俞旻询问事故发生时的情况。

俞旻讲了经过，舒清扬又掏出证物袋里的指南针给她看："这个你以前见过吗？"

俞旻一看脸色就变了，一把夺过去，隔着袋子翻来覆去地看，问："这是哪来的？"

"是放在张璐皮包里的，你见过？"

"见过见过，他们登山队的成员每人都有一个，说是有一次去凤凰镇玩团购的，大家都挂在登山包上。我记得很清楚，那天天晴出发去登山时也带了。"

说起往事，俞旻有些激动，手指在证物袋上来回摩挲，眼圈也红了，喃喃地说："后来出了事，大家都不带了，没想到还能见到，天晴是不是也快回来了？"

她抬起头，眼巴巴地看着舒清扬，像是在祈求他的肯定，舒清扬不敢给她期待，说："放心，我一定会查下去的。"

他取回指南针，和傅柏云出了咖啡屋，傅柏云说："这事真就像诅咒，俞姐刚刚才走出来了，谁知又遇到张璐的死。"

"所以除非查清真相，否则她永远都走不出来。"

舒清扬看看手里的指南针，放进口袋。

第三章
心理医生的逃亡

因为突发状况，舒清扬改了原本的计划，先开车回警局，把张璐的遗物拿去技术科让他们做鉴定。

小柯正在那儿忙活，看到他们，脸顿时皱成了苦瓜，说他们拿到安保公司的录像了，可惜原始数据都被改动过，无法重新复原，那个黑客是个顶级高手，做得天衣无缝。

傅柏云说："如果他真是你口中的高手，那这种人也没几个吧，你看看黑客名单里有谁有这种技术的，反过来排查，说不定还快点儿。"

"我也是这样想的，所以已经开始查了，要不是孙长军帮过你们，我一定把他挂到黑名单的 No.1 上去。"

"他要是知道，一定很开心，不过这事就是他跟我们讲的，如果做手脚的是他，他没必要再告诉我们。"

"你不懂这些黑客的变态心理，他们就特享受这种高高在上、把别人当傻子的快感。不过放心，我不会代入个人感情，我会一个个排查的。对了，我复原了杨宣的电脑数据，你们看下。"

小柯把打印出来的纸递给他们。

案发时杨宣的电脑是开着的，后来电源线被直接扯断，导致强行关机，小柯复原了关机时的画面，是患者病历库的列表，里面有几千份病历，当时画面显示的也有十几份。

"哇，需要看心理医生的人这么多吗？"

傅柏云感叹着扫了一遍那十几份病历单，眼睛在掠过吴小梅的名字时顿了顿，说："当时看资料的是吴小梅？她本来就是借由看病接近杨宣的，她看自己的病历做什么？"

"那我就不知道了，我只负责寻找物证，然后啊，我又发现了一个新线索，虽然我没办法复原大厦内部的监控，不过我在附近路口的监控里找到了吴小梅，她的步行方向正好也是那栋大厦，你们说是巧合吗？"

小柯一边说着一边举起另一张打印下来的纸，图片上的女人虽然没有拍到正脸，但是根据体形核对，可以证明她就是吴小梅，拍摄时间是在案发的半个多小时前。对比这两个发现，几乎可以确定吴小梅曾在凶案现场出现过。

舒清扬道了谢，又把车祸现场的监控录像给了小柯，让他检查信号器突然发生问题的原因，小柯二话不说，接下了任务。

他们回到特调科，刚好舒清滟在，正拿了根胡萝卜喂小兔。傅柏云一看到她，原本压抑的心情顿时好起来，抢在舒清扬前面跑过去打招呼。

舒清扬跟在后面，从齿缝里挤字说："你和杨宣是挺像的，大脑激素一活跃，就不知道东西南北了。"

"东！"傅柏云一指对面。

舒清扬冷笑："那是南。"

"你们在说什么啊？"

舒清滟听得莫名其妙，舒清扬正要回答，傅柏云说："我们在聊吴小梅给杨宣下药的事，你那边有发现吗？"

舒清滟摇摇头，一脸遗憾。

在听说了有雾气致幻剂这个可能性后，舒清滟又重新检查了陆小帆的衣服和头发，可惜没有检查到这类成分的附着物，加湿器里面有水，但也没有验出致幻剂的成分，所以有两种可能，要么是舒清扬推理错误，要么是凶手在案发后第一时间就清洗了加湿器。

于是这条线索也断掉了。

不过张璐的尸检倒是有新发现。舒清滟说："张璐当时应该没有醉酒现象，她的血液酒精浓度只有0.02%，而她体内的ALDH2（乙醛脱氢酶）的活性很高，直接点说，就是她的体质千杯不醉，那点酒精摄入量不会影响到她的驾驶能力。"

"那看来就是信号器的问题了。"

"信号器？"

舒清扬点开事故发生时的录像，做了解释，舒清滟看后，眉头皱了起来。

"如果这是人为的话，那就太可怕了。"

"我个人认为这是起蓄意谋杀，不过还是要等最终调查结果出来才能下定论。"

舒清滟走后，舒清扬和傅柏云看了事故发生前后附近道路的监控，他们很快找到了俞旻。录像和她描述的一致，事故发生后，在便利店买东西的人纷纷跑出来看热闹，俞旻也跟着过去了，十字路口挤了一大堆人，还好时间比较晚，来往车辆不多，没有导致二次事故。

照小柯和孙长军的说法，如果事故真是人为造成的，设计者当时很有可能就在现场，可他们反复看了几遍录像，没有从中找到形迹可疑的人。

舒清扬查了道路地图，可以长时间待在某个地方不被怀疑又能观察附近路况的，只有便利店这个位置了。他说："回头我们去店里问问看。"

傍晚，王玖和马超回来了，看到傅柏云在，马超很惊讶，问："又上岗了，你有证吗？"

"有，王科发的。"

"回来也没用，什么都没问到。"

　　昨天一整天，王玖和马超都在跑杨宣的家人、朋友和同学这几条线，所有人都说杨宣没和他们联络过。马超听说王科在福华购物中心扑了个空，对傅柏云说："你和杨宣是死党，你想想如果他要藏起来，会藏去哪儿？"

　　"应该说被关去哪里。"

　　傅柏云说了他和舒清扬被夜枭摆了一道的经过，最后加了一句："舒队说夜枭不会拿他怎样，希望如此吧。"

　　大家看向舒清扬，舒清扬不知道在想什么，蹲在兔笼前神游太虚，小灰的嘴都快咬到他的手了，他也没觉察。傅柏云赶忙过去夺过萝卜丁丢进了小灰的食盆，小声问："幻听又吵你了？"

　　"呃，没有。"舒清扬回过神，说。

　　最近属于夜枭的声音很少出现，即便偶尔吵闹也是他自己的声音，他都习以为常了，说："我在想一个问题，夜枭是怎么知道杨宣的行踪的，并且可以在他打电话的时候及时阻止他。"

　　蒋玎珰举手："舒舒，我们现在不是该先调查夜枭把杨医生关在哪里吗？或是杨医生聪明，跑掉了，他又会藏去哪里？"

　　"这些当然也要查，不过如果知道了夜枭追踪杨宣的方法，说不定可以顺藤摸瓜找到夜枭。"

　　舒清扬在手机上敲了几行字送出，大家收到了他的留言，都惊异地看过来。舒清扬像是没事人似的继续敲字，然后起身走到白板前面，把小柯给的资料分别贴好，拿起笔，写上凶案发生时间和几个当事人的名字，用线连接起来。

　　吴小梅和杨宣是恋人关系，陆小帆和吴小梅是情敌关系，李一鸣追求吴小梅，又是杨宣的患者。

　　"在陆小帆被杀一案中，除了已知的杨宣、李一鸣外，吴小梅在现场的可能性很大，现场没有留下她的指纹，她的行动应该是有预谋的。暂时还无法知道她查看自己的病历的意图，不过从我们收集到的线索来推断，当晚吴小梅偷偷潜入诊疗室，被陆小帆看到了，杨宣拒绝了陆小帆，却接受吴小梅，所以陆小帆对吴小梅很憎恶，在发觉吴小梅行踪诡异后，她马上联络杨宣，希望杨宣看清吴小梅的真面目。

"可是在杨宣到达诊疗室之前，吴小梅和陆小帆就发生了冲突，导致陆小帆死亡。现场应该还有一个人X，X协助吴小梅利用致幻剂陷害杨宣，李一鸣的出现是个意外，不过这个意外很好地帮凶手引开了我们的注意力。在我们忙着救李一鸣和寻找杨宣的时候，黑客修改了监控的设定数据，让吴小梅成为一个从未出现过的人，而杨宣则逃出了大厦，不知去向，但实际上那晚杨宣躲在大厦里的某个房间内，这也是我们在外面怎么找都找不到他的原因。

"杨宣虽然擅长打心理战，但如果没有其他人的配合，他被发现的可能性很大。我的推测是X在夜枭的指示下帮杨宣做了伪装，并且在送他从大厦离开时，偷偷在他身上装了追踪器，所以杨宣的一举一动都在夜枭的掌握之中。"

蒋玎珰立刻举起手。

"既然他们要陷害杨宣，那为什么还要协助他离开？"

手机有留言进来，舒清扬看了一眼，敲了几个字后，说："那晚的凶案是个意外，凶手原本的目的应该只是查看杨宣的电脑，所以事后的修补工作做得十分仓促，对夜枭来说，帮杨宣离开比他被抓更有利——现在我们没有证据证明杨宣是无辜的，他依然是本案最大的嫌疑人，他在逃跑过程中会努力寻找凶手，证明自己的清白，而我们也要集中精力搜索他，因此会忽略X的存在。"

舒清扬在白板上画了个小人，就像以前夜枭传给他们的那些小绿人的样子，他在小人头上写了个X。

稍许沉默后，王科问："你的意思是X还在大厦里面？"

"杨宣不傻，他甚至比我们所有人都聪明，他接受了X的帮助，前提一定是他们之间是相互认识的。首先患者就可以排除了，杨宣不会相信一个休息日出现在大厦里的患者，那剩下的就是大厦工作人员了，今天我和傅柏云去诊疗室做调查，发现有个保洁员很可疑。"

舒清扬说的是在走廊上遇到的保洁大叔，他拿起保洁大叔的资料贴到白板上。

男人叫李大贵，没有犯罪前科，五十六岁，曾在电子工厂工作，下岗后就做了保洁员。大家看着他的资料，马超说："好像都挺正常的。"

"如果他是黑客，要修改这些书面资料是件很简单的事，虽然表面上看起来没问题，不过保洁员可以在大厦内部随意走动，和杨宣有认识的机会。我确认过了，李大贵平时不回家，都住在大厦的值班室。诊疗室出了人命案，那一层是不需要打扫的，可他今天却在附近转悠，在遇到我们后的反应也很慌乱，我认为有必要监视他。"

舒清扬撇开和孙长军见面的那部分，只说了遇到李大贵时的情况。王科同意了他的建议，让王玖和马超暗中监视李大贵的行动，利用这条线追踪夜枭。

蒋玎玹听着王科交代任务，她说："凶手也太狡猾了，没有留下指纹和一点可以指证他们的证据，如果一切都像舒舒推测的那样，那杨宣的衣服应该也都换掉，被 X 扔了，所以我们没办法利用死者指甲里留下的物证为他做鉴定。"

"是啊，所以到底谁才是真凶，还真是扑朔迷离。"傅柏云也感叹地说。

舒清扬表情平静，像是早就预料到了这些情况："这就是夜枭希望见到的结果，他会帮杨宣逃跑，除了想要祸水东引外，还可以利用杨宣向我们挑战，对他来说，这一切都只是个游戏而已。"

傅柏云本来想问杨宣会怎么反击，目光扫过不远处的小灰，把话又咽了回去。

杨宣是个聪明人，他在发现被夜枭跟踪后，很可能已经猜到自己被利用了，他会反过来对付夜枭，而夜枭的目标不是杨宣，如果他真想做游戏，那肯定不会这么快就弃子，所以不管是哪种假设，杨宣暂时都是安全的，他们现在要做的就是尽快查清真相，追踪到夜枭。

晚饭后，老姜联络舒清扬了，说经查证，事故现场的区域控制系统没有任何问题，红绿灯突然转换是有人入侵系统操控导致的，那不是一起普通交通事故，而是谋杀，所以接下来的调查属于舒清扬的工作范围。

老姜联络过后没多久，小柯也打电话给舒清扬，他对信号器问题的调查结果和老姜的一样，并且强调这种入侵系统操作必须具备相当高的技术，他怀疑这个人和修改大厦监控数据的 X 是同一人。虽然还无法确定是谁，但是具备这种能力的人并不多，黑客作案越多，就越便于他们锁定目标，他会顺着这条线继续追查下去。

此外，小柯还复原了张璐的手机，张璐回国后联络过一些人，除了表哥等亲属外，余下的都是登山队的成员和大学同学，这一点和江山说的吻合，张璐这次回来不单单是为了探亲，而是另有目的。

舒清扬向王科做了汇报，正式申请调查张璐一案，王科同意了，让他们和蒋玎珰分别查访张璐联络过的人，有消息随时汇报。

傍晚，舒清扬叫上傅柏云去张璐事发前待过的酒吧，他把车开出去没多久就有电话打进来，傅柏云帮他接了，一看没有来电显示，就猜到是谁了，直接开了外放。

果然，属于夜枭优雅又自负的声音传过来。

"二位好。"

傅柏云看看舒清扬，见舒清扬完全没有搭理的意思，他便问："你怎么知道我也在？"

"你们是搭档，出了这么大的案子，怎么可能分头行动呢？"稍微一顿后，夜枭微笑问，"我说对了吗？"

"呵呵，就是个简单的推理，你就得意吧。"

"你知道为什么很多人喜欢贬低对方吗？因为这会让他产生自己很优秀的错觉，以此来获得虚无的优越感和自尊感。怎么样，在心理研究这方面我不比杨宣差吧？"

一提到杨宣，傅柏云就气不打一处来，杨宣被夜枭设计成了凶手，他还在这儿说风凉话。他冷声说："至少他不会像你一样卑鄙到用小孩子来要挟人。"

"听这话，你对我好像有很大的误解啊。"

"少废话，你把他关去哪里了？"

"对，我打电话来就是为了澄清这件事的，他误会我要伤害孩子，还没等我说话，就主动说自己是凶手，他不是个优秀的心理医生，不过至少不是坏人，所以我也不想对他动粗。"

舒清扬把话接过来，问："你没绑架他？"

"我好像没有绑架他的理由吧，他说要去找真凶，我还问要不要我的协助，他好像不是很信任我，就走了，你想知道他去了哪里吗？"

"去了哪里？"

"如果你需要帮忙，等我查到后会告诉你的，老朋友，我很够意思吧？"

舒清扬暂时无法判断这句话有多少是真的，他改问："你和杨宣是怎么认识的？"

"他是业界很有名的心理医生，我出于好奇，就去找他看病了，他对我很感兴趣，把我当成了他的研究课题的小白鼠。"

"你这病是得早点看医生。"

"啧啧，你以前没有毒舌这毛病的，是幻听刺激的吗？那就是我的问题了，罪过罪过。"

"你给他看过指南针了吧？"

"怎么突然提指南针？你打算爬山吗？"

"少装糊涂，之前我给杨宣看指南针的图片，他反应很紧张，除了你，我想不到还有谁会告诉他指南针的事。"

"我没有提过指南针，我只是在对他做心理暗示时用指南针当道具而已，他研究我，我研究他，很公平嘛。"

"还指使吴小梅接近他，给他下药，你的那些心理暗示其实只是利用药物去控制别人，仅此而已吧？"

"你想多了，我可没那么卑鄙，所以我才特意来告诉你，比起担心杨宣，你最好还是多关心下另外一个案子。"

"你说张璐的案子？"

夜枭没回答这个问题，稍微沉默过后，他说："那件事，我从来没有后悔过。"

他的口气是从未有过的郑重，舒清扬一怔。夜枭又说："就算再重新来过，我还是会干掉那些伤害燕子的人，我喜欢她，我肯为她做任何事，你呢？"

舒清扬不知该说什么，夜枭冷笑说："你不会，因为你最在意的从来都是你自己！你这种自私的人，怎么好意思每次都义正词严地指责我？！"

舒清扬还是不说话，傅柏云忍不住了，冲着对面喝道："犯罪就是犯罪，你不要偷换概念！"

"至少我没有逃避，这一次同样不会。"

电话挂断了，舒清扬脸色冷峻，一言不发，傅柏云重听了一遍对话录音，说："他突然来这么一通电话，总共说了几点——

"一、杨宣不在他手上，而且他不知道杨宣的行踪；二、他是杨宣的病人，杨宣把他当小白鼠，他反将了一军；三、他对杨宣暗示过指南针的存在，也可能聊过陈天晴离奇消失的事；四……"

他看看舒清扬，略微顿了顿，说："他提醒你调查张璐的案子，还拐弯抹角提到了以前的事，他一直在对你进行心理暗示，让你认为所有悲剧都是你自己的问题，而他才是正义使者，你可千万别中招。"

"放心，我没那么容易被影响的。"

"我不是说你，我是说你的幻听，它动不动就跑出来刷存在感。"

红灯，舒清扬停下车，转头对傅柏云说："也许它还会继续刷存在感，不过我会努力和它磨合，就当它是另一个我，我不会再给你打我的机会。"

"我也不希望舒法医觉得我暴力，不过我总觉得夜枭突然跟你提到燕子的事，肯定是有什么原因的。"

"那就双管齐下，一起查，照夜枭提供的线索来看，杨宣没有被抓住，他在努力找凶手，而他已经开始怀疑吴小梅了，所以我们得抢在他前面找到吴小梅。"

车重新开动起来，傅柏云给王科留了言，把他们和夜枭的对话录音传了过去，王科说他来安排调查，有消息再联络。

两人聊完，傅柏云问舒清扬："你确定夜枭说的那些话不是在故意迷惑我们？"

"我不敢完全肯定，但人的习惯是重要的事放在后半部分说，所以我想他并不在意杨宣会怎样，甚至不在意他去找凶手，他现在更关心的是张璐和燕子。"

至于是为什么，舒清扬暂时还不知道，张璐和燕子完全没有相同的地方，也或许有，但他还没找到。

他们来到酒吧。

酒吧已经开张了，这是一间清吧，里面人不少，气氛也不错，适合小资男女工作之余来喝几杯享受一番。

舒清扬找到老板询问了有关张璐的事，老板兼做调酒师，他说张璐长得漂亮，看举止又是从国外回来的，所以对她印象很深。

张璐几乎每晚都来，她说出国前也来过，喜欢这里的气氛。

老板是去年才盘下这间酒吧的，不了解以前的事。张璐给他的感觉是她来这里是出于怀旧情怀，大部分时候她都是一个人，有时候有男士过去搭讪，都被拒绝了。她好像有心事，常常一个人出神，昨晚她应该是约了朋友，喝酒时一直在看表，但朋友爽约了，所以她喝了两杯酒后就离开了，和平时没什么不同。老板做梦也没想到她会遭遇车祸死亡，说的时候连连摇头叹息。

舒清扬又询问了其他调酒师，大家的说辞都差不多。正聊着，一个店员端着盘子回来，听到他们的对话，说："真巧，那边也有个客人在打听张小姐。"

舒清扬转头看去，一个女人坐在角落里，她留着齐刘海长发，灯光有些暗，看不清她的表情，只感觉她很拘谨，不时地打量周围，桌上放的饮料完全没动过，这反应像是头一次来。

"是刘小小。"傅柏云凑近了小声说。

乍听到这个名字，舒清扬很惊讶。

刘小小也是登山队的成员，江山提供的合照里有一个就是她，可是和照片相比，她不管是气质还是长相都差得太大，舒清扬不由得佩服傅柏云对人脸的识别能力了，他问店员："她都问了什么？"

"她给我看了张小姐的照片，问她最近是不是常来，见过什么人，昨晚是不是来过，待了多久。这关系到客人隐私，我本来不想说的，不过看在毛爷爷的份上，而且又不是什么重要的事，我就讲了……"

店员说完，左右看看他们两人，小声问："应该没事吧？"

舒清扬朝刘小小走了过去，傅柏云拍拍店员的肩膀；"下次收毛爷爷的时候，记得别给自己惹麻烦。"

刘小小还坐在那里拿着酒杯无所事事，舒清扬走到她的座位前，她吃了一惊，慌忙放下酒杯，结结巴巴地说："不好意思，我约了朋友。"

舒清扬和傅柏云在她对面坐下，亮出证件，说："你是刘小小吧，我们想跟你打听下张璐的事情。"

一看他们是警察，刘小小的脸色更白了，连忙说："我什么都不知道，她的死不关我的事，她是出车祸的对吧，就是车祸！"

她说完，拿起小提包就想走。傅柏云说："冷静冷静，我们就是做例行询问，不会耽误你很长时间的。"

刘小小有些犹豫，舒清扬配合着说："你跑来这里问她的事，也是因为在意，你把心事说出来，对你自己也好。"

刘小小看看他们两个，最终选择了坐下，不等他们发问，便主动说："我是今天看新闻才知道她出事的，昨天她约了我到这里见面，我没理她……不，我是不想理她，她就是个白莲花，看着就惹人烦，啧！"

她愤愤不平地咋舌，但很快就冷静了下来，说："要是知道她会出事，我肯定会来的，我虽然不喜欢她，但也不希望她死，我们那个小登山队就像是被诅咒了似的，一个接着一个出事，现在就剩我和江山了，我很怕下一个就是我。"

舒清扬问："所以你才来酒吧打听张璐，想知道她出事前遭遇过什么？"

"是啊，就算是诅咒也肯定是有原因的……"刘小小的头微微低下，长发滑到了胸前，她有些烦躁，随便捋到肩后，问，"你们怎么会认识我？"

"我和天晴是朋友，那次山难后我一直在找他，后来我从江山那儿拿到了你们一张合照，但当时张璐在国外，你又很少在家，我一直联络不上。"

舒清扬拿出江山给自己的合照，刘小小接过来看了半天，眼神有些迷离。

"山难那次把我父母都吓到了，不让我再玩登山，我其实对登山也没太大兴趣，就听他们的话退出了。后来没多久我同事跟我求婚，我就结了婚，去了他老家发展，不过第二年就离了，我又回来了，现在一个人住，不想跟我父母住一起，会被他们烦死。你找不到我很正常，我跑跑小生意，经常不在家。"

舒清扬打量着刘小小，照片里的她清纯阳光，和张璐是完全不同的类型，但是现在她们却极度的相似，都是长发，都穿着有品位的裙子和高跟鞋，化着精致的妆容，这种打扮没有不好，但少了曾有的特色，就像网红，都是清一色流水线式的漂亮。

"你整容了？"傅柏云突然问道。

刘小小却笑了："你说话可真直接，不过我不讨厌，总比那些当面恭维背后不屑的人强多了，我割了双眼皮开了眼角，稍微垫了下鼻子，其实还想削骨的，胆子小没敢做。你是不是觉得像我这样的女人太虚荣？"

"只要不是违法的事，那不管你做什么，旁人都没权利横加指责，不过也没必要特意模仿别人，你其实并不喜欢留长发吧？"

"不愧是当警察的，一眼就看出来了，就冲这，将来我也绝对不找警察当老公，简直藏不住一点儿秘密。"

刘小小半开玩笑似的说完，正色道："我确实是有点那种心态吧，把张璐当目标来学，很好笑有没有？我其实特别讨厌她，明明就是个绿茶婊，却喜欢当白莲花，哄着大家整天围着她转，张文龙喜欢她，江山也喜欢她。"

傅柏云吃了一惊："你说江山喜欢张璐？"

"是啊，当年追得可热情了，他失忆挺幸运的，他现在的老婆比张璐不知好多少倍。"

舒清扬问："你喜欢张文龙？"

刘小小的表情有些复杂，不过还是点头承认了。

"是的，可他不喜欢我，他也疯狂地追求张璐，但张璐对他们的追求都不屑一顾，她喜欢的是陈天晴，可惜陈天晴都有未婚妻了，而且人家一起开咖啡屋，感情好得不得了，所以直接拒绝了她，我亲耳听到的。她大概从来没有被拒绝过吧，好几天都振作不起来，看着可真解气。"

傅柏云听着她的讲述，再联想他们拍照时的开心模样，不由觉得女人的心思有时候还真可怕。他说："你们这个圈也挺乱的啊。"

"登山本身就有一定的危险，容易在相互帮助中产生依赖心理，而且有时候进山要好几天，在小环境里朝夕相处，一不小心就可能越界。后来我们的关系变得越来越紧张，所以山难那次是他们三个男的单独行动的，没叫我和张璐。"

"山难后你和张璐有没有见过面？"

"没有，听说她去参加了张文龙的葬礼，我没去，我怕我会控制不住自己的感情，后来我和这个圈的人也都没联络了，这次要不是她主动打电话找我，我都不知道她回国了，也不知道她是从谁那里要到我的手机号的。"

"她有没有说约你出来聊什么？"

"她说她发现三年前有些事不太对劲，想和我聊聊，我突然间没反应过来，就答应了，后来挂了电话我才想到我为什么要答应。她总是这样，仗着自己长得漂亮，说话做事总是颐指气使的，从来不考虑别人的感受，我越想越生气，干脆就没来。"

傅柏云问："你没来，也没跟她联络？"

"当然没有，我和她现在又不混一个圈了，翻脸就翻脸呗，让她别以为大家都得围着她转，哼！"

刘小小发泄完了，语气缓和下来，说："谁会想到她居然就这么死了。我看了新闻后就一直在想她到底是发现了什么问题，又想跟我说什么，会不会是和张文龙还有陈天晴出事有关？我特别后悔昨天不该意气用事，又怕当年我们是不是真犯过什么错，导致一个个的出事，所以就过来想问问看，你们要相信我，我真的什么都不知道的！"

"那当年你们有没有犯过什么错？"

"没有，真的没有，如果有，我肯定会告诉你们的，我活得好好的，不想死啊。"

看刘小小的态度不像有隐瞒，舒清扬换了话题，他调出手机里的证物指南针，放到刘小小面前，问："这个你认识吗？"

刘小小看了一眼立刻点头。

"认识啊，我们登山小队的人都有，一人一个，是有一次登山前在镇上的土产品小店买的，我的那个应该也在，和其他登山用品一起放在父母家。"

"可以借给我们吗？请放心，只是暂借，会归还的。"

"把你的地址给我下，我寄给你，也不用还了，当初我是因为张文龙才参加登山队的，现在不登山了，留着也没用。"

舒清扬留了手机号和地址给她，她又认真看了看指南针，问："这个是张璐的？她还一直带着啊。"

"对，她出事后，我们在她包里发现的，怎么了？"

"我想起她耍的小心机了，那次我们出去玩，她偷偷拉着陈天晴单独逛，回来时两人包上就挂着这个指南针，我就知道她是买来当情侣配来挂的。陈天晴这人挺好的，不过他不太懂得怎么拒绝别人，我就故意说这么好玩的东西，干脆大家一人买一个当队徽呗，陈天晴就带我们去店里买了，你是没看到张璐当时的脸色有多难看。"

刘小小讲得绘声绘色，傅柏云完全可以想象得出当时的场景，他看看舒清扬，问："那俞旻知道张璐追陈天晴吗？"

"当然不知道，她可会做人了，每次去咖啡屋都俞姐俞姐地叫，还买各种礼物给俞旻，我都看不过眼，后来我是打算告诉俞旻的，不过还没等我说，他们就遭遇山难了。"

舒清扬问："你有没有去工厂买过指南针？"

他调出天辉工厂的地址，刘小小点进去看了看，摇头说没有，她的指南针就是和大家一起在镇上买的，别说去工厂了，那附近的城镇她都没靠近过。

舒清扬又问她是什么时候开始留长发的，她很莫名其妙，捋了捋头发，说是山难后才开始留的，她想改变以前的形象，刚好拍婚纱照需要盘发，这就成了她最好的借口。

都问完后，舒清扬道了谢，三人走出酒吧，刘小小还是有些不安，临走时又问："张璐的事只是意外对吧？"

"我们会尽快查清，如果你想到了什么，可以随时联络我。"

刘小小点点头离开了，傅柏云看着她的背影，说："你还记得当初江山看到指南针时的反应吗？现在我明白是为什么了，他认识那个指南针，却不想跟我们说。"

"嗯，他这次跟我讲电话，态度也很含糊，不过刘小小应该没有隐瞒，看她的样子吓得不轻，"说到这里，舒清扬看看傅柏云，"她整过容，你是怎么一眼认出来的？"

"我也不知道，大概这就是我的天赋吧。"

"我以为你的天赋是打人。"

舒清扬一边说着一边给傅柏云使了个眼色，傅柏云会意，回道："那你的天赋肯定就是记仇了。"

他说完便迅速绕去酒吧后面，舒清扬冲着对面喝道："出来！"

黑暗中隐藏着一道人影，听到舒清扬的声音，人影掉头就跑，刚跑到酒吧的后门，路就被堵住了，傅柏云就站在那儿，双手叉腰，等着猎物自投罗网。

人影又慌忙往旁边跑，这次迎面碰上的是舒清扬，他冷冷地说："不怕被扔个过肩摔就过来吧。"

"是我，自己人！自己人！"

这个自称是自己人的还真不是外人，她摘下棒球帽，露出帽子下面的秀发，却不是苏小花又是谁。

傅柏云都无语了，走过去说："怎么什么事你都跑来插一杠子啊？"

"这是我的工作啊。"

苏小花一摊手，做出无奈的表情。舒清扬不为所动，把手伸向她，她只好把照相机递了过去。

"就拍了几张而已，你不会狠心得一键删除吧？"

舒清扬看了她一眼，还真就一键删除了，又冲她勾勾手，苏小花翻了个白眼，拿出录音笔，自己按了删除键。

"没录到什么，里面太吵，你们说话声音又太小，录了也听不清。"

等她都删掉了，舒清扬对傅柏云撇了下头，两人回了车上，苏小花整了整她的背包，也屁颠屁颠地跟上来。

舒清扬问："你的车呢？"

"我估计着进酒吧可能会喝酒，就没开车，打的过来的，看在我奉公守法的份上，舒队你就载我一程吧。"

苏小花趴在驾驶座的车窗上，一脸灿烂的笑，舒清扬拿她没办法，示意她上车。

她开开心心地上了车，说："我就知道舒队你是好人，不会丢下我的。"

"少拍马屁，说说你怎么会跟踪刘小小的。"

"不不不，你误会了，我是在查张璐的事故，查到酒吧来，刚好遇到了你们。"

傅柏云说："你们记者的鼻子可真够灵的，昨晚刚出事今天你就查到酒吧来了，都快赶上我们警察了。"

"过奖过奖，这也是凑巧了，我同学的闺密的姐姐和张璐是校友，张璐好像有什么事想找大记者聊，找来找去就找到了我，我就答应了。我同学还说等要到了微信号再跟我说，结果今早她又跟我说不用了，因为张璐出车祸死了。我越想越觉得不对劲，就要来新闻资料看，又让我同学帮忙牵线找到张璐的朋友打听，折腾了一整天，我就打听到张璐最近常去那间酒吧，我想去碰碰运气，没想到运气还真好，遇到了你们。"

苏小花巴拉巴拉说了一大堆，拿出随身带的矿泉水瓶喝起来，舒清扬透过后视镜看了她一眼，问："那你都问到了什么？"

"你先说你们查到了什么？咱们交换呗。"

舒清扬的回应是把车头一拐，车停在了道边，苏小花立马炸了："别别别，我说还不成？"

车重新开起来，苏小花嘟囔道："我是发现张璐和陈天晴认识，调查她可能会帮到你，我才去查的，结果你都不领情，真是的。"

"回头案子破了，让你做独家，这总行了吧？"

"行行行，舒队你真是大好人！"

一听舒清扬松口了，苏小花马上振奋起精神，拿出笔记本，看着上面的记录说："张璐前脚说要找记者，后脚就出车祸，肯定没那么巧。什么人会找记者？都是维权啊爆料啊这种事。张璐是个白富美，没什么需要维权的，所以可能是爆料，我就想会不会是和三年前的山难有关，我先去找了张璐的校友，后来她又帮忙联络上张璐以前的一些朋友，向她们询问情况。

"有个朋友提供了一个很重要的线索——有一次聚会，张璐喝了酒，很开心地说她最晚年底就结婚，平时追她的人不少，大家就好奇地问是谁，可她说要保密，免得被人抢了去，最后被大家起哄，她才透露说姓张，再多就不说了，那之后没多久就出了山难事故，因为这个，张璐一蹶不振，后来就出国了，在国外这三年也完全没和她们联络过，这次回来也没有联络这个朋友，她联络的都是校友或是登山同好。"

傅柏云说："听她的说法，张璐的结婚对象好像是张文龙，登山队里只有他姓张。"

"可刚才刘小小又说张璐根本不喜欢张文龙，真是罗生门。不过不管是谁，张璐都是因为山难事故受打击才会远走他乡的，我猜她回来会不会是因为发现了什么线索，但又没有具体实证，她报警你们肯定不会管，所以她就想通过记者把事情搞大，有舆论监督，说不定警察就会做调查了。"

"你去当侦探吧，当记者太屈才了。"

舒清扬吐槽她，不过不可否认苏小花说得很有道理，张璐联络刘小小也提到了三年前的事，可惜刘小小没有赴约，而她又遭遇了车祸，导致一切都变得扑朔迷离。

他问："其他朋友有没有提到张璐问过什么？"

"他们都说张璐像是变了个人，整个人都神经兮兮的，说山难事故不简单，他们的死可能是人为的。她问大家在出事前几天有没有和三个当事人接触过，他们是什么状态，可是都过了这么久，谁还记得这些事啊！而且山难就是山难，怎么可能是人为的，所以都不想理她。"

"她为什么会这么想？"

"这你就要问她自己了，可惜她死了，死人说不出话。"

"那她打听的时候，重点提到了谁？"

"三个人的情况她都问了，不过重点好像是江山，她反复问了不少江山出事前和出事后的情况。"

傅柏云听得有点糊涂了，从刘小小的描述来看，张璐喜欢的是陈天晴，但张璐的朋友却说张璐准备和姓张的人结婚，而苏小花打听到的消息则是张璐更在意江山。

他苦笑说："他们登山小队到底有多少爱恨情仇啊？"

车快开到车祸现场了，舒清扬问苏小花："送你回报社？"

"不不不，不用特意送我，你们继续做调查，当我隐形就好了。"

"那你只带着耳朵和眼睛就好，否则没下次。"

"放心，绝对保证不添乱，添乱你就削我。"

舒清扬心想才怪呢，哪次你没添乱？不过苏小花帮忙的次数也不少，所以就听之任之了。

到了事故现场，舒清扬把车停去便利店的空位上，傅柏云去店里打听情况，舒清扬步行去十字路口，苏小花背着她的包紧跟而上，闭着嘴巴只负责拍照。

现在正是昨晚发生车祸的时间段，这条路比较偏，来往车辆不多，就算有车经过，也都是跑长途的货车，像俞旻开的货车都算是小型的了。也幸好都是货车，否则那场车祸只怕会更惨烈。

舒清扬观察着车况，看苏小花还在附近咔嚓咔嚓地拍，他问："最近梁雯静和你联络过吗？"

"没有啊，怎么了？"

苏小花有些惊讶，放下照相机，说："绑架事件后，她从来没有主动联络过我，我一开始还觉得挺抱歉的，怎么说她被夜枭绑架也有我的原因在里面，所以常去安慰她，可后来我发现她并不想见我，大概我的出现会让她想起恐怖的经历吧，后来我就再没有找她了，她出了什么事吗？"

"没有，就是我去看心理医生时遇到过她，所以就好奇问问。"

其实有个想法舒清扬一直没说，当初他对夜枭错把梁雯静当成苏小花绑架她这件事抱有怀疑，只是后来梁雯静的表现和行为并没有问题，也没有证据证明她是夜枭的同党，这次陆小帆被杀一案也明显与梁雯静无关。舒清扬忍不住想，会不会是自己想多了？

对于他的回答，苏小花明显不信，想追问时，舒清扬的手机响了，她只好忍住了。

电话是黑鼠打来的，他告诉舒清扬说他朋友说就是那款指南针，因为那朋友也想靠着指南针赚赚钱，还特意去土产店逛过，还偷……呃，是不小心从游客包上拿了一个，结果当然是没人肯花钱买回指南针。不过因为这事，朋友对这个小玩意儿记忆犹新，说绝对错不了。

但童大强没有给朋友看过张璐的照片，所以他不知道张璐是否就是当初被讹诈的女生。舒清扬道谢挂了电话，苏小花在一旁聚精会神地听着，一副跃跃欲试想问却又不敢问的表情。

舒清扬简单说了他让黑鼠调查的事，苏小花马上说："肯定是张璐没错了，这女生怎么说呢，感觉有点偏执，正常人谁会花一千块赎个指南针啊，那东西只怕也就一二十块钱吧。"

"一个物品的价值等于它的金钱价值加上情感价值，也许对张璐来说，她更在意的是它的情感价值。"

"嗯，如果是我爷爷奶奶留下的遗物，那我也会在意它的情感价值，但如果真那么在意，我肯定不会随身携带，我会放在家里好好收藏，而不是挂在包包上到处跑，那不就是为了让大家都看到吗？还有啊，遇到这种事，我会报警的，妥协只会让坏人更加利欲熏心。"

　舒清扬一怔，苏小花的话点醒了他，他盯着她出了神。苏小花巴拉巴拉说了半天，发现不对劲了，赶紧向后退开两步，赔笑说："是我的错，我不说了，请别赶我走哈。"

　"不，谢谢你！"

　"啊？哦，哈哈。"

　苏小花歪歪头，莫名其妙，看着舒清扬说完又朝着十字路口匆匆走去，她急忙跟上。

第四章
遗留的线索

　　舒清扬来到路口，刚好一辆卡车经过，呼啸着驶了过去。他看向另一边，那边是红灯，过了不久，变绿灯了，只有一辆甲壳虫驶过，之后卡车那边的车道又跑过几辆车，都是长途运输车，从便利店出来的车也是走运输车的那条路，那条路连着国道，所以来往车辆相对较多。

　　舒清扬站在路口看了一会儿，转回便利店，傅柏云已经和店长说明了情况，在里面看监控。店长看到苏小花，立刻板起脸，问："你怎么又来了？"

　　苏小花躲去了舒清扬身后，直到舒清扬掏出证件，店长才放行，苏小花冲他做了个鬼脸，谁知舒清扬却对店长说："你做得很好，不要单独向记者透露信息。"

　　苏小花垂下了头，跟着舒清扬进去，小声说："我这么帮你，你还拆我的台。"

　　"要不是看在你帮忙的份上，我都不会让你进来。"

　　舒清扬走到监控屏幕前，傅柏云把事故发生前后的视频都看了一遍，现在在看第二遍，见他们进来，他按了暂停，说："镜头被动过手脚，什么都找不到。"

舒清扬看向画面，发现探头被巧妙地转了角度，只能看到客人腰部以下的位置，休息区那边也被遮住了，他看了下时间，这个现象是在八点半以后发生的，店长说之后没多久就出了大车祸，大家的注意力都被拉去那边了，再加上晚上只有一个店员，比较忙，直到今早他才注意到监控角度出了问题，重新做了调整。

这一切都做得很巧妙，同时也证明了那不是单纯的交通事故，而是精心设计的谋杀。舒清扬走到休息区，从这里刚好可以清楚看到十字路口的情况，他看着外面的风景，在脑中模拟凶手的行为。

凶手对张璐习惯和行动十分了解，知道她每晚去那间酒吧喝酒，知道她大概会在酒吧待多久，知道她会经过这条路口回酒店，而交叉路口的车道连接国道，这个时间段经过的大都是大型车辆，所以凶手既可以设计张璐撞车死亡，又能保证被撞车辆的受损度降到最低。或许当时经过的是普通车辆的话，他就会终止计划，因为他的目标是张璐，他是个狠毒的杀人犯，却没有丧心病狂，至少他自己是这样认为的。

张璐这几年都在国外，她被杀不太可能是因为结怨，从她最近的行为可以推断她的死亡还是出在三年前的事故上，有人不想她继续调查下去，想让秘密永远成为秘密。

舒清扬把录像又倒回去重看了几遍，苏小花在旁边看得着急，很想说话又不敢说。过了好久，舒清扬突然按了暂停，画面定格在一个穿牛仔裤的人身上。

镜头只拍到了他的裤子，除了可以判断那是个男人外，没有其他明显特征，他是在探头出问题后进来的，没有逛货架，而是直接买了杯饮料，去了休息区。

之后有客人陆陆续续从休息区出来离开，尤其是出车祸的时间段，大家都跑出去看热闹，牛仔裤男也在其中，后来有些人回来了，但他没有回来。

苏小花终于忍不住了，问："这个人有问题啊？"

舒清扬没说话，放大定格画面，男人正在往休息区走，手里拿了个东西，镜头只拍到了东西的一角，四四方方的，画面模糊，看不清是什么，只能推测那可能是笔记本电脑。

舒清扬让傅柏云把相关视频都复制下来，又联络王科，说了他们的发现，他担心刘小小和江山也会有危险，建议暗中保护。王科同意了，说马上处理，又告诉他说监控搜索到了杨宣的行踪，他在一条叫长宁街的街道附近转悠，他们人手不够，由刑侦科的同事协助，已经赶过去了。

傅柏云复制了视频，离开便利店后，苏小花见他们有急事，说自己另外叫车走，让他们不用管自己，她说完就跑，被舒清扬叫住，叮嘱她这次的事件很危险，让她别单独调查，也不要跟相关人员接触，她点头答应了。

"根据她以前的种种表现，我对她的保证不太信任。"路上，傅柏云说。

"我也不信，不过轻重缓急她还是拎得清的，怎么说她在这行也做很久了。"

舒清扬一边说着一边查看长宁街的地图，这一片都是住宅区，人多监控也多，他不明白杨宣为什么会到这里来。

傅柏云说："他说要找凶手，会不会吴小梅就住在这附近？"

"小柯应该在查了，不过吴小梅既然从事犯罪活动，她就不会用真名租房，甚至不会用吴小梅这个名字，只怕不好找。"

车里沉默了一阵子，傅柏云心里有事，没再说话，舒清扬继续看手机，他把地图转成实景，又看了一会儿，忽然眼前一亮，发现街道旁有棵很粗的垂柳，这棵柳树前不久他曾在照片上看到过。

他有点明白杨宣会为什么会去长宁街了，正想着，耳边传来一个声音。

"我知道杨宣为什么不相信你们，因为你们凡事都讲求证据，然而现在没有证据证明凶手当时在现场，所以他说了你们也不会信，他只能冒险自己去找凶手。"

那是夜枭的声音，最近这声音很少出来刷存在感，舒清扬有些惊讶，马上想到杨宣为什么会确定警方没找到凶手在现场的证据了，潜意识在提醒他那些情报都是夜枭告诉杨宣的，在心理战术上杨宣远远不如夜枭，导致他在不知不觉中被牵着鼻子走。

所以当下最重要的除了找到杨宣外，还要尽快控制吴小梅的行动。吴小梅杀了人，很可能自暴自弃继续杀人，而杨宣急于解脱嫌疑，也有可能做出过激的行为。

两人赶到长宁街，和刑侦科的同事们碰了面，看大家的脸色就知道扑了空。傅柏云一问才知道大家把附近都找了个遍，没找到人，杨宣又一次神奇地人间蒸发了。

附近都是住宅区，又是深夜了，他们总不可能挨家挨户地问。冯震提出先请派出所的同事注意观察，他们则负责从吴小梅的关系网入手，调查她的亲戚朋友或是以前的同事是否住在长宁街。

大家正聊着对策方案，傅柏云发现舒清扬不见了，他看向四周，就见舒清扬大步流星去了对面。

这里是老城区，拐角有棵很粗的垂柳，垂柳四周还围了栏杆，舒清扬走到树下仰头看，又转头朝四面张望，忽然穿过街道，跑进前面的住宅小区。

傅柏云追过去，其他警察也要跟，他摆摆手表示没事，有自己就行了。

傅柏云跟着舒清扬跑到某栋楼的楼下，刚好保安经过，舒清扬出示了证件，让他开门。保安看他表情严峻，没敢多问，利索地开了门，还主动问是不是在抓逃犯，需不需要他们协助。

舒清扬拒绝了，说只是普通检查，不麻烦他，他只要不对外说就行了。

两人上了六楼，舒清扬径直来到最右边的房门前，掏出了钥匙环上的细铁丝，傅柏云看到，抢上一步拿过来用铁丝撬开了门锁。

舒清扬看在眼里，赞道："你的技术越来越熟练了。"

"只要我们不拆伙，相信今后我会更熟练的。"

等傅柏云说完，里面的门锁也打开了，他推门进去，说："明明有保安的，为什么偏要自己来？"

"因为这是吴小梅的家，知道的人越少越好。"

舒清扬打开走廊灯，里面很静，不像有人。他们来到客厅，客厅东西不多，收拾得整洁干净，电器家具看上去都是配套提供的，墙角有个垃圾桶，他扫了一眼，里面是空的。

"这里不像有人在住。"

傅柏云去了厨房，锅碗瓢盆都没动过，浴室里也挺干净的，他接着又去了旁边的卧室，说："这里也挺空的。"

"我这边也是，除了墙。"舒清扬在另一间卧室说。

傅柏云跑过去，一进门就看到墙上贴的照片，不由"哇"了一声。

左边的几十张都是杨宣的，有开车的，有在餐厅吃饭的，还有在诊疗室的，有一些从取景角度来看是偷拍，但有些是正面照，杨宣还面对镜头做出微笑的表情。

右边的照片是李一鸣的，他的照片数量相对来说就少多了，拍得也敷衍多了，由此可以看出吴小梅并没有花太多心思接近他，至少不像研究杨宣时那么用心。

除此之外还有两张夜枭的照片，不过都离得很远，而且是模糊的侧脸，看来她对夜枭很忌讳，偷拍时不敢靠得太近。

"前一部分应该是吴小梅接近杨宣之前偷拍的，她调查杨宣的习惯和爱好，找机会认识他，李一鸣只是顺路钓到的猎物，李一鸣和我们比较熟，吴小梅接近他除了了解我们的行动外，还想制造错觉，让我们怀疑李一鸣。"

傅柏云看了一圈照片，目光落在最边上的位置，墙上有图钉的痕迹，却没有照片。他伸手摸摸："有人先我们一步来过了，他拿走了可能会指证自己的照片，却没有拿走夜枭的。"

"那个人应该很了解夜枭，他特意没拿走，就是在给我们下马威，也可以从中看出他很崇拜夜枭，认为夜枭的照片不需要特意掩盖。"

"神经病的朋友大多也是神经病，不过吴小梅拍杨宣和李一鸣的照片可以理解，她为什么要拍夜枭的？"

"因为她不甘心被操控，从我们接触她的那几次就能看出，她不仅要强偏执，还很聪明，虽然是个好棋子，却不太好控制。她应该在按照夜枭指令做事的时候就考虑自己的出路了，以便万一以后出事，她也有办法应对，所以她私藏的肯定不止照片，找找看，说不定先来的那个遗漏了什么。"

舒清扬边说边翻找起来，傅柏云打开床头柜，把手伸进抽屉下面摸索——在经历了一次有人往布谷鸟身上藏 SD 卡后，现在嫌疑人把东西藏去哪里他都不会觉得惊奇了。

抽屉底下没有，他又去找一些罅隙，说："如果真有的话，希望还没被拿走。"

"不会的，通常盲目崇拜他人的人，智商都不怎么够用，他算计不过吴小梅的。"

就在傅柏云对舒清扬的毒舌表示无语时，舒清扬正在一张张地触摸照片，随后发出叫声，抓住最上面的一张杨宣的照片扯下来，翻过来一看，照片后面果然有个用透明胶带粘住的 Micro SD 卡。

傅柏云看直了眼，跑过去问："你怎么知道吴小梅会把东西放在照片后面？"

"因为这里最显眼，吴小梅都已经完成跟踪接近目标的计划了，干吗还一直保留这些照片？即使保留，也完全可以收起来放去抽屉里，她还特意贴了夜枭和另一个人的照片，就是要做出她还会实施大计划的误导。实际上最重要的不是照片，而是藏在照片后面的东西，真是个聪明又狡猾的女人！"

"难道她的同党不会认为这些照片很重要，一定要销毁，然后全部都撤下来吗？"

"这里足有四五十张呢，一张张取下来也不是件轻松的事，事实上那个比我们先来的人不就被误导了吗？他只拿走了他认为危险的那几张，剩下的这些最多是证明吴小梅是跟踪狂，除此之外什么作用都没有。幸好来的不是夜枭，否则这东西早就没了。"

舒清扬把卡插进手机，很快，一段录音传出来，是夜枭和杨宣的对话。

"为什么你对舒清扬这么感兴趣？"

这是杨宣的声音，傅柏云看了一眼舒清扬，接着就听夜枭说："这不是感兴趣，是关心，我把他当成我最好的朋友，可他曾经害过我，所以心里一直对他感到愧疚。医生，你知道人在做错了事后会有两种反应吗？一种是承认自己的错误，另一种就是坚持自己的立场，认为对方是错的，把他自己的恶行正当化、合理化，这样他就不必担负愧疚，可以说服自己是正义的一方，这就是他这么排斥我的原因。不过我不会在意的，我想总有一天他会理解我的苦心，明白我做的一切都是为他好……你有过挚友吗？如果你有的话，一定会理解我的做法。"

义正词严的发言，其中还带着恨其不争的惋惜，夜枭的声音轻柔温和，很容易让人陷入感同身受的误区。傅柏云叹道："我要不是知道前因后果，说不定就被他感动了。"

"我也是，差点以为自己是坏人。"

傅柏云刚给舒清扬做了个"你可千万别这么想"的手势，就听杨宣说："我也有挚友，如果他陷入误区，我也会倾其所能去帮助他。"

"但这种帮助也是很痛苦的，因为他拒绝我的关心，他一直坚持所谓的正义，然而他却不明白正义的定位在哪里。法律不该仅仅只是一个工具，还应是一道警训，是一柄悬在每个人头顶上的利剑，让所有人感到敬畏。人性里有必要的善，也少不了必要的恶，善恶不是殊途，而是双刃剑，缺一不可。"

接下来是大篇幅的演讲，傅柏云承认夜枭的话非常具有煽动性，而且他又擅长偷换概念，他正是运用这种手段笼络了众多信众为己所用。

演讲过后静音了稍许，两人又谈起了指南针，一听到这个词，傅柏云的耳朵立刻竖了起来。

不过对话没提到他们关心的问题。夜枭先说人生需要指南针的指引，否则一旦走错方向就很难再回头，杨宣说很巧合，他最近做梦就梦到了指南针，他在爬山时失落了指南针，和同伴差点迷失在山谷中，接着话题便扯去了人性方面上。

录音是几段拼接起来的，听起来只是心理医生和患者的对话。傅柏云说："这些与犯罪毫无关系，吴小梅为什么要特意录这些，还藏起来？"

"心理医生的办公室通常都有防止被偷录的设备，普通窃听器起不了作用，这种特殊窃听录音装置应该是夜枭给吴小梅的，吴小梅私下偷偷复制了一部分，你看对话，夜枭一直在引导杨宣聊指南针，杨宣提到的梦或许就是在服下某些致幻剂后看到的，下药的可能是吴小梅，我想她的目的是——如果有一天可以控告夜枭，那这些录音会作为佐证，证明她没说谎。"

"所以那晚吴小梅去诊疗室也许是另有目的。"

"也许……"顿了顿，舒清扬又说，"杨宣是故意让我们发现他在长宁街的，不知道他用什么办法查到了吴小梅住在这附近，但他肯定猜到了吴小梅的家会留下线索，而这些线索有助于帮他洗脱罪名，他在引导我们帮他找线索，所以现身后马上又消失了。哼，他和吴小梅还真是够般配的。"

"可他为什么要搞得这么麻烦？他把知道的事情告诉我，我一定会相信他，会帮他调查。"

舒清扬的目光投过来，傅柏云问："我说错了吗？"

"他会这样做，可能性有两个，往好处想，你是警察，身份特殊，他不想连累你；往坏处想，他不相信任何人，也包括你，所以他宁可用自己的方式找出凶手。"

"……"

"也许两种都有吧，看你更希望接受哪一种。夜枭虽然说了很多谬论，但有一点没说错，人性不是非黑即白，很多时候善恶殊途同归，即使是同一个人，所处的环境不同，对善恶的选择也会不同，不到最后一刻，谁知道呢。"

舒清扬收好 SD 卡，又仔细检查了其他地方，确定没有遗漏的物证后，和傅柏云离开。路上，他提醒说："我们找到吴小梅房子的事先不要对别人说，免得打草惊蛇。"

"明白，不过我有个疑问，你是怎么知道吴小梅住那里的？"

"有天赋的也不光你一个。"

"我以为你的天赋是毒舌。"

"好吧，是小灰说的。"

这个回答听起来更不靠谱，傅柏云却笑了："我接受第二个解释。"

两人回了局里，舒清扬让傅柏云去值班室补觉。傅柏云走了后，舒清扬去了技术科，里面只有小柯在，他正靠在椅背上睡觉，对舒清扬的到来毫无察觉。

桌上堆了一大堆调查资料，舒清扬拿起来翻看，哗啦哗啦声把小柯惊醒了，他揉揉眼睛，换了个姿势继续睡，嘟囔说："不要再给我派任务了，派了我也要先补觉。"

"帮我查件事。"

舒清扬在纸上写了调查内容和注意事项，塞进小柯手里。小柯不情愿地支起眼皮看了看，下一秒眼睛瞪大了，很利索地坐直了身子。

"不困了？"

"不困了不困了，你这招太振奋精神了，简直就像那个不可能任务，你是想让我查所有……"

"对，所有的记录，不过这是我私下让你查的，有结果直接跟我说。"

"明白明白。"

小柯连连点头，舒清扬在他惊异的注视下出了技术科，回到办公室，打开便利店的监控和附近道路监控重新看起来。

便利店门口没有装监控，看不到凶手是怎么离开的，不过案发前后车道上没有出租车经过，所以凶手自己开车的可能性很大，舒清扬便把排查范围放在了来往的车辆上。

舒清扬搜索了几遍，提取了几个可疑的人，再调出便利店那个穿牛仔裤的人，依据脚长计算出他的身高和体型，和那几个可疑的人进行核对，分析数据很快就出来了，和一个男驾驶员的吻合。

他戴了帽子和口罩，看不到长相，好在监控拍到了车牌。舒清扬又继续查车牌，上车牌的是某家租车公司，车是凶手租来的，具体情况就得直接去租车公司询问了。

舒清扬打了个哈欠，拖过两把椅子往中间一拼，躺了上去，决定趁天亮之前先补个觉。

早上，科里开例会，舒清扬整理了调查到的资料，分别给了同事，他说已经确定交通事故是人为，但目前还没有掌握实际证据，今天会继续调查。

接着是马超，他还在大厦附近监视保洁员李大贵，用耳机和大家联络上，说昨天一整天李大贵都在大厦，只有休息的时候去超市转悠了一圈，买了些水果零食，除此之外没有其他可疑行动，也没有和外界联络过。

不过监视这事不能着急，所以马超说今天会继续跟，有消息再汇报。

昨天因为突发状况，王玖就从监视行动中撤下来了，改为调查张璐的朋友圈，收获不大，大家都说她这次回来后神经兮兮的，所以并不想和她过多接触。

蒋玎珰问到的情报稍微多一点——在山难发生之前，张璐曾邀请某个朋友当她的伴娘，她们不是很熟，朋友就问她是不是邀请了所有人，她说没有，婚礼只是走个形式，只要有个见证人就行了，后来发生事故，张璐就出国了，走之前连招呼都没打。

交流完情报后，王科让蒋玎珰和王玖分别去暗中保护刘小小和江山。舒清扬还没吃饭，他给小灰准备了食物，顺手拿了根胡萝卜，咬着胡萝卜出了办公室。

小柯站在走廊对面，正探头探脑地往这边看呢，一看到他，立刻朝他摆手。

舒清扬走过去，小柯把手里的资料推给他。

"有能力修改安保公司系统和信号器的人没几个，这是我筛选的所有黑客的资料，都是高手中的高手，可他们要么没动机要么没时间，有动机又有时间的还被关在里面呢，你说诡异不诡异？"

舒清扬看了下名单，总共有十二个人，有老有少有男有女，孙长军也在其中，还排在前几位。

有前科的小柯都做了重点记录，说："黑客的自我显示欲都很强，除非他不玩电脑不上网，否则不可能不留下记录。就比如说孙长军吧，虽然以前我不认识孙长军，但我知道'狐狸'这个代号，所以不存在漏掉的可能性，就连几个金盆洗手的我也都查了。"

"那过世的呢？"

"啊？"

看小柯的表情就知道他没反应过来，舒清扬说："既然是黑客，那修改数据造成假死对他们来说并不困难吧，这部分你查了吗？"

"死人？"小柯咳嗽了两声，"没有，糟糕，我怎么没想到这个可能性呢？啊对，因为这个做法太极端了，他在现实中确定死亡就等于说他不存在了，谁会为了玩黑客干掉自己呢？"

"能被夜枭怂恿的人，他的人格多多少少都会有一些缺陷，而且我只是假设这个可能性存在，因为其他假设你都已经排除了。"

"那我马上去查！"

小柯拿回资料转身要走，又转过来，说："你昨晚说的那事我还在查，等我的消息。"

傅柏云走过来，看着小柯跑远，他说："他在搞什么，神神秘秘的？"

"我让他调查一些事，还没结果，先去吃饭，吃了饭，咱们去租车公司。"

两人去隔壁粥铺吃了早饭，开车去了租车公司询问情况。

接待小姐查了租车记录，那辆车是四天前租出去的，租借时说借五天，但第三天客人就把车停在了公司的停车场，没打招呼就离开了，负责租赁业务的同事说打客人的手机也打不通，导致他们收的押金还有多收的租金都没法归还。

她随后又拿来了租车合约和租车人的身份证复印件，两人一看，都无语了，租车的是吴小梅，身份证也是她的。

"她到底帮夜枭做了多少事？"傅柏云忍不住叹道。

舒清扬说："应该说夜枭利用了多少人帮他做事。"

他向接待小姐询问租车女人的特征，接待小姐只记得她比较瘦，说自己感冒了，办手续时一直戴着口罩，看起来也没怎么化妆，不过她喷了很好闻的淡香水，从衣着谈吐来看是个很有修养和品位的人，所以接待小姐压根儿没想到这样的人会与犯罪挂上钩。

"你能说明一下那是什么类型的香水吗？"

"嗯，说不上来，就是觉得闻着很舒服，我也喷香水，买的都是品牌的，我想应该不是品牌系列的。"

接待小姐能解释的也只有这么多了。两人听着她的描述，看了租车和还车时的监控，租车的人不是吴小梅，不过气质和吴小梅非常像，留着长发。由于探头角度关系，只拍到了她的侧脸，她戴着眼镜，外加一个大口罩，很难确认真正的长相，还车时监控镜头被调去了其他方向，没有拍到当事人停车时的画面。

租车公司规模小，在租车手续上不是很严格，也没有刷信用卡预付的操作，对他们来说只要车还回来了，还多赚了押金和租金，就没再调查，清洗了车辆后昨天又租出去了。舒清扬听了接待小姐的解释，心想就算凶手在车里留下了线索，也都被清洗掉了。

舒清扬拿着复印资料从公司出来，傅柏云对女人的照片很在意，一直反复地看，舒清扬问："哪里不对劲？"

"说不上来，就是觉得好像哪里有问题，但她又不是在教堂广场带走小孩的那个人。"

"看来夜枭的教众又增加了。"

"他的长相和气质的确很容易蛊惑年轻女性，更别说他还很擅长狡辩。"

傅柏云把女人的照片传给小柯让他调查，果然不出他所料，罪犯数据库里没有女人的情报。

舒清扬说："还车的人应该是黑客，这女人只是个小卒，她没有本事调整监控探头。"

"可他们弄辆车应该不是很困难吧，为什么要特意租车？还用了吴小梅的身份证，这不是在向我们提供吴小梅的线索吗？"

"只要不是凶手本人出面，租车其实更安全，因为我们无法根据车牌追踪下去，虽然吴小梅暴露了，但那也证明不了什么，我们不能因为她租了辆车并且车在车祸现场附近出现过就公开缉捕她。我们现在能确定的是开车的是那个牛仔裤男人，他拿了笔记本电脑，在车祸发生时一直坐在便利店的休息区，仅此而已。"

傅柏云听完，沉默了一会儿，说："为什么我觉得两起案件相互有关联？"

"至少两个案子里吴小梅都有参与，夜枭不在意她暴露有两个可能性，一个是用吴小梅的名义去租车，可以混淆我们的判断。还有个可能是这个棋子对夜枭来说已经没用了，他打算放弃。"

"如果是第二种，那吴小梅可能有危险，我们得尽快找到她。"

傅柏云越想越心惊，联络小柯说了他们的调查情况，让他转告技术科的同事，加快速度找人，小柯一口应下，说一有消息就马上提供。

第五章
山难背后的秘密

随后两人又赶到江山父母的家。

王玖用耳机告诉他们说江山夫妇带着孩子在小区公园玩，两人来到公园，就看到孩子正从滑梯上滑下来，江山的妻子在下面接他，江山则站在不远处给他们拍照。

江山也在同一时间看到了他们，脸色微变，过去跟妻子说了几句话，迎着他们走过来。

"有什么事吗？"

"还是要跟你打听下张璐的事，现在方便吗？"

"去那边坐吧。"

公园一角摆放着长椅，江山带他们过去，又准备去贩卖机买饮料，舒清扬叫住了他："不用麻烦了，我们直接聊事吧。"

江山的目光在他们两人之间转了转，最后坐下来："那你们肯定是白跑一趟，我真的不记得张璐的事了。"

"我们昨天和刘小小见过了，其实你已经记起了以前的事，至少关于你狂热追求张璐的那部分你是有记忆的，否则在张璐去找你的时候，你不会表现得那么冷淡。"

"舒警官，你真会开玩笑，你又没在场，怎么知道我对她冷淡？难道就凭着直觉？"

"不仅仅是这样，前不久我去找你的时候，你也是这样的反应，你有了家庭，有了新生活，不想再跟以前扯上关系，所以把合照给了我，这不太合常理，人都是有好奇心的，越记不起来的事情就越想了解，而且你的新的人生和以往的记忆并不矛盾，没理由排斥，除非你想起了什么，而那些会影响到你现在的生活。"

江山不说话了，坐在那儿，双手搭在膝盖上无意识地来回搓动。

看他在犹豫，傅柏云追加道："我们并没有想扰乱你现在的生活，但是张璐的死有很多疑点，必须调查清楚。"

"你们……你们的意思是张璐不是因为交通事故死的？"

"她在出事前联络过刘小小，说想谈三年前的一些事，但刘小小没去，没多久她就发生了车祸。我们想了解三年前到底发生过什么，这有助于我们查出张璐的死亡真相。"

稍许沉默后，江山问："刘小小怎么说？"

"她和张璐的关系不佳，所以我们才来找你，也许你比刘小小要了解张璐。"

"并没有，要是真了解，我就不会追她了。"

江山破罐子破摔，没有再避讳，开口坦白了。

"你没说错，我是记起了一些事，所以才不想和他们联络。张璐以前就是校花，参加了登山队后也有好多人追她，我和张文龙都是其中之一，现在回想起来，我怎么会喜欢那种女人？仗着漂亮周旋在男人之间，态度也是一时一变。我向她告白过，她说要考虑，后来我听朋友谈起才知道她有追求的对象了，还打算和那人年底结婚，我就是个备胎，啧。"

"她的结婚对象是谁？"

"朋友也不知道，只知道是姓张，我们当中就张文龙一个姓张，肯定就是他了……"

　　傅柏云心想这个流言应该就是张璐聚会时喝多了说起的，他问："你问张文龙了吗？"

　　"问了，就是在山难的时候，我不在意张璐选择别人，但不想当被蒙在鼓里的傻子。我记得当时雨下得很大，继续登山会有危险，我们讨论着要下山，可也不知道怎么着就吵了起来，我质问张文龙是不是不把我当朋友，他不仅不道歉，反而嘲笑我自作多情，我们就打起来了。"

　　回想那段往事，江山面露痛苦，双手捂住脸，呼哧呼哧直喘。

　　等他的情绪稍微稳定后，舒清扬问："当时陈天晴在吗？"

　　"他……"江山眼睛里掠过困惑，随即说，"在拉架吧，他是队里的大哥，大家有争执，都是他负责调解的……"

　　但当时陈天晴说了什么做了什么，江山记不清了，他只记得当时雨下得特别大，他们几个在雨里相互叫骂殴打，都忘了危险在即，东西被扔去了各处，有登山包、食物，似乎还有指南针，他脸上身上沾满了雨水和泥浆，心里憋了一股火，恨不得把对方置于死地，直到山坡塌方，泥石流冲过来的时候，他听到了尖叫声，好像有人在拉他，也好像他在拉别人，都是一瞬间的事，随后他的视线便被黑暗席卷了……

　　等他醒来时，一切都静止了，他躺在一堆沙土草木中，全身痛得厉害，凭经验他知道自己的脚踝和手腕都扭伤了，但究竟是怎么伤的他想不起来，他为什么会在这里，他也想不起来，他甚至记不起自己是谁。

　　一声长长的叹息随风飘远了，江山说："这三年我陆陆续续想起了以往的事，但山难时的经历始终只有几个残缺的片段，还有就是回荡在耳边的叫声和手上的触觉。"

　　他抬起手，手指在阳光下微微发着颤："可能是他们在向我求救，我却松开了手，也可能是他们被我推下去的，连同那个指南针，对，就是那个指南针，我记得它摔出去的声音，很清脆的响声……警察同志，我是不是犯了法，是不是要坐牢？"

　　江山的神情充满了纠结，一方面出于漠视朋友死亡的愧疚，另一方面又有着对妻子孩子的不舍。舒清扬理解他的感受，那种想探明真相但又怕知道真相的心情他再清楚不过了。

"除非你真正想起来，否则那天在山上发生了什么事永远都是个谜，但不管怎样，那是天灾，从当时的情况来看，你做过什么与结果没有太大关系。"

江山想了想，点头："我也是这样安慰自己的，也许正因如此，我才想不起来，潜意识在提醒我去无视。对不起，上次你们来找我问情况，我隐瞒了真相，我认识那个指南针，可是出于自保的心理，我撒了谎。"

舒清扬询问了指南针的出处，江山的讲述和刘小小的一样，他们五个人在古镇的店铺买的，后来就挂在背包上当装饰物来用。

舒清扬又询问指南针还在吗，江山摇摇头说扔掉了，自从记起山上的片段后，他就按捺不住愧疚，后来趁着回家，特意找出指南针扔进了垃圾桶。

"但你内心深处还是期待我们找出真相的，"舒清扬说，"所以在张璐找上你后，你把我以前给你的名片送给了她，谢谢你这么做，否则案子或许就被作是交通事故处理了。"

舒清扬道谢离开，半路又转回身，问："张璐当年追求的人会不会是陈天晴？"

江山一怔，接着摇摇头："我不知道，可能追过吧，她那人很喜欢挑战，不过天晴很正直的，他都快结婚了，肯定不会脚踏两条船。张璐得不到才会去在意，毕竟她家世好人长得又漂亮，而且张文龙在山上嘲笑我的表情我到现在都记得，他不会说谎的。"

两人从小区出来，上了车，傅柏云听舒清扬用耳机交代王玖继续暗中跟着江山，他问："你觉得凶手会加害江山和刘小小吗？"

"我不确定，只是张璐会特意联络他们俩，很有可能是他们了解一些内幕，却不知道那些内幕关系重大，凶手也许会铤而走险……去俞旻那儿问问看吧，也许她能记起什么。"

说到俞旻，舒清扬的声音有些低沉，傅柏云明白他的担忧，说："她目睹了张璐出车祸的经过，这会不会也是凶手的安排，在警告她别多事？"

"凶手有那么神通广大吗？"

傅柏云也觉得不太可能，但要说只是巧合，又未免让人觉得太巧合了，他叹道："我越来越搞不懂夜枭的目的了，他为什么特意提醒我们注意张璐的案子？这么好用的黑客棋子他应该不会随便丢弃吧？除非陆小帆的案子和张璐的案子里出现的黑客不是同一人。"

舒清扬隐约觉察到了夜枭的想法，但又不敢肯定，说："先去问问情况再说。"

俞旻的咖啡屋很受女性客人喜欢，舒清扬和傅柏云进去的时候，里面坐的都是女生，空间流淌着舒缓的乐曲，闻着咖啡的香气，傅柏云一直紧绷的神经稍稍放松。

俞旻把客人点的饮料端过去，随后跑到他们的座位前，说："你们这个时间点过来，真稀奇，还没吃早饭吧，我去准备。"

她要去柜台，被舒清扬叫住了："不用了，我们过来是想和你确认几件事。"

俞旻看看他的表情，又转头打量了一下其他客人，说："那等等，我马上过来。"

她去柜台忙活了一阵，等客人们不需要张罗了，才端了饮料给他们，舒清扬的是红茶，傅柏云的是苦荞茶。

"你们做事辛苦，这是犒劳你们的。"

她笑着坐下来。傅柏云想起俞菲说的话，他能享受免费茶点全是沾舒清扬的光，忍不住看看柜台那边，俞菲回家了，这里只有俞旻一个人，看起来挺忙的。他说："不好意思，在你忙的时候来打扰。"

"早餐那会儿最忙，现在还好，你们要问什么？"

俞旻看向舒清扬，舒清扬说了有关张璐的消息，她很吃惊："你们真厉害，这么快就打听到了这么多情报。"

"但这些情报太杂，我们还不确定它的真实性，所以过来问问你。"

"这你就难倒我了，我和她不熟，总共也就见过几次面吧，而且每次都是大家一起聚会。我倒是对刘小小的印象比较深，她很活泼，叽叽喳喳的一个小丫头片子，啊对，有点像苏小花的性格。"

俞旻回想几次聚会的场景，脸上浮起微笑，她说大家很喜欢凑在咖啡屋聊天，从健身到美食，从爬山到旅游，什么都聊，但好像没有涉及感情方面的问题，也可能涉及了而她没留意，因为她每次都是在柜台里忙活，忙着为大家准备餐点。

有关张璐有男朋友并且谈婚论嫁的传言，俞旻也说不知道，她不太喜欢户外活动，所以陈天晴从不特意跟她提登山方面的事，更何况涉及队员的个人隐私，他就更不会说了。

俞旻讲完，看看他们的脸色，问："你们为什么一直问以前的事啊，这跟张璐的死有关吗？"

"一切还在调查中。"

说到案子，舒清扬摆出公事公办的态度，傅柏云打圆场，说："这些都是例行公事，为了给死者家属一个交代。"

看俞旻的表情就知道她不信，不过没多问，刚好有客人要结账，她跑去柜台，就在这时，店里的座机响了起来。

俞旻还在结账，没办法接电话，她冲舒清扬招招手，示意让他接。

舒清扬走过去拿起话筒，还没等他报店名，一个女人的声音就焦急地传来。

"你怎么不接手机啊？你婶儿都快急死了。"

听起来她应该是俞旻的家人，舒清扬说："不好意思，俞旻在招呼客人，没办法接电话，请问你有什么事吗？"

一听是个陌生男人的声音，那边的态度立马变好了："我是小旻的妈妈，你是她男朋友吗？这孩子真是的，有男朋友都不跟我说，害得我担心。"

她噼里啪啦地说了一大堆，舒清扬都没机会纠正，只好说："是不是急事？我让她回拨给你。"

"算是急事吧，不过也不差这一时半会儿的，你叫什么啊，和小旻认识多久了？"

对面传来男人不快的叫声，好像在催促她赶紧说正事，俞旻的妈妈李美香把话茬打住了，说："这个回头再聊，我是要说小菲的事，就是她堂妹俞菲，你见过吧，长得特别漂亮，嘴巴也甜，不像小旻，榆木疙瘩似的。"

"我见过，她怎么了？"

"她失踪了，可急死我们了，都下了车，还留言给她妈说搭车回去，可这都一天一夜了也不见个人，我们报了警，还在找。她爸让我问问小旻，小菲离开时穿了什么，拿了什么包，警察说了，提供的情报越多，越有利于他们找人……哎呀，你说这种事怎么出在我们家身上呢……"

她太急了，说得颠三倒四的，舒清扬说："你先冷静一下，你知道俞菲是几点给她母亲留言的吗？"

"是……"李美香在对面问其他人，马上回道，"是九点过十分，说已经搭上车了，不方便说话。"

对面又有人在吵嚷，李美香很快又说："等等，这不是最后留言，她妈妈说快十点的时候她又留了一次言，说先去朋友家，晚上就不回去了，她妈妈挺生气的，觉得她肯定是去前男友家里了，还打电话让她回家，但手机没人接……"

电话半路被夺过去了，一个男人粗声粗气地问："你这人到底怎么回事，问这么多干什么？赶紧把电话给小旻，她妹妹都出事了，她还顾着赚钱，赶紧把店关了，回来帮忙找人！"

舒清扬想，他应该就是俞旻的父亲了，他看看对面，几位客人的账都结了，俞旻跑过来拿过话筒，她刚叫了声"爸"就被堵了回去，对面不知道说了什么，她看看舒清扬，说："他是警察，你们有什么就说吧，也许他能帮上忙呢。"

客人都离开了，傅柏云跑出去挂上暂停营业的牌子，关上门，俞旻开了外放，那边听说舒清扬是警察，态度好多了，把俞菲失踪的事详细说了一遍。

从俞菲和她妈妈的对话来推测，俞菲出了车站后就打了车，本来是准备回家的，半路又改变主意，但她去哪里父母不知道，问了也不说，俞菲的妈妈就以为她是去了前男友那里，第二天打电话过去问，前男友说她没过来，手机也打不通，他们越想越害怕，就去报了警。

警察调出车站附近的监控，的确看到俞菲从车站出来，但那之后就追踪不到了，手机 GPS 也无法定位，推测她可能是上了黑车，现在正在调查当晚在车站附近出现的黑车，所以俞菲父母才想跟俞旻打听她离开时都带了什么，方便搜索。

俞旻听了后马上就慌了，说俞菲决定得很急，没拿太多东西，她努力回想了一下，说了俞菲的服饰和随身带的小旅行包，对面听完就挂了电话。

俞旻拿着话筒呆了一会儿才放下，她的手指都抖起来了，一副六神无主的样子。傅柏云安慰道："这事你先别急，我们再跟那边的同事问下情况，有消息跟你说。"

"那我是不是要回去啊？"俞旻有点没主意，看看他们，又说，"堂妹出了事，我这心里也不踏实，也不知道该怎么办。"

"别担心，这事我来处理，你先不用回去，那边有人调查，你不了解情况，回去了也帮不上什么忙。"

俞旻想想也是，点头答应了，舒清扬又让她说了一下俞菲和她讲电话时的情况，她定定神，详细说了一遍，最后说："她都挺正常的啊，就是听口气心情有点糟，不过她一直都是小孩子性子，我也没当回事，我还特意交代她别坐黑车，她也没理我，平时我叔婶儿把她保护得太好了，她完全没有警觉心，我就怕她真被骗了上了黑车。你说要是有人绑架了她，会什么时候来要赎金？"

"现在是不是坐了黑车或是被绑架还不好说，你先别胡思乱想。"

舒清扬又安慰了俞旻几句，等她镇定下来这才告辞离开。

两人出了咖啡屋，走出一段路，傅柏云才说："如果是黑车绑架的话，不会拖这么久还不通知家人。"

舒清扬点点头。傅柏云看看他表情，又说："而且时间上太巧合了，在同一晚上俞菲走失还有张璐出车祸，会不会都是夜枭搞的鬼？"

"如果是他，他为什么这么做？假设与三年前的山难事故有关，那他的目标该是登山队的成员，最多把俞旻算进去，可为什么要抓俞菲？而且他还特意提醒我们注意车祸。"

傅柏云答不上来了，想了想说："也许他知道山难真相，但他希望通过你把真相揭露出来，他不会漫无目的地杀人，我想假如是他挟持了俞菲，可能只是一种威胁，而不是要害俞菲。"

舒清扬觉得傅柏云说得有道理，但直觉又告诉他真相不完全是这样，他停下脚步看向傅柏云，傅柏云说："你想让我留下暗中保护俞姐？"

"我还没参透夜枭的诡计，不过有一份保险总是好的，你先跟到晚上看看情况。"

傅柏云答应了，舒清扬把车留给了他，傅柏云开车转了一圈，停去了咖啡屋对面的停车场，在这里可以清楚看到咖啡屋的情况。

咖啡屋生意不错，客人陆陆续续地进出。傍晚俞旻关了店，去附近超市买东西，傅柏云跟在后面，顺便买了面包当晚饭，他吃着面包看到俞旻讲电话，说了一会儿放下手机，拎着购物袋回了咖啡屋，一路上没有奇怪的人接近她。

之后没多久客人就多了起来，好像是预约组团来的，眼看着座位都快坐满了，就在傅柏云担心俞旻一个人忙不过来的时候，一辆小轿车停去了咖啡屋的停车场，随后苏小花从车里跳下来。

傅柏云差点把刚喝进嘴里的水喷出来，眼睁睁看着苏小花跑进咖啡屋。原本还以为她是来吃饭的，可是等来等去都不见她再露面，直到八点多了她才出来，俞旻跟在后面，把手里的袋子塞给她。

苏小花冲俞旻摇摇手，去了停车场。傅柏云等俞旻回了咖啡屋，立刻打电话给苏小花，一接通就说："四点钟方向。"

苏小花转头张望，傅柏云说："我在四点钟方向的停车场，你给我过来！"

他打开车窗摆了摆手，苏小花终于看到了他，穿过马路跑过来，傅柏云怕被俞旻发现，打开车门让她赶紧上车。

"咦，你怎么在这里啊？态度还这么差，换了舒队……"

"换了舒队，他就直接骂你了。"傅柏云抬手制止苏小花的唠叨，问，

"舒队不是让你不要再跟这个案子了吗？你怎么还跑来找俞姐？"

"我说傅柏云你可别冤枉我，不是我要来的，是俞姐打电话让我来帮忙的，她妹妹不是突然回家了嘛，这两天有不少预约的客人，她怕忙不过来，就问我能不能来帮个忙，她按小时给我工资，我没要，选了免费订餐。"

苏小花巴拉巴拉说完，傅柏云发现自己误会人家了，他挠挠头发，不太好意思。苏小花歪头看他，拍拍他肩膀。

"放心，我不会怪你的，毕竟你的智商就摆在那儿了。"

一句话让傅柏云的歉意消失得干干净净："你这毒舌和舒队倒是挺配的。"

"我觉得我这个人和他也挺配，可惜他喜欢俞姐，不喜欢我，说到这个，我问问你哈，你们男人是不是都喜欢温柔贤淑很有女人味的那种？"

"也不是，我就不……"傅柏云半路把话打住了，心想他为什么要跟个丫头片子聊这个，问，"那你自己的工作不用做了？"

"我为了调查张璐的事请了几天假，结果舒队不让我查，我也不想销假，就闲着了。俞菲也太不够意思了，和我约了去泰国玩，结果都不如她前男友的一通电话重要，啧啧。"

"你们约了去旅游？是什么时候的事？"

"蛮早之前就说定了的，她对那边求姻缘的东西挺好奇的，刚好我有朋友在那边当导游，就说好一起去。我也是个实心眼，把计划都做好了，可她微信说了句不去了就完事了，我打电话她也不接。"

苏小花还不知道俞菲出事了，冲傅柏云抱怨，傅柏云问："她什么时候留言的？"

"就前几天吧。"

苏小花拿出手机找到记录，是五天前的晚上十二点多，先是苏小花的留言。

——亲你是去月球办事了吗？

俞菲一直没回信，直到两点多才回——

　　啊糟糕，洗了澡就在玩游戏，忘了回你，千万别拉黑我啊。

下面跟了个道歉的动图，苏小花没回，俞菲又接着说——

　　我的前男友转正了，说以前都是他的错，以后会对我好的，我决定再给他一次机会，所以打算这两天就回家，先不说了，要是我姐看到我这么晚还没睡，又要骂我了。

苏小花是第二天早上九点回信的，先是个哭脸，接着问——

　　你不会是认真的吧？
　　是认真的。
　　那泰国游咋办？我都计划好了啊！

隔了十几分钟，俞菲回——

　　取消掉行吗？拜托拜托别气，大不了下次你来我这儿，我好好请你，讨厌，又有客人来，我先忙了。

之后是个抱歉的笑脸，对话就结束了。

"咖啡屋早上都挺忙的，所以我就没再联络她了，怎么了？"

傅柏云没说话，又把对话来回看了一遍，苏小花觉出不对劲了，举手说："等等，为什么你要偷偷待在这里？不会是有人要害俞姐吧？这么说来是有点古怪啊，一个登山队的队员都陆续出了事……你别不说话啊，俞菲是不是也出事了？"

"这个我们还在调查中。"傅柏云学着舒清扬的那一套打官腔，又问，

"你为什么问她去月球办事？"

"喔，晚上我打她电话聊旅游的事，她正在忙，就说回头打给我，害得我一直等，最后就忍不住在十二点打给她了。"

傅柏云看向她，苏小花立刻纠正："别怀疑，我可不是那种没常识的人，你看我从来不会那么晚打给你和舒队，我是知道俞菲是个夜猫子才打给她的。"

"行行行，我知道了，咱们先说重点，那之后你再没联络她？"

"没有啊，人家都不去了，我还说啥，总不能让她踹了前男友再去找新的吧，等等……"苏小花观察傅柏云的表情，"嗯，看起来是有事发生啊，给你看看这个，也许有用。"

她调出一段录音按开，里面传来她和俞菲的对话，傅柏云问："你录音了？"

"这是我的习惯，我怕会错过重要情报嘛，所以设置了电话录音。"

傅柏云接过手机，嘟囔道："看来在你面前，我也没什么隐私了。"

"放心，我对你没兴趣。"

"谢谢。"

傅柏云把录音倒回一开始的地方，是苏小花打给俞菲的，说去泰国的旅游时间安排好了，问她有没有需要变更的，俞菲不知道在哪里，说话声音压得很低，听语气有些为难，苏小花叽叽喳喳说了半天，她才说再考虑一下，接着又说现在比较忙，回头再打给她，接着就挂了电话。

"我本来没觉得怎样，被你这么一提醒，感觉她当时有什么心事，都没在听我说话。"苏小花分析说。

傅柏云也觉得是这样，他按了重播，对话中途好像传来东西落地的声音，俞菲"嗯"了一声，接着又有轻微的杂音，但说话声太大，听不清杂音是什么发出来的，随后俞菲就以她在忙为借口挂断了。

总之俞菲当时的反应很不寻常，傅柏云便向苏小花要了录音和所有留言，苏小花话痨归话痨，眼力见儿还是有的，没多问，全都传给了他。

正忙着，车窗突然被啪啪拍了两下，苏小花一抬头，就看到一个黑影杵在窗前，她"啊"的一声躲去了傅柏云身后。傅柏云转过头，刚好那人弯下腰，两人对视个正着，他说："自己人。"

苏小花偏头看看，认出是刑侦科的冯震，不由得用力拍胸脯吐气。

"你是警察，又不是小偷，怎么搞得神出鬼没的？"她抱怨说。

冯震坐去后车座上："我来换班，不小心点的话，被发现怎么办？"

"被谁发现？"

冯震板起脸，瞪着苏小花，问："你，为什么在这里？"

"这个嘛就说来话长了，你们忙吧，我不打扰了，记得到时候多提供些资料，好让我写专题哈，警察叔叔们辛苦了，这个给你。"

苏小花把刚才俞旻给自己的袋子给了冯震，冯震打开一看，里面放了三明治，另外还有水果沙拉和一杯南瓜汤，汤还是热乎的。

他开心了，问："你不吃？"

"是俞姐给我做的早点，我不吃了，送你。"

苏小花下了车，傅柏云交代她不要再掺和，她摆摆手，随口说："知道知道。"

等她离开了，傅柏云向冯震询问杨宣的调查情况，冯震说还没进展，刘小小和江山那边也挺正常的，晚上换他们科的同事去跟踪了，暂时没新发现。

"如果商业大厦里面有动静就好了。"

"人家也不傻啊，知道现在一动不如一静，反正就继续跟着呗，是老鼠总会忍不住冒头的，行了行了，你赶紧回去休息吧，有消息我再叫你。"

冯震坐去了副驾驶座，摆手赶傅柏云，傅柏云听说他是坐车过来的，急忙跳下车，想叫住苏小花搭个顺风车，却发现苏小花已经离开了。

苏小花为了抄近路，把车拐去了小路上，往前跑了没多久，听到教堂的钟声，她随意瞟了一眼，刚好看到有个女人走去教堂的后门，打开门进去了。

女人低着头，步履匆匆，看背影和走路姿势像是梁雯静。苏小花有些惊讶，这个时间段来教堂干什么啊，还走的后门？想起舒清扬询问过梁雯静的事，她沉不住气了，在附近随便找了个空地停下车，跑了过去。

后门没上锁，"吱呀"一声就拉开了，苏小花先是站在门口探头看看里面，发现一个人都没有，她就进去了，穿过走廊一路来到前面，刚好看到神父经过，她慌忙躲去柱子后面，就听脚步声走远了，接着是开门的声音。

苏小花探头看看，见没人了，她顺着神父离开的方向走过去，角落里有个小房间，那是告解室，里面隐约传来说话声，她明白了，原来梁雯静是来做忏悔的。

这关系到私人隐私，她往后退了两步，准备离开，忽然觉得不对劲。三年前的事件中，梁雯静是受害者，事后她还在医院休养了很久，要是需要忏悔，那也该是夜枭啊。

这个念头一冒出来，她就更觉得梁雯静的行为不寻常了，再想想刚才那位神父，总觉得在哪儿见过，是工作中接触的人？不对，那应该更有印象，还是朋友圈的？应该也不是，接受梁雯静告解的，和自己有过接触的……

苏小花抓抓头发，回想了半天，突然眼前灵光一闪，她想起来了！

三年前梁雯静受伤住院，她每天都去医院探望，当时有个查房的医生和神父长得很像，难道是医生转行当神父了？怎么现在当神父的门槛这么低了，她记得教会培养神父需要不少时间的……

苏小花掏出手机准备查查这位神父的资料，肩膀忽然被拍了一下，她吓得往前蹿了个高，转头一看，是个年轻女人，留着黑色长发，脸圆圆的，很和善的样子。

苏小花松了口气，又看看她，问："你是那个……修女？还是嬷嬷？不好意思，我对这些不是很懂。"

"都不是，我只是在这里帮忙做杂事的，义工而已，这里晚上不对外开放，如果你想祈祷，请在早上过来。"

"我……"苏小花转转眼珠，说，"我不是祈祷，我是想忏悔的……对，就是去告解室告解，我看到有人进去了，请问我也可以吗？"

"这个……"

女人有些为难，苏小花急忙说："你们基督教的教义不是负责救赎吗？我现在就是迷途的羔羊，迫切期待被救赎。"

"对不起，我们是天主教，不是基督教。"

"呃，抱歉抱歉，失礼了，我比较了解中国的教宗。看在我这么晚过来的份上，就让我忏悔一下吧。"

苏小花上前拉住女人的手诚意恳求，女人脸上露出明显的"那你去别的教宗祷告啊"的表情，不过手被紧紧抓住，她也很无奈。她指指旁边的座位，说："那你在这儿等一下吧，等前一位告解者离开，你就进去。"

"谢谢！谢谢！实在是太感谢了！"

苏小花坐去旁边的座椅上，等女人离开了，她掏出手机准备查资料，谁知女人又转回头，提醒道："请不要在这里玩手机，这是对主的亵渎。"

"好的，不玩不玩。"

苏小花怕被赶，乖乖把手机塞回口袋，坐在那儿不敢再乱动了。

等了没多久，梁雯静出来了，苏小花赶忙低下头，听着脚步声逐渐远去，她才抬起头，一溜小跑进了告解室，把门一关，坐下，对着眼前的小窗口说："神父，神父，你在吗？我要告解我要忏悔。"

"我在，请说。"

标准的男中音，这声音很容易让人卸下心防，但也很没特色。苏小花回想三年前的几次见面，不敢确定他和医生是不是同一人，便清清嗓子，说："可以面对面说吗？我对着窗口说，心里特没底，当然，你不想面对面也可以，但我还是希望面对面，这样我可以坦白得更多，咳咳，大概是更多吧。"

窗口的隔板被移开了，苏小花说："你是不是觉得我很烦？所有认识我的人都这样说，这也是我要忏悔的事情之一……"

窗户太小，她只能看到对方的衣服，便弯下腰，把脸凑到窗口往对面看，这次终于看到了，可惜光线太暗，她越看心里越没底，把手探进包包里，问："我怎么觉得你很面熟啊，你以前是不是在安和医院工作过？"

"没有，我神学院毕业后就从事神职工作了，你说的可能是我的双胞胎弟弟。"

"原来你有兄弟啊，怪不得怪不得。"

苏小花一边说着一边打量神父的衣着，他穿着黑袍，外表看不出有什么问题，对方也注视着她，等待她的忏悔。

可苏小花哪有什么需要忏悔的啊，她搜肠刮肚地想了半天，说："我要忏悔的是三年前的事，因为我生病了，工作临时调给了我的同事，导致她被绑架，还差点死掉。可是我听到消息后，首先想到的是幸好被抓的人不是我，我还年轻，还是独生女，要是我死了，我爸妈怎么办？还有，我喜欢一个男人，可他却不喜欢我，他喜欢别的女人，我就想我比那个女人漂亮又年轻，还有能力，还经常帮助他，为什么他选她不选我？说不定那女人是坏人，她的温柔贤惠都是装出来的，要是我能揭穿就好了，你觉得我是不是特别坏？还有还有……"

接着她又说了好几件和同事争新闻的事，絮絮叨叨了半天，神父的左手抬了起来，苏小花没有一直趴在窗口看，猜想他是不是在捂嘴打哈欠，正觉得自己也挺无聊的时候，忽然想起给梁雯静查房的医生也是用左手的。

这可能只是巧合，不过苏小花还是感觉毛毛的，把正在说的段子草草说完了，看看表："哎呀，说了这么长时间，不好意思，耽误神父你休息了，我这就走这就走。"

她站起来要推门出去，隔壁传来说话声。

"你告解得还不够诚心啊。"

声音和刚才的完全不同，是个略带磁性的很有质感的嗓音，苏小花一愣，一时间没明白神父什么时候调换了，她干巴巴地笑了两声："够诚心了啊，你看我把我内心最黑暗的事都说了。"

"说出内心最黑暗的部分原本就是告解的基本，至于诚心，至少你该把录音的东西留下来。"

"呃，你在说什么啊，什么录音？"

苏小花装作听不懂，打着哈哈问，同时拿起包就往外跑。

谁知门一推开她就被堵住了，女义工站在前面拦住路，她慌忙转身，神父堵在后面，她瞅瞅旁边的告解室，明白了，就在她絮絮叨叨的时候，神父就换了人，而且换得特别有技巧，所以告解室里肯定还有其他的暗门。

既然被看穿了，苏小花索性破罐子破摔，冲神父说："哦我知道了，你是假的，你就是安和医院的医生，你是左撇子，那医生也是左撇子！"

神父没说话，倒是告解室的门开了，另一位穿着神父黑袍的男人从里面走出来，苏小花一看到他就全明白了，大叫："叶盛骁！"

"好久不见，苏小姐。"夜枭说道。

他脸上的笑在苏小花看来充满了邪恶，偷偷观察四周的情况，一边往旁边挪一边问："你怎么知道我录音了？"

"通常像你这类自作聪明的女生都喜欢录音，我只是稍作试探，你就暴露了。"

"哼，我表里如一我有错吗？！"

"完全没有，所以我挺喜欢你的，不到万不得已，我不想伤害你。"

"说的比唱的还好听，三年前我还差点被你抓去当人质！"

"有关这一点，你在告解的时候已经说得很清楚了。"

夜枭微笑着向她走近，举止中透着优雅和知性。苏小花心想要不是一早就认识他，自己做梦也想不到他是个恶魔般的存在，她打心底害怕这个人，夜枭越是笑得温和，她就越怕，叫道："梁雯静怎么会来这里？她是不是被你们骗了？还是根本就和你们是一伙的？"

"你猜？"

夜枭温柔地话语，换来苏小花用背包抢过来的一击。

"猜你个鬼啊！"

她来回抢着背包，趁着三人没办法靠近，掉头就跑，谁知没跑几步，从座位里伸出一只脚，把她绊个正着。

苏小花向前飞了出去，她趴在地上，随即后腰传来触电般的痛，有人用电棒电她，但她看不到那是谁，头微微仰起，只能看到坐在座位上的女人。

女人面无表情，看着她，脸上充满冷漠，正是梁雯静。

"现在你猜中了吗？"夜枭俯下身，贴着苏小花的脸颊柔声询问。

苏小花没力气说出口，随着再一次的电击痛感传来，她坠入了黑暗。

第六章
追踪逃亡者

傅柏云搭车回到警局，刚走到大门口就看到有个人怀里抱着东西，往里面探头探脑，却是孙长军，他过去问："想通了？来自首了？"

孙长军吓了一跳，转头见是他，没好气地说："我又没犯事，自什么首？"

"原来你装病开手铐偷溜不是事啊？"

"那个……呵呵，那次偷跑是不太好，可那不都是老早之前的事了嘛，而且后来我也将功补过了，包括现在我也在帮你们做事，"他把手里抱的电脑往傅柏云这边一推，"我发现了新情报，想联络舒队的，可他手机一直没人接，我就直接过来了。"

"那你怎么不进去？"

"我讨厌这里，讨厌警察！"

孙长军仰起头，说得堂堂正正。傅柏云懒得理他："那你就继续在外面等着吧。"

他说完就走了进去，孙长军急了，在后面追着问："你不想知道杨宣在哪里？"

一句话把傅柏云的腿拉住了，他转回去问："他在哪儿？"

"在……"

孙长军还没说出口，舒清扬从对面匆匆走过来，看到傅柏云，说："你来得正好，我们去临市。"

傅柏云立刻跟上："有俞菲的消息了？"

舒清扬脚步一顿："不，是找到杨宣了。"

傅柏云下意识地看看孙长军，跟着舒清扬跑了出去，孙长军也跟了上去，说："看不出你们警察的速度也挺快的嘛。"

三人来到停车场，舒清扬要开车，傅柏云说："我来吧，我从苏小花那儿问到些消息，你听听看。"

舒清扬转去副驾驶座上，孙长军亦步亦趋，打开后车座的门坐了进来。舒清扬问傅柏云："他怎么和你在一起？"

"刚才在门口遇上的，他说查到了杨宣的消息，想告诉你，可你的手机打不通，正说着，你就过来了。"

"不是打不通，是他不接。"孙长军纠正道。

舒清扬说："我一直在忙，没看到，我们要去办事，你下车。"

孙长军没动窝，就在舒清扬准备强制他下去时，他说："我觉得也许你们需要我。"

"我们有自己的技术员。"

"大厦内部的安保系统问题是我先发现的。"

这意思就是在说他的能力更强，傅柏云心想幸好小柯不在，否则心里阴影面积又要增大了，他看看舒清扬，舒清扬稍微沉吟后，对孙长军说："不许擅自行动，不许黑别人的系统。"

"没问题。"孙长军做了个 OK 的手势。

等车开出去后，舒清扬问孙长军："你是怎么查到杨宣的？"

"我不是查他，我是查别人，碰巧发现了他。"

孙长军打开电脑，屏幕冲向舒清扬，里面有几张截图，分别是杨宣走在路上、和路人说话，以及坐在咖啡厅里的照片，他乔装过了，戴着棒球帽和很大的黑框眼镜，穿了件不合身的夹克衫。

孙长军说："他在跟路人借手机，被拒绝后又去电话亭打公用电话，约了人在咖啡厅见面，但那个人没来，你们技术科肯定查不了这么详细吧？"

舒清扬忽略他的沾沾自喜，问："然后呢？"

"然后他就走了，我就暂时追不到了，只是暂时，你们查到了什么？"

舒清扬没回答，让孙长军调出那段视频，视频就和孙长军说的一样，杨宣坐在咖啡厅里非常焦急，不时地看手表又看外面，直到半个小时后一位店员去了杨宣的座位前，杨宣就起身走掉了，但他离开咖啡厅后就不知去向了。

这些小柯也查到了，所以第一时间就调查了电话亭通话记录，但那个时间段没人讲过电话，可能是杨宣为了避免被他们追踪到，最后还是放弃了公用电话，改为借手机。

那边的同事在接到小柯的联络后，马上赶去了咖啡厅，然而还是没有抓到杨宣。他们搜查了附近的道路，也没有收获，电话亭和咖啡厅距离很远，杨宣可以避开监控去咖啡厅，可见他的警觉心和逃跑能力都特别强。舒清扬想除了他本人脑子灵活外，最大的可能性是有人暗中帮忙，为他提供逃跑路线。

会不会还是隐藏在大厦里面的黑客做的？可他这么做的理由是什么？第一次帮杨宣还可以说是想把罪名栽赃在他身上，那么这次呢？

孙长军察言观色，说："交给我，我一定帮你们抓到人！"

舒清扬把电脑还给了他，转过身询问傅柏云查到的消息，傅柏云把自己的手机给了他，让他听录音，舒清扬扫了孙长军一眼，孙长军什么都没说，从包里掏出大耳机往头上一罩，做出置身度外的态度。

傅柏云说了从苏小花那儿听来的情报，舒清扬结合录音听完，又重复听了几遍，说："她和苏小花讲电话时不是在家里。"

"嗯，听声音像是在比较狭窄的地方，可能她在外面忙什么事，所以说回头聊。"

电话结束的地方还有东西掉落的响声，可见当时俞菲是比较忙的，以至于之后忘了再联络苏小花。傅柏云说："我担心的是夜枭的同党暗中跟踪俞姐，被俞菲发现了，所以他们趁俞菲回家的时候劫持了她……那边还是没消息？"

"没有，说抓了几个开黑车的，都说没见过俞菲，你跟踪俞旻的时候，有发现奇怪的人吗？"

"完全没有，也可能是夜枭发现了我们在暗中保护，所以把人撤了吧，你那么了解他，能不能猜到他在玩什么把戏？"

"猜不到，他这次的做法和以前的都不一样，好像是完全不同的人在设计游戏。"

"也许他改变套路了。"

舒清扬不知道，直觉告诉他操纵这次事件的不是夜枭，虽然夜枭脱不了关系，但他不是主谋。

他打了苏小花的手机，想再详细问一下情况，可电话自动转入语音信箱，一个甜甜的女孩子的声音说："我是可爱的苏小花，现在正处于忙碌中，无法接听您的电话，请留下您的留言，我会在第一时间回复哒。"

他只好挂断了，傅柏云问："她不在？"

"大概是睡觉了，她休假的时候可以连着睡一天一夜，猪都没她能睡。"

傅柏云看了他一眼，舒清扬说："我没毒舌，下次你自己见识下，就知道我说的是事实了。"

"我只是觉得你从来不会这样说俞姐。"

舒清扬一怔，他不太想提这个话题，把苏小花给的录音都转给了小柯，让他做音程分析。傅柏云说："杨宣被通缉，普通车辆坐不了，应该是叫的出租，他为什么要去那么远的地方？"

"他在找凶手，他会冒险去临市只有一个原因。"

"你的意思是吴小梅也在临市？"傅柏云很惊讶，"那话题回原点，吴小梅为什么会去那里？她如果想跑路的话，该选择更远更偏僻的地方。"

舒清扬沉吟不语，感觉傅柏云加快了车速，他说："安全行驶，该发生的早就发生了，你现在急也没用。"

"我突然想到杨宣在咖啡厅等的人可能是吴小梅，吴小梅欺骗他在先，又杀人嫁祸他在后，他那个人心高气傲的，我怕他一时想不开。"

"不会的。"

舒清扬想说的话被脑海中的声音打断了，他现在已经可以坦然面对夜枭的幻听了。他冷静地问："为什么？"

"男女感情这种事就算是最伟大的哲学家也无法解释清楚，被欺骗也许会痛恨，但有时候也会开心，因为发现我喜欢的人居然可以骗得到我。"

"你是变态吗？"

"至少我谈过恋爱，每次当看到我喜欢的女人没脑子只会小家子气的争风吃醋时，我对她的爱就荡然无存了，我多么期盼可以遇到一个棋逢对手的人，你已经很接近了，可惜你不是女人。"

"真是抱歉哈。"

舒清扬的意识随便应和着，忽然脑子里"嗡"的一声，隐约想起这些话夜枭曾经这样说过，好像是他从少管所出来后他们再度重逢时的事，他亲眼看着夜枭甩了狂热追求他的女生，听他用不屑一顾的口气说的。

舒清扬的心剧烈跳动起来，猛地坐正了身子，他发现自己搞错了一件事，他从一开始就误会了杨宣的行为——杨宣逃跑，藏匿，特意在吴小梅的家附近出现，也许不是在追踪凶手，而是引他们过去，让他们知道吴小梅是被利用的！

如果这才是假设的前提，那杨宣冒险去临市找吴小梅也不是要报复伤害她，恰恰相反，他想拯救吴小梅，或许还抱了让吴小梅自首的想法。

正常人或许不会这样想，但杨宣的性格傲气又自视甚高，一个可以和夜枭交流的人，他的骨子里具有夜枭的某些属性也不奇怪。

"你还好吧？"傅柏云发现了舒清扬的不对劲，问道。

"我不知道，可能好，也可能更差，因为我想到了一个可能性。"

听了舒清扬的怀疑，傅柏云沉默了一会儿，说："不管是哪一种，结果都没有太大差别。"

"不，如果是后者，他们两个人都会有危险。"

因为有人设计让他们见面，否则两人的手机都是临时弄来的，他们是怎么联络上的？

　　但如果设计者是夜枭，又何必这么大费周章？他有的是办法借刀杀人。

　　后面传来鼾声，打断了舒清扬的思绪，他转过头，见孙长军的大耳机掉去一边，他歪在座位上睡着了。

　　杨宣去的那家咖啡厅的位置有点偏僻，他们赶过去的时候已经关门了，还好灯开着，舒清扬过去敲门，向店主说明来意，店主调出监控给他们看，又说那个人好像遇到了急事，给了张大钞，也没要零钱就跑掉了。

　　舒清扬看着监控视频，内容和孙长军提供的一样，但有一部分孙长军没拍到，那就是杨宣在店员和他说话后，先跑去了柜台那边，拿起座机话筒打电话，接着才放下钱离开。

　　孙长军也看到了，在后面小声说："我只看了一个镜头，没想到他没有马上离开。"

　　舒清扬问店主："有人打电话给他？"

　　"是啊，我还特别奇怪，怎么打到店里来找人，她还说了那人的服装打扮，挺好认的，我就去叫了。"

　　"打电话来的是男的还是女的？"

　　"女的，听声音岁数没有很大，那男的听电话的时候好像很紧张，一直往门外看。"

　　"你有没有听到他说了什么？"

　　"我当时在忙，没留意，不过他好像也没说什么，一直是'嗯，好，明白了'这类的话，打完电话就结账跑掉了，他是罪犯吗？我也觉得他鬼鬼祟祟的不像是好人。"

　　舒清扬安慰了店主，跟他要了视频转给技术科。

　　出了咖啡厅，舒清扬和当地的同事联络上，说了他们的发现，同事说会派人去咖啡厅附近搜查。舒清扬又顺便问了俞菲的情况，回答说还在寻找，暂无消息，舒清扬便让同事把俞菲最后被拍到的照片传给自己。

　　舒清扬挂了电话，开始查看附近的监控。孙长军不用他多说，早掏出笔记本在键盘上敲敲打打，说："我的锅我来背，放心，我绝对帮你们找到人。"

傅柏云瞪了他一眼："你又要黑人家的系统？"

孙长军的手指一顿，看看他们俩："我觉得在你们的监督下操作算是协助调查？"

"这次特殊情况，要是你敢在私下搞小动作，别怪我抓你进去。"

孙长军一脸的不服气，不过他挨过傅柏云的拳头，不敢和他硬扛，继续啪啦啪啦地敲键盘。

舒清扬在附近转了一圈回来，孙长军还在那儿捣鼓，他说："这里地角偏，监控挺少的。"

"是啊，所以我都找遍了也找不到人，警官，你的同学在逃跑方面很有心得啊。"孙长军对傅柏云说。

被傅柏云瞪了一眼后，他又乖乖低头查监控。傅柏云说："打电话给杨宣的女人会不会就是吴小梅？他们约了在咖啡厅见面，但吴小梅临时发现有危险，所以通知他去别的地方？"

从当时杨宣的反应来看，这个假设最接近真相，舒清扬看向孙长军，孙长军也很急，手指敲个不停。

"我已经在扩大范围搜索了，就是找不到。"

"你调出没有设置监控的路线。"

"没监控的调出来是要我查个毛线球啊？"

舒清扬没回答，目光冷冷射来，孙长军一秒蔫了，耸耸肩，在键盘上一阵敲打，调出几条路线，亮到舒清扬面前。

"要是不清楚的话，我可以再调整。"

"不用了，很清楚，如果他离开了，不可能完全不被拍到，所以他应该还在附近，我们分开找。"

舒清扬给傅柏云打了个手势，两人分开行动，孙长军抱着笔记本看看他们，最后选择跟在舒清扬身后。舒清扬瞪他，他堂堂正正地说："我是战五渣，你们不能指望我独当一面。"

附近没有监控探头的有三个小岔口，舒清扬看了地图，选择了其中一条小巷，小巷尽头连着公寓，他原本想打听下公寓里的住户，过去后才发现旁边还有一个小酒厂，公寓是酒厂的宿舍楼，酒厂已经废弃了，门上挂着锁链，宿舍里的人也搬走了，都是空屋。

舒清扬走过去晃晃酒厂的铁门，插销和链子都锈迹斑斑，没有可供攀缘的地方，门最上方还有尖锐的凸起，这种设计的铁门在二十世纪常见到，他想，照杨宣的体力是翻不过去的。

"我宁可在这里见到鬼，也不想遇到坏人。"孙长军在后面战战兢兢地说。

"你有点出息行不行？至少你还有电脑当武器。"

"呵呵，假如电脑可以发射激光的话。"

舒清扬不理孙长军的吐槽，转去旁边的宿舍楼。

宿舍楼共三层，外观陈旧，楼前黑暗，只有远处一个路灯发出阴惨惨的光芒，就在他们快靠近时，黑暗中传来手机振动，孙长军"哇"的一声跳起来。

舒清扬觉得他遇到了第二个李一鸣，他瞪了孙长军一眼，掏出手机。

是同事传来的邮件，里面附了一段视频和几张俞菲被拍到的图片，虽然做了清晰处理，但女生戴着帽子，又低头步履匆匆，看不到她的脸。

同事说是俞菲的父母先认出来的，因为那套衣服是俞菲最喜欢的，为了确保准确，他们还要来俞菲的照片做了人体对比识别，吻合度在 90% 以上。但他们只找到这段视频，之后俞菲就不见了，他们检查了周围所有的监控，都找不到她，他们对此也感到非常疑惑。

孙长军也凑过来看："这俩是不是认识啊，怎么玩人间蒸发的手段这么像呢？"

舒清扬心一动，抬头看他，孙长军果断地闭上嘴巴，表示他再不多话了。舒清扬沉吟了一下，说："你查查在杨宣进了咖啡厅后，附近有没有年轻女人经过，和这个女人差不多年纪的。"

"好多呢，女孩子都喜欢去那种小资的地方。"

孙长军一边说着一边调取当时的监控视频，那个时间段来来往往的人很多，有不少是和俞菲岁数相当的。他问："你是想让我查俞菲有没有来过这里吗？把你的视频传给我，分分钟给你搞定。"

舒清扬把视频传了过去，就见孙长军启动了一个他叫不上名字的软件，把年龄接近的行人和俞菲的图截取核对，忙活了大半天，都没有匹配的出现。

孙长军说："我看你是想多了，你找的女生多半是被绑架了，既然是被绑架了，她又怎么可能来这里喝咖啡呢？"

舒清扬没理他，反问："你这电脑能做人体行为对比吗？"

"啧，舒警官，你该问我的电脑不能做什么。"

被小瞧，孙长军不爽了，啪啪啪几下敲打，视频里的人体动起来，从走路方式和习惯开始进行核对，没多久就出现了一对吻合的。

孙长军叫了起来："不可能，她们的体形明明不一样！"

"脸可以化妆，身体当然也可以，不过走路姿势就没那么好伪装了。"

"所以这个女人的身体是经过改造的？还是这个？"

孙长军指指俞菲，又指指经过咖啡厅的女人，舒清扬盯着视频里的两个人，目光变得犀利。

"俞菲从来都没有在监控探头下出现过，出现的只有一个，就是吴小梅。"

"她为什么这么做？"孙长军脱口而出，看舒清扬脸色不善，他向后退开一步，"当我什么都没问。"

舒清扬没理他，打电话联络同事，说了他的发现，让他们重新核对其他监控视频，交代完后，他转头看看宿舍楼，走了过去。

楼前有个自制的铁栅栏小门，门闩扣着，没有上锁，舒清扬探头张望，里面黑乎乎的，只看到楼栋口堆了不少垃圾，他打开随身带的手电筒照过去，楼梯下有根小树枝，断截处还很新，应该是不久前才踩碎的。

他提起警觉，观察着楼里的情况，联络傅柏云马上过来，然后拉开门栓走进去，孙长军抱着笔记本小心翼翼地跟在后面，问："要不要等傅警官来了后再进去？"

"你害怕的话可以留在外面等他。"

"我只是觉得他比较能打。"

舒清扬没再理会，头也不回地进了楼栋，孙长军不敢再多说，探头往里看看，跟了上去。

楼里更暗，门都是关着的，越发显得走廊幽深，小小的手电筒光芒照不了多远，舒清扬看了近处的地板，上面积了厚厚的一层灰，他便直接忽略，转去二楼。

二楼的状况和一楼差不多，直到他们上了三楼。

三楼明显有人来过，地板上有不少摩擦蹭过的痕迹，舒清扬叮嘱孙长军小心，他放慢脚步往前走，没多久就感觉到冷风拂过，前面有道门开着，风就是从那里吹来的。

"舒……舒警官……那、那儿！"孙长军吓得声音都颤抖了，指着旁边的墙壁叫道。

舒清扬早就看到了，墙上有道斜划下来的血痕，一共五条，像是人的手掌，他走到有血掌印的地方，见地板上也有血滴，有些血滴被蹭过，沾在了碎屑上，他顺着碎屑落下的地方看过去，墙上有几处很深的凹痕，看痕迹的状态，这里曾发生过严重的殴打事件。

血滴一直延伸到那扇打开的房门前，门框上也有新凹痕。舒清扬走进房间，里面什么都没有，墙壁灰蓬蓬的，对面窗户没有玻璃，风吹过，类似垃圾袋的哗啦哗啦声不时响起。

舒清扬用手电筒照照地板，上面也落了不少血点，窗台上也有。他走过去，探头往外看，那是宿舍楼的后窗，窗下堆了不少垃圾，手电筒的灯光晃过，当中有个红红的物体，再仔细看，却是人的手掌，手掌上沾满了鲜血。

傅柏云接到舒清扬的电话，匆匆赶到楼栋后面，首先看到的就是蹲在地上发出干呕声的孙长军。舒清扬站在一堆垃圾前，脸色阴沉，见他来，伸手指指横卧在垃圾上的人体。

男人侧身落地，半边身子陷在垃圾里，他的半边脸上都是血，衣服和身下的垃圾袋上也满是血迹。傅柏云心头一跳，叫道："杨宣！"

杨宣一动不动，对他的叫声毫无反应。舒清扬说："他还有呼吸，目测后脑受过重击，我怕还有其他的伤，就没动他，刚叫了救护车，顺便通知了这边的同事。"

傅柏云稍稍放了心，仰头看楼栋，听了舒清扬的讲述，他马上说："会不会是吴小梅干的？她杀了人，情绪不稳定，再被杨宣追到这里，劝解她自首什么的，导致吴小梅控制不住自己的情绪，再次动手。"

"不知道，杨宣被人攻击，再被推下楼这一点是毋庸置疑的，但是在没有勘查现场之前，我不做任何推测，也希望你能冷静下来，别被感情主导。有感情是好事，但如果感情战胜理智，你会失去准确的判断。"

话声平静，却在无形中安抚了傅柏云的情绪，他点点头："对不起，你说得对，我不该在没有证据之前就乱下结论，我上去看一下。"

傅柏云去了楼上，舒清扬查看四周的情况，孙长军的干呕止住了，他也听到了舒清扬的话，站起身看向他。

舒清扬弯下腰，顺着垃圾堆往前走，仔细检查地面，孙长军往杨宣那里凑了凑，看到他满脸的血，吓得又退开，紧跟着去舒清扬身后，小声问："他还有救的对不对？"

"我不知道。"

"至少你该帮他止止血。"

"不用，他后脑的血早就止住了。"舒清扬一边搜寻一边回道。

稍微沉默后，孙长军问："你们警察是不是都习惯了死亡这种事？"

舒清扬想起他以往的经历，抬头看向他。

"在急救方面我是外行，所以我能做的就是不乱碰他，以免造成二次伤害。"

舒清扬目光锐利，孙长军不敢跟他对视，可心里还是愤愤不平，说："我哥那时候也是这样，明明就是你们的错，如果没人追他，他就不会跑，就不会被车撞，可是他死了却没人在意，还说他是活该，谁让他是小偷，小偷就该死吗？！"

"不，没有人是该死的。"

舒清扬的目光落在了孙长军脚下，随着灯光划过，有个东西闪了闪，他走过去，掏出手绢，隔着手绢把东西捡起来，却是个手机。

手机是翻盖式的，从当中断开了，舒清扬捡到的是其中一半，他翻了下周围的垃圾，很快找到了另一半。

孙长军本来还义愤难平，看到这个，他暂时把不开心丢开，说："断裂的地方还挺新，看来不是杨宣的就是吴小梅的。"

舒清扬蹲下来检查地面，附近有一个凹坑，凹坑边缘还有手机的部分碎片，应该是有人把手机丢在地上踩碎后，再一脚踹去了垃圾里。

他仰头看向杨宣坠楼的地方，这里离坠楼处有一段距离，如果是杨宣的手机，凶手在找到后会直接踩碎，而不是在走出一段路后再踩碎，显然凶手并不在意手机被发现，他只是要切断当事人与外界的联络。

远处传来救护车的鸣笛声，舒清扬回过神，打电话给小柯，说吴小梅可能有危险，让他和同事们尽全力搜寻。

等他打完电话，急救人员也赶到了，傅柏云跑下楼，隔着纸巾拿着一根木棍，木棍的顶端沾满血迹，他对舒清扬说棍子是在三楼另一个房间里发现的，怀疑是歹徒行凶后丢弃的。

接着警察也陆续赶到了，舒清扬把找到的证物给了他们，这时杨宣已被抬上了救护车，他还没有意识，不过急救人员说楼下堆积的垃圾起了缓冲作用，没有伤及内脏。

傅柏云听到这话，松了口气。舒清扬说："暂时还不清楚凶手是故意放了他还是在他坠楼后粗心没有检查，你跟着去医院就近保护，吴小梅这边我来跟。"

傅柏云答应了，让孙长军跟着舒清扬，以便提供帮助。

两人分头行动，舒清扬刚把车开出去，小柯的电话就打了过来，说一个疑似吴小梅的女人在郊外出现，但很快就消失了，他们还在追踪。

舒清扬照他说的地点把车开过去，孙长军坐在车上一言不发，手指在键盘上敲打着，貌似在协助寻找。

　　小柯说的地点比想象中要热闹，都快凌晨了，还可以看到各种穿着奇怪的年轻男女在街上晃荡，他们脸颊上盖着相同的红色图章。孙长军查了下，说："昨晚有个小范围的 cosplay 活动，赛后还有聚会，这些都是捧场的粉丝，抓吴小梅的人挺聪明的，专门往人多的地方挤，想找她还真不容易。"

　　舒清扬把车停到空地上，看了小柯传来的图片。

　　吴小梅穿着风衣，夹在几个 coser 之间，跟之前几次不同，她没有戴帽子或刻意低头，而是双手插在口袋里，跟着人群往前走，另一张图片里只有她自己，背景偏僻，只看到有个大烟囱。

　　从这个状况来看，吴小梅不像是被挟持到这里来的，她甚至没有特意掩藏自己，她的举动更像是自暴自弃的游荡。

　　舒清扬站在路边环视四周，附近有个体育馆，cosplay 的活动就是在体育馆举办的，结束后粉丝们意犹未尽，凑在一起玩。她们大多在十几岁到二十出头，就像吴小梅的年纪……不，不是吴小梅，是吴小梅堂妹的年纪，那个在夜跑中被猥亵、后来得了忧郁症跳楼自杀的女孩子。

　　心房不受控制地发出鼓动，舒清扬看到了那个烟囱所在的位置，远处还有一些居民楼，楼房低矮陈旧，他的目光扫了一圈，最显眼的建筑物是一栋商业楼，五层高，里面一盏灯都没亮，不知道还有没有在使用。

　　"我想到她来这里的目的了。"

　　耳边传来轻微的话声，几乎是如果不留意就会忽略的程度，舒清扬回道："我也想到了。"

　　"想到什么了？你是不是有发现啊？"孙长军急得叫道。

　　舒清扬没时间理会他，冲着商业楼跑过去，孙长军不明所以，抱着笔记本紧跟在后面。

　　两人一前一后赶到商业楼前方，仰头看去，天台上隐约有个人影在晃动。舒清扬让孙长军报警，他跑到门口，门锁着，里面很黑，叫了几声也不见有人回应。可能是为了省钱，这里连个保安也没雇。

　　舒清扬转去了旁边的侧门，拽拽门把手，是锁着的，他掏出小铁丝插进锁孔，来回转了两下打开了。

孙长军打完电话跑过来，看到这一幕，咂咂嘴巴："我以为你会一脚把门踹开的。"

"你想多了。"

舒清扬走进去，孙长军要跟，被他拦住："你在楼下盯着，等警察和消防来了，配合他们。"

"那这个给你。"孙长军掏出一个摄像笔，在顶端按了一下，插进舒清扬的上衣口袋，"我做了改造，可以摄像可以通话，你戴着它，我就能在楼下看到上面的情况了。"

舒清扬点点头，顺着楼梯一路跑上去，直到天台，还好天台的门没锁，在他的推动下吱呀一声开了。

天台边缘站了个女人，正看着远处的夜景出神，听到响动，她转过头，一看是舒清扬，立刻尖叫一声，踩到了天台边上。

老式建筑没有安装安全栅栏，舒清扬怕她激动之下保持不住平衡，便没有逼近，站在大门前方，叫道："吴小梅，你还记得我吗？"

女人的头发被风吹乱了，发丝扬起，露出苍白的一张脸，正是吴小梅，却又和当初舒清扬认识的吴小梅截然不同。她曾经的骄傲和意气风发都不见了，取而代之是恐惧、茫然，还有暴躁、懊悔，仿佛一下子老了十几岁。

"我当然记得，"她冲着舒清扬自嘲地说，"我怎么会不记得呢？"

"既然大家都很熟，那先下来，有话慢慢说。"

吴小梅往下看了一眼，可能是感觉怕了，她从台子上迈下来，远处传来消防车的鸣笛声，静夜里分外刺耳。

吴小梅却置若罔闻，盯着舒清扬半晌，突然说："你说得对，最可怕的不是知法犯法，而是自以为是的正义，我后悔了，可是死去的人却活不过来了。"

"你现在明白还来得及。"

不知道这句话哪里刺激到了吴小梅，她变得十分激动，吼道："你什么都不知道，你当然说得轻巧，你根本不明白我的感觉，那种你不管怎么做都无法弥补的懊悔的感觉！"

"我如果一点感觉都没有，就不会找到这里来了，你犯了罪，对被害人感到愧疚，可你又不敢接受法律的制裁，你怕亲人伤心，所以想选择自杀这条路，我说得对吗？"

吴小梅的表情微微触动，没有反驳，更没有注意到舒清扬在一点点往前挪，说："你妹妹是跳楼自杀的，所以你在潜意识中也做出了相同的选择，你还担心发生命案会影响大家居住，所以选了商业楼——在生命的最后一刻，你决定再也不做伤害别人的事。"

"是……"

"别天真了！只要你这样做，就会伤害到别人，至少你的父母，你的小姨和姨夫他们会一辈子痛苦的！"

"我也不想啊，可是我杀了人，我无路可走了！我不是故意的，是陆小帆突然拔出茶刀攻击我，我只是抵挡，我也不知道怎么刀就刺到了她自己身上。没人会信我，因为我是罪犯，我杀了方旭，还协助别人杀人，唯一的证据还被抢走了！"

吴小梅崩溃了，捂脸放声大哭起来，舒清扬趁机继续往前走，问："被谁抢走了？"

"不知道，我不知道，是个脸上有疤的长得很凶的男人，我不认识他，我只认识恶魔，这是他给我的，说这是万能钥匙，可以打开很多锁，我就是用它开了楼下的门。这是天意啊，老天在告诉我要为自己犯下的过错赎罪！"

一柄钥匙丢了过来，随即吴小梅便踏上天台纵身跃下，她的动作快得出奇，舒清扬都快靠近天台边了，可就是堪堪迟了一步，眼睁睁看着她瘦削的身影划过黑暗落了下去。

舒清扬急忙冲过去探头往下看，所幸下面已经放了气垫，吴小梅落在了气垫边上，接着滚落下去，被消防队员扶住了。

孙长军跑过去查看，很快站起身，双臂圈成圆圈状，告诉舒清扬她没事。

第七章
猎手与猎物

等舒清扬跑下楼，吴小梅已被抬去了车上，她脸颊上有好多擦伤，神情恍惚，右手耷拉着。消防队员告诉舒清扬说她右肩脱臼，除此之外伤势不重，不过为了安全起见，还是要做全面检查。

"那刚好和杨宣一个医院，方便警察做调查了。"

孙长军的一句话唤醒了吴小梅，她一反刚才的麻木反应，要不是有人按住，就要冲下车了。她冲孙长军叫道："杨宣还活着吗？他怎么样了？"

"这个……"孙长军不敢再乱说话了，转头看舒清扬，舒清扬说："他还活着，在医院接受治疗，你看，情况并没有你想的那么糟糕。"

吴小梅呆呆地看着他，半晌终于缓过神，用那只还能动的手捂住脸，放声大哭，直到车门关上，车辆启动，还能听到她嘶声力竭的哭声。

"她刚才应该很怕吧？怕到想用死亡来逃避的程度。"孙长军轻声说。

"你都看到了？"

"是啊。"孙长军拍拍手里的笔记本。

气垫的位置放得刚刚好，要是没有孙长军的配合，吴小梅大概就没命了，舒清扬道了谢，把摄像笔还给他，孙长军接了笔，看着他，表情有些古怪。

舒清扬问："怎么了？"

"呃，听到警察跟我道谢，有些受宠若惊，我还以为我做什么，你们都会认为是应该的呢。"

"你对警察有误解。"

孙长军耸耸肩，把笔又塞给舒清扬："送给你了。"

"我不需要这种东西。"

"留着吧，说不定下次还能再用上呢。"孙长军恢复了平时吊儿郎当的模样，笑嘻嘻地说。

舒清扬懒得跟他扯皮，上了车，孙长军也跟着跳上去，说："我相信吴小梅说的是实话！"

舒清扬开着车没回应，孙长军掀开笔记本，敲了下键盘，刚才天台上的那一幕重现，吴小梅在绝望地哭诉她不是凶手，孙长军说："她都要死了，没必要说谎，陆小帆的死不是预谋杀人，是失手误杀。"

舒清扬不置可否，说："把这段视频传给我。"

"你会帮她的吧？"

"我会尽最大可能找出真相，所以需要视频。"

一听这话，孙长军二话不说，把视频传给了他，前面路口转红灯了，舒清扬从抽屉里掏出一盒烟，抽出一根点着了猛吸几口，孙长军注意到他拿烟头的手指发着轻颤。

"现在我可以回答你的问题了，"舒清扬轻声说，"没人会习惯死亡，即便经历过无数次。"

杨宣的伤没有看上去那么严重，脑后那一记是外伤，再加上坠楼的地方有垃圾垫底，他只是轻微脑震荡，医生建议留院观察。早上舒清扬过去探望，还没进病房就听到他的说话声，听那精神劲儿活个八九十岁绝对没问题。

舒清扬敲门进去，杨宣正靠在病床前跟傅柏云说话，他穿着病号服，头上缠着纱布，精神挺不错的，看到舒清扬，表情有些不自然。

"怎么样？"舒清扬走过去，问。

"只是脑震荡，不算大事。"

"那是你幸运，还记得我提醒你的话吗？别轻视患者，那很可能会让你付出代价。"

杨宣有些尴尬，又诚恳地说："请相信我，我只是把夜枭当特殊病例来做研究，我没有透露有关你的任何事情，我们的来往一直以学术交流为主，他虽然有些想法偏激独特，但不是暴力主义者，所以我大意了，我没想到他会杀我。"

"你说错了两点——魔鬼不会亲自动手杀人，他们只会引诱人心里的仇恨因子，假如意志不坚定，就会变成魔鬼的小卒。还有，夜枭没有想杀你，否则你没机会坐在这里跟我说话，不论是歹徒打你的那一棍还是他推你下楼的行为，都不是置你于死地的杀招，他只是想抢走你身上的东西。"

杨宣不说话了，瞪着舒清扬看了一会儿，叹气说："看来你还是比我更了解他啊，我是有东西被他们抢走了，所以没办法证明陆小帆被杀那晚到底发生了什么。"

舒清扬看向傅柏云，看来傅柏云还没向杨宣透露，他说："这一点你放心，我们不会冤枉好人的。"

"我没有担心自己，我是担心吴小梅，歹徒把我推下楼就跑掉了，我怕他加害吴小梅，可是我跟这家伙说了半天，他都说已经在处理了，让我别着急。"杨宣说着，冲傅柏云瞪眼。

傅柏云一脸无辜："我们是在处理啊，警察没你想的那么笨，你只管好好住院就行了。"

杨宣双手一摊，一副压根儿不信的表情。舒清扬冷冷地说："假如你在发现被陷害后不是选择逃跑，现在的情况还不至于这么糟糕。你太自作聪明了，把自己当成影视剧里的主角，认为可以凭一己之力洗刷冤屈，结果呢，不仅你自己差点没命，还拖累吴小梅面临危险。"

杨宣一开始面露愧色，听到舒清扬提到吴小梅，他又紧张起来，问：

"是不是有她的消息了？她怎么样？"

"她没事，已经受到我们警方保护了，也请你协助我们，尽快找出真相。"

傅柏云把做好的笔录递给舒清扬，杨宣也一反往常的自负，照舒清扬要求的把这两天的经历重新讲述了一遍。

陆小帆被杀现场的情况和舒清扬推想的大致相同，那晚杨宣接到陆小帆的电话，说诊疗室有些情况，让他赶紧过去，他没多想就过去了。

谁知去了后他发现办公室里乱成一团，陆小帆卧倒在地，他把人翻过来才发现她胸口上插的刀子，再探鼻息，已经没有希望了，就在他忙着查看陆小帆的情况时，神智开始变得混乱，他看到有几个人跑进来攻击自己，慌乱之下他摸到了高尔夫球杆挥舞自保。

等他把人都打倒后，又有人跑进来，还叫他的名字，手里还拿着刀子，声音好像很熟悉，可就是看不清那张脸。他也不知道怎么了，就认为对方是凶手，便追赶过去，直到把那人推下楼，他又返回办公室，神智才逐渐清醒过来，他惊觉自己杀了人，慌慌张张从大厦后门跑了出去。

可是跑出去没多久他就发现身上蹭了血迹，而且出了这种事，他根本就逃不掉，索性又返回大厦，想趁着警察还没到之前找找线索。

就在这时候，他遇到了保洁员李大贵。李大贵有个失眠的毛病，杨宣曾给过他一些建议，后来李大贵的老婆住院，也是杨宣帮忙找同学给安排的，手术很成功，李大贵对他感激得不得了。当看到他身上有血，李大贵大惊失色，说保安室那边接到警察的电话，好像有案子，问是不是和他有关。

杨宣当时头还很晕，唯一肯定的是他没有杀人，他是被陷害的，李大贵选择相信他，用备用钥匙开了某个没有出租的房间让他藏身，事后又拿了衣服和食物给他，告诉他说楼里楼外都是警察，让他千万别乱走动。

杨宣精神不济，当然不敢冒险，事后他也想过门口安了监控，他离开又回来的行动肯定会被发现，但奇怪的是警察没找过来。第二天李大贵来送饭时，他仔细询问了状况，越发觉得凶案疑点重重，再回想陆小帆说的话，他怀疑这件事和吴小梅有关。

以前陆小帆就曾提醒过他注意吴小梅，他只当是女生的嫉妒心作祟，但凶案发生后，联系他和吴小梅从认识到相处的种种，开始觉得事情的发展都是有人精心算计的，但他和吴小梅无冤无仇，吴小梅没理由害他，唯一的可能就是一切都出于夜枭的指使。

他甚至怀疑吴小梅杀人也是被夜枭逼迫的，但很快他就从李大贵那儿得知警方把他列为了第一嫌疑人。为了洗脱罪名，也为了了解凶案背后的真相，他向李大贵借了一笔钱，偷偷离开大厦，去寻找吴小梅。

路上他做了简单的乔装，再巧妙地避开监控探头，去了吴小梅以前提到的一些地方，教堂附近的公园就是其中之一。他用刚买的二手机联络傅柏云，原本想说出自己的怀疑，谁知夜枭突然出现，身边还跟着个小女孩。夜枭笑眯眯地看着他，威胁之情不言而喻，他不敢拿孩子的生命来冒险，只能被迫承认是自己作的案。

令他意外的是夜枭没有让手下抓他，等他讲完电话，就带着孩子离开了。他追上去质问，夜枭说陆小帆的死与自己无关，他也不会对一个没有罪行的人进行裁决，还讥笑他说自己压根儿没想对孩子怎样，是他以小人之心度君子之腹，才会选择说谎。

他不甘心被戏要，又问凶案是不是吴小梅做的，这次夜枭既没有承认也没有否认，而是让他自己去寻找答案。

等夜枭离开，他越想越觉得不对劲，便把全身都翻了一遍，果然从连帽衫的帽子里找到了追踪器，原来夜枭就是通过追踪器找到他的，他不相信李大贵会害自己，但为了安全起见，他把追踪器和手机都扔掉了。

之后杨宣找到了吴小梅真正的住址，那是有一次他和吴小梅出门时遇到她的室友，室友提到的，但他只知道大致的位置。他想到自己正被通缉，就灵机一动，故意在监控探头附近转悠，就是为了把警察引过去，他想假如警察过去找他，或许会发现吴小梅的家。

舒清扬对照着笔录听完杨宣的讲述，说："还挺惊心动魄的。"

"是啊，"杨宣苦笑，"我这辈子再也不想做这种英雄主角了，至少在没练出一身好功夫之前不会做。"

"那你又怎么会来这边？"

"有人打电话给我，说吴小梅在这里，他还告诉我吴小梅的手机号，我就想只要我能说服吴小梅投案自首，那我也可以洗脱罪名了。"

舒清扬微微皱眉，杨宣立刻说："那人很奇怪，我那晚住在小旅馆，他直接把电话打进了我的房间，还用了变音器，听不出男女，不过我想反正我一点线索都没有，不如就过来碰碰运气，以夜枭的手段，如果他真想害我，不需要搞得这么麻烦。"

杨宣到了这边后，就打了吴小梅的手机，吴小梅一听是他，起初很惊慌，但很快就镇定了下来，说陆小帆的死是意外，她有视频当证据，请杨宣相信她，还和他约了在咖啡厅见面。可他过去等了很久吴小梅都没出现，直到匿名电话又打到咖啡厅，告诉他吴小梅现在在哪里，让他马上过去找她。

他照匿名者说的地点跑去了宿舍楼旁的小路上，吴小梅果然在那里，看起来心事重重的。看到他，吴小梅十分吃惊，像是惊弓之鸟，一直打量四周，确信他没被跟踪后，拉着他进了宿舍楼，还怕一、二楼不安全，说话被人听到，一口气跑去了三楼。

到了三楼走廊上，吴小梅就跟他道歉，说接近他是出于夜枭的指使，她还在他的饮食中下药，好方便诱惑，她为此一直觉得良心不过去。后来她无意中听说夜枭的手下也在杨宣那里看病，那晚她去诊疗室就是想从患者的病历里找出那个人，她原本打算找出来后把真相都告诉杨宣的，可没想到陆小帆突然出现，两人发生了争执，继而导致陆小帆死亡。

杀人后吴小梅惊慌失措，给夜枭打了电话，推说是想查杨宣的情报，结果误杀了人，夜枭好像相信了，让她马上离开，后续工作会有人做，所以设计陷害杨宣的另有其人。

为了证明自己没说谎，吴小梅掏出 U 盘，说这是凶案现场的录像，杨宣收下 U 盘，又建议吴小梅去自首。她拒绝了，说自己还有其他命案在身，她注定是罪犯，只把 U 盘给了他，让他去报警，证明自己的清白。

就在他们争执的时候，有人从杨宣身后袭击了他，他被打得头晕目眩，唯一想到的是夜枭派人来杀他。他努力拦住歹徒，让吴小梅逃跑，后来两人在扭打中冲进了房间，再后来他就被推下楼，失去了意识。

舒清扬翻到笔录最后，傅柏云照杨宣的描述画了歹徒的头像，歹徒的脸上没有明显特征，只有嘴角上方有道伤疤。

他看看杨宣，杨宣说："楼栋里太黑，他的动作又特别快，我只记得那道疤了，因为他攻击我时一直咧嘴笑，精神不是太正常……那个 U 盘呢？"

"我们没有在现场找到 U 盘，如果不是被吴小梅带走了，那就是被歹徒抢走了。"

"不可能是吴小梅带走的，因为在我和歹徒搏斗的时候她就跑掉了，U 盘一定是被歹徒拿走毁掉了，现在没有证据，就没人能证明我是无辜的……不，应该说无法证明吴小梅是误杀。"

杨宣一脸懊恼，舒清扬说："但你并没有看到 U 盘里的内容，也就是说有可能是吴小梅和她的同党在合伙骗你。"

"她为什么骗我？她没有这样做的必要。"

"我只是提出一个假设，在没看到证据之前，所有假设都是成立的。"

"如果靠着假设去破案，那你们造成的冤假错案肯定堆成山了，"杨宣冷笑说，"我相信我没有看错人，她恐惧的反应不是装出来的。"

"你已经被她骗过一次了。"

"那是因为药物作用。不错，在查案上，我是没有你们警察那么多丰富的经验，但是在心理学方面，我不是新人，我相信自己的判断。"

"任何以爱情为基础所做出的推断都是不理智的，当大脑中产生'爱'的反应后，人体会释放出多巴胺等荷尔蒙激素，而这些激素会抑制消极情绪，让人产生愉悦感，并且大脑中的批评性区域也会被影响，导致原有的价值判断出现错位。"

"所以你才不敢谈恋爱吗？因为你怕失去理智，影响你正确的判断，你甚至不敢去相信别人，所以这么多年你都无法和人搭档太久，也只有我这个笨蛋死党才会事事配合你。"

杨宣用下巴指指傅柏云，气氛紧张，傅柏云及时换了话题，问："我们在现场楼下发现了一部手机，是你的吗？"

杨宣也发觉自己语言过激了，回道："不是，我是借别人的手机打给吴小梅的。"

"那打匿名电话的人会不会是吴小梅？"

"应该……不是，她没理由骗我过来，又在见到我后假装震惊。"

问题问完，舒清扬告辞离开，他走到门口时，杨宣叫住他："我喜欢吴小梅。"

舒清扬转过头，杨宣又说："这次跟药物一点关系都没有，我单纯是觉得这女孩很特别，值得我为她冒险，我也相信她没有骗我，没有害过我。"

两人从病房出来，傅柏云耸耸肩。

"很多时候，人都无法对自己的行为做出解释，就比如我怎么也理解不了我那个做了多年心理研究的死党怎么会突然智商下线。他明明知道吴小梅犯了罪，还使用药物接近他套取情报，却还是为了救她以身犯险，大概真像你说的，是多巴胺在起作用吧。"

舒清扬半天没作声，就在傅柏云准备另起话题时，他说："他没说错，自从发生燕子的事后，我的确不太敢提感情的事，说得好听点是怕伤害到对方，但其实那只是一种自我保护罢了。"

傅柏云停住脚步，舒清扬走了几步不见他跟上，转头说："发什么呆？刚有点线索，还不趁热打铁去查？"

傅柏云跟上："换了我，我才不会纠结这么多呢，将来的事将来再考虑。"

"所以你到现在连房子都买不起，总算我妹妹有房子，你拎包入住就行了。"

舒清扬恢复了常态，傅柏云比较习惯毒舌状态的他，笑嘻嘻地问："你同意我和舒法医交往了？"

"我突然觉得杨宣说得有道理，像你这么好用的搭档不太好找，今后有点亲戚关系，也方便使唤你。"

舒清扬扬扬手里的图像，案子当前，傅柏云没多废话，接了过来。

"交给我，我来查。"

对傅柏云来说，调查嫌疑人这种事是他的强项，然而这次他撞到铁板了。他拿着杨宣和吴小梅分别提供的头像进行了对比，又在逃犯信息库里仔细搜索了，虽然有几个人嘴角上有疤，但是体型个头和他们描述的都有差距。

傅柏云又把范围扩展到有犯罪记录的人当中，同样没有收获，他怀疑刀疤是假的，歹徒故意弄了个假伤疤误导杨宣和吴小梅，效果还真显著，由于当时空间昏暗，两人又处于极度惊慌中，所以唯一留下的印象就是伤疤，除此之外没有明显特征，想调查也无从查起。

那部被踩碎的手机被证实是吴小梅的，技术员把它复原了，不过手机是吴小梅临时从一个卖菜老太太那儿买来的，里面没有有价值的东西。至于落在现场的木棍，上面也没有找到指纹，推测歹徒当时戴了手套，是有预谋的行凶。

幸好吴小梅的伤没有太重，等她的精神状态稍微稳定后，舒清扬就对她进行了审讯。

吴小梅的手腕和肩膀受了伤，没有戴手铐，她被带进来的时候表情木然，女警让她坐下，她就乖乖坐下，像是木偶跟着引线在摆动。

舒清扬倒了温水给她，她拿起来默默啜了两口。舒清扬问："跳楼时有没有感觉很害怕？"

吴小梅点点头，忽然抬起眼帘看向舒清扬，说："当时觉得被判刑、被大家指指点点更可怕，但是跳了后我发现我还是想活着。"

"不仅要活着，还要有尊严的活，犯了罪接受审判并不可耻，可耻的是为了逃避罪责去自杀。"

吴小梅神情若有所动，叹气说："如果我以前能听得进你的话该多好，可惜都太迟了，我当时就像是入了魔，只觉得都是你们警察无能，才造成我妹妹的死亡，我一心只想着报复，为了报仇做什么都行，可是……可是我妹妹死了，再也活不过来了，我杀了人，也回不了头了！"

她越说越激动，大声哭了起来，舒清扬没阻拦，掏出纸巾递过去。

吴小梅哭了好一会儿才平静下来，用纸巾抹去泪水，舒清扬说："现在回头还不晚，把你知道的都说出来，配合我们找出真凶。"

"我说！我全都说出来，我要争取宽大处理，我不想一辈子都是罪犯！"

吴小梅激动地说完，定定神，又说："都是那个魔鬼，是他逼我的……不，该说是我鬼迷心窍，被他诱惑了。警官，你上次说得没错，我是为了报复方旭，给他的精神药物掉了包。我知道那东西肯定有问题，但我还是做了，我催眠自己说方旭是罪有应得，而我只是掉个包而已，他的死与我无关。

"后来我回了老家，我以为报了仇，可以开始新的生活了，谁知那个恶魔不肯放过我，他找到了我，让我为他做事，否则就把我做的事说出来。原来在我给方旭的药调包时，被人拍了录像，这些或许不能判我有罪，但是如果传上网络，光是舆论就能把我的家人压垮了。我的家人已经遭受了一次打击，我不想他们再遭受第二次，所以我答应了他的要求，向家人提出回原来的城市工作，其实是改头换面去接近杨宣。"

吴小梅要做的事其实很简单，就是先利用相同的爱好引起杨宣的兴趣，再给他下药，顺利达到恋人关系，有了这道关系，她再借机打听警察的心理辅导内容，还可以查看杨宣的电脑。

不过杨宣的职业道德观很强，虽然和吴小梅交往，但涉及患者的问题，他都闭口不谈，所以后来吴小梅又照指令接近李一鸣，通过李一鸣，她了解了舒清扬和傅柏云的行动，但李一鸣也知道得不多，没提供到什么有利的情报。

"你有没有给李一鸣的饮食里下药？比如致幻剂之类的。"

"没有，因为不需要，基本上我问一句他会说十句，而且大部分都是废话。"

　　吴小梅就像个双面间谍，游走在两个男人之间。那阵子她精神紧张得都快崩溃了，一方面想逃离夜枭的束缚，一方面又怕被报复，再加上良心的谴责，她对所有被自己欺骗的人感到抱歉，几次想过利用死亡结束这一切。

　　后来她无意中听到杨宣的患者中有夜枭的人，她就想到找出那个人，把真相告诉杨宣，她不想再被控制下去了，想向杨宣和李一鸣坦白一切。

　　可谁知那晚陆小帆突然出现。陆小帆一直把她当情敌，对她非常敌视，认为她在窃取杨宣的医疗情报，两人话不投机争吵起来，陆小帆先动了手，之后事情的发展就完全脱离了她原本设想的轨道。

　　等她清醒过来，陆小帆已经全身是血倒在了地上，她吓傻了，在本能的驱使下，她又打电话给了夜枭寻求帮助，夜枭答应帮她，让她离开，接下来的事自己会处理。

　　就这样，吴小梅把落在地上的东西匆匆收拾到包里就跑掉了，并照夜枭交代的碾碎了自己的手机。她没回家，在外面住了一夜，第二天看到新闻才知道杨宣成了杀人嫌疑犯。她很震惊，但更多的是绝望，她觉得夜枭无所不能，自己根本逃不出他的魔掌，在犹豫了一天后，还是照要求去了夜枭指定的地点和他会合。

　　和她见面的是个陌生的脸孔，那是个不太漂亮还浓妆艳抹的女人，长相老气，气场严肃，容易让人联想到修女，她唯一让人觉得舒服的地方是她身上的香水味。

　　听到香水两个字，舒清扬心一动，打断她，询问那是什么类型的香味，吴小梅想了想，说她对香水没研究，解释不出来，只觉得挺好闻的，之后心情就没那么紧张了，可以坦然和女人交谈。

　　对方说她杀人的视频在他们手里，如果她同意接受新任务，才会把视频还她。她别无选择，在得知不是杀人后，就点头同意了。

　　女人把她带去附近的小旅馆，里面有两个戴着口罩的男人，他们给她做了乔装，从脸部到身上，贴了很多不知道是什么材质的东西，等全部都搞定后，女人给了她手机和车票，把她要做的事交代完毕后就离开了。

　　她从旅馆出来，从商店橱窗看到自己的脸庞，和原来的相差很多，体型也有很大的变化，还好这些化妆事后都可以卸掉，所以她没有太担心。

　　她拿着车票坐上了车，倒霉的是半路车抛锚，她吓得要死，还好后来顺利到了车站，她一下车就伪装成手机的主人，也就是一个叫俞菲的女生，给她堂姐打电话。

　　堂姐一直没接电话，当时她又紧张又害怕，再加上不知道夜枭会不会真的放过自己，所以情绪很暴躁，等手机接通了，她把要说的词也忘光了，直接问对方怎么才接电话。

　　堂姐被她的口气吓到了，结结巴巴地解释说自己在开车。她冷静下来，怕穿帮，急忙说自己到了，对方好像没怀疑，又唠唠叨叨地说让她给家里打电话，别叫黑车什么的，她一紧张就挂了电话。

　　"夜枭让你伪装别人打电话，你没担心对方听出你是冒充的吗？"

　　"担心啊，不过那女人说没事，他们会修改音程，对方听不出来，后来我还给俞菲的家人留了言，都是照他们交代的做的。我本来以为只是打个电话，后来看新闻才知道俞菲失踪了，而她最后联络家人的留言就是我伪装的，那时我就想她肯定是死了，而我又一次犯下了协助杀人的罪行。"

　　在发现了这个事实后，吴小梅万念俱灰，她想只要自己活着，这辈子都别逃离犯罪组织的掌控，她便跟菜贩老太太买了部翻盖手机，准备在自杀前跟家人通一次电话。

　　可是在她翻化妆包时，无意中发现了不属于自己的口红，再仔细一看，发现那口红其实是个微型摄像头。

　　她跑去网吧接上电脑打开一看，里面居然是凶案现场的摄像，从陆小帆出现质问她到她们扭打到一起乃至陆小帆死亡，统统录了下来。从摄像角度来看，口红摄像头是陆小帆带来的。

　　陆小帆最初把摄像头放在桌上，后来摄像头被撞到了地上，她收拾自己的东西时心慌意乱，没发现摄像头的秘密，把摄像头和其他东西一起塞进了化妆包，后来也没怎么动过化妆包，所以没留意到它的存在。

　　发现这个秘密，吴小梅又惊又喜，有了这个录像，就可以证明陆小帆是被误杀的，她也不需要再被犯罪组织胁迫了。她还在琢磨该怎么利用这个录像，就接到了杨宣的电话。

她很吃惊杨宣会找到自己，但出于欺骗他的愧疚心，她答应和杨宣见面，两人约在咖啡厅碰头，她按时去了，可临时又感到害怕，直觉告诉她自己在被人盯梢，为了不拖累杨宣，她改变主意，去了后面的小路上。

就在她考虑要怎么提醒杨宣小心时，杨宣跑过来找她，她那时候就像惊弓之鸟，都不敢在路上说话。带着杨宣进了废弃的楼房后，她向杨宣说出了真相，还把复制进 U 盘的录像给了杨宣，后来杨宣劝说她自首时，有人从后面攻击了杨宣。

吴小梅一口气说到这里，又忍不住啜泣起来，她说的这部分和杨宣说的吻合。舒清扬问："不是你打电话叫杨宣过来的？"

"当然不是，我还怀疑杨宣是不是被人利用，跑来找我的。"

"杨宣让你逃掉，为什么你又返回来找他？"

"我一开始吓到了，可是跑出去后又想我不可能一辈子都逃避，我怕杨宣出事，就跑回去了，谁知刚靠近就听到很重的响声从后面传过来，我顺着声音跑过去，就看到他躺在一堆垃圾上，满脸都是血，一点动静都没有，我吓得腿都软了，连歹徒跟过来都不知道。"

"他没有袭击你？"

"没有，我也以为他会那么做，但他只是夺了我的手机，踩碎了踢去一边，还嘲讽我说因为我的自以为是，又害死了一个人。我当时整个人都放空了，等我清醒过来，人已经在出租车上了，我也不知道该去哪里，就让司机随便开，后来我听到收音机里提到 cosplay 的活动，就让他开去了那里。"

"为什么你会想去那里？"

"因为我妹妹以前很喜欢玩 cosplay，但我小姨和姨夫不同意，说那个圈太乱。呵呵，其实哪有什么地方是不乱的，只要有人就有风波，甚至更可怕……那时候我就想着唯一的证据被抢走了，杨宣也死了，好像老天注定我要受到惩罚……再后来的事你们都知道了。"

舒清扬拿出吴小梅提供的歹徒的头像，问："你还能再补充一下其他特征吗？"

吴小梅看了一会儿，摇头："我这两天的记忆都是混乱的，别说他了，其他接触过的人我也没什么印象。"

舒清扬调出一些有犯罪前科的女人头像，吴小梅逐一看了一遍，没找出给她交代任务的那个女人。舒清扬又把在教堂广场诱拐小孩还有借用吴小梅的身份证租车的女人的截图摆到她面前，她马上说用她身份证的女人和她长得挺像的，不可能是交代任务的那个人，诱拐小孩的那个她看了半天，最后摇头说不是。

最后舒清扬拿出夜枭的照片，吴小梅突然脸色大变，她失去了镇定，指着照片，大声叫："我见过他，就是他，他是魔鬼！"

"他有没有说自己叫什么？"

"没有，不过我听到有人叫他夜枭，我一开始真的把他当成好人，他谈吐文雅风趣，还学识渊博，可是和他在一起越久，我就越害怕他，他就像恶魔，除非我死了，否则我肯定逃不出去的！"

因为激动，她全身战栗起来，舒清扬又给她倒了杯水，说："他不是恶魔，他只是罪犯而已，你放心，只要是罪犯，他就别想逃脱法律的制裁。"

这句话让吴小梅镇定了下来，捧着水杯用力点头。舒清扬从手机里调出一张照片，递到她面前，问："你曾经和她合租过房子吧？"

"你怎么知道？"

吴小梅看向舒清扬的眼神中充满惊讶。

"那也是夜枭让我做的，不过我只是提供住所给她，帮她准备一些日用品和宠物用品，她养了只小兔子，特别可爱，所以我相信她不是坏人，大概也是被夜枭骗了。她还以为我就是和她在网上聊天的网友，我只能顺着她说，她叫徐妹，是个职业摄影师，过来找素材的，只住了几天就走了，她怎么了？也遇害了吗？我没有害过她啊……"

吴小梅的脸色越来越苍白，舒清扬说："没有，大概她现在在新疆玩得正开心呢，我只是做个确认，你先把提供给她的东西名单列给我。"

　　吴小梅接过纸笔，把清单一一写了下来，舒清扬收好看了一遍，走出审讯室。

　　傅柏云在外面看了审讯全过程，舒清扬一出来，他就迎上前，说他已经将情况汇报给王科了，王科说既然现在已经确定乘车回家的俞菲是吴小梅伪装的，那么俞菲很可能根本就没有离开过，所以得调整搜索方向，重新做调查，同时加强对俞旻以及其他两位登山队员的保护工作。

　　舒清扬听完，眉头微微皱起，傅柏云看到了，安慰道："别担心俞姐，有冯震盯着呢，有情况他会第一时间汇报的。"

　　"大厦那边的情况呢？"

　　"还没动静，大概最近动作太大，黑客怕被抓到，所以收敛了……幸好你警觉，否则我们到现在都不会发现是吴小梅假扮俞菲，我怀疑吴小梅说的香水味其实是镇静剂之类的，目的就是为了让她缓解紧张，为他们办事。"

　　"有可能，不过租车女人也喷了类似的香水，她的目的又是什么？"

　　"未必是类似的香水，可能只是刚好也喷了香水而已，要知道很多女人都是香水不离手的。"

　　舒清扬不太接受这个解释，不过没反驳。傅柏云又说："老实说，我越来越抓不住夜枭的想法了。"

　　"如果你这样想，那正好就中了他的圈套，他最喜欢搞各种小动作来掩盖真正的意图。"

　　"那俞菲会不会出事？"

　　舒清扬没有马上回答，脸色有些难看，傅柏云察言观色，问："幻听又吵你了？"

　　"没有，我反而希望俞菲的失踪是夜枭做的。"

　　傅柏云误会了他的意思，说："看吴小梅的态度，她应该没有说谎，可有一点说不通，夜枭身边的黑客神通广大，要黑了杨宣的电脑应该不难吧，他为什么一定费事让吴小梅去操作？"

　　"有三种可能，杨宣储存患者病历的电脑没有连网络，而且安全保护机制很严密，黑客操作起来会比较麻烦，更有可能留下线索，引起杨宣的警觉，所以利用吴小梅搞美人计更方便。另外就是夜枭本人对杨宣也挺感兴趣的，否则他就不会自己当试验品去就医了，这些实地观察都是黑客做不到的。还有一点，他最近频繁利用吴小梅帮他做事，是想确认这个棋子到底能好用到什么程度，最后当他发现吴小梅不受控制，甚至想反戈一击时，就直接放弃了她。他算计到吴小梅接连遭受打击，撑不了多久，自杀是早晚的事，根本无须自己动手。"

"真是个变态，只可惜现场录像被抢走了，吴小梅和杨宣现在都有嫌疑，仅凭他们的口供很难证明那是误杀。"

"所以我们在等黑客有所行动，只要他有小动作，就一定会有破绽露出来。"

舒清扬把吴小梅写的清单递给傅柏云："你打电话给徐妹问下情况。"

"为什么是我打？"

"因为我打会容易暴露，还有，"舒清扬顿了顿，很不情愿地说，"她太能说了，每次跟她聊完，我的耳鸣都会加重。"

傍晚，舒清扬赶回市里，孙长军也搭了他的车回来，这次孙长军帮了不少忙，舒清扬照他说的地址把他送回了家。

孙长军的家在一栋旧公寓里，舒清扬停了车，看了看周围的住宅，陈旧得哪怕即时拆迁都不会让人觉得意外，他很惊讶孙长军会住这种地方。

像是看出了他的疑惑，孙长军说："这是我哥帮我租的房子，也是我的第一个家，住久了有感情了。"

他下了车，又说继续帮忙找线索，舒清扬制止了："接下来我们会自己处理，你不要再插手。"

"啧啧，磨完磨就杀驴啊，有本事那晚也别让我帮忙啊。"孙长军不高兴了，翻着白眼说。

舒清扬没在意："那晚我在场，所以你那是协助警察办案，我不在的时候，你就是违法活动，懂了吗？"

"反正黑的白的都你说了。"

孙长军一脸不爽，抱着他的笔记本进了楼里。傅柏云摇摇头："这家伙一定没听进去，有时间得好好教育一下。"

"等把这次的事解决了再说。"

回局里的路上，舒清扬又给苏小花打了电话，还是语音留言，之前他一直忙着做调查，现在总算腾出点时间来联络苏小花了，却还是没人接电话。他感觉不太对劲，又转打给苏小花的同事，大家都说苏小花休大假了，这两天没进报社。

舒清扬放下手机，傅柏云安慰道："休假时隐身算正常吧，大概她怕被同事吵。"

"不正常，那家伙最爱的就是工作，她只怕工作不够吵。"

"你是在说你自己吗？"

傅柏云说归说，还是临时调转车头，开去了苏小花的家。

第八章
潜伏的杀机

到了后，舒清扬先跑去车位看了，苏小花的车不在，她家里也没人，傅柏云按了好久的门铃，里面都没回应，反倒把在附近溜达的保安给招来了。

舒清扬掏出自己的证件，询问苏小花的行踪，保安说："苏小姐啊，好像没看到她，她跑新闻的，几天不回来也是常有的事，我去问下同事。"

他去保安室问了同事，同事也都说没见到，最后调出监控看，苏小花是昨天大清早离开的，之后就再没回来。

舒清扬道谢出来，傅柏云心里挺不是滋味的。"她不会是遇上麻烦了吧，她走的时候我还提醒过她别插手这个案子，她还答应了……好像与登山队有关的人都出事了，苏小花该不会也是……"

他看看舒清扬的脸色，把下面的话咽了回去。舒清扬说："瞎猜也没用，先回去再说。"

两人回到局里，先去技术科找小柯。

小柯的电脑里有一大串名单，他正在看，见两人进来，叫起来："你们来得正好，我刚把调查结果跟王科说了，舒队你猜得可真准，我查到一个叫周洋的人，他两年前过世了，在过世前他一直搞网络情报收集工作，他的黑客技术非常厉害，还多次去美国接受过这方面的培训，不过没有犯罪记录。他妻子早逝，只有一个女儿，三年前，他女儿在他去国外培训期间遭遇车祸死亡，那之后他就变得萎靡不振，辞去了工作，整天闷在家里不见人，后来没多久就患病过世了。"

小柯把周洋的信息调出来，照片里是个五十多岁瘦削的男人，和保洁员李大贵长得完全不像，大厦内部的工作人员也没有长相和他相似的，傅柏云问："他是不是整容了？"

"有很大的可能是整了，虽然他的户籍注销了，也有完整的死亡证明，但你们知道做黑客这行的，尤其是这种高手要改动电脑数据并不困难。我之所以会怀疑他，除了他的技术之外，还有他女儿的死。他女儿是在和朋友去农家乐旅游时被人酒驾撞死的，但对方硬说是他女儿突然横闯车道才会被撞，乡下路上也没监控，又有司机的朋友作证，最后就是赔了一笔钱，不了了之了。"

小柯边说边在键盘敲了两下，驾驶员的信息跳了出来，舒清扬看到当中的"死亡"二字，眉头微皱。

"你们没看错，这家伙死了，大约在周洋的女儿死亡半年后吧，他是和一群狐朋狗友在K歌时嗑药过量死的。两年前，那几个作证的朋友开车出去玩，途中车速太快，车开进了沟里，两死一重伤。不查不知道，这一系列的死亡事件未免太巧合了。"

听到这里，傅柏云看向舒清扬，他想起了当年的燕子事件，两起案件实在太相似了，然而时隔多年，夜枭的作案手法也越来越精妙洗练，甚至不会亲自动手。他想，即便知道那是夜枭做的，也很难找出破绽。

"酒驾肇事司机的死很可能是夜枭设计的，他利用干掉周洋的仇人这一招拉他入伙，周洋痛恨法律的不公，很容易被夜枭煽动，为他卖命，这也解释了周洋为什么会设计杀害张璐，因为他格外痛恨酒驾的人。"傅柏云揣摩着说。

舒清扬没有应和他，问小柯："目标已经控制了？"

"在暗中监视，虽然他整了容，但是有了这么多线索，要锁定嫌疑人还是挺简单的，王科说在等他行动，他总不可能龟缩在大厦里一直不动窝吧。"小柯一敲键盘，嫌疑人的照片显示出来，他看着舒清扬和傅柏云，得意扬扬地说。

自得被无视了，舒清扬从手机找出苏小花的车亮给他："查下这个车牌，调出从昨晚九点到现在车的行驶路线。"

那是辆红色小轿车，车屁股上还贴了个米菲兔子，小柯看了一眼："这车有点面熟啊，啊我想起来了，是你的女朋……女性朋友的车吧，你这是滥用资源，我这里查的可都是刑事案，你这个应该让交警……"

"苏小花失踪了，她可能遇到了危险。"

舒清扬声线冷峻，小柯不敢再开玩笑了，说了句马上查，又把放在旁边的资料递过来。

"这是俞菲电话录音的数据分析。"

音程分析证实讲电话的是俞菲本人，从声波振动频率推测当时她在室内，房间在八平方米左右，途中掉落地上的是金属物品，类似钥匙环之类的东西。

傅柏云看完，说："这么小的地方，会不会是在教堂的某个房间？"

小柯马上问："你怎么会想到教堂？"

"俞姐，就是俞旻以前说她去教堂总感觉被跟踪，我猜俞菲是不是陪她去教堂时发现了什么，照俞菲不知天高地厚的性子，她一定会跑去查一番的，所以才会导致夜枭对付她。"

小柯瞟了舒清扬一眼，舒清扬没搭话，他便说："有道理有道理，那我查查教堂附近的监控。"

舒清扬转身离开，小柯又叫住他，把另一份资料递过来。

"这个，你让我查的我也都查了。"

舒清扬接过资料看了一遍，傅柏云莫名其妙，也探头去看，谁知舒清扬抢先收起了资料，出了技术科，傅柏云追上，说："我觉得搭档之间需要开诚布公。"

舒清扬二话没说，把资料塞给了他，他给得太痛快，傅柏云反而有点不适应。

"给得这么快啊。"

"不想被你揍。"

"这话你可别在舒法医面前说，别让她以为我多暴力……"

傅柏云吐槽的话半路打住了，目光从小柯给的资料转向舒清扬，一脸吃惊。

舒清扬停下脚步，接收到傅柏云的不解，他说："有些事情怎么解释都解释不通，所以我就查了，我也不想怀疑身边的人，但我不能一而再地无视自己的直觉。"

两人回到特调科，办公室只有王科坐镇，呃，外加一只兔子。

傅柏云跟王科打了招呼，又跑过去拿起一根萝卜条，蹲在笼子前，问："小灰，我们一整天都不在，你有没有听话，有没有乖乖吃东西？"

兔子的回应是大口嚼他送过来的食物，王科说："我听那边的同事说了，情况很糟糕啊，杨宣和吴小梅都跳了楼，还昏迷不醒，什么都问不了。"

"杨宣是被人推下楼的，现场有搏斗的痕迹，还有沾了血的木棍，不过结果一样，调查线索都断了，俞菲也生死未卜。"

舒清扬说完，耳机里传来马超的声音，说李大贵今天休息，抱着一大包东西出门了，他正在暗中跟着，怀疑李大贵是要跟谁碰面，让大家等消息，一有情况，他马上汇报。

王科听完，交代他小心安全，又对舒清扬说："别气馁，这不是还有李大贵这条线嘛，看，他沉不住气，开始行动了。"

傅柏云说："那些人都是亡命之徒，我还是去协助马超吧？"

"行，你去吧，拿着这个去领配枪。"

王科拿起签了字的申请表递给傅柏云，傅柏云走后，他又指指桌角的包裹，对舒清扬说："这儿有你的快递，看看是什么。"

"是小灰的饼干。"

舒清扬把包拆了，一大包宠物饼干掉出来。王科啧啧说："吃的比我都好啊，现在的宠物可真幸福。"

舒清扬没看那包饼干，他又打开了另一个快递，那是刘小小寄给他的，也就是之前向他提到的指南针。

为了防止途中损坏，刘小小还特意在指南针外面包了好几层气泡膜，舒清扬把气泡膜撕开，拿出指南针。

它没有很大，但放在手心中，有种沉甸甸的重感，纹络雕镂得也不太精致，至于最重要的指南针功能，看那指针的状态，大概也没法给予期待。

舒清扬又拿出张璐的指南针，乍看去两件物品很像，但细看的话，就会发现张璐的那个要稍微小一点，镂花也比较精细，而且重量也更轻。他想起工厂负责人说过他们曾做过改良，后来还有个短发女生特意跑去工厂购买张璐的这个明显是改良版的，……

脑海中划过某个疑惑，舒清扬跑去白板前，重新仔细查看大家写下的线索——张璐酒驾撞车死亡；俞旻在车祸发生之前接过俞菲的电话；江山和刘小小对往事的避讳；张璐曾要与姓张的男人结婚，后来又在山难后悄然出国；还有吴小梅伪装成俞菲，陌生女人又借用吴小梅的身份证租车，最后开租车的黑客导致了张璐的死亡……

这所有线索看似杂乱无章，实际上却息息相关，甚至每一步棋都是精心设计好的，一场让他追逐真凶的游戏！

舒清扬盯着眼前的黑字，所有与案件相关人士的话语在他耳边交替回响，他的手下意识地转动着指南针，忽然话声换成了一个久违的嗓音。

"最近都没来打拳了。"

舒清扬一怔，很快就听出那是陈天晴的声音，好久没听到，那声音也变得陌生了，但熟悉感很快就盖过了陌生，他本能地点点头。

"这阵子太忙，都没和你打拳了，等登山回来，我们慢慢聊，有些事我也想听听你的想法。"

话的内容也异常的熟悉，舒清扬回想了一会儿，猛然醒悟过来。

陈天晴出事后他有段时间会看到对方，背景是拳击场，陈天晴跟他说话，可画面永远都是无声的，他听不清对方说了什么，每次想努力听清楚时，就被幻听打断，医生说那都是他的幻听幻视，他也一直这样认为的。

直到这一刻他才知道不是，这番话的确是陈天晴在拳击场对他说的，当时他在训练，陈天晴接了电话，说咖啡屋客人多，他得赶着回去帮忙，等有时间再聊，可他却不记得这段记忆了……

不，也许该说是他一直没有想起来，这话就好像随着爆炸声一起被封印在了他的脑子里。讽刺的是，他以为的幻听都是真实的，而他一直认为的真相却是假的……

"我回来了，有没有什么吃的，饿死我了。"

身后传来说话声，却是蒋玎珰回来了，一进来就嚷嚷，王科急忙冲她摆手，让她别打扰舒清扬思考，又在大家的桌上找了找，在傅柏云桌上找到一包饼干和小纸盒牛奶。他把东西拿给蒋玎珰，问："没情况？"

"什么都没有，刘小小倒是吃好睡好，我只能在车里啃面包，幸好同事过去替班了，否则我还要一直在那儿干耗呢……舒舒，你这是在干吗呢？有新发现？"

蒋玎珰嚼着饼干凑到白板前，上面写的都是他们已掌握的情报，没什么奇怪的，她拍拍舒清扬的肩膀，谁知道舒清扬正想得出神，被她这么一拍，手下意识地一甩，指南针在空中划了个抛物线，落在了地上。

王科见状，把蒋玎珰拽开："你这丫头，都让你别吵他了，那可是证物！"

闯了祸，蒋玎珰吓得缩了缩："抱歉抱歉，手贱是我的错，要是证物摔坏了，算我的，我写检讨。"她一边说着一边弯腰去捡指南针。

舒清扬喝道："等等！"

蒋玎珰不明所以，看向舒清扬，舒清扬脸色冷峻，盯着落在地上的那两个指南针，不知想到了什么，一动不动，她不敢再乱说话了，小心退去一旁。

舒清扬依旧保持相同的姿势，指南针坠地的那一瞬间发出叮当响声，响声带着金属撞击后颤颤地回音，无形中将原本乱糟糟的线索串联到了一起，最后是陈天晴的说话声。

"要不是房主急着用钱，也不会这么便宜卖掉，这里地脚好，应该很快就能回本了，里面还有个储藏室，可以囤不少货呢……"

所有疑惑在刹那间豁然开朗，可乌云拨开后，看到的依然不是晴空，舒清扬感觉到心头像被大石重重压住了，不得不靠长舒一口气来缓解，他走过去，捡起了指南针。

"没……"蒋玎珰小心翼翼地问，"没坏掉吧？"

"没事，它原本的意义也不是在实用上。"

"哈？"

蒋玎珰没听懂，舒清扬收好指南针，说了句去找傅柏云就快步出去了，蒋玎珰看向王科请求指示，王科摆摆手。

"你也去吧，记住，李大贵是个危险分子，一切小心。"

"明白。"

蒋玎珰咬着饼干追出了办公室，舒清扬走得飞快，她追上，问："咱们先去申请配枪吧？"

舒清扬还没回应，小柯从对面跑过来，气喘吁吁地问："你们这是要出去？"

舒清扬看到他手里的资料："查到了什么？"

"是苏小花的行车记录，她那辆车从咖啡屋停车场离开后走了这条路，跑了大约两公里吧，后来就停在了空地上。"

小柯指着图片解释，那里没什么建筑物，只有一辆车孤零零地停在那儿，看车牌正是苏小花的车，他说："这里没监控，我是根据前后路段的监控推测的，刚才让那边派出所的同事去确认，他们拍了照片给我，车上没有撕扯打斗的痕迹，车锁也没有被破坏过，暂时还无法判断苏小花是自行离开的还是被人劫走的，我让他们继续调查。"

除了车的照片外，小柯还把苏小花的行驶记录也都打印了出来，在她离开咖啡屋不久后，车有半个多小时没移动过，之后才又出现在交通监控里，舒清扬仔细看了那一片的路况，教堂刚好就在附近，而这栋建筑物后面是小路，没有监控装置。

他看完，立刻联络傅柏云，说了小柯的发现，傅柏云说目标刚好就出现在教堂附近，那里很可能是夜枭的据点之一，他会交代同事们留意苏小花有没有在那里。

舒清扬通完话，把资料还给小柯，匆匆跑出去，蒋玎珰急忙跟上，问："不取枪？"

"我用不到。"

"可我……"

蒋玎珰想说她应该用得到，但舒清扬没给她说话的机会，到了停车场跳上车，蒋玎珰也只好跟着上了车。

她刚坐稳，舒清扬就把车开了出去，速度之快弄得她向后猛晃，看看舒清扬的表情，她决定还是什么都不问，配合行动就好。

舒清扬走的正是苏小花失踪前经过的那条路，沿途远远就看到了属于她的那辆红车，再往前走，没多久就是教堂后面的小路，蒋玎珰观察着路况，说："这里的监控好少啊，苏小花为什么特意跑这条路？"

"开车的可能不是苏小花，是有人在故意引开我们的注意。"

舒清扬说着，紧踩油门往前飞奔。蒋玎珰眼看着教堂到了，谁知舒清扬完全没有刹车的意图，她急着指教堂："在那边，咱们不是要去配合傅柏云吗？"

"不是，那边人很多了，不差我们俩。"

"可是……"

蒋玎珰还没弄明白，舒清扬瞥了她一眼，要把车拐去路边停下，她立刻拦住。

"不用不用，我听你的指挥，你说怎么做我就怎么做。"

"联络冯震，问下他那边的情况。"

蒋玎珰照做了，冯震还待在车里监视呢，听了蒋玎珰的询问，他说咖啡屋一切正常，也没有举止怪异的人出入，下午打烊后俞旻去教堂做祷告，他远远跟着，没发现有异常，让他们放心。

舒清扬听到这里，问："打烊了？"

"是啊，俞旻的堂妹不是出事了吗？她大概没心思顾店，不到三点就关门了，我跟着她去教堂时，还看到她和家里人讲电话，一直在说这事。"

舒清扬不说话了，油门踩得更快，蒋玎珰猜想他担心俞旻，便对冯震说他们马上就赶到了，让他多留意着点，冯震答应了。

没多久，车开到了小鸟窝咖啡屋，舒清扬把车往道边一停就跳了下去。

咖啡屋没营业，所以里面灯光没有全打开，门口显得有点昏暗，大门上挂着 Close 的牌子，牌子右上角贴着两只木头小鸟和鸟巢。那是当初开咖啡屋时陈天晴和俞旻一起做的，上面的油漆还是陈天晴亲手刷的。平时舒清扬没有留意，今晚他突然发现时间过去太久了，久得小鸟身上的油漆都褪色了。

蒋玎珰要跟着他进去，被他拦住了，环视周围，交代说："这里可能有危险，你去后面守着。"

蒋玎珰看看对面，那边有冯震盯着，她问舒清扬："你一个人没事？"

"我会注意的。"

蒋玎珰将信将疑，不过看看舒清扬的脸色，她没多话，叮嘱他小心后转去了房子后面。

舒清扬关掉了耳机，上前推开门，俞旻站在柜台后讲电话，看到他，一脸惊讶，放下了手机。

舒清扬走过去，问："谁的电话？"

"我妈的，我妹妹还是没消息，家里人都快急疯了。"

俞旻脸色不太好，把手机丢去一边，过去要开灯，舒清扬叫住了她。

"不用，这就挺好的。"

"吃饭了吗？我去准备。"

俞旻要回柜台，却见舒清扬没去他一贯坐的座位，而是就近坐下，她倒了杯水递过去，问："是不是我妹那事查得不顺利？"

"不，有线索了，俞菲没有坐车回家，她压根儿就没离开这座城市。"

"不可能，她给我打电话说到了的，而且那边监控不是都查到她了吗？"

"那是有人伪装的，乘车的打电话的还有给她母亲留言的都是其他人冒充的，所以现在我们在调查俞菲在这边的行动情况，你是最后见过她的人吧？"

"应该是……吧，"俞旻不是很肯定地说，她在舒清扬对面坐下，回想当时的情况，"那天早上我正在招呼客人，她就走了，我正忙着，也没在意。"

"是她自己说要回家的？"

"是啊，前几天她就这样说了，我想是她的前男友给她洗脑了，这事我也不方便多说……"俞旻有些六神无主，说完，又问，"你真确定是有人假冒的吗？可她打电话给我，听声音就是她啊。"

"声音可以伪造，而且当时你在外面，就算不太一样你可能也留意不到，否则既然她给你打电话了，为什么不给她母亲打，而是留言呢？"

俞旻点点头，看起来对舒清扬的说法不是很信服，不过没有反驳，问："那你是不是来找线索的？我带你去她的房间吧，她还有些东西放在这儿，我都没动，也许能发现什么。"

她站起身，舒清扬却没跟上，他掏出两个指南针放到桌上，一个由证物袋包着，一个什么都没包，俞旻很惊讶，问："怎么又有一个？"

"一个是张璐的，之前给你看过，另一个是刘小小寄给我的，你来看看。"

他把两个指南针并排推给俞旻，俞旻拿起来对照着看了看："好像不太一样，重量也有差，我记得天晴说他们是一起买的，怎么差了这么大？"

"他们不是一起买的，实际上那天是天晴和张璐先买了，刘小小他们看到，就起哄一起买——当时刘小小喜欢张文龙，而张文龙喜欢张璐，江山也对张璐有好感，大家都不想看到只有天晴和张璐两人有指南针，看着像情侣配，所以才会一起起哄，天晴没办法，就带他们去买了。"

俞旻重新坐下来，淡淡地说："原来还有这么一出啊，是不是原来那款卖完了，所以他们买了另一款？"

"最初我也是这样想的，但我查到的线索是曾有一对情侣路过做指南针的工厂，看到样品很喜欢，就买了，轻的精致的那款是新款，刘小小的这个是旧的。"

"什么意思？你想说什么？"

舒清扬掏出了刘小小和江山的录音分别打开，俞旻越听越惊讶，没听到最后她就急了："他们太过分了，背后居然捅朋友刀子，真看不出来，亏他们每次来玩，我都好好招待，张璐喜欢的明明就是张文龙，可他们却因为一些子虚乌有的消息相互猜忌。"

舒清扬没回应，等录音放完了，他说："有一点说不通，假如张璐喜欢的是张文龙，那她尽可以光明正大地说出来，为什么要偷偷摸摸的，连闺密都不透露？还有那对去工厂的情侣和之后也去工厂购买指南针的女生又是谁？"

"我不知道，我只知道这些人太下作了！"

俞旻很生气，起身给自己倒了杯水，她拿水杯喝水时，舒清扬看到她的指尖因为气愤发出轻颤，他问："为什么你这么生气？"

俞旻一怔，马上说："这还用说吗？如果你发现朋友都是这种人，难道不会生气吗？"

"可能吧，可我没什么朋友，无法感同身受。"

这话太冷，俞旻被逗乐了，摇摇头继续喝水。

"不过我恋爱过，热恋中的人巴不得让大家都知道自己恋爱了，假如会隐瞒，那一定有相应的理由，尤其张璐自身的条件那么好，她会委屈自己，多半是因为很爱对方，不想对方为难。但她又忍不住想跟朋友分享自己的喜悦，所以她随意杜撰了姓氏，她说姓张并不是指张文龙，张王李三大姓，她只是找了个最常见的姓罢了，之后购买指南针一起挂在包上也是出于相同的心态，她看重的不是物质本身，而是它的情感价值，所以她肯花一千块从小偷手里赎回指南针。"

俞旻收敛了笑："你想说什么？"

"刘小小的直觉没错，张璐真正喜欢的追求的是陈天晴，也许最初陈天晴拒绝了她，因为他有未婚妻，有共同经营的咖啡屋，还有作为男人的责任感，可人的感情很难讲，虽然理智上知道那样做不对，最后却还是倾向于感情。张璐和陈天晴带的指南针不是在镇上土产店买的，而是更早时候在他们出游时就买好了，那次他们只是找了个适当的时机拿出来一起挂在包上，其他成员虽然起哄团购，却没发现两版指南针是不一样的。"

"不可能！"俞旻打断他，气愤地说，"你是警察，遇到事情就乱猜疑，这跟刘小小他们有什么不一样呢？那时候我和天晴都见过了双方的家长，已经谈婚论嫁了，天晴是个特别负责的人，你是他的好朋友，你该最了解他的个性，我们在一起有五六年了，他怎么可能为了一个新认识的队友就不顾我们这么多年的感情？"

"我知道他的人品，但我也知道当一个人陷入热恋时，他的行为是无法用常理去推断的。他应该也很苦恼怎么跟你提，所以才跟我说等他登山回来要和我好好聊一聊，我想他要聊的应该就是和你分手这件事。"

"分手？不！绝对不会！如果你还尊重我，如果还当天晴是朋友，就不要再乱说了！"

"其实你早就知道了吧，男人在出轨上不管掩饰得有多好，都很难瞒过枕边人，更别说你们还相处那么久了。"

"当然没有！"

"那为什么你在听了录音后那么生气？"

"我……"

"我记得你上次看到张璐的指南针时，反应也很激动，你应该是从大家的指南针不同这一点上留意到他们的关系有问题了，对吗？"

舒清扬说得很肯定，俞旻没有再反驳，她沉默了一会儿，冷静了下来，说："没有，这都是你的猜想。"

"也许吧……我可以看下你那天进的货吗？"

舒清扬站起身，俞旻没听懂，舒清扬解释道："就是俞菲打电话给你的那晚，你不是去进货了吗？"

"喔，那个啊，在里面。"

俞旻走进里面的房间，那是个储藏室，靠墙各放着一排铁架，咖啡豆和茶叶根据种类分别摆放，地板当中铺了地毯，打扫得非常干净。

俞旻指指放在最下面一排的几个纸箱："就这些，都在这儿了，还没开封呢。"

舒清扬低头查看，俞旻找了剪刀递给他，他说："不用了，我就是问一下，你采购的货物都是放在这里的？"

他一边说着一边打量房间，又去对面放茶叶的架子前看，俞旻被问得莫名其妙，说："是啊，有什么问题吗？"

"随便问问，对了，俞菲出事前曾跟苏小花打过电话，你知道吗？"

"知道，苏小花过来帮我的忙时提过。"

"那她肯定没提录音的事。"

"录音？"

俞旻皱起了眉，舒清扬打开手机里的录音，俞菲和苏小花讲电话的那段响了起来，在播放到金属物体掉落的地方，舒清扬按了暂停键。

"我们的技术员做了声波分析，说俞菲当时是在八平方米大小的房子里，她好像很忙，没和苏小花多聊，我一直在想八平方米那么小，会是哪里……"

舒清扬注视着俞旻，俞旻的眼神有些飘忽，忽然笑了："刚才不是在聊天晴吗？怎么突然就换话题了，你们警察查案常这样吗？"

"不，我们聊的一直是一个案子，你听这是什么声音？"

舒清扬把录音稍微往前倒了倒，按下播放键，金属落地的撞击声重新响起，俞旻不懂，摇摇头。舒清扬把刘小小的指南针丢到地上，又问："这样呢？"

"你的意思是这两个声音一样？俞菲找到了指南针？可我没你那么好的听力，我听不出它们哪里相同了。"

"其实我也听不出来，只是这个声音给我提供了一个灵感——当时俞菲在一个很小的空间，并且可能发现了指南针，她觉得奇怪，所以中断了和苏小花的对话。假设撞击声真是指南针发出来，那俞菲是怎么找到的？她找到的指南针又是谁的？"

俞旻的目光下意识地往旁边瞟了瞟，舒清扬说："江山的那个扔掉了，张璐的和刘小小的在我这里，张文龙的在山难中丢失了，俞菲找到的可能性也不大，所以当时她拿的应该是陈天晴的。"

"你自己也说是假设了，也许我妹掉在地上的只是普通的钥匙呢。"

"不错，所以我就想那么晚了她会去哪里，直到我记起陈天晴跟我说的一段话，他说买这栋房子很合算，还配了个储藏室，可以放不少东西……"

舒清扬注视着俞旻的反应，她眼中闪过几许慌张，但马上就镇定了下来，说："他说的就是这里。"

"可这里本来就是应该有的，他没必要特意拿出来讲，他讲的应该是多出来的小房间，像是附赠的阁楼或地下室之类的，可指南针一直挂在陈天晴的登山包上，如果俞菲是在小房间里找到指南针的话，那就是说……"

"怎么可能？江山不是在录音里都说了嘛，他们在山难时发生争吵，天晴还帮忙了，天晴一直和他们在一起！"

"我只是想说那天陈天晴登山时没有带那个包。"舒清扬平静地说。

俞旻愕然，随即冷笑道："你不用装了，你们警察常玩的那套我都知道，你在套我的话，无非就是想说天晴那天没有进山，我早就知道他和张璐的事，是我杀了他，把尸体藏在储藏室，却被俞菲发现了，我又杀了俞菲，你是这样想的对吧？！"

舒清扬盯着她不说话，俞旻又说："根本就不是这样，我什么都不知道，你要是不信，就拿搜查令来搜吧！"

"其实特意跑去工厂购买指南针，还打听情侣买指南针的那个人是你吧？虽然你化了妆，还戴了短发发套，但除你之外，不可能有其他人了。"

"你有人证吗？"

"你知道吗？通常当事人被问到这种事，首先的反应是否认，而不是要求对方提供证据，你这样说就是潜意识的承认。我想说的是你早就知道陈天晴和张璐暗中交往，你一直没有说出来，可能你希望陈天晴回头。但他不仅没回头，还主动挑明了，他要和你分手，和张璐结婚，并且就在年底结婚。"

"没有！"

"我虽然不认同陈天晴的做法，但也能理解他的想法，男人都喜欢年轻漂亮的，更何况张璐性格好、家庭富裕，又多才多艺，而你给他的压力太大了。为了支撑这个店面，为了举办隆重的婚礼，他不得不一点点地节省，导致他又不能喝酒又不能抽烟，连打拳、登山的嗜好也要被管，最主要的是你既没有张璐漂亮，也没有她善解人意……"

砰！

一个茶叶罐砸了过来，舒清扬侧身避开，罐子砸在他身后的铁架上，茶叶落了一地。

俞旻脸色苍白，泪水在眼眶中打转，气愤地叫道："你闭嘴！"

"我能感受到你的愤怒。"舒清扬无视她的反应，继续说，"很多情侣交往都希望推心置腹，但又无法承受真相的打击，当你听了陈天晴的这番话后，愤怒就转化成了杀机，之后你把他藏在了储藏室，因为储藏室里有冰柜，把人放多久都没问题的。"

他往前踏出两步，俞旻突然尖叫道："你站住！没有！这里没有！"

"其实你早就讲实话了，刚才我们说话时，你的眼神一直在瞟这里。"

舒清扬走到墙角，掀开铺在上面的地毯，一块带拉环的搁板露了出来，他用手指扣住拉环，俞旻慌忙冲上来踩住，喝道："你没搜查令，你没权利翻我的家！"

"这也是陈天晴的家！"

舒清扬大喝一声，俞旻向后晃了晃，像是吓到了。舒清扬缓和下语气，问："你确定还要坚持吗？"

俞旻不语，舒清扬看着她，说："我认识的俞旻是个聪明的女人，能干，有头脑，你现在还有选择的机会，还可以自首，但如果你再固执己见，那就连最后的机会都没有了。"

"你在帮我？"

舒清扬点头，俞旻马上冲过来，抓住他的胳膊，急切地说："如果你真想帮我，那就不要下去，当什么都不知道，这不算违反纪律，因为你说的那些都是你的猜想。我知道你喜欢我，既然你喜欢我，那为什么不保护我呢？"

她眼圈红了，声音带着哭腔，手指攥得那么紧，几乎陷入肉里，舒清扬感觉到了疼痛，更感觉到溺水者努力挣扎时的绝望，他看着俞旻，有点明白夜枭为什么会帮她了。

他抓住俞旻的手，在稍微犹豫后推开了她。

俞旻的脸色更苍白了，嘲讽道："还说喜欢我，呵呵，你的喜欢一钱不值。当初你也是这样，明明喜欢我，可是知道我是陈天晴的女朋友后，你就马上放弃了，这三年来你动不动就跑过来，真是为了查他的事吗？你根本就是在找机会接近我，可你又不敢说，你怕破坏了好朋友的形象，你就跟那个伪君子一模一样！"

"张璐的死也是你委托夜枭做的吗？"

"你不要扯开话题！你这个胆小鬼，说，你到底有没有喜欢过我！"俞旻又抓住舒清扬的衣服大声叫道。

舒清扬把她拉开，喝道："你冷静一点，就是因为喜欢，我才想帮你！"

"帮我？"

"你杀了陈天晴、俞菲，杀了张璐，你逃不掉的，你现在唯一能做的就是自首，争取宽大处理！"

俞旻沉默了，往后踉跄两步，靠在了架子上，舒清扬不再理她，提着扣环把搁板拉开，下面黑乎乎的，只看到延伸而下的阶梯。

啪嗒一声，里面亮堂起来，却是俞旻按开了开关。舒清扬看向她，她恢复了冷静，说："你说错了一点，这里不是陈天晴的家，这只是他一时兴起选择的旅店罢了，当他又找到更好的旅店时，他就毫不犹豫地抛弃了这里。"

"你承认是你杀的陈天晴了？"

"不承认还有法子吗？尸体就在下面呢，真是好笑，这三年里你常常跑来说陈天晴的事，那时你做梦都想不到你和他只有一墙之隔吧？"

"你杀他，就因为他想和你解除婚约？"

"不，他放弃的不是婚约，而是我们这么多年的感情！他家境不太好，我家……呵，专业扶贫的，就因为我是女孩，将来靠不住，老两口有钱就帮他们的哥哥弟弟姐姐妹妹什么的，所以我们两边都指望不上，只能靠自己。我们一起奋斗了好几年，买下了这栋房子，开了咖啡屋，眼看着一切都稳定下来，可以结婚了，我却发现他劈腿。他们来咖啡屋聚餐时，张璐一个眼神我就发现不对劲了，后来看到他们挂的指南针，我就都明白了。

"一开始我装作不知道，那时我还相信他的为人，相信他不会辜负我，但我们的冲突越来越多，那晚我看到他准备行装要去爬山，终于忍不住问了，他就全部都交代了，说的话就跟你刚才说的那些差不多。我很好奇，你是怎么知道的？难道他跟你提过？"

舒清扬没有说他那样说只是为了刺激俞旻，好让她露出破绽，便摇了摇头。

看到他的反应，俞旻自嘲道："那看来你们男人想的都一样，什么张璐比我温柔比我善解人意，他和我在一起压力太大。开什么玩笑？！我如果有钱，我也可以随意地玩，他喝酒抽烟爬山什么的我不仅不会阻拦，还会陪他一起。我为了我们的将来付出了这么多，竟然都成了罪过，他还说他对不起我，但他就是喜欢张璐，所以房子归我，他只求和平解除婚约。"

"你拒绝了？"

"不，我答应了，然后趁他不注意用电击棒电晕了他。那东西是大学时候他买来给我防身的，我一次都没用过，没想到最终会用在他自己身上，也是挺讽刺的。"

舒清扬的眼眸不自禁地收紧，他想通了一件事——陈天晴中途醒来，发现自己被控制，觉察到有危险，便给他打了求救电话，可惜他当时正忙于救人，没注意到。

"我一直觉得你是个冷静又明事理的人，你没想过好聚好散吗？"

"想过，但他的那番话让我改了主意，本来分了就分了，可是他还嘲笑我不如张璐。从小到大都没人在意我，后来有人在意了，你不知道我有多开心，我付出了自己所能付出的，换来的却是嘲弄。他脚踏两条船，当我是傻瓜，直到最后还想隐瞒，最可笑的是大家还认为他有担当，你不觉得很滑稽吗？"

舒清扬无言以对，俞旻又冷笑道："他否定了我的感情我的付出，甚至我的存在，大家都知道我们订婚了，所有人都看着呢，你想想当他们知道我被抛弃后会是怎样的反应。我知道他向你求救过，是我把手机夺下来了，顺便又电晕了他，把他拖去了地下室的冰柜。那个冰柜是我们开咖啡屋的时候买的，还是他让搬运工放到地下室的，那时我们憧憬着开店的时候，谁都没想到那会成为他的棺材。"

俞旻咯咯咯笑起来，眼睛里流露出疯狂的神采，舒清扬不寒而栗："他是活着被你关进去的？"

"是啊，他不给我机会，我也不会给他机会，他践踏我的爱，我便无视他的生命，就像旧约时代的律法所说的以眼还眼，以牙还牙，这是作为恶人应有的惩罚！"

"不，你只是不甘心罢了。"舒清扬冷冷地说。

他不想再听下去，弯腰准备下楼梯，俞旻叫住他："你们做警察的是不是连自己喜欢的人都怀疑？"

舒清扬摇头，俞旻说："那你为什么会怀疑我？就凭一段录音？一个钥匙落地的响声？还是我出现在张璐的死亡现场？"

"都不是，那些只是结果，不是起因，你不该给我下药的，是你自己先暴露了。"

面对俞旻惊讶的表情，舒清扬淡淡地说："自从我回一线后，幻视幻听就加重了，后来在七巧板事件中幻视更加厉害，我看到有人跳楼，还看到傅柏云被歹徒杀害，可实际上这些都没发生过。我也曾怀疑是有人给我下药，甚至怀疑我的心理医生，可是我并没有服过他给的药，而且当我回老家时我的幻视就消失了，直到我回来再接到新案子，那时我就想到能在我毫无知觉的情况下给我下药的只有你了。可以给我喝的饮料中下药，也可以把掺了致幻剂的薄荷糖混进我的糖盒里，这些只有你能做到。"

"原来你老早就怀疑我了，哼，真会演戏。"

"都只是怀疑，我也不希望是那样，更想不通你那么做的目的，直到张璐出事了，我才想到一直以来的盲点，那就是陈天晴根本不是在山上出事的，他的死与你有关，我查了你这半年的通话记录，有几个手机号是查不到户主的，那是夜枭要挟你为他做事用的吧，你和他暗中来往，是因为怕他说出真相。"

"是啊，你说人有信仰到底是好呢还是坏呢？假如我不信主，不去祷告去做忏悔的话，就没人知道这个秘密，也没人可以威胁到我了。"说到这里，俞旻看向舒清扬，眼神中充满了恳求，"是我一时鬼迷心窍，可造成这个悲剧的不光是我一个人吧，你能说陈天晴就没错吗？"

舒清扬没有回答，俞旻冲上来抱住他，哽咽着说："放过我这次好吗？就这一次！"

舒清扬还是没说话。俞旻还要再恳求，手腕突然被攥住了，舒清扬举起她的手，灯光下，她手里握着的电击棒泛出黝黑的亮。

"这才是你想做的吧？"舒清扬冷冷地问。

小动作被发现了，俞旻立马翻了脸，用力一拽，挣脱了他的扼制，电击棒落在了地上，她大声说："是你逼我的，你如果放过我，我根本不会动手，你喜欢我，我也喜欢你，那为什么我们就不能忘了以前的事，重新开始呢？"

舒清扬没理她，而是接通耳机通知蒋玎珰和冯震进来。俞旻更生气了，又骂道："夜枭说得没错，你就是个自私的懦夫，你说的喜欢和利益相比一钱不值！"

舒清扬张张嘴想解释，可是当看到她疯癫般的模样，后面的话便又咽了回去，他掏出手铐正要过去，地下室突然传来剧烈的震动。

舒清扬就站在楼梯口，向后一晃滚了下去，紧接着就听头顶上方又是几声震响，顿时硝烟弥漫，铁架上的东西纷纷落下，周围都是浓雾，他什么都看不清，只能努力抓住楼梯一角。等到晃动稍微停下，他爬起来，捂住口鼻冲回楼上。

楼上都被浓雾占据了，地上满是滚落的瓶瓶罐罐，舒清扬摸索着冲进餐厅，对面传来脚步声，蒋玎珰喝道："警察，不许动！"

耳膜遭受巨响，还没恢复，喝声像是从很遥远的地方传来的，舒清扬晃晃头，说："是我。"

听到是舒清扬的声音，蒋玎珰跑了过来，问："你怎么样？有没有受伤？"

她的声音好像被气雾隔断了，听不清楚，舒清扬又晃了下头，耳朵里传来嗡嗡嗡的响声，他想应该是被气流震到了，说："没事，俞旻呢？"

"没看到，我们刚走到门口里面就爆炸了，我先扶你出去，免得还有炸弹。"

两人跑出咖啡屋，远处传来警笛声，冯震正在打电话，看到舒清扬，迎上前，问："怎么样？"

"还好，俞旻可能跑了，我们分头找。"

舒清扬说完，绕去咖啡屋后面，那里有道门连着厨房，现在门打开了，借着路灯往远处看，没有看到人影，放在角落里的自行车倒在地上，看来是有人开车把俞旻接走了，自行车就是那时被撞倒的。

凶手就在自己眼皮底下溜掉了，舒清扬气得爆了句脏话，转头看那扇打开的门。

能把爆炸和接应的时间掌握得这么准，多半是咖啡屋里安了窃听器，至于俞旻知不知道窃听器和爆炸物的存在，暂时还难说。舒清扬冷笑着想，夜枭为了赢过自己，还真是处心积虑，他还特意减弱炸弹的威力，否则自己早就没命了。

蒋玎珰和冯震找了一圈，没找到俞旻，王科听说了爆炸的事，已在第一时间提醒傅柏云注意安全，又通知技术科，让他们抽调道路监控，追踪俞旻的下落。

"都怪我，要是当时我还守在后门，俞旻就没那么容易溜掉了。"蒋玎珰懊恼地说。

她也认识俞旻很久了，一想到她居然是嫌疑犯，还因为自己的失误跑掉了，她就满心不是滋味。

舒清扬说："这不关你的事，是我让你们进来的，先别说这些了，先调查现场寻找证据。"

经过排爆检查，确定安放在咖啡屋的几颗炸弹都已经引爆了，一共三颗，都是简易的工业炸药，硝铵用量极小，没有太大的杀伤力，就如舒清扬猜想的，夜枭安放炸药的目的不是为了伤人，而是为了转移他们的注意力。可能夜枭觉得俞旻这颗棋子还有利，不想弃掉她，至少现在还不想。

地下室那颗炸弹的威力最大，放在里面的木箱和架子都被炸得四分五裂，冰柜放在墙角，冰柜盖子也震飞了，舒清扬走进地下室，靠近冰柜后，首先看到的就是放在最上面的还冒着冷气的一袋袋肉块。

他拿开一包肉块，那是冷冻了多年的肉，早已没了水分，透着惨白的颜色。一个东西随着他的拿动掉了下来，却是个指南针。

他的猜想没错，苏小花给俞菲打电话时，俞菲就在这间地下室里，或许是好奇心促使，或许是其他什么原因，她打开了冰柜，看到了指南针，却在拿的时候落到了地上。

冰柜里还有不少肉块，舒清扬拿开了几块后，一张同样惨白的脸映入大家眼帘，蒋玎珰发出惊呼。

"他是谁？"

"陈天晴。"舒清扬轻声说。

随着肉块被挪开，整具男尸露了出来，男尸的手脚被绑住，嘴上贴了胶带，脸上挂着诡异的笑，那是人在处于极度酷寒时，头部血管扩张现象导致的，换言之，他是被一点点冻死的。

舒清扬感觉到手心发凉，炸药震响造成的后遗症似乎加重了，他眼前眩晕，慌忙扶住冰柜一角，幸好舒清溆及时赶到。为了不妨碍法医工作，舒清扬走上楼梯，来到咖啡屋外面。

王科打来电话，说爆炸后的确有一辆黑色轿车从咖啡屋后面的车道跑过去，小柯查了车牌，那是辆被盗车，车现在被遗弃在道边，俞旻也不见了。歹徒很狡猾，对附近的地形也熟悉，避开了监控，他们正在全力追踪。

另外，傅柏云和马超已经在教堂抓到了黑客，除了黑客外还有个女人。

舒清扬问起苏小花，王科说暂时还没有她的消息，舒清扬听完，马上翻了下手机来电，照着履历回拨过去，如他意料的，手机响了一下就接通了。

"真没想到清扬你会第一时间联络我。"夜枭在对面说。

听那轻松的嗓音，他现在一定很自得。

"我也没想到你上次打给我之后没换手机。"

"总是换，我也嫌麻烦啊，反正你们也找不到我，就暂时用着咯，对了，恭喜你找到凶手，还查清了好友的死因。"

"你现在一定很得意，利用俞旻给我下药，又在她的咖啡屋安装炸弹，顺利带走了她。"

"没办法，谁让我这么了解你呢？我知道那蠢女人早晚都会暴露的，她太沉不住气太偏激了，也不够聪明，所以我搞不懂你怎么会喜欢她。我还以为这个游戏可以更好玩一点的，谁知十年过去了，你一点都没变，永远把利益放在感情的前面。"

"如果你说的利益是指法律的话，那它永远都排在首位。"舒清扬冷冷地说，"这就是你帮她的原因吧，当年我没有站在你那边，你就幻想换个主角也许会让我改变想法，对吗？"

"不错，当发现喜欢的人犯罪后，你的反应还不是和我一样？你敢说你是才发现俞旻有问题吗？你扪心自问，你有投入全部精力去调查陈天晴失踪的事吗？你在逃避，在努力催眠自己无视摆在眼前的事实，假如换个人给你下药，你会这么久都没觉察到吗？不，你觉察到了，甚至可以确定是俞旻干的，可是你同样无视了，你看你和我有什么不同，我们就是同路人，一直都是。"

夜枭的语气既严厉又充满了感情，像乐曲一般循环萦绕，舒清扬几乎被他蛊惑了，迟疑着反驳道："不是……"

"怎么不是？唯一不一样的就是你是胆小鬼，既想帮喜欢的人逃脱罪责，却又不敢触犯法律，就因为你的犹豫，你又害死了一个人，要是你早点抓住俞旻，俞菲就不会……"

"嗞！嗞！"

耳机里突然传来尖锐的响声，舒清扬的耳膜被震得生疼，他瞬间清醒过来，冲着手机那头冷冷地道："你错了，胆小的那个是你，所以任何时候你都不敢和我正面对抗，只会躲在暗中动手脚，就像你对付害燕子的那些人一样，永远都走不出来的不是我，不是燕子，而是你！"

"不是！开什么玩笑，你才是……"

"调换徐妹的宠物笼的是你吧？"

那边突然沉默下来，接着传来一声爆笑："你发现了？哈哈，看来吴小梅并没有陷入昏迷。"

"她没有，那是我们为了混淆你的判断才那样说的，不过宠物笼底部藏了窃听器这件事不是她告诉我的，我们一早就知道了。"

"是什么时候？"

"是我从指南针工厂出来后你打电话的时候。有关幻听是你这事我只对傅柏云说过，并且是在办公室说的，那时我就怀疑被窃听了，而办公室里唯一新拿来的东西就是宠物笼。我们没有去特意检查，是因为我照顾过小灰很长时间，而且之前发生事件，我们也详细调查过徐妹，知道她不是犯罪成员，所以都没有防备她。后来我们在搜索吴小梅的家时，我发现那地方很熟悉，徐妹曾给我看过她暂住的地方的照片，背景就有棵大柳树，那时我就确定徐妹是被你们利用了。"

"啧，做警察真是可悲，没有一个真正信任的人。"夜枭发出感叹，既然舒清扬说出了真相，他也就爽快地承认了，"徐妹是个热情又对人生充满了期待的女人，看到她时，我就想她应该是个很好用的棋子，本来我想把换宠物笼的事交给吴小梅做的，但那女孩不太好控制，我不希望她知道得太多……既然你早就知道了，那办公室的那些对话都是……"

"都是说给你听的，真正的线索我留言给大家了，包括李大贵的事。"

"那个黑客啊，你们抓到他了对吧？"

"刚接到消息，已经抓到了，不过不是李大贵，是周洋，他现在改了名字叫卢广胜，在商业大厦做保安，所以在凶案发生后，他刻意隐瞒了安保系统的程序设定，导致我们走了个大弯路。李大贵只是碰巧救了杨宣，他不是黑客，更没有伪造凶案现场，而且我们查过了，杨宣在教堂广场给我们打电话时，李大贵在上班，他没办法帮你，能帮你的只有休班的周洋，所以我们就将计就计，故意提出跟踪李大贵，就是为了让你们放松戒备，周洋以为自己很安全，肯定会有行动的。"

对面少许沉默后，夜枭说："我小瞧你了舒清扬。"

"你只是太高估自己了，你把俞旻带去哪里了？"

"在一个很安全的地方，还有苏小花，她也很安全。"

"她们到底在哪里？"

"杀人这种事是粗鲁的人才会做的，我相信那些犯了法的人总会受到应有的惩罚。"

夜枭丢下一句莫名其妙的话后就挂断了，舒清扬再拨就拨不通了。他丢开手机，准备开车去教堂，蒋玎珰就站在车旁边，看到车启动，连连招手，舒清扬打开车门让她上了车。

第九章
疑点寻踪

　　两人赶到教堂，里面已经被封锁了，马超和几名警员在做现场调查，舒清扬过去一问才知道周洋已被押回了警局，一起被捕的还有个长发女人。

　　她自称是做义工的，看到周洋被抓后时神色慌张，马超就留了心，让小柯这么一查，她居然就是在教堂广场诱拐小女孩的女人，就把她也一起扣住了，不过神父不见了，手机也打不通，推测他要么也是同党，要么就是被卷进了事件中。

　　正说着，傅柏云跑过来，手里拿着证物袋，袋子里放了直径一厘米大小的塑料盖，说这是他在做祷告的座椅下面找到的。

　　舒清扬接过去细看，那是圆珠笔顶端的小盖子，上面印了个卡通图，他说："这是苏小花的。"

　　"你确定？"

　　"我认识她这么多年了，她用什么笔我都知道，这款笔的笔头有个小印章，所以需要盖子盖住，她应该是发现有危险，趁人不注意把盖子弹出去的。"

　　"可是教堂里里外外我们都搜过了，没有找到她。"

　　"应该是在你们到来之前她就被转移走了，夜枭比周洋要狡猾得多，虽然这次把周洋钓到了，大鱼却逃了。"

"没那么容易逃的，我这就回去审问他们。"

蒋玎珰说完就要走，舒清扬叫住她。

"审问这事有王科来，你去搜周洋家，把他所有的牛仔裤都拿去技术科让他们做对比。"

舒清扬把便利店的监控照片给了蒋玎珰，蒋玎珰一脸迷惑，不过没多问，叫上马超跑走了。

他们走后，傅柏云带舒清扬去了他发现笔盖的地方，舒清扬趴在地上看了一会儿座椅，又站起来环顾四周，目光落在通往后门的走廊上，心想苏小花为什么会来这里，是发现了疑点？还是看到了某人，偷偷跟踪进来的？

傅柏云看他陷入沉思，没有打扰，就见他打量了一圈后，快步走去角落里的告解室。

"里面我都找过了，什么都没有。"他提醒道。

回应他的是从里面传来的翻动声，很快，舒清扬出来了，又看向对面，说："苏小花很机灵，如果只是注意到什么疑点，她不会让对方看出来的，更大的可能是她在这里发现了或是看到了谁，照她的个性肯定会录音的，然而却被发现了。"

"是夜枭吧？"

"夜枭机警，不可能被她跟踪都没发觉，应该是另外一个人。"

舒清扬闭上眼睛，模拟当时的情景，半晌忽然睁开眼，对傅柏云说："打我一拳。"

"打你可以帮你推理到真相？"

舒清扬没回答，只是做了个"你只管揍"的示意，傅柏云就没犹豫，一拳头挥了过去。

舒清扬被打得向后一晃，撞到了告解室的门上，傅柏云提醒说："不许告诉舒法医。"

"不会。"

舒清扬揉着下巴倒抽了口气，傅柏云急忙追加："我只用了五成力。"

"谢谢。"

"所以这一拳让你推理到了什么？"

舒清扬本来想说，看到傅柏云满怀期待的眼神，他临时改为："我是谢刚才你在夜枭催眠我的时候及时制造怪声。"

"那个啊，不用谢，我摸出些门道了，对付他别多废话，直接动手就行。"

傅柏云掏出钥匙在座椅的铁质部分一划，刺耳的摩擦声响起，舒清扬捂住耳朵就往外跑。

"我已经被炸弹震过一次了，你就别再虐我的耳朵了。"

"去哪里？"

"回警局，得尽快问出情况好救人。"

"放心吧，苏小花不会有事，有了这个，会逼周洋和他的同党说实话的。"

傅柏云一扬手里的证物袋，舒清扬瞥了他一眼，傅柏云问："我说错了吗？"

"苏小花不会有事的，夜枭不会对无辜的人动手，所以危险的是俞旻。"

两人回到特调科，傅柏云首先看到了桌上的窃听器，就是原本被安在宠物笼下面的那个，既然夜枭已经知道了，就没必要再演戏，所以马超给拆下来了。

那个配合夜枭拐带小孩的女人已经都交代了，她叫许春，原本在公司做文职，因为拒绝了老板儿子的求爱，被他和朋友用药迷奸，是夜枭帮她复仇的，后来她就成了夜枭忠实的信徒，即使现在被抓，她也坚持说带走孩子的是自己，反而是夜枭帮忙把孩子送回去了，所以犯法的是她，与夜枭毫无关系。

周洋那边有点麻烦，虽然小柯调出了他原本的身份资料，但他始终不承认自己与陆小帆被杀一案有关，至于张璐的车祸事件，他更是一口咬定那天他没有到过现场，更没有进便利店，什么都不知道。

"还真是不到黄河不死心啊，怎么办？除了他诈死隐藏身份外，咱们还真没物证证明他犯罪。"看着审讯视频，傅柏云说。

"别急，很快就有消息了，现在王科就是在跟他斗耐性，他的心理素质可没有黑客技术那么厉害，撑不了多久的。"

又过了一会儿，蒋玎珰和小柯跑了进来，小柯怀里抱着笔记本电脑，看到他们，晃晃电脑，得意地说："我破解了周洋的电脑，这家伙太坏了，用完了就藏到了李大贵的柜子里，想栽赃他，也幸好他想搞栽赃，所以里面好多数据都没删掉，智者千虑必有一失啊。"

他说完就跑进了审讯室，傅柏云想叫住他都来不及，急得说："照周洋这死猪不怕开水烫的性子，他肯定不承认电脑是自己的。"

"别担心，咱们舒队有的是办法对付他。"

蒋玎珰和马超跟着跑了进来，蒋玎珰手里还拿着鉴证资料和一条放在证物袋的牛仔裤，看她一脸兴奋就知道有好消息了，追着小柯要往审讯室跑。

舒清扬叫住她："不急，等王科让周洋看了那些犯罪证据再说。"

傅柏云对那条牛仔裤比较好奇："一条裤子能证明什么？"

"能证明的东西可多了，你不知道吧，牛仔裤因为质地关系，它的裤缝压线、就是这里凹凸不平的部分，它就像人的指纹一样都是独一无二的，鉴定结果上说了周扬牛仔裤的裤缝压线和监控里的男人穿的牛仔裤的裤缝压线纹络完全吻合，这就戳穿了他说的案发时不在现场的谎言。"

蒋玎珰说完，马超提醒道："这线索好像是舒队先发现的。"

"那我就是第二个，至少要比傅柏云早知道，"蒋玎珰把马超推开，又说，"而且这条裤子上只有周洋一个人的 DNA，他没办法再把问题推给可怜的保洁大叔了。"

果然，小柯把周洋的犯罪资料拿进去没多久，周洋就开始撑不住了，在王科阐述利害关系的时候不断地抹汗。舒清扬看时机差不多了，才让蒋玎珰把牛仔裤的鉴定结果送进去。

这份鉴定成了压倒骆驼的最后一根稻草。周洋看到汇集的物证，震惊万分。王科又趁机提到他女儿，说他拒不认罪的话，刑期会被判得很长，到时连个扫墓的人都没有，周洋听到这里，精神马上就垮了，放声大哭了一场后交代了罪行。

大厦凶案那晚正好是周洋当班，他看着陆小帆跟踪吴小梅进了大厦，就觉得有问题，后来看到陆小帆在电梯里打电话，就查了一下，结果发现她是打给杨宣的。

他把自己的发现汇报给夜枭，后来又照夜枭交代的伪造了现场，把致幻剂放在加湿器里，成功陷害了杨宣，还向警方隐瞒了大厦安保监控的设定情况。之后他又看到李大贵私下帮助杨宣，就趁机把跟踪器放在了李大贵给杨宣准备的衣服里，案发前后大厦的监控设定也是夜枭指使他改动的，目的就是为了把警方的视线引到杨宣身上。

事后他又找机会去吴小梅的家销毁证据，还有破坏信号器导致张璐出车祸死亡也是他做的，这件事与夜枭无关，完全是出于他个人的意愿。

他说俞旻求夜枭帮忙，被夜枭拒绝了，是他无意中听到了，便主动提出帮忙，原因无他，任何事他都可以无视，唯独无法无视有人酒驾，因为他女儿就是因为他人不负责任的酒驾而过世的。

他根据张璐的出行和驾驶习惯设计了死亡方案，张璐走的那条车道车辆不多，而纵向车道在那个时间段多数是长途运输货车或卡车，即使被卷入车祸，损失程度也很低，他把计划告诉了俞旻，但他不知道车祸发生时俞旻也在场。

"你了解俞旻和张璐之间的恩怨吗？"

"不知道，我也不想知道，我只知道任何一个酒驾、无视他人生命的人，他们的生命也不值得重视。"

"可是杨宣和你无冤无仇，李大贵就更不用说了，你为什么要害他们？"

"夜枭帮过我，我还他的人情而已，我虽然做了手脚，但那些并不能指证他们就是凶手，李大贵连智能手机都玩不好，就算被抓了，证据不足，也很快就会被放出来的。"

"你和租车的女人认识吗？"

"不认识，我只是照联络去取车，事后再把车还回去，我不知道是谁租的车。"说到这里，周洋抬头看看王科，"你们比我想的要聪明，夜枭让我辞职离开，但我觉得没事，反正你们一直追的是李大贵，今天我去教堂除了为女儿祈祷外，也想见见神父，听说夜枭就住在他那里，但我还没见到神父就被你们抓了。"

王科又问起俞菲失踪和被假冒的事，周洋一脸迷惑，看反应他应该没有参与俞菲的案子，和他有联络的除了夜枭就是神父了，他和许春也没有直接接触过。

在王科审讯的同时，蒋玎珰已经把神父的资料调出来了。

他叫韩峰，本科毕业后又在神学院学习，没有犯罪前科，反而参与过不少公益活动，每年捐钱给一些慈善团体，蒋玎珰把资料给大家看，说："这人隐藏得可真深啊，谁会想到大慈善家会是罪犯呢。"

"这人我好像见过。"

舒清扬看到这张脸，首先腾出的就是这个想法，可偏偏想不起来是在哪儿见过的，他看向傅柏云，傅柏云马上说："我敢肯定不是罪犯，会不会是你在跟夜枭接触中碰到的？"

"不是，也不是去教堂……"

舒清扬想不起来，跑到电脑前调出韩峰的家庭成员资料，韩峰还有个双胞胎哥哥叫韩敏，当看到韩敏曾在安和医院工作过后，他眼前一亮，终于想到了。

三年前梁雯静被夜枭劫持，后来发生爆炸，她受了轻伤，被送到安和医院接受治疗，韩敏应该出入过梁雯静的病房，因为他不是主治医师，大家对他没有太留意。

"马上查下韩敏的情况。"

傅柏云立刻去查，舒清扬打电话给梁雯静，梁雯静的手机接不通，打她家里的电话，她父母说她和朋友去云南旅游了，周末才回来，手机打不通，可能是那边的信号不好。舒清扬询问她朋友的手机号，两位老人说不知道。

梁雯静在这个节骨眼上去旅游到底是巧合还是偶然，舒清扬不敢确定，刚好小柯从审讯室出来，他上前拦住，说："你查一下苏小花失踪前后在教堂附近经过的车辆。"

"我还有其他事要做，你当我……"

小柯嚷嚷了半句，看到舒清扬的脸色，他自动消音，说了句马上就查后跑掉了。

傅柏云打电话给安和医院，那边说韩敏两年前就辞了职，说朋友开了诊所，高薪请他过去，不过他没说诊所的名字，要细查得花些时间。

马超查了韩敏的居住证，还是在本地，他说："我去他家问问看，不过照我的推测，这家伙多半不住那儿了，而是顶替他弟弟去做了神父，看来教堂那边还要再彻底查一遍才行了。"

舒清扬听着他们的对话，太阳穴突突地跳痛，三年前他追击夜枭时也是这样的感觉，猎物近在咫尺，就差一丁点就可以勘破夜枭的"游戏规则"，可偏偏就是这一丁点无法逾越。他只知道夜枭撒下了罗网，如果他再拖延下去，很可能又有新的受害者出现。

关键是接下来夜枭想做什么？

夜枭为什么要冒险带走俞旻？俞旻已经暴露了，她对夜枭的犯罪组织了解得不多，带走与否关系不大，如果说是担心她了解周洋的消息，那夜枭要带走的该是周洋，而不是俞旻。

假若不是怕她透露消息给警方，那就是这样做对夜枭有其他的好处，那所谓的好处会是什么？俞旻又不懂黑客技术，又没有吴小梅的美丽和机警，关键是她已经暴露了，是颗弃子，而弃子的作用……

"不要小看小卒哦，卒过了河，那可是可以灭掉帅的。"

耳边传来舒清扬自己的声音，他一怔，这句话是什么时候说的连他自己都不记得了，他只记得他赢过叶盛骁时，叶盛骁一脸的耿耿于怀。

夜枭是个聪明人，越聪明的人就越输不起，在这次博弈中他输了一局，所以一定想扳回来，利用俞旻这颗"弃子"扳回来！

太阳穴的跳痛更明显了，为了以防万一，舒清扬联络王玖询问江山的情况。

王玖说江山一家人早就睡下了，一切平安，他刚跟同事换了班，打算先睡一觉。舒清扬提醒他夜枭可能会对江山有所动作，让他多加留意，王玖答应了。

清晨，小柯把调查到的资料都拿来了。

在苏小花去教堂的前十分钟里，总共有三辆车在那条车道出现。小柯根据车牌一个个查了，其中一辆车的车主姓梁，正是梁雯静的父亲，当时开车的则是梁雯静。

蒋玎珰立刻打电话去梁家询问，梁父说那辆车是他买给女儿的，当初梁雯静在他们的强烈要求下放弃了记者的工作，出于愧疚之心，对于女儿的各种要求，他都会尽量满足，包括梁雯静现在住的单身公寓也是他买的，就为了女儿看医生方便。

这个发现越发证明梁雯静有问题了。蒋玎珰要了地址，赶去了梁雯静的家，小柯调查梁雯静和她朋友的旅游情况，还没有线索，傅柏云等不及，和马超分别去车站和机场询问。

舒清扬留守，他摊开地图，把俞旻逃走时可能经过的路线用红笔分别圈起来，沿途都设了关卡，不管他们是自己开车还是搭车，都没那么容易混过去，除非他们没跑远，就藏在附近某栋公寓里，旧楼的话没保安没监控，容易浑水摸鱼。

可是沿途楼房实在太多了，要一点点排查不仅耗费人力，也没那么多的时间……

他正琢磨着，耳机里传来蒋玎珰的声音，说她到了梁雯静的家，梁雯静的车就停在楼下，不过家里没人，她让保安开了门，现在正在做检查，还没发现有奇怪的地方，也没有找到旅游方面的宣传单或小册子。

舒清扬让蒋玎珰打开视频，他顺着镜头把房间看了一圈，蒋玎珰尝试着开梁雯静的电脑，可惜电脑上了密码，她开不了，又拉开抽屉，抽屉里有几包缓解精神紧张的药物，看医院名字，都是杨宣开的药，是半个月前开的，她连动都没动过。

蒋玎珰恨恨地说："这女人可能是夜枭的同伙，三年前她被绑架都是做戏，之后还一直装受害人骗我们！"

"我更倾向于她是被绑架后才成为夜枭的同伙的，不过这不重要，你再翻翻，看有没有其他东西。"舒清扬提醒道。

蒋玎珰又翻了一下，里面都是各种精神药物，她正要关上，被舒清扬叫住了，药包下面有张名片，他让蒋玎珰拿出来。

名片的所有者是律师，上面印了他所属的律师事务所和职位，蒋玎珰照号码打了过去。

时间太早，过了好半天男人才接电话，一开始还质疑蒋玎珰的身份，被蒋玎珰吼了两声总算是老实了，不过他说他不认识梁雯静，蒋玎珰又把梁雯静的照片传给他，他才说这女人自称姓王，几个月前去他们事务所咨询过产权转让和分配等问题，好像是她的祖父母要把房子转给她，但是被她的父母阻挠，她只去过一次，后来就再没露过面。

舒清扬在对面听着，立刻让小柯调查梁雯静祖父母的房产，没多久资料就出来了，两位老人名下的房产有六处，其中有一栋是个五层小公寓，离小鸟窝咖啡屋最近，开车大约半个小时，地角偏向郊区，公寓有些年头了，看外观很陈旧。

"梁雯静的祖父很有生意头脑，当年是第一批下海的，赚了钱买了不少房产，梁家现在只有梁雯静一个独生女，肯定很金贵，老人大概就想把房子直接给孙女，也不知道她是怎么想的，要是不犯罪的话，这不就是个妥妥的小富婆嘛。"

小柯看着资料评价完，一转头，舒清扬已经不见了，他冲着走廊大叫道："舒队，你还让我查什么？"

"盯紧那栋公寓，如果有可疑车辆出入，马上通知我，还有，查下那栋公寓的住户。"

舒清扬交代完，一口气跑去车上，开车朝着公寓奔去。

第十章
Fiend 游戏

车刚开出没多久，耳机里就传来王玖焦急的声音。

"舒队，江山的小孩不见了。"

舒清扬眼眸不自禁地眯起："怎么回事？"

"他妈妈带着孩子看广场舞，一转头就不见了，大家都在忙着找，会不会是夜枭派人……"

"江山呢？"

"他也在找，我们分开……"

"我是问你有没有跟着江山？！"

"没有，我们都在找孩子，就怕夜枭绑架了小孩，利用他要挟江山。"

"不，孩子不会有事，他又没犯罪，犯罪的是江山，夜枭的目标是犯过罪的人……"舒清扬的话脱口而出，"你马上去找江山，保证他的安全。"

"好……"

王玖的话中略带犹豫，不过没反驳，通话结束，舒清扬继续加快油门，又联络暗中保护刘小小的同事，同事的回复是一切正常。

这就更证明了他的判断没错，夜枭带走俞旻不是为了救她，而是把她当筹码来和他玩游戏，大概一个筹码不够有趣，夜枭又加了一个，江山或许要为张文龙的死负一部分责任，然而刘小小自始至终与案件毫无关系，所以夜枭把她剔除在外了。

果然，不多一会儿，王玖的联络就过来了，说孩子找到了，可江山不见了，手机打不通，附近的居民也都没听到厮打挣扎声，现在他们正在调附近的监控看。

"不用查了，我知道他去了哪里。"

舒清扬继续加车速，等他赶到公寓附近，这一片还是静悄悄的，晨光斜照在楼房上、道边的树枝间，还有公寓后面流动的河水上，水波粼粼，寂静而缓慢地流淌。

这里怎么看都不像是犯罪现场，舒清扬提起警觉，下了车，走进楼道，楼下零散放了几辆自行车，楼道口象征性地装了扇防盗门，铁门都生锈了，看起来平时并没有在使用。

一楼是外租的商铺，还拉着铁门没有营业，舒清扬跑上二楼，刚上去就闻到奇怪的气味，是那种物体燃烧后发出的异味，他马上想到是有人纵火，试着敲打二楼住户的房门，提醒起火，可是伸手拍去，房门自动开了，映入眼帘的是黑乎乎的走廊。

"有人在吗？"

舒清扬高声叫道，里面没有回应，他跑进去，房子是很小的两居室，厨房里很空，没放食材，像是等待租赁的空屋。

可是空屋的门却是开着的，状况太诡异，舒清扬跑出去，又去敲旁边的房门，门同样也是开着的，里面也没人，看摆设是有人住，只是不在家。

舒清扬又跑去另一家，就在他检查房间的时候，外面传来轰隆震响，像是地震了似的，整间屋子都随之晃动起来，桌上的碗碟落到了地上，摔得粉碎。

接连经历了几次爆炸，舒清扬处变不惊。等晃动稍微停止，他跑出房间，走廊上已是浓烟密布，他捂住口鼻，又去拍打其他几家住户的门，但要么门上了锁，要么就是门开着里面没人，没等他把二楼都找遍，又一声巨响从附近传来。

这次震响来自房间里面，爆炸力比刚才更猛烈，放在走廊上的东西都被震飞了，墙皮也被震得簌簌掉落。舒清扬被气流撞得重重摔在地上，耳机也被震飞了。周围都是烟雾，灰蓬蓬的什么都看不清。

舒清扬趴在地上，等震动稍微停止，晃晃脑袋，正要爬起来，不远处传来铃声。

那是他的手机铃声，刚才他被气流冲击摔倒，手机也飞出去了，他弯腰顺着声音走过去，在一堆杂物间摸索了半天才找到。

是小柯的来电，一接通就说他查了这栋楼的住户，都是大学生或打工的年轻人，没有犯罪前科，不过二十四户里只住了十五户，剩下的九户究竟是不是真的空着他还在查。

他一口气说完，感觉到不对劲，问："舒队你还好吧？到了吗？"

"我已经在公寓里了，刚发生了两起爆炸，一起在二楼，居民家里都是空的，我还在找人，这里还有其他爆炸物，你提醒消防队员不要……"

话没说完就断掉了，舒清扬回拨过去，怎么都接不通，不知是手机摔坏了还是信号被人恶意遮断。他随手揣进口袋，一路走到楼梯口，这时烟雾更呛了，眼睛火辣辣的，他不得不眯起眼往楼上走。

三楼的状况同样恶劣，舒清扬叫了两声，这里也不像是有人的样子，他正往前摸索着，身后传来脚步声，声音急促，紧接着冷风向他头顶袭来，有人大叫："去死吧！"

舒清扬闪身避开，棍子砸在了墙壁上，那人也晃了个趔趄，甩手又砸过来，这次舒清扬回击了，一拳头顶在他肋下，男人疼得弯腰抽气，舒清扬趁机夺过棍子，把他压到墙上，喝道："警察！住手！"

男人抬起头，靠得近了，舒清扬看到他充血的眼眸，大口喘着，涎液顺着嘴角往下流。他被压住，更加愤怒，嗷嗷叫了两声，一低头，狠命地顶过来，那力气大得惊人，舒清扬被他顶得向后退，身后虚掩的房门被撞开了，两人一起冲进房间。

房间里面的烟雾没那么浓烈，舒清扬得以顺畅呼吸，男人又攻击过来，还好他虽然力气大，动作却很呆滞，舒清扬拧住他的手腕，手掌劈在他颈部，把他劈晕了。

阳光从对面射来，舒清扬冲过去，用手肘撞开了玻璃窗，外面就是河流，晨风吹进，冲破了弥漫在空间的烟雾。

可惜虽然玻璃破了，外面却镶着铁栏杆，人在屋里无法出去，而且浓雾汹涌而入，一个小窗户完全不顶用，舒清扬只好先把晕过去的男人拉到窗口，本来想问问情况，外面传来吵嚷声，他只好扯了条毛巾沾了水，系到脸上跑回走廊。

走廊上的烟雾更厚重了，舒清扬的眼睛费力地睁开，顺着叫嚷赶过去，却是两个人在互相殴打，有人大声喊："我儿子呢？我儿子在哪里？"

那是江山的叫声，他居然也进来了，舒清扬冲上前制止，江山叫到一半嗓子呛进烟雾，大声咳嗽起来，被对手趁机打倒在地，还好舒清扬及时赶上，拦住了殴打他的人，问："你是谁？为什么打人？"

那人不应声，挥拳就打，被舒清扬按住了，再问他，得到的依然是叽里呱啦的叫喊，这模样和先前那个人一样，像是嗑药后的反应，舒清扬只能也把他打晕了，拖进临近的房间。

江山听出是舒清扬，跟在他身后哭诉说："我儿子被他们绑架了，你快帮我找啊。"

"你儿子没事，已经找到了，这里太危险，你先出去。"

"不可能，是我害了他，咳咳……当初如果我不和张文龙打架，他就不会死，我得赎罪，咳咳……"江山一边咳嗽一边说。

舒清扬要找湿毛巾给他，他却跑了出去，全不顾自己的安危，疯了似的顺着楼梯往上跑，舒清扬只得紧跟在后面，外面隐约传来消防车的鸣笛声，但很快就被手机铃声盖过去了。

舒清扬掏出手机，也没看来电显示就直接接听了，对面先是响起乐曲声，接着是夜枭的声音，用温和的语气问："一个犯过罪的人的生命和一个没有犯过罪的人的生命，哪个更重要？"

"俞旻和公寓住户在哪里？"

"你确定要把仅有的二十分钟花在和我扯皮上吗？"

夜枭有恃无恐，舒清扬马上想到所谓的二十分钟很可能就是下一次爆炸的时间，他妥协了，冷冷地说："同等重要。"

"那一个犯罪者的生命和一群没有犯过罪的人的生命相比，哪一个更重要？"

"都一样，同等重要！"

"啧，更够虚伪的，所以我很好奇在这个电车难题的游戏中，你会选哪一方。"

"你真是疯子！"

面对舒清扬的恶语相向，夜枭不仅不生气，还颇为自得，接着说："有一颗炸弹装在俞旻身上，她在四楼最右边的房间，公寓住户在顶楼，那里也有一颗炸弹，相信对接受过专门拆弹训练的你来说，拆除并不难，现在就看你怎么选择了。"

江山听到有人和舒清扬通话，他又折了回来，夜枭刚说完，他就把手机夺了过去，喊道："我儿子呢？我儿子在哪里？"

不知道那边说了什么，江山又大叫起来，舒清扬抢回手机，通话已经断了，他对江山说："不管那人说了什么，都不要信，我来的路上就得到消息，你儿子已经找到了。"

"我儿子早上才失踪，你怎么会这么快就知道了？你骗我！"

江山没嗑药，但他现在的状态比嗑药更疯狂，他无视舒清扬的解释，转身往楼上跑，舒清扬想拦住他，半路又跳出几个嗑了药的人，冲他一阵攻击。

他们的力气出奇地大，精神状态又极度癫狂，舒清扬一个对几个，腹背受敌，一不小心腿弯挨了一记，他差点跌倒。有两个人冲过来压住他，他明明听到身后传来冷风，却没办法闪避，千钧一发之际，耳边传来枪响，有人哀号着扑倒在地。

舒清扬趁机踹开那两个疯狂的家伙，转头看去，跑过来的居然是傅柏云，他一脚把落在地上的匕首踢开，接着又一拳一个，把余下几个嗑药的家伙都打倒了。

"这种状况你也敢开枪。"舒清扬由衷叹道。

"跟你的枪法一比，就没什么不敢开的了。"

攻击舒清扬的男人手腕中枪，还想跳起来反抗，被傅柏云又踹了一脚，顺便把戴在他脸上的防毒面具摘了，塞给舒清扬。那人失去了防毒面具，趴在地上大咳起来，傅柏云提醒道："老实点，否则我再给你一枪。"

男人吓得连咳嗽都不敢大声了，舒清扬戴上防毒面具，看看他，傅柏云说："他是个逃犯，抢劫杀人，一直没抓住他，原来藏在这里。"

其他几个人没有防毒面具，一个个歪倒在地呵呵傻笑，看来是嗑了不少药，倒是这个逃犯精神挺正常的。舒清扬心想他应该是夜枭的手下，偷偷混在嗑药族当中制造混乱，好阻止自己去救人。

江山不见了，不过这时候没法顾着他，舒清扬看看手表，给傅柏云打手势往楼上跑，又询问外面的情况。傅柏云说他和马超一听有状况就赶过来了，马超在外面疏散附近的居民，消防员已经赶到了，马超不让他们靠近，现在就等拆弹警察赶来协助了。

傅柏云刚刚说完，楼下又传来两声震耳欲聋的响声，楼梯在剧烈的震动中摇摇欲坠，他差点跌倒，首先的反应就是爆炸来自一楼，如果一楼损毁堵住了入口，那不管是消防队员还是拆弹专家都不容易进来了。

他看向舒清扬，舒清扬掏手机，可是手机在刚才的混战中不知甩去了哪里，他便让傅柏云打电话给孙长军。

傅柏云莫名其妙，努力往楼上跑着，抽空拨给孙长军，他的手机也出问题了，一直接不上，好不容易接通了，杂音却非常重，还时断时续的。

舒清扬生怕断线，立刻抢过去，问："拆弹专家来了吗？"

"呃……你说什么啊……"

"少废话，我知道你一直在尾随我们，马上把电脑给专家，记得连上摄像笔。"

即使噪音严重，也能听得出舒清扬的声音有多冷厉，孙长军不敢啰唆了，说了句马上找专家就跑走了。

舒清扬掏出摄像笔，心想当初还真让孙长军说中了，幸好一直带着它，在这时候派上了用场。

他按开，递给傅柏云，说："到时你照他说的做。"

四楼到了，"咚"的一声震响从一扇门后传来，两人顺声望去，紧接着又是一阵哗啦声，门被撞开了，有人从里面跟跄着跌出来，他后面还跟着一个人，那个人比他更狼狈，出来后就一头栽到了地上，爬不起来，在地上呼呼直喘。

傅柏云上前扶起她，吓了一跳，居然是苏小花。他拍拍苏小花的脸，拍到第三下时苏小花吼道："这是脸！是脸！"

她的双手反背在身后被胶带缠住，舒清扬几下撕下来，说："是我，舒清扬，他是傅柏云。"

"管你们是谁，打我的脸都……咳咳！咳咳……"

要感谢烟雾太呛，否则接下来将会是一连串的抱怨，舒清扬掏出自己刚才用过的湿毛巾，啪的拍在了她脸上，就在苏小花忙着捂嘴巴的时候，他对傅柏云说："没时间了，我们分头行动。"

傅柏云点头，不由分说地把手枪塞给了他，舒清扬没时间纠结，放好枪便往上跑去。苏小花叫道："舒队，你去哪里？"

话音未落，舒清扬已经消失在了浓烟中，旁边那个男人还想再动手，苏小花一脚踹在他裆下，他痛得连声音都发不出，双手捂着裆部跪在了地上。

傅柏云看在眼里，都觉得自己的某个部位也开始痛起来，时间紧迫，他没询问男人的身份，交代苏小花别乱动，在这里等待救援，说完就往前面跑，苏小花跟上，经过歹徒时顺便又踹了他一脚，把他踹倒在地。

舒清扬一口气跑到顶楼，天台门上拴着一条粗粗的铁链子，幸好没挂锁，他几下把链子扯掉，一脚踹开了门。

晨风袭来，舒清扬摘下防毒面具，环视四周。

天台当中有两排桌子，上面摆放了各种食物和饮料，桌腿下横七竖八的瘫倒着十来个人，啤酒罐和酒瓶落在地上，液体沾了他们一身，他们却毫无反应。

舒清扬走过去，一个年轻女人躺在另一个人身上，好像还有意识，但舒清扬向她问话，她却答非所问，哼哼唧唧的像是在呓语。

再看其他人，状况和她类似，应该是服用了某些药物导致的。舒清扬掠过他们，寻找炸弹，他在天台转了一圈，终于在储水箱底部发现了一个铁盒，盒子直接焊在了储水箱上，盒盖上挂了锁，侧耳细听，里面传来"嘀嘀嘀"的响声。

舒清扬摸摸口袋，找到细铁丝，几下把锁撬开了，盒盖打开，露出里面的炸弹。

这是个常见的电子计时型炸弹，雷管捆在一起，触发线绕过盒子连在定时装置上，没办法把炸弹装置从盒子上卸下来，眼看着红色数字逐渐变小，舒清扬跑去对面桌上找了个起子，用起子把雷管慢慢抽出来，正要断开上面的供电，有人突然扑向他，从后面把他紧紧抱住。

那个人比舒清扬高了半个头，力气又出奇地大，舒清扬一个没防备，手臂被扣住，起子也掉到了地上。仓促间他用手肘向后猛撞，男人的肋骨被撞到，"嘿"了一声，却像是毫无痛感似的，丝毫没松手，直到舒清扬的后脑勺撞到他的鼻子上，他的力气才稍稍松懈，舒清扬趁机继续加力，将他撞了出去。

舒清扬呼着气转过头，攻击他的人长得还真是高大，而且在药性作用下精神癫狂，疼痛刺激了他的暴力，他抄起地上的酒瓶子，又朝舒清扬扑过来。

舒清扬闪身避开，眼看着他冲向储水箱，舒清扬掏出枪，毫不犹豫，一枪打在了他的小腿上。

看着男人哀号着滚倒在地，他说："我也不知道这是不是幻觉，如果不是，你就认倒霉吧。"

舒清扬跑到炸弹盒前，时间还剩十秒，还好来得及，他捡起起子，切断了引爆电子雷管的供电。

危机解除，还没等舒清扬松懈，旁边突然响起铃声，他没防备，心陡然跳起来，直到发现那是手机铃，他才松了口气，顺着铃声跑过去，把落在桌脚的一只手机捡了起来。

上面没有来电显示，舒清扬按下接听，冷冷地说："电车难题解决了，你满意吗？"

"你终归还是选择了大多数人的生命，这是典型的功利主义者的运作。"

舒清扬看向四周，天台太大，他不确定夜枭把摄像头安在哪里，他冷声反驳："已经有人去救俞旻了，你的游戏结束了。"

"我并不关心她能不能得救，我只是想确定你在当下做出的判断，即使没人协助，你还是会做出相同的选择。一边口口声声说着生命同等珍贵，一边做出功利主义者的选择，你不觉得自己太虚伪吗？"

"你折腾了半天，无非就是想让我承认我和你是同路人，好吧，为了感谢你的看重，我会亲手将你绳之以法。"

"我很期待那一天的到来。"话音刚落，楼下传来轰隆巨响，夜枭笑了，"看来营救活动不是太成功啊，真是讽刺，你每次喜欢的女人都是罪犯，就好像是诅咒似的……"

笑声在忙音中断掉了，紧接着又一声爆炸响起，天台上的铁栏杆被震得发出嗡嗡颤音，舒清扬急忙抓住栏杆，探头向下看去。

傅柏云冲进最边上的房间，这是个空屋，里面什么都没有，所幸还没被烟雾笼罩，他一进去就看到了被绑在柱子上的女人——俞旻头发蓬乱，嘴里塞了东西，看到他，激动地用力摇头，又拼命挪动身体，发出呜呜的求救声。

傅柏云摘掉防毒面具，冲到她面前，定时炸弹绑在俞旻的颈下，随着"嘀嘀嘀"的响声，秒数在飞快地往下降，他拔出俞旻口中的毛巾，俞旻呼呼喘着哭叫道："救我！我不想死！不想死！"

"没事的，冷静。"

傅柏云安慰着她，又和摄像笔那头联络，寻求帮助，孙长军已经找到了拆弹专家，让他指示傅柏云操作。

苏小花随后跑进来，看到这一幕，她吓了一跳，凑过来，就见雷管当中有好几条颜色的线路，她问："这是要剪红色的还是蓝色的啊？"

"你电影看多了，这里太危险，你去别的地方躲起来。"傅柏云喝道，表情难得一见的严肃。

苏小花不敢乱说话，慢慢退去门口，眼看着傅柏云照指示一点点拆掉缠在俞旻身上的触发线，她紧张得一颗心突突突地跳，又不禁懊恼照相机被收走了，否则这么难得的机会，可以好好拍一下。

正看得出神，有人从后面冲了进去，苏小花没防备，被撞得差点摔倒。

跑进来的正是江山，他看到俞旻，激动地冲过去，抓住傅柏云就往一边拖，叫道："不能救她，她死了，我儿子才能活！"

要不是傅柏云及时松开手，他抓住的零线就被扯断了，他惊出了一身冷汗，俞旻也吓得啊啊大叫。紧急关头，苏小花冲上来，整个人撞在江山身上，江山被撞开了，她自己也因为用力过猛，撞在了墙上，捂着肩膀疼得龇牙咧嘴。

傅柏云趁机把余下的触发线也拆了下来，江山看到，又扑过去想阻挠，苏小花看到墙角的一个小板凳，她用没受伤的那只手扯过来，一板凳砸在江山的后脑勺上，江山晃了晃，扑通趴在了地上。

苏小花自己也吓到了，急忙把板凳丢开，嘟囔道："这算不算是伤害罪啊？算了，回头再说。"

傅柏云把拆下来的炸弹拿到手里，苏小花凑过去一看，眼看着还剩十五秒，她惊得话都说不出来了，手指冲着炸弹用力地点动，傅柏云拿起炸弹跑去后窗，用手肘撞开玻璃，将炸弹奋力丢了出去。

一声震响从底下传来，紧接着又是一声，苏小花也跑过来，趴在窗前往下看，叫道："下面有没有人啊，你看都不看都扔下去了？"

"下面是河，天然防爆桶。"傅柏云有气无力地回道。冲着摄像笔竖了个大拇指，极度紧张之后，他的手指都在颤抖。

苏小花看看下面的河水，松了口气，也跟随着傅柏云冲摄像笔竖起大拇指，随即疼痛传来，她"哎哟"一声，捂住了肩膀。

"你还好吧？"

"不太好，大概骨头断了。"

身后响起哭声，打断了对话，两人转头一看，俞旻捂着脸放声大哭，她的身体蜷缩成一团，剧烈颤抖着，可怜又狼狈。

警报解除，天台上的居民被消防队员陆续转移到了外面，经过检查，公寓内部安放的炸弹已全部引爆，所幸威力不大，再加上救援及时，没有引发火灾。

那些暴徒也已被控制，他们都是公寓居民，除了两名是逃犯外，其他几个只是嗑药族，包括在天台上攻击舒清扬的那个。他们凌晨吸食了大量刚弄到手的兴奋剂，导致精神失常，完全不记得自己都做了什么，倒是那两名逃犯，是以前经人介绍住进来的。

攻击舒清扬的歹徒说公寓租金低，又能隐藏身份，还能接活赚钱，对他来说这里简直就是天堂，他还振振有词地说雇主没让他杀人，只是阻挠舒清扬的行动，他觉得活轻松，又有钱拿，就接了，做梦也没想到舒清扬是警察。

那个被苏小花痛殴的歹徒他的情况也类似，他不了解苏小花的身份，只知道她是前一天被带进来的，上头没交代怎么处理，就暂时把她锁在空房间，谁知苏小花偷偷溜了出来，那时候他们只顾着盯着天台上的居民，没有留意到。

后来他发现苏小花不见了，在寻找的时候，爆炸发生了，烟雾把整个公寓都侵占了，两个人在过道遇到，他在追赶中跑进了房间，就是舒清扬和傅柏云目击到的那个房间。

舒清扬询问"上头"是谁，两名歹徒都说不知道，他们只是通过电话联络。昨晚是梁雯静用举办酒会的名义把居民召集到天台上的，公寓居民都是年轻人，一听说可以免费吃晚餐，还提供了各类高档酒，所以只要是当晚在家的人都参加了。

那几个嗑药族是意外，可能他们服用的兴奋剂和酒水里的药物药性相冲，所以在大家昏昏欲睡后，他们反而精神亢奋，梁雯静就把他们几个带出了阳台，锁进了别的房间，说免得误事，至于他们是怎么出来的，歹徒也不清楚。

阻挠舒清扬拆弹的那个嗑药族不知当时为什么没被带走，他自己也神志迷糊，说不清楚，还挨了一枪子，正在医院接受治疗。

技术人员对食物和饮料做了鉴定检查，检查结果证实食物里含有大量的苯巴比妥、氯丙嗪等不同类型的镇静剂，还好公寓居民在医院接受治疗后，神智都逐渐恢复了清醒。

其他相关犯罪嫌疑人梁雯静和韩敏仍然在逃，两名歹徒的情况不是很清楚，公寓附近的监控也没有拍到他们逃离，推测他们做了伪装，避开监控探头乘车离开了。

王科申请了搜查令，彻底调查梁雯静的家及韩敏所在的教堂，梁雯静的父母到现在也无法相信女儿参与犯罪活动，一直坚持说她是受害者，她遭遇过绑架和爆炸事件，还患有 PTSD，需要定时看医生。蒋玎珰沟通了很久，他们才提供了梁雯静常联系的人员名单和平时出入的地方，不过调查后均无结果。

倒是王玖和马超在搜索教堂时，从教堂公墓的某个空墓里找到了一具男性尸骨，经鉴定属于韩峰，死因为颅脑损伤。鉴于韩敏代替韩峰冒充神父的行为，推测韩敏与韩峰之死有很大关系。

舒清扬负责搜查工作，等他傍晚回到特调科，有关俞旻的审讯已经结束，他只看到了审讯视频。

遭遇了一场的逃亡、人身桎梏以及被绑上炸弹差点丧命的经历后，俞旻的精神状态彻底崩溃了，在审讯途中她几度控制不住嘶声痛哭，她说一开始并没有打算杀陈天晴，是陈天晴说的"也许他们的相遇是一场悲剧"这句话彻底激怒了她。

她把陈天晴冷冻在冰柜后，最初的想法是找机会把他拉去附近山上埋掉——陈天晴跟同事和朋友说去登山了，所以短期内联络不上也不会有人觉察到，她把地点都找好了，甚至还挖了坑，谁知之后传来了山难的消息。

张文龙死了，江山失忆，俞旻觉得老天简直就是在帮她，没人知道那天陈天晴没有上山，大家都认为他也死在了山难中，山坡塌方，找不到尸体也很正常，她便改了主意，心想，最好的办法就是把尸体放在自己身边，正常情况下，不会有人到家里做调查的，只要没人查，尸体就永远不会被发现。

事情发展正如她所预料的，没人怀疑她，三年时光就这样平平静静地过去了，她万万没想到张璐会突然回国，而且好像发现了什么，开始做调查。

王科问她怎么知道张璐在调查陈天晴的死因，她说有一晚张璐跑到咖啡屋来指责她，还挑衅说自己和天晴才是真爱，所以一定要查出真相，那时她就想既然这女人这么爱陈天晴，不如就成全她，送他们团聚。

"好笑的是那贱人口口声声说自己是真爱，却不敢把他们的事告诉朋友们，她心里有鬼，怕被人说自己不道德，更怕别人跟她一样夺走她的情人。我听说她连举办婚礼都不想邀请一个圈的朋友，而是让不熟的人做伴娘，我要感谢她的隐瞒，就算她死了，也没人会把我和她联系到一起。

"那晚我是故意开车经过那个路口的，我不知道假冒俞菲的人什么时候会来电话，我也不知道车祸什么时候发生，那都不重要，我只想亲眼看着张璐丧命。后来她真的撞车了，撞击声传到我的耳朵里，那一刻我感受到从没有过的开心。我知道我不该去现场的，可我忍不住，我想看到她的惨状。她没有当场死亡，你猜在她最后一刻我对她说了什么？我说：'陈天晴早就死了，现在你可以安心去陪他了。'当时她的表情简直无法用语言来形容，哈哈哈……"

俞旻说得既冷静又疯狂，舒清扬看着视频，觉得都有点不认识她了，也许他从来没有真正认识过俞旻，他印象中的俞旻一直是个温柔贤淑的女人，什么都会做，什么都能担得起来。

接着王科又问起俞菲，俞菲是被俞旻勒死的，尸体就埋在俞旻原本想埋陈天晴的地方，连坑都是现成的。俞菲好奇心特别重，所以刚来咖啡屋时，她就交代俞菲别乱翻储藏室，还特意给地下室的门上了锁。

　　谁知俞菲会偷偷拿了钥匙进去看，最终发现了陈天晴的尸体。那晚她回到家，听到从地下室传来尖叫声，她就知道只能再杀一次人了。

　　和除掉张璐的心态不同，她其实到最后都犹豫要不要杀了俞菲，她和俞菲之间没有仇怨，但思忖过后她还是动了手，因为她不杀俞菲，俞菲绝对会报警抓她，她别无选择。

　　她埋掉俞菲的尸体后，联络了夜枭，这次夜枭答应帮她。她想夜枭是怕她被怀疑的话，会影响到他自己吧，毕竟他还要利用自己对付舒清扬。

　　舒清扬看到这里，默默关上了视频。

　　俞菲失踪后，他一直希望那是夜枭做的，因为如果是夜枭的话，俞菲或许还能活着，反之就完全没机会了，可惜真相最终背离了他的期待。

　　也许自从杀了陈天晴后，俞旻就已经失去了理智，所有人在她眼中都是可利用的棋子，包括自己。

　　可惜俞旻虽然狠毒，却低估了对手，在她利用夜枭的时候夜枭也在利用她。夜枭让吴小梅伪装俞菲只是为了迷惑警察而已，他帮助俞旻是举手之劳，也许那时候他就想到了利用俞旻来玩电车难题这个游戏，否则就不会在咖啡屋里放炸弹了。

　　茶杯递过来，舒清扬回过神，傅柏云倒了水给他，说："没想到陈天晴是俞姐杀的，虽然他脚踏两条船，有点渣，但也罪不至死。"

　　"俞旻的家庭有些复杂，母亲喜欢贴补娘家，父亲又重男轻女，对哥哥弟弟的孩子比对自己孩子都好，她大概长期得不到重视，更加渴求关爱吧，所以就把陈天晴对她的爱当成了唯一的救命稻草。"

　　陈天晴和俞旻的感情到底有多深厚，身为旁观者的舒清扬很难了解，但他想两个人交往了那么多年，都到了谈婚论嫁的程度了，彼此应该是深爱着对方的。作为朋友，陈天晴有担当有责任心，是大家眼中的好人，也许正因为这个"好人"的枷锁，才促使他一直无法向俞旻说出真相，导致最后矛盾激化，无法收场。

　　眼前闪过陈天晴活活冻死在冰柜里的那一幕，舒清扬情不自禁想到了夜枭。

"人总是会变的，不管是谁，都不可能永远保持相同的感情，不过如果在出现问题后及时修正，好聚好散的话，也许不会变成现在这样的结果。我想俞旻最无法接受的不是陈天晴的变心，而是他的隐瞒，再加上俞旻本身的性格就有缺陷……"

舒清扬不想再多说，向傅柏云摆摆手离开，傅柏云叫住他："你要不要去看下俞……俞旻？"

舒清扬眉头微皱，傅柏云说："我听王科说俞旻提到了你，想亲口对你说声对不起。"

舒清扬什么都没说，掉头出去了。

　

他一路走到停车场，在车里摸出一盒烟，准备往家走，一转头，傅柏云跳到了他面前，一脸笑眯眯的。

舒清扬没好气地瞪他，抽出烟想点火，翻遍了口袋，除了硬币外什么都没有，他只好放弃了，步行回家。

傅柏云一路跟随，说："我知道你现在全身都散发着'别打扰我，我想一个人静静'的气场，不过我这个人吧就是有点 KY……看你的反应肯定不懂什么叫 KY，KY 就是没眼色，不会根据当下的气氛说话，但很多时候，不开心的事也没必要憋着，说出来大家一起分担，会轻松很多。咱们是搭档，未来还可能是亲戚，在我面前，你真不用客气什么。"

"借我一百万。"

"呃，亲兄弟还明算账呢，何况咱们还只是未来的亲戚。"

"那借我打火机。"

"没有，我不抽烟你又不是不知道。"

说了半天什么忙都帮不上，舒清扬冷笑了："就会耍嘴皮子，片儿警多适合你啊。"

"看你又落伍了不是，我们现在管这种叫暖男，很受欢迎的。"

舒清扬不理他，叼着没点着的烟往前走，傅柏云也不说话，两个人默默走了一路，眼看着快到家了，舒清扬突然说："我没打算去见俞旻。"

　　傅柏云本来想问为什么，又想舒清扬都自己先提了，肯定会给个解释的，便把到嘴边的话又咽了回去。

　　"弗洛姆曾说过，关心和责任是爱的组成因素，没有对所爱者的尊重和认识，爱就会堕落成统治和占有。俞旻的家庭造成俞旻的性格缺陷，对于这一点我是理解并同情的，但不管前提怎样，都不可以犯法。"

　　"所以你抓了她，你做得很好啊。"

　　"不，你记得昨天我让你打我一拳吗？我是想让你把我打醒，因为在我和俞旻摊牌的时候，她哀求我放过她，我竟然有那么一瞬间的念头，想着假如这件事我不说，就没人会知道，所以其实在这场游戏里，夜枭是赢了的。"

　　舒清扬停下脚步，傅柏云也停下来看他，舒清扬板着脸，就像扑克牌，什么表情都看不出来，不过他想舒清扬内心一定是有很多纠结的，甚至可能有恐惧，担心自己会一念之差走错路。可以说，夜枭真是太了解他了，所以才会利用俞旻一点点打击他，希望颠覆他的信仰，拖他下水。

　　"你知道吗？我一直怀疑你是不是机器人，还是手动上发条的那种，"傅柏云说，"因为你真的很少有正常人的感情，现在我放心了，你和我一样是普通人。"

　　舒清扬咬着烟不说话，傅柏云收起笑，正色说："如果不是你坚持调查，没人会想到陈天晴是在咖啡屋里遇害的，你不仅破了张璐和俞菲的案子，还破了三年前的旧案，这就是结果。我们做警察的，做事就看结果，至于内心纠结什么的，如果完全没有，那不成机器人了？所以你怎么想的不重要，关键是你在纠结之后做出了正确的选择，这才是最重要的。"

　　舒清扬咬着烟默默听着，傅柏云一把扯下来："案子破了，你也别想那么多了，我说你那些幻听幻视啊，说不定就是你这台机器没定期升级造成的。"

　　"纠正一下，一、我没有幻视，那是俞旻给我下药导致的；二、就算是机器人，我也是自动的，不是上发条的那种。"

　　"上发条的形象更适合你，谁让你的思维那么老年化呢？至于幻视幻听，就算有你也别担心，你还有我呢，有我在，就绝对不会让你犯错误的。走，去酒吧喝一杯，我请客。"

公寓一楼就有个小酒吧，傅柏云说完，拽着舒清扬就往酒吧走，走出没两步，他的手机响了，拿出来一看，是舒清滟打来的。

傅柏云接听完，临时拐了个弯，改成拉着舒清扬往电梯跑，舒清扬问："你不是说要请我喝酒吗？"

"不了，舒法医说做了晚饭，问我们要不要一起吃，我就答应了。"

"你还没问过我。"

"那你答应吗？"

电梯到了，傅柏云跑了进去，舒清扬只好跟上。傅柏云说："你看咱们不愧是搭档，做啥都一个步调。"

可以跟女神一起吃饭，傅柏云简直就是心花怒放，舒清扬冷眼看着他那雀跃劲儿，嘟囔道："想太多，我只是没钱而已。"

第二天早上，舒清扬去医院看苏小花。

苏小花先是被囚禁，后来又在火场和歹徒搏斗，身上受了不少伤，事后跟公寓居民一起被送进了医院接受治疗。

她挺幸运的，进了个单间，舒清扬还以为遭遇了惊险事件能让她委顿一阵子，结果进了病房，发现她正兴致勃勃地看电视，左手拿着奶茶，搁板上还放着笔记本电脑。

她右手臂受了伤，上了夹板吊在胸前，这完全不妨碍她做事，看会儿电视，放下奶茶，左手在键盘上敲几下，又拿起隔板上的苹果咔嚓咔嚓地啃，看到他，还很精神地打招呼。

舒清扬松了口气，觉得担心她的自己简直就是那个傻……什么来着。

他的眼眸掠过床头柜，那里放了一个大水果篮，篮子一角打开了，苏小花顺着他的目光看过去，说："是同事们送的，刚才他们来看我，头儿还说这次我干得不错，让我把新闻稿写好，回头给我加鸡腿。"

"单手敲稿？你可真够拼的。"舒清扬把随身带的塑料袋放去桌上，问，

"伯父伯母没过来？"

苏小花愣了几秒，反问："你说我爸妈？"

舒清扬看看她的头："大夫没给你做个脑部扫描？"

"当然做了，一点事都没有，就你突然说话文绉绉的，我没反应过来嘛……他们去国外旅行了，我就没说，反正说了他们也帮不上什么忙，只能瞎担心。还有啊，你可真不讲义气，昨晚都不来看我，笔录也让别人做，你不知道我一个人躺在医院有多孤单。"

她巴拉巴拉说了一大堆，半点孤单的样子也看不出来。舒清扬昨晚忙完，原本想过来的，后来听蒋玎珰说苏小花伤得不重，就是累着了，所以就没来打扰她。被埋怨了一通，他问："过来听你打呼吗？"

"不可能，我这人这么淑女的，你别糟蹋我的形象，要是将来我嫁不出去，你可得负全责。"

苏小花不高兴了，狠狠咬了口苹果，舒清扬问："你右手没事吧？"

"还好，医生说有点骨裂，生死关头嘛，我用力太大。"

"谢谢，我听傅柏云说了，当时幸好有你，否则可能没那么容易解决。"

舒清扬说这话是出于真心的，换了普通女生，被禁锢绑架，逃跑时还被追杀，大概早就吓晕了，可苏小花不仅没逃，还帮了大忙，这让他对这个女生多了几分敬佩。

可惜他的感激打了水漂，苏小花咬着苹果，说："啧，说谢多见外啊，你要真有心，至少看病人时带点水果来。"

"这么多水果还不够你吃的？"

"那买束花也好。"

"医院禁止送花。"

苏小花一脸不服气，舒清扬只好说："今天来得太急，没准备，要不等你出院，我请你吃饭，地点你来挑。"

"五星级酒店也 OK？"

"可以。"

"算了，那些地方就是吃个名气，还不如买了食材自己做的，我想好了，我要你亲自做，这样才能显诚意。"

"别蹬鼻子上脸。"

舒清扬沉下脸，苏小花不说话了，又咔嚓咔嚓啃苹果，舒清扬了解她的脾气，拿起塑料袋递给她。

她狐疑地接了，打开一看，却是她在教堂被抓时随身带的相机等东西，清点了一下，一样都不少，她惊讶了，问："你怎么找到的？"

"东西塞在公墓里，和……"

舒清扬看看苏小花，苏小花问："应该不会是和尸体放在一起吧？"

她的答案几乎接近真相了，东西是和韩峰的尸骨放在一起的，推测是苏小花的东西又多又杂，扔了太显眼，就塞进了空墓里，舒清扬想解释，苏小花及时伸手拦住了。

"别说了，我这人百无禁忌，不怕不怕，我现在比较怕另外一件事。"

"什么？"

"你说……我会不会被起诉啊？"

"为什么？"

"就我昨天砸了那个人，我怕我被判个防卫过当什么的。"

"没事，当时情况危急，你是协助警察办案，还该受到奖励呢。"

倒是江山阻止警察营救人质，差点造成重大伤亡，他的问题比较大。

事后江山交代说儿子失踪后，陌生人打电话给他说孩子在自己手里，让他扔掉手机，赶去那栋公寓，后来又借舒清扬的手机提醒他只有找机会杀了俞旻才能救儿子，他着了魔，才会做事不计后果，他很懊恼自己的鲁莽，王科考虑到他当时所处的状况，最后对他做出警告处理。

舒清扬说了江山的情况，苏小花还不太放心，问："那他伤得重不重？我还是付他医药费吧。"

"不用，他还说要感谢你，因为你那一板凳，把他一直模糊的记忆都唤醒了。他记起了三年前登山的只有他和张文龙，山洪暴发时他和张文龙打得太厉害，导致无法及时躲避灾难，大概正是出于愧疚心理，他才会一直想不起来。"

"那为什么夜枭要故意引他过去呢？那可是山难啊，他们吵架和能否逃生关系不大。"

"夜枭或许只是在提醒我——你看人性里有多少恶，在被触及自身利益时，人人都会化身恶魔，吴小梅是这样，俞旻是这样，江山也是这样，包括我自己也是，换言之，江山只是他游戏里的一个道具而已。"

"你才不是，我以人格保证！"苏小花举起她那只还能活动的左手说道，又接着说，"所以你一定要把他抓到才行，不能让这种人逍遥法外。"

"我会的。总算这次事件有惊无险，顺利解决了，江山还说要当面向你道谢。"

"千万不用，你跟他说有这个心就行了，大家就江湖不见吧，我怕看到他，我也得那个PTSD。"

"你？才怪。"

苏小花抿嘴不说话了，舒清扬想想她这次的经历，问："真的没事？"

"老实说，我被他们关在教堂的小黑屋时是挺怕的，我还哭了，他们带我离开时看到我哭花了脸，都在笑我，可混蛋了。我那时候就想我一定得想办法逃出去，逃不出去我也不能让他们好过，反正你注意到我不见了，肯定会查到教堂，到时就能看到我丢的圆珠笔帽了。"

"你挺勇敢的，换了我，说不定也会哭。"

"怎么可能，你是警察。"

"我又不是生下来就是警察。"

"那你请我吃饭的时候，好好说说你为什么哭，来，给我剥个橘子。"

苏小花啃完苹果，下一个目标盯在了橘子上。看在她受伤的份上，舒清扬照办了。苏小花在旁边看着他剥橘子，又说："这次的事件我出了不少力，到时新闻专辑一定要让我写啊。"

"好好养伤，早点复原就提供资料给你。"

"好嘞，"有了舒清扬的承诺，苏小花笑眯了眼，接过橘子，问，"梁雯静还没抓到？"

"没有，她把公寓居民关去天台后就消失了，暂时还没有她的消息。"

"我被关起来后一直在想，她到底是什么时候和夜枭合作的，当初她替我的班是故意的还是巧合。"

"我倾向于是巧合。案发后，我们在她家里找到了她这几年对一些社会事件做的心得笔记，从她做的笔记内容来看，她是思想很偏激的人，几次透露出'必要恶'应该存在，而这个论点和夜枭一致，所以我想她是在三年前被劫持的途中和夜枭有了接触，双方达成了某种共识，而她也由人质转变成了同党。"

"其实我挺理解她的，我们都是跑社会事件类的，你也知道很多事件都一言难尽啊，说完全没想法那是自欺欺人，有时候看到好人没有好报，而恶人却可以逃避法律的制裁，我也希望这个世界有'必要恶'的存在。"

舒清扬眉头皱起，盯着苏小花，苏小花又说："不过感情上我虽然这样想，但理智告诉我不能这么做，一旦有其他感情凌驾于法律之上，那才是最可怕的事。法律或许还存在不足有失公允，所以才更需要我们去遵守和修正，也许这是个漫长的过程，但正因如此才更弥足珍贵，不对吗？"

舒清扬还是盯着她不说话，苏小花说完看着他："是不是觉得我又漂亮又有头脑？你不用说了，我自己知道的。"

舒清扬从口袋掏出一管录音笔递给她，笔上贴了个卡通兔子，正是她在教堂偷偷录音时用的道具。

"啊，这东西怎么在你这儿？夜枭没毁掉？"

"可能是不屑于毁掉，也可能是觉得里面的对话有不少有趣的东西，他想让我听到，所以没毁掉，把它和照相机那些东西放在一起。"

"那你刚才怎么不给我？等等，你说的是什么有趣的东西？"

"至少你提到俞旻是坏人这一点没说错，是不是女人在这方面都有独特的直觉？"

"可恶，你居然不经当事人允许就偷听，你这是……这是侵犯他人隐私！"

一想到自己在告解室说的那些话，苏小花无法淡定了，拿过笔就想折断，转念一想人家都听了，现在毁掉也于事无补，她把桌板推开，一头扎在被子里，真想直接晕过去算了。

"我是警察，我找到物证后首先就是要确认内容，这是我的工作。"

耳边传来舒清扬的话声，苏小花破罐子破摔，嘟囔道："反正现在在你眼中，我就是跟俞旻一样的坏人了……不对，俞旻也不能说是完全的坏人，她只是在做选择时出了错，没办法补救，只能一错再错下去。"

"关键是很多错误是不可以犯的，一旦犯了，就再没法回头了。"

"我现在无比赞同你的说法，要是再给我一次机会，打死我也不去做告解，好了，你现在什么都知道了，我就是个自私又利己的人，还倒追……反正我就是没啥长处，总是给你添麻烦。"

"有关这一点，你想多了，你是什么人我早知道，还需要听你的告解吗？"

"你什么意思？你居然说我……"

苏小花气愤地抬起头，舒清扬又说："昨天傅柏云跟我说，怎么想的不重要，关键是怎么去做，我觉得你这人最麻烦的是聒噪，除此之外都还好。"

"是吗？嘿嘿……"

还没等苏小花开心，舒清扬突然靠过来，目不转睛地盯着她。苏小花的脸红了，就在她考虑是保持这种距离不变还是该往后退开时，舒清扬说："苏小花，今后你千万别犯罪，否则我敲断你的腿。"

"哇呜……"

难得看到舒清扬这么严厉，苏小花定在了那里，刚进来的小护士也被吓到了，站在门口，走进来也不是退出也不是。

舒清扬说完，告辞出去了。小护士听着脚步声走远了，才过来对苏小花说："你男朋友？好像有一点……暴力倾向？"

苏小花回过神，挑挑眉，得意地说："很帅吧！嘿嘿，我就喜欢这种型的，他越暴力，我就越开心。"

护士小姐把药放到了桌板上。

"到点了，该吃药了。"

舒清扬来到医院一楼门口，傅柏云已经在那儿等着了。

刚才傅柏云去看望江山，江山的伤势不重。他想起了三年前山难的经历，再聊到俞旻的犯罪行为，唏嘘不已，又为自己的鲁莽行为连连道歉，后来江山的妻子带孩子来看望，傅柏云就找借口出来了。

傅柏云说完，又问起苏小花，舒清扬说："你怎么不自己去看？"

"我是想去的，后来一想你在她那儿，我要是过去，肯定被她嫌，还是等回头再买点东西过去吧。"

"千万别买水果篮，她那儿的存货都够她冬眠了。"

傅柏云笑眯眯地看过来，舒清扬问："怎么了？"

"没什么，就是觉得你只有和苏小花在一起时才不会像个机器人，而且特别会吐槽。"

"那是你的错觉。"

舒清扬上了车，傅柏云以为他要回家，可是他打方向盘开去相反的路上，傅柏云问："去哪儿？"

"去找孙长军，有些事想跟他问清楚。"

爆炸事件过后孙长军就不见了，昨天舒清扬一直忙着处理后续问题，想到那家伙狡猾多端，他决定这次一定好好教训下他。

孙长军的家到了，外面的防盗门半开着，傅柏云说："这家伙的安全意识有点低啊。"

他按了门铃，里面没回应，他还要再按，被舒清扬拦住了，伸手推推里面的门，门是虚掩的，吱呀一声开了。

两人同时提起了警觉，舒清扬先走进去，里面采光不好，过道灰蒙蒙的，空气里流淌着怪异紧张的气息，舒清扬嗅嗅鼻子，快步走到客厅。

客厅拉着窗帘，借着窗帘缝隙透进来的光芒，舒清扬看到了地上的血迹，血腥气令人作呕，其中似乎还夹杂着其他说不出的气味。他努力去想那是什么味道，却怎么都想不起来，便找到开关打开，通红的颜色登时随着灯光亮起一齐映入眼帘。

血液从沙发上流下来，一直流到地上，血迹旁还有了几个斑驳的掌印，从印痕状态来看应该是受害人在挣扎中蹭上去的。

舒清扬环视客厅，除了血液外，这里没有其他怪异的地方，家具摆设整齐，没有搏斗的迹象，傅柏云跑去其他房间查看，很快又跑回来。

"没人，孙长军的手提电脑也不见了，会不会是夜枭记恨他协助我们，所以对他动了手？这个血量……"他走到沙发前检查，本想说看这个血量，人多半是没救了，看看舒清扬的脸色，临时改为，"凶手把人带走，也许孙长军还活着。"

"也许他只是不想让我们找到尸体，你看那边。"

舒清扬指向对面的窗帘，窗帘上也沾了血迹，像是个字母 F，布褶堆在一起，导致字母扭曲，看着怪异而荒诞。

傅柏云问："F？是什么意思？"

"Fiend，它有恶魔、恶人、凶手等很多含义，所以我们在学生时代玩侦探游戏时，习惯用 F 作为凶手的代号，知道这个设定的只有我们几个同学。"

然而就算还有其他同学知道，时隔多年，他们特意对付孙长军的可能性几乎为零，傅柏云说："夜枭是在杀鸡儆猴。"

"不，这只是他的决战书，"看着凶案现场，舒清扬冷冷地说，"他在提醒我——新一轮游戏即将开始，想要抓到凶手，就得照他的游戏规则来。"

平 行 线

06

燕尾蝶之咒

平 行 线
06
燕尾蝶之咒

楔子

过了九点，僻静的小路上一个人都没有，路灯在远处忽闪着白惨惨的光，偶尔有雨点啪嗒落下，打在他的脸颊上。

他抬头看看天空，犹豫着要不要抽出折叠伞，最后鼓鼓的书包让他打消了念头，加快脚步往家里赶。

"喂……"

经过一片小树林时，树后突然传来叫声，飘乎乎的，像是风吹过来似的。

他吓了一跳，脑海里掠过邻居们乘凉时聊起的八卦——那边以前是个乱葬岗，后来给平了，身体不好的人晚上经过，常常会看到奇怪的东西。

"咳咳！"

他马上就为自己的反应感到好笑，他只是感冒，加重了幻听症状而已，他们一家都是警察，要是知道他害怕这种事，回头还不知会怎么嘲笑他。

"喂！"

这次声音更清晰，不像是幻听，他停下脚步看过去。

一个白色影子从树后闪出，跑到了他面前，却是个十七八岁的女生。

她个子很高，身材苗条纤细，长发扎在脑后，一身白色纱裙，随着夜风拂过，裙边轻轻扬起，眼角挂着水珠，像是雨点，又像是泪水。

"救救我！有人要害我，救救我！"

女生一跑过来就抓住了他的胳膊哀求，声音颤巍巍的，柔细中带了少许惊恐，还一边说着一边往后张望，像是害怕有人追来。

他也跟随着看过去，问："谁在追你？"

"就是……很可怕的人，你家是不是住附近啊，能让我藏一下吗？你放心，不会很久的，就藏一下。"

女生抓住他的胳膊，楚楚可怜地看着他，他愣了愣，回应是——"我知道派出所在哪里，我带你过去。"

"不能去派出所的，我……我家会有麻烦……"

一听派出所，女生有些慌张，他明白了，问："是不是高利贷？最近这种案子特别多，你别怕，这种放贷是违法的，只有报案才能保护自己的权益……"

"哎呀，我说你这人怎么这么死心眼啊，我不要报案，就去你家待一会儿就好了啊。"

"这不太方便，今晚我家没人……"

"没人就更好了，我们可以做很多事呢。"

他呆呆的反应在女生看来很可爱，她抓住他的胳膊主动贴到了他身上。

暖暖的触感传来，带着特有的香气，他被香气蛊惑了，随即感到对方的手伸到了自己的校服里面，他本能地一推，女生被推了个趔趄，裙子领口滑开，露出左肩上的刺青。

靛蓝色勾勒出柔和的线条，像是蝴蝶的一边羽翅，魅惑而灵动，衬在雪白的肌肤上，充满了诱惑。

他的目光情不自禁地落在了刺青上，女生被看得恼了，扯了下衣领盖住刺青，似乎想说什么，脱口而出的却是——"不帮就不帮，我还不稀罕呢！"

女生说完掉头就跑，等他回过神，女生已经跑出很远了，原本束起的长发落下，艳红的发绳和白裙黑发一齐在风中飞舞，像极了翩跹蝴蝶，他急忙追上，叫道："等等！"

女生放缓脚步，像是喝醉了似的摇摇晃晃转过身来，他惊骇地发现红发绳一圈圈绕在女生的脖颈上，女生喘不上气，眼珠泛白，双手拼命地撕扯发绳，原本漂亮的一张脸扭曲得变了形，继而朝他伸过手来，仿佛在向他求救。

他冲了过去，随即便看到女生胸前溢出红色，一柄匕首插在当中，大片血液迅速向周围蔓延。

不知何时，雨点化成了瓢泼大雨，女生全身都湿透了，血水混合着雨水，一直流到地面上。女生看着他，嘴唇微微张开，像是在诉说着什么，然而就在他要靠近的时候，那柄刀被一只无形的手拔出，冷光划过，再一次刺入女生的胸膛！

第一章
燕尾蝶凶案

舒清扬睁开眼睛，全身被冷汗溢湿了，他坐起来，抹了把额上的汗，看看旁边的闹钟，才刚过七点。

他拿起睡衣去了浴室，洗着澡回想刚才的噩梦。

也许确切地说，那不叫噩梦，而是他的亲身经历，那个叫胡小雨的女生曾向他求助，却因为他的拒绝而遇害。后来他也曾无数次想过夜枭说他独善其身这句话有没有错，假如那晚他把胡小雨带回家的话，也许她就不会死了。

水珠打在头上，像极了那晚的雨点。舒清扬闭上眼，眼前又掠过靛蓝色的刺青，深邃而又鲜明的颜色已经刺入了他的记忆中，哪怕过去了十年，依然如昨日般清晰。

他伸出手，在布满雾气的镜子上一条条勾勒，蝴蝶的一角逐渐显现出来，可是他只能画到这里，因为他只看到了半边蝴蝶。

恍惚中，蝴蝶的羽翅转为暗红，血线般向外延伸，舒清扬紧盯住镜面上的线条，雨夜被杀的少女和孙长军家的血案现场在无形中重叠了。

离孙长军遇害已经过去了一个星期，他们除了确定案发现场的血迹是属于孙长军的以外，什么发现都没有。孙长军像是被彻底抹杀掉了，连监控探头都追踪不到。

外面传来铃声，舒清扬回过神，匆匆冲完了跑出浴室，手机已被接听了，傅柏云从外面跑进来，一只手里还提着早餐，听着手机，还不时地看看他，说了句马上过去就挂断了。

舒清扬问："有案子？"

"有人报警说郊外发现女尸，王玖他们已经赶过去了。"傅柏云打开塑料袋，拿出油条一边吃一边问，"你知道为什么特意通知我们过去？"

"是杀人手法奇特还是死状奇特？"

"都不是，同事核对了女尸的指纹，和我们在梁雯静单身公寓里找到的部分指纹吻合。"

舒清扬擦头发的手停下了，看向傅柏云，傅柏云把塑料袋推给他，示意他马上就要出门了，赶紧吃饭。

女尸是一个晨跑的中年男人发现的。他经过路边的凉亭，看到凉亭旁的花丛围了好多蝴蝶，他觉得新奇，凑过去准备拍几张照片发朋友圈，谁知靠近后发现地上堆了个物体，再仔细一看，那不是物体，而是个女人，还全身都是血，把他吓得当场坐到了地上，也不顾得拍照了，赶紧打电话报警。

舒清扬和傅柏云赶过去的时候，中年男人正在讲电话，说他今天受了惊，得去拜一拜，就不进公司了。听他说话的口气，在公司应该是个小头头。

傅柏云跟王玖要来男人做的笔录。他叫张建成，住的地方离这儿跑步要一刻钟，不远也没有很近，因为中年发福，最近开始晨跑，才坚持了一个星期就遇到了这种事。

傅柏云看到这里，又看看张建成。他有点谢顶，穿着运动服也能看到突出来的肚子，打电话的时候一直在抹汗，也不知道是热的还是吓的。

舒清扬走过去，拿着笔录向张建成确认一些细节问题。

张建成回答得挺认真的，就是因为太害怕导致说话颠三倒四，说他怕晨跑被邻居们笑话，所以特意选了很偏的路线，平时这条路遇不到几个人。傅柏云在旁边听着，同情地想，被这么一吓，大概他的晨跑运动要告一段落了。

"你再好好想一想，以前有没有见过死者？"舒清扬问。

"这要怎么想啊，我只看到一团物体五颜六色的，我都快吓死了，哪敢仔细看脸。"

傅柏云看向对面，张建成形容得还挺贴切的，死者穿了条长裙，底色深蓝，上面印了大大小小的花朵纹路，颜色也很鲜亮，乍看还真是花团锦簇。

他要来张建成拍的两张照片，一张里面有不少蝴蝶聚集翻飞，配上沾了水珠的花瓣，着实好看，另一张拍糊了，应该是张建成发现尸体惊慌之下晃动了手机，但也能看出有不少蝴蝶。真奇怪，蝴蝶为什么会围聚在尸体附近呢？

王玖把刚拍的被害人照片递给张建成，他不敢看，撇过头小心翼翼瞄了几眼，才说："没见过……嗯，有点眼熟……不不不，应该没见过。"

"到底是见过还是没见过？"

被王玖追问，张建成态度坚决，摇头说："没见过，我整天两点一线地跑，没机会见美女，壮女人倒是常见到。"

张建成是做水产销售的，在这行做事的女人没点力气是不行的。他说死者那身子骨大概连搬桶水都困难，所以应该是自己一开始认错了。

傅柏云打量四周，这里地脚荒凉，出了案子，周围却没几个人，更别说记者了，最近的建筑物就是张建成住的小区，幸好他晨跑经过这里，否则很有可能女尸要很久才会被发现了。

问完话，傅柏云跟着舒清扬去了尸体那边。

舒清滟正在做检查，看到他们，说："昨晚下过阵雨，影响了证据收集，目前可以确定的是被害人的遇害时间大约在昨晚十点到十一点之间，凶手先是从背后刺入一刀，接着在被害人转身面对自己时又加了一刀，凶手动作很快，被害人完全没有挣扎的机会。"

被害人身中两刀后曾试图逃跑，但仅仅挪了几步就跌倒进花丛，那是道边自然生长的花草，草叶繁茂，刚好把女尸覆盖住，要不是簇集而来的蝴蝶，估计张建成也注意不到。

傅柏云观察被害人，她侧身倒在花丛里，墨黑发丝在花中散开，眼睛没有完全合上，三十岁左右，皮肤不太好，由于脸盘扭曲，可以看到眼角堆起的皱纹，她的妆很淡，没有特别漂亮，但是属于那种很容易给人留下印象的女人，所以张建成说她是美女并没有夸大其词，甚至傅柏云也觉得她有点面熟，但又想不起在哪儿见过，不由觉得诡异。

她身高在一米六五到一米六八之间，纤瘦体型，一条腿搭在花丛中，另一条腿斜伸到地面上，鞋袜裙摆溅满了泥渍，最抢眼的是她的连衣裙，花色鲜艳，血液被雨水冲刷，大面积地浸染了布料，不留意的话，还以为那是裙子原本的颜色，蝴蝶会围在她身旁，或许正是被裙子的花色吸引过来的。

"有没有找到提包和手机等私人物品？"舒清扬问。

马超说："附近都找过了，没有，凶器也没留下，可能凶手不想我们马上查出死者的身份。"

"我找到了这个。"

蒋玎珰从草丛里探出头，用小镊子将东西夹进证物袋，却是个镶在美甲上的水钻花。

水钻花上挂了点丝线头，傅柏云看看女尸的指甲，她做了美甲，右手大拇指上的水钻和蒋玎珰捡到的一样，其他手指的美甲水钻比较小，看水钻的样式应该是为了搭配连衣裙选的。

蒋玎珰说："这线头说不定是凶手杀人时不小心留下的，总算找到了一点线索，真不容易啊。"

"不是还有指纹那条线吗？"

"是啊，既然梁雯静家里有她的指纹，证明她最近去过，小柯还在查呢，希望能快点查出是谁，你们说这次的案子是不是也很诡异，为什么死者身边会围了那么多蝴蝶？"蒋玎珰百思不得其解地询问大家。

马超说："你想多了，这周围野花很多，蝴蝶的目的是花，刚好死者躺在花丛中，再加上她的衣服又是花朵图案的，仅此而已。"

"理论上说是这样，可你们不觉得这蝴蝶的数量有点多吗？"

蒋玎珰拿出张建成拍的照片，里面的蝴蝶有二十多只，多属于颜色鲜艳、形体较大的种类。傅柏云对蝴蝶的品种不太了解，说："也许只是凑巧。"

"千万不要小看凑巧，这个凑巧很可能就是破案的关键。"蒋玎珰严肃地说。

傅柏云觉得有道理，他点点头，舒清扬没有参与他们的对话，蹲在那里仔细观察着女尸，忽然问："你们有没有在附近找到一件女式外衣？单色的，样式应该也是很简单的那种。"

同事们对望一眼，蒋玎珰说："没有，我让他们再扩大范围寻找。"

她想问舒清扬为什么这么问，话还没出口，舒清扬又问："你们闻到什么气味没有？"

众人一齐摇头，蒋玎珰说："舒舒，这次我要纠正一下你的错误概念了，蝴蝶不是蜜蜂，比起香气，花的颜色更容易吸引到它们。"

傅柏云也说："我比较在意被害人的脸，总觉得她的脸是不是整过。"

舒清扬抬头："为什么这么说？"

"就……一种直觉吧，有一种熟悉感……你干什么？"

舒清扬靠近女尸努力嗅起来，傅柏云吓了一跳，好在他早就习惯了舒清扬各种怪异的行为，为了不妨碍他，主动退到一边。

舒清扬从死者的手腕嗅到脖颈，抬起头，指着死者的后颈和手腕内侧对舒清滟说："她在这几个地方涂了香精之类的东西，你注意下。"

听了这话，傅柏云也努力嗅嗅，还是什么都闻不到，主要是现场血腥味太重，再混合了花香，严重影响了嗅觉，他忍不住对舒清扬说："你可真赶得上狗鼻子了。"目光冷冷射来，傅柏云立马改口，"是媲美警犬鼻子。"

舒清扬的目光从傅柏云身上掠向后方，傅柏云顺着他的视线看过去，后面是凉亭，应该是很早以前建的，柱子漆料斑驳，都褪色了。

舒清扬走进亭子，里面有石桌石凳，平时也没人来，都积了灰尘。

舒清扬又转头看向女尸的位置，凉亭的地势稍高，从这里可以清楚看到女尸以及对面的小路，他说："她是和谁约了在这里见面。"

"晚上十点和人约见面，"傅柏云观察四周，说，"这里也没个路灯，会约在这里，还背对着对方，那应该是她很信任的人，要不是有指纹线索，我会第一时间考虑情杀。"

两人转回现场，尸体已经被抬走了，舒清扬查了昨晚的气象新闻，十点半到十一点这里有过阵雨，他转头看凉亭，说："被害人的死亡时间应该是在十点半之前，那时候还没下雨，否则她和约会对象应该在亭子里聊。"

马超说："说不定是打着伞聊呢，会约在这种地方原本就是不想被人看到，肯定是想快点说完就离开，自然不会在意下不下雨。"

"如果是那样，当时雨势很大，被害人的鞋袜和裙摆会均匀溅上泥点，而事实却是靠近地面的鞋袜和裙摆部分泥点较多。"

马超一想也是："他们应该是对这里比较熟，我去附近问问看，说不定有人见过死者。"

他朝王玖一摆手，两人跑走了。舒清扬叫上傅柏云去梁雯静的家，路上傅柏云开着车，就见舒清扬一直看手机，等红灯时他瞅空瞄了一眼，舒清扬正在看的是孙长军的遇害现场。

从他们发现孙长军出事到现在已经过去了一个多星期，在这段时间里，他们无数次查看那片区域所有的监控设置，把附近居民也都问遍了，却一点线索都找不到，唯一的线索仅仅是遗留在现场的足有一千两百毫升的中速喷溅性血迹。歹徒不仅入室行凶，还把尸体搬离公寓，从头到尾做得滴水不漏，别说舒清扬接受不了这个事实，就连傅柏云也觉得孙长军的案子太离奇。

"这不是你的错，"担心舒清扬多想会加重幻听症状，傅柏云说，"我们都没想到夜枭会这么歹毒，只因为孙长军协助我们做调查就对他下手。"

舒清扬回过神，放下手机："我明白你的意思，我只是有些地方一直想不通。"

"想不通夜枭为什么会一反常态大开杀戒吧？其实很简单，他在警告你，同时警告所有协助你的人，至于他费心思藏匿尸体那就更简单了，他就是在故意刺激你，让你明知道孙长军已经死亡了，却还是抱了一丝期待，希望他还活着，这种让人在希望和绝望之间纠结的做法很符合他的性格。"

少许沉默后，舒清扬说："仅仅是失血量，还无法证明孙长军真的死了。"

傅柏云原本想说就那个失血量来看，孙长军生存的可能性更渺茫，但为了不刺激舒清扬，他换了话题："你今天的状态不太对劲啊。"

舒清扬奇怪地看他，傅柏云说："通常有案子时，你会集中精力全力以赴，而不是像现在这样心不在焉。我明白你内疚的心情，但作为搭档，我更希望你不要一直纠结既定的结果，而是正视现实，认真调查当下的案子。"

舒清扬注视了他一会儿，把目光收了回去。

傅柏云觉得他好像有话想说，却临时刹住了，正要追问，舒清扬说："我明白，只是刚才嗅到被害人身上的香气后，我突然就想起了孙长军的凶案现场，就好像那香气也在孙长军家留存过似的，我不知道是不是错觉……对了，你还记得孙长军之前说的话吗？他曾经问过我喜欢蝴蝶吗。"

傅柏云不记得孙家案发现场除了血腥气外有其他气味，不过孙长军问蝴蝶那件事时他在场。他当时也觉得孙长军问得很突兀，只是那时候他们正忙着调查别的案子，就没多加细想，被舒清扬提醒，他想起孙长军随身不离的笔记本电脑上还贴了蝴蝶贴纸，有点明白舒清扬在意的地方了。

"孙长军提到过蝴蝶，被害人身体周围也围绕着不少蝴蝶，梁雯静家里还有被害人的指纹，如果把这几个点连成一条线的话，那这次的案件会不会是夜枭设计的？"

像是没听到他的提问，舒清扬的手指在膝盖上轻点，喃喃自语道："一样的雨夜，一样的蝴蝶……"

"你说什么？"

"出现在死者身边的蝴蝶叫燕尾蝶，学名金凤蝶。这种蝴蝶的形体比较大，花纹大多是黑底配上红黄蓝紫等艳丽的颜色，因为翅膀像是燕子的尾巴，所以大家都习惯叫它燕尾蝶。"

"你对蝴蝶这么有研究？"

"没有，只是很久以前发生过一个案子，被害人也是雨夜被杀，次日被发现时尸体周围也聚集了很多燕尾蝶。"

"原因是什么？"

"那时我还在上高中，后来听父亲说被害人躺倒的地方周围花草很多，她又喷了香水，他们询问过生物学者，据说那个香味刚好是燕尾蝶的最爱。"

"那岂不是和这次的案子很像？都是女性，都有蝴蝶，还有香气……"

"不错，被害人身上的香气挺特殊的，你还记得那个假冒吴小梅去租车的女人吗？接待小姐提到过她使用香水，吴小梅也提过和她碰面的女人喷了香水，而且是一种可以让人的情绪沉静的香气。"

"我明白了！"傅柏云一拍方向盘，"我说为什么我总觉得被害人的脸怪怪的，原来是这样！"

他把车转去道边空地上停下，拿出纸笔，先画了租车女人的头像，接着画了和吴小梅见面的那个长相老气的女人，最后是今天的被害人。

租车女人当时戴了口罩，傅柏云特意在口罩上画了脸盘轮廓，女人的眉眼和吴小梅非常像，但是加上下方的面部轮廓，反而和那个老气的女人有些近似，他又把突显老相的特征去掉，相似度便更高了。

傅柏云接着又涂掉属于吴小梅的特征部分，再加了几笔，把三张图像并列放在舒清扬面前。

"看看，她们是不是同一个人？"

舒清扬对照着看，点点头，傅柏云兴奋地说："这女人有着高超的化妆技术，她不仅可以装扮成完全不同的人，还会使用一些专业材料和特殊服装修改脸部宽度和体型，所以租车行的接待小姐和吴小梅看到的都不是女人的真实模样，她昨晚和人约见面时的模样才是她的真面目。可能她平时常进行这种化妆，所以皮肤状态很差，眼角周围的皱纹也很多，给人违和感。"

"挺厉害的嘛，这都被你发现了。"舒清扬称赞道。

傅柏云不好意思地说："还是你提醒的，要不是你提到香水，我还想不到这三张脸原本属于同一人。"

舒清扬把傅柏云画的图像传给了小柯，说了他们的发现。

有了这条线索，小柯着重调查梁雯静公寓附近的监控，很快就找出了被害人，那又是一张完全不同的脸庞，乍看是个四十多岁略显富态的女人，没有多漂亮，但也没有特别丑，属于扎在人堆里毫不显眼的那种，要不是做了形体对比，还真不容易发现。

"这女人以前在梁家外租的公寓住过，两个月前搬走了。"看到小柯传来的图片，舒清扬说。

"你怎么知道？"

"爆炸事件发生后，我把那栋公寓所有住户的资料都看了一遍，包括搬走的租客，所以有印象，她的身份资料都完全没问题，没想到脸是假的。"

"租客的名字叫周明珠，这肯定不是她的原名，我再查查她的关系网，看能不能找到线索。"

小柯说完挂了电话，傅柏云启动车辆，赶到梁雯静的单身公寓做调查。

两人分工，各自拿着被害人的乔装照片询问住户，有一位老婆婆认出了周明珠。

老婆婆住在梁雯静家的对面，有一次她看到周明珠过来，还以为是梁雯静的亲戚，主动上前打招呼，周明珠没理她，转头直接进了房间，她觉得这人太没礼貌，所以对她印象很深。梁雯静说她们是普通朋友，老婆婆还故意问岁数相差这么大，是在哪儿教的朋友，梁雯静回了句在培训班认识的，不等她再多问就关上了房门。

舒清扬问："她有没有提是什么培训班？"

"没有，我猜是舞蹈啊做饭之类的。"

除此之外，老婆婆没有提供到其他消息，倒是傅柏云的询问有了进展，他在小区公园询问一位带孩子的新手妈妈时，她一看到周明珠的照片就马上点头说见过，不过不是在小区，而是在香料工坊。

新手妈妈一个人带孩子，有段时间情绪特别差，闺密就介绍她去香料工坊学习调香。

香料工坊的店主叫施蓝，是个漂亮又有知性美的女性，也是一位专业调香师，她会定期免费开课，教导大家一些调香方法，并根据顾客诉求帮她们调制香精。新手妈妈就是用了她调制的香精，情绪才逐渐稳定下来，调整好心情和家人进行沟通。

她说之所以会对周明珠有印象，是因为半个多月前她路过香料工坊，便顺路进去想买些香精，就看到周明珠先进去了，而且门也不敲，直接进了施蓝的私人房间。

没多久房里传来女人的争吵声和东西落地的声音，她担心出事，跑过去敲门询问。房里的争吵声停了，过了一会儿，施蓝出来了，她没化妆，显得特别憔悴，脸颊还红红的，像是被人打的。

她很担心，问要不要报警，施蓝说没事，帮忙选了她要的香精，她见施蓝不想多说，就没再问，拿了东西离开了。

"你确定没看错人？"

"没有，去施老师那里的人多多少少都有些品位，像这女人这种又不化妆又体型臃肿的反而不多见，不过我会记得她是因为老师出来帮我找香精时，把这女人的照片掉到了地上，老师当时好像特别紧张，没注意到，我也不方便提醒，就捡起来放去桌上了。"

舒清扬走过来，听了她的讲述，把余下几张照片拿出来让她确认，她看到被害人，一脸惊讶，说："这就是施蓝老师啊！"

"再好好看一看，确定没有看错？"

"绝对没有，我认识施老师半年多了，不会看错的，就是……看照片她怎么好像变瘦了，气色这么差，难怪最近工坊一直没开门。我听朋友说是因为她身体不好……她出事了吗？"

女人左右看他们，舒清扬敷衍了过去，又问她有没有合照，她说没有，因为施蓝不喜欢拍照，她一直觉得不可理解，为什么一个挺漂亮的女人会不喜欢拍照。据说施蓝也不玩微信，这个年纪的人不玩微信特别说不过去，她想大概那是施蓝婉拒加朋友的托词。

舒清扬问了香料工坊的地址，它就在从凶案现场来这个小区的路上，刚好是在中间的位置，所以他们又要开车照原路返回。

　　路上，傅柏云不解地说："周明珠和施蓝应该是同一人，她怎么会目睹到她们吵架？会不会是有两个假冒品？"

　　"不，她只是看到周明珠进施蓝的房间，接着里面有人吵架，然后施蓝出来，所以当时的情况很可能是她目睹到的是变装成周明珠的施蓝。施蓝进自己房间自然不需要敲门，房间里应该还有一个人，吵架的是施蓝和那个人，后来施蓝听到屋外有人，便快速擦去脸上的妆容，出了房间，她脸上的红印痕应该是用力擦抹导致的，而不是被人殴打造成的。"

　　"那那个和她吵架的女人可能也是夜枭组织的，至少她知道周明珠和施蓝是同一人，施蓝的死或许和她有关。"

　　"嗯，现在我们知道了被害人的名字，许多事都可以展开调查了。"

　　舒清扬把他们的发现向王科做了汇报，没多久小柯的联络也过来了——施蓝三十五岁，单身，没有前科，名下有栋房子，舒清扬查了下地址，居然是栋高级公寓。

　　"自己有高级公寓住，却扮成周明珠住在旧楼房里，真不知道这女人是怎么想的。"

　　"应该是为了方便进行犯罪活动，旧楼本身没有安装监控，附近监控探头也少，是个藏污纳垢的好地方，而且也没人会把有品位有教养的女性和一个普普通通的大妈联想到一起。"

　　"昨晚施蓝去赴约时没有特意变装，会不会是因为对方是同伙，不需要特意伪装？也正因为是同伙，她才会疏于防范？"

　　舒清扬没有回应，傅柏云和他在一起久了，了解他的脾气，他这反应就代表有异议，便问："哪里有问题？"

　　"没有问题，只是这不是唯一的可能，她也许是约了情人或是朋友，不管是哪一种，那个人对她来说都是非常重要的。"

　　"为什么你让大家留意附近有没有外衣？昨晚不冷，被害人的裙子和她的美甲也很搭。"

　　"可是和她的妆容不搭，女人不管是先选衣服还是先化妆，都会在意协调性，更别说像是施蓝这种对化妆特别有研究的人。你不是自诩是逃犯克星吗？那你抓逃犯时没注意到这个现象？"

"一、'逃犯克星'这词是同事们起的，不是我自诩的；二、逃犯女扮男男扮女这种的我倒是见过，不过要说化妆和衣服的协调性，这个比较主观，毕竟每个人的审美不一样，大浓妆配个破牛仔裤也是有的，所以我没把这个作为主要调查依据。"

"所以我才说这也是可能性之一，现在就看我们谁的怀疑更接近真相了。"

香料工坊到了。

它在一栋商业大楼的一楼，两人进去，发现一楼还有不少其他店铺，其中有一家美甲店。傅柏云在招牌上看到了和施蓝的美甲类似的美甲图片，他说："看来施蓝是在这家店做的，我去问一下。"

舒清扬和他分开，去了香料工坊。

工房的店铺门面装潢得非常雅致，门口挂着暂停营业的牌子。舒清扬靠近橱窗往里看，橱窗拉了帘子，从外面什么都看不到，他便掏出铁丝，直接把门打开了。

里面很暗，舒清扬首先闻到的是淡香，他找到开关按开，环视房间。

店铺外间有几个大玻璃柜，里面摆放着各种造型的香水瓶，货架上陈列着盛放香料香精的小容器，墙角是收银台，呈锁住的状态，下面的几个抽屉也是锁着的。

玻璃柜的另一边放着几张桌椅，桌上有茶具和花瓶，瓶子里的花都枯了，看起来有几天没换过水了。

这里应该是施蓝给大家讲课的地方，对面还有个房间，舒清扬推门进去，打开灯。

里面比想象中的要大，单人床、衣柜、衣架、书桌，普通家庭该有的这里都有，不过最醒目的还是镜子，半面墙壁都是镜子，既显房间大，又方便试衣服，墙上还有个放化妆品的架子，光是看化妆品的数量就能想象得出施蓝变装的效果了。

　　舒清扬打开衣柜，里面挂着式样繁多的衣服，另一边则是各种类型的帽子和皮包。他拿出一件比较土气的深色外衣，发现衣服很重，原来里面还有夹层，夹层里填充了硅胶之类的物质，穿上后就会给人臃肿感，施蓝就是靠着这种特制的衣服和化妆来塑造不同形象的。

　　书桌抽屉里也没有什么重要的东西，放的都是账本和有关调香的心得与记录，舒清扬翻了翻，没找到手机，桌上还有台笔记本电脑。他打开笔记本电脑，里面提示输入密码，他试着输了施蓝和周明珠的生日，没通过，第三次输入夜枭的生日和施蓝的生日后，顺利进去了。

　　笔记本电脑里的文档都是与香料香精相关的内容，还有一些制作香精的教学视频，舒清扬看了一圈，觉得这个店不是施蓝用来隐藏身份的，她是真的喜欢调香这份工作，假如不是认识了夜枭，她的人生大概不会与犯罪挂上钩。

　　其实不光是她，梁雯静也好，吴小梅也好，都是因为夜枭而改变了原本的人生轨道，这才是夜枭最可怕的地方。

　　舒清扬点开邮箱和QQ，里面也都是工作联络信息，他正要关掉，忽然看到一个头像是蝴蝶，他急忙点开对话框。

　　里面什么都没有，好像都删掉了，舒清扬点开蝴蝶头像，昵称叫XOFJCS，这名字和孙长军的微信号的唯一区别仅仅是把名字倒过来写而已，账号里面也什么都没有，显然是有人为了和施蓝联络特意注册了个新号，而这个人很有可能就是孙长军！

　　施蓝在半个多月前和人发生争执，孙长军则是一个多星期前出的事，这只是巧合吗？还有孙长军擅长男扮女装，会不会是他们一早就认识？孙长军的化妆技术都是从施蓝这儿学来的？

　　对面传来脚步声，打断了舒清扬的沉思，他抬起头，傅柏云走进来，扬扬手里的平板电脑。

　　"有发现！"

　　"打听到什么了？"

　　"昨天施蓝就是在那家美甲店做的指甲，这里是记录。"

　　傅柏云把要来的监控视频传去平板电脑打开，视频显示是下午两点。施蓝做美甲时穿的就是她遇害时的裙子，店员说她提到晚上有约，想搭配裙子的色调做美甲，所以店员就照她的要求做了。傅柏云还特意问了施蓝有没有穿外套，店员说没有。

　　"她有提到和谁约会吗？"

　　"没有，店主说她们不熟，平时就是遇到了打个招呼，施蓝去她们家做美甲的次数也不多，她不喜欢聊天，做美甲的时候一直玩手机，店主说有些客人是这样的，不喜欢被问私事，所以一旦客人做出这种表示，她们都会识趣不多问。"

　　舒清扬看着视频，的确，除了必要的对话外，施蓝一直都是玩手机和看杂志，做完她就付钱走了，看妆容还是挺精致的，不像遇害时那么浅。

　　"店主还跟我抱怨说施蓝特别小气，像她们这种一个楼里开店的，做赠品时都会分给大家一些，可施蓝从来没给过她们。我顺便问了另外几家店，大家也都这样说，说施蓝挺不好处的，所以她们都没有私交。"

　　"她不是不好相处，而是怕处多了会暴露身份。"

　　舒清扬看完视频，把视频转给了小柯，又通知王科带人来店铺做详细检查。傅柏云看到施蓝的电脑，惊奇地问："你怎么知道密码的？"

　　"随便试的，用了夜枭和施蓝本人的生日组合就打开了。"

　　"他们应该不是情侣吧？"

　　"不是，夜枭不会爱任何人，他只爱自己，觉得这世上除了他自己外，没人能配得上他。"

　　"不不不，还有你呢，要是他真那么想，就不会对你这么执着了。"

　　舒清扬不语，只是冷冷地瞪他。傅柏云说："我说真的，你看他对你简直都可以说是偏执了，不就是因为你比他强嘛，可就这么个恶魔，却还有人喜欢，真搞不懂施蓝是怎么想的。"

　　"如果一个人没有自信的话，她就会需要通过别人的认同来肯定自己，夜枭就是通过这种方式来诱导她们的，让这种需求变成喜欢或崇拜，施蓝是这样，梁雯静也是这样，吴小梅差一点也是了。"

"还有周洋和韩敏。"

除此之外，还有很多他们不知道的人，他们是被害人，但同时也是加害人。傅柏云想起了孙长军，说："不知道孙长军是不是拒绝了夜枭的邀请，才会出事的。"

"那家伙啊，他是自信心过剩，性子也够拧，要控制他的确不容易，你看，他和施蓝有联系。"

舒清扬把电脑推给傅柏云，傅柏云看了被删得干干净净的对话框，皱眉说："孙长军可真奇怪，感觉走到哪儿都能遇到他。"

"不是走哪都能遇到，是他在有意接近我们。"

可孙长军是出于什么目这样做的，舒清扬暂时还想不通，他曾怀疑过孙长军的行动都是出于夜枭的授意，但直觉又告诉他真相没那么简单。

也许查清了孙长军的目的，就能解开他的遇害和失踪之谜了。

第二章
身份之谜

　　技术科的同事到达后，舒清扬从店铺出来，他先去了施蓝住的高级公寓，不过没打听到什么，公寓住户基本就是老死不相往来的状态，而且施蓝深居简出，也没有收发快递的习惯，同一层的住户都对她没印象。

　　两人只好再去施蓝的父母家打听。

　　施蓝的父母住在公寓一楼，他们过去的时候，一位老人正在院子里摆弄花草，他两鬓稍微花白，腰板笔直，戴着金边眼镜，是个很有气度的老人家，桌上还放着茶具和一本翻译小说。

　　老人听说他们是警察，一开始还客客气气的，直到傅柏云提了施蓝的名字，他的脸色变了，摆摆手，很不耐烦地说："我们已经解除父女关系了，十来年都没来往了，我没那个女儿，不管她做了什么，哪怕是犯法也与我们没关系。"

　　他说完，也不听傅柏云的解释，直赶着他们走，傅柏云还想跟他沟通，他已背着手气冲冲地进去了，接着咣当一声，房门也被带上了。

　　"上了岁数，脾气还这么大啊。"傅柏云感叹道。

　　好在他以前在派出所待过，各类人见过不少，都习惯了，摸着下巴琢磨该怎么找个借口沟通。隔壁院子有人在探头探脑，却是个烫着鸡窝头的五十多岁的女人。

她看看施家，冲两人招招手让他们过去，等他们走进女人的院子后，她小声问："你们真的是警察？"

舒清扬掏出证件递过去，她马上摆手。

"哎呀呀，我就这么随口一问，你们这一脸正气一看就是真的，冒牌货肯定装不出来的……"

就在傅柏云考虑要不要打断她的废话时，她自动转到正事上。

"我刚才听你们是来问小蓝的事的？我就猜她早晚会出事，看吧……你们进来进来，别在这儿聊让人家听到，说我喜欢传闲话。"

女人把他们带进了屋子里，倒着茶又开始叨唠她退休无聊，现在帮儿子看孩子，孩子有多吵多吵，儿媳妇有多计较多计较，最后傅柏云终于忍不住了，问："为什么你说施蓝会出事？"

"难道她没出事？"

女人瞪大眼睛看过来，舒清扬不置可否，说："看来你对施家很了解啊。"

"那可不！我们做邻居几十年，有啥事不知道啊！施大夫是老中医，他老伴是老师，也算是书香门第了，小蓝又是独生女，打小可宠了。不过有时候吧，太宠孩子也不好，所以小蓝大学时就歪了，喜欢上一个有妇之夫，据说还同居了，男人还答应说等她毕业就结婚，其实就是随便说说的，后来闹得越来越大了，人家老婆带了人上门来骂，说他女儿不要脸当小三，整个小区的人都知道了。施大夫气不过，拿棒子揍小蓝，让她和那男的划清界限，要不就断绝父女关系，可小蓝也是倔，宁可断了关系也要跟着男的，这好像有十来年了吧，她还真就没再踏进这个门。父女俩都一个脾气，谁都不肯退一步。"

女人说得绘声绘色，看来她平时是真的无聊，都当评书来讲了。

舒清扬问："那后来施蓝和那个男人怎么样了？"

"听说最后还是没走到一起，后来男人一家都出国了。所以我说女孩子啊就是天真，男人有老婆孩子还有事业，干吗要全丢下再从头起步啊？

有一次我还看到小蓝和她妈妈在餐厅吃饭，看她的打扮不像是结婚生了孩子的模样。"

"她和她母亲还有联络？"

傅柏云的询问换来女人的白眼："当母亲的怎么可能真的和女儿断绝关系啊？私底下肯定常见面了，也就是瞒着施大夫而已。不过我什么都没问，那种事也不光彩，问了讨人嫌。你们要想问小蓝的事，可以找她妈妈，她妈妈应该什么都知道的。"

"听说施蓝很擅长化妆？"

"是啊，她学过美容。有些人天生就自通哪一行，她就是这样，化妆可厉害了，以前还常常帮我们化妆，后来她又去学调香。你们知道调香吗？就是做香水那类的，还说将来想做调香师，她就是学调香时认识的那男人，你们等等，我好像有照片，我找找看。"

女人说完跑去了里屋，不一会儿出来，手里拿了个大相册，她翻了翻，在其中一页停下来，指着照片里的男人说："就是他。"

照片是张合影，当中是位很有风度的老先生，余下的除了这位邻居和另一位中年女性外，其他的都是年轻人。施蓝身旁站着一个穿西装的男人，他个头颇高，长得也不错，和施蓝站在一起倒也般配。

"我记得那是个香水试用会吧，有赠品拿的，我就去了，中间这位是教调香的老师，他挺欣赏施蓝的，一直在夸她。这个男的就是出轨男，他好像是老师的什么亲戚。这个是小蓝的妈妈，当初拍照时谁能想到小蓝会跟人搞婚外恋啊。"

女人指指那位男士，又指指她身旁的中年女性，女性气质不错，个头又高，看起来比这位邻居要年轻多了，施蓝长得挺像她的。

傅柏云看了下照片日期，十年前拍的，真亏得女人一直保存着。不过因为人比较多，拍得不是太清楚，他问："就这一张？"

"是啊，这还是施大夫拍的呢，后来洗了送给我一张，也幸好给了我这一张，否则你们就看不到了，小蓝那边的照片都被她爸爸烧了，还特意跑来跟我说让我也烧掉，我这不是懒嘛，就随口应付过去了。"

女人八卦归八卦，却很热心，说完把照片取出来递给他们，说反正留着也没用，就送给他们了。舒清扬询问那男人的名字和工作，她只记得当初大家称呼他卢先生，除此之外就不清楚了，让他们直接问施太太，说施太太了解得比较多。

两人从邻居家里出来，也是凑巧，刚走到小区门口，迎面就看到一个老太太。

老人穿了条蓝色裙子，手里拿着菜篮，除了多了些白发外，和照片上的施太太差别不大，傅柏云给舒清扬使了个眼色，跑上前和她打招呼。

老人看了他们的证件，脸色马上变了，问："是不是小蓝出事了？她遇到什么麻烦了？"

就在傅柏云纠结该怎么提这件事时，舒清扬说："我们发现一具女尸，怀疑是施蓝，想麻烦你跟我们去警局做确认。"

傅柏云直接踹了舒清扬一脚，然而出乎他的意料，施太太的反应不激烈，说："已经确定是她了吗？那就去看看吧，你们等我下，我先把菜拿回家。"

她这么冷静，傅柏云反而不知道该说什么了，舒清扬给他摆摆下巴，让他去开车。

傅柏云把车开过来，舒清扬和施太太都不在，他只好又一溜小跑跑到施家，就见舒清扬站在门口，房门虚掩着，里面传来女人的痛哭声。

他看看舒清扬，舒清扬摇摇头："先等等吧。"

他们没有等很久，哭声很快就停止了，又过了一会儿，施太太走出来，施大夫跟在她身后，两人都挺冷静的，除了眼圈红了外，没有其他激烈的表现。

傅柏云请他们上了车，路上谁都不说话，车在沉默中开回了警局。

舒清滟已经接到了联络，提前在警局门口等着，看到施大夫夫妇，她带两人进去，舒清扬和傅柏云跟在后面。

到了法医室，施大夫起先没有进去，在门口踟蹰了一会儿后还是进去了。施太太站在解剖台前一个劲儿地抹泪，舒清滟询问死者是否是施蓝，她"嗯"了一声就再也说不下去了。

施大夫骂她说："有什么好哭的，这种不孝子死了就死了。"

施太太终于忍不住了，把脸埋进掌心，傅柏云看她的身体抖得厉害，担心她撑不住，扶着她去了休息室，施大夫已经离开了，舒清扬追出去，他说了句烟瘾犯了，等抽根烟再回来。

"这什么人啊？！女儿不在乎，老婆也不在乎，就只顾着面子，面子真那么重要吗？"蒋玎珰从技术科出来，看到这一幕，她忍不住吐槽。

舒清扬问："有发现吗？"

"发现就是小柯说施蓝QQ里的那个账号应该就是孙长军，孙长军很喜欢用FOX搭配字母或数字做昵称。不过小柯没法复原对话，能彻底删除数据的人不多，孙长军就是其中一个。小柯唯一能确定的是，是FOX先联络施蓝的，最后一次对话是一个多星期前，也就是梁雯静的公寓发生爆炸那天，之后所有数据都被删除，孙长军也遇害了。"

舒清扬听完，跑进技术科，小柯刚冲了杯咖啡正要喝，看到他，又把杯子放回去了，说："没法恢复就是没法恢复，你不要强人所难。"

"我要问的是为什么黑客没把施蓝QQ上的FOX账号完全删除？是技术问题吗？"

"主要还是时间问题，我猜删除对话的是孙长军本人，那天不是出了爆炸事件吗？孙长军又一直在现场，事后大概还没等他完全删除数据就被杀了，如果是其他黑客的话，应该删除得更彻底。"

"施蓝的手机联络查的怎么样？"

"还在查，资料出来我第一时间送给你。"

舒清扬从技术科出来，走进休息室，在傅柏云的安慰下，施太太的情绪已经稳定下来了，她讲了施蓝的情况，大致上与邻居说的一样。

不过施太太说施蓝离开家后性格变了很多，尤其是后来她和情人分了手，整个人就像换了个人，母女俩见面的次数也越来越少。施蓝的性子很刚硬，这一点像极了施大夫，偶尔施太太提醒女儿岁数大了，该找个人家了，她就不高兴，说自己有数，不让她管，所以她对女儿的感情生活完全不了解。

不过施蓝的事业倒是挺顺利的，据说还买了房子，不过没提是在哪里买的，也没带她去看。她有时候也觉得母女生分了，但要说施蓝不孝也不对，每次见面施蓝都会给她很多钱，逢年过节也会转钱，感觉女儿只是不希望私生活被干涉，所以后来她也想开了，凡事都不多问。

傅柏云给施太太看了施蓝的一些变装，施太太完全认不出那是她女儿，也没有见过她那些变装的形象，可见施蓝隐藏得很好，施太太既不知道她的朋友圈，也不了解她的犯罪行为。

舒清扬听到这里，插了一句，问："你用的香水是她送的吗？"

"是啊，都是小样，她说是新调制的，我觉得不错，就要了一个。"

施太太翻了翻皮包，拿出一个类似唇膏的东西。

舒清扬接过来旋开，里面是固体的，他嗅嗅，属于青草的淡香拂来，独特而又熟悉，某些深藏的记忆陡然涌上脑海，他一个没拿住，固体香精落到了地上。

他说了句对不起，趁着弯腰捡东西掩饰了失态，傅柏云看了他一眼，问施太太："这就是香水？"

"是固体香精，我女儿说最近挺流行的，因为方便携带，平时想起来就往手腕或是耳后啊颈部抹一点……"说到这里，施太太的声音又哽咽了，"其实我不喜欢用这些的，不过每次小蓝看到我用都很开心，我就用了，我女儿……我女儿……怎么好好的就没了……"

舒清扬起身倒了杯水，放到老人面前，她没碰水杯，只是道了谢。舒清扬问："能说下以前和施蓝交往的人吗？比如那个姓卢的。"

施太太全身一震，马上问："卢江明？小蓝的死与他有关系？"

"只是例行询问，所有相关细节我们都要问到。"

"你这么一说，我想起来了，前几天我们去吃饭，小蓝跟我说姓卢的回国了，两人不知道怎么又遇上了，卢江明还请她吃饭，又买了好多东西给她。这话是小蓝主动提起的，我当时还挺惊讶的，还担心小蓝重蹈覆辙，但她说以前的事都过去了，她现在对那个男人一点兴趣都没有，不过对他的钱有兴趣，所以她在考虑和卢江明合作。"

傅柏云问："你没有劝她？"

"没有，她的脾气我太了解了，决定的事九头牛都拉不回来，再说卢江明私生活不检点归不检点，他做事还是不错的，当初在调香方面教了小蓝不少，我就想看看再说……是卢江明杀了她吗？我要是早知道这样，我、我……"

因为激动，施太太咳嗽起来，傅柏云忙说："您别急，这个案子还在调查中，我们要问到所有相关人员，你知道卢江明的住址吗？"

"不知道，小蓝没说，随便提了一下就把话带过去了，我也就没多问。"

舒清扬拿出从邻居那儿拿到的照片给她看，她伸手摩挲着，眼神迷蒙，沉浸在了往事的追忆中，好半天才说："这么久的照片还保存着啊，那时候小蓝还那么年轻，我们拍了很多，可惜后来都被她爸烧了，唉……"

舒清扬问："这些人都是学调香的？"

"是啊，都是学员，我记得小蓝说过老师是国际一流的调香师，卢江明是他的表侄子。小蓝说卢江明对她很关照，我当时还挺开心的，后来才想到卢江明是别有用心才会对她好的。"

"施蓝和这些学员还有联系吗？"

"不知道，聚会我就去过那么一次，连他们的名字都叫不上来……那件事闹得太丢脸，就算有联系她也不会跟我提的。"

"施蓝现在有没有男朋友？"

"我问过，她说有好几个人追她，但有没有谈我就不清楚了。"

问得差不多了，舒清扬向施太太道了谢，又说："这个香精可以截一段给我们吗？方便我们做调查。"

"都给你吧，反正我家里还有，今后没人称赞了，我也不会用了。"

施太太把香精推给他，站起身要离开，走了两步又停下，说："小蓝上次跟我提过一个人，有个比她小很多的男人追她，好像还是学生，追得特别执着，她就开玩笑说看到他就像看到了当年的自己，大概也只有二十几岁的人还相信爱情……这个对你们查案有没有帮助啊？"

"她有没有提那个男人的名字？"

"没有，不过她平时从来不提感情的事，所以我记得特别深。"

傅柏云送施太太出去，施大夫还没回来，他便直接送她去车上。

舒清扬去了吸烟区，施大夫不在那儿。他顺着走廊去了楼梯那边，推门走出去，就听到压抑的声音从下面传来。施大夫坐在楼下某一层的阶梯上，头垂在膝盖上，努力控制着不哭出声。

舒清扬没有去打扰他，直到哭声慢慢停下来，他才用力咳嗽，加重脚步走下去。

施大夫马上站了起来，等他走近后，拍拍口袋，说："没找到卖烟的地方。"

"我同事送你太太回车上了，一起走吧。"

舒清扬从口袋掏出烟自己叼了一根，又抽出一根递给施大夫，施大夫犹豫了一下，接了过去。

舒清扬帮他点着了火："这里不许吸烟，咱们得偷偷来。"

"你们警察也干这种事啊。"

"都不是圣人，偶尔一两次没关系。"

舒清扬带施大夫下楼，一路上谁都没说话，来到停车场，舒清扬把自己的名片递给他，说："如果你想到了什么，请随时联络我们。"

施大夫本来接了名片，听了这话，他脸色变了。舒清扬又说："这是你最后一次帮她了。"

"给人当小三，败坏家风，我和她妈的脸都被她丢尽了，她出了事也是自作自受，跟我们一点关系都没有！"

施大夫气冲冲地说完，大踏步去了车上，那张名片他也没要，从窗口丢了出来。

不一会儿，傅柏云回来了，他把送施家夫妇回去的事拜托给了同事，看舒清扬还在那儿抽烟，说："给你三秒钟灭了它，否则我告诉王科。"

"啧。"

"告诉舒法医。"

这次舒清扬什么都没说，把烟掐灭了。傅柏云呵呵笑道："看来比起领导，你更怕你妹妹啊。"

"你早晚也会领教到的。"

"我不怕，我又不抽烟又不喝酒又不会乱刺激人，"傅柏云把捡到的名片还给舒清扬，"施大夫被你弄火了，一上车就骂他老婆，老太太也真为难，又要顾及老公的情绪，又心疼女儿过世，唉，真不知道施大夫是怎么想的，人都没了还耿耿于怀，怎么就这么倔呢。"

"为人父母的，到底是恨还是爱，只有他们自己心里最清楚。"

舒清扬刚说完，耳机里传来王玖打来的电话声，他说他们跟现场附近的居民都打听遍了，没人认识施蓝，也没有人见过她，不过他们在去张建成家询问时发现了新线索。

张建成的妻子曾去香料工坊学习过，还买过制作调香的教学视频，视频里的老师就是施蓝，她几乎全程没露脸，只有结尾的地方晃过了几个镜头。王玖怀疑张建成是在妻子看视频时瞄了几眼，所以才会对施蓝感觉眼熟。

最后王玖说再接着去调查施蓝的关系网，结束通话，舒清扬没有马上回办公室，而是靠着墙，重新看调香成员的合照。

傅柏云觉得他有点心不在焉，提醒说："从我们目前掌握到的线索来看，施蓝和梁雯静一样是夜枭犯罪组织的成员，甚至可以说是主干，而她的遇害刚好又是在夜枭和梁雯静等人藏匿之后，所以我们有充分的理由怀疑她的死与夜枭有关。"

舒清扬没抬头，随口问："她被杀的原因？"

"这个还要细查。最大的可能就是她想脱离组织，但她知道得太多了，夜枭不肯放过她。孙长军会联络她很有可能是想打听夜枭的事，可惜最后暴露了，所以先是孙长军出事，接着是施蓝，这样就能解释夜枭在孙家留下 Fiend 的用意了，他不仅在向你宣战，还在挑衅你。"

"孙长军是黑客，他想打听夜枭，有的是办法，为什么要冒险联络身为夜枭心腹的施蓝？而且他为什么要打听夜枭，如果他对犯罪组织有兴趣，直接联络夜枭就行了，他们又不是没合作过。"

这个问题傅柏云解释不出来了，便反问道："为什么你一直问十年前的事？放着眼前一大堆线索不查，却去关心一张旧照片里的人，你不觉得本末倒置了吗？"

舒清扬抬起头，表情有些纠结："因为那个香水，那个死后身边围满蝴蝶的少女，她身上也有着相同的香气。"

"前不久你还说孙家凶案现场有类似的气味，现在又说十年前的案子里也有，你确定香气都是一样的？"

其实傅柏云更想问的是那是不是舒清扬的幻觉。孙家凶案现场也就罢了，十年前舒清扬还是高中生，为什么他会知道被害少女用了什么样的香水？

舒清扬看着他，表情越发纠结了，没有回答他的疑问，说了句有事要做就掉头跑回了大楼。

他一口气跑到档案室，填写好登记，进去顺着时间查找，很快就找到了当年的案卷资料。

案子的被害人叫胡小雨，遇害时刚过十七岁生日没多久。她是个问题少女，父亲早年和别的女人私奔了，她跟着母亲过，在初中时认识了一些不良青年，有盗窃前科。

案发当晚，她和三个男性朋友在废弃的小木屋嗑药，药性发作后，朋友们企图强暴她，为了不让她反抗，其中两人掐住她的脖子，另一人持刀威胁，却在争执中误杀了她。

命案发生后，三人逃离现场，第二天有两人在父母的陪同下投案自首，警方根据他们提供的证词，很快就抓到了持刀杀人的那个，也就是主犯陈永。

陈永起先否认杀人，在听了同伴的供词后又改了口，说当时嗑了药，记不清了，他甚至记不得凶器匕首丢去了哪里，他只坚持说那匕首是胡小雨带来的，随手丢在了桌上，所以他也是顺手拿来想吓唬下胡小雨的，没有杀人意图。

案件本身没有很复杂，唯一离奇的是女尸被发现时身边围满了燕尾蝶，女尸身上和指甲里也有燕尾蝶的磷粉。法医做出的解释是被害人当天喷过香水，刚好那个香水的气味和某些花香相似，再加上周围有不少野花，导致了燕尾蝶的靠近，蝴蝶磷粉也是那时候蹭上去的，所以当时大家都称之为"蝴蝶疑案"。

　　舒清扬曾在被害人生前和她接触过，他在听说了案子后跑去提供证词，说胡小雨提到过有人要害她，但那时警方已经控制了其中两位嫌疑人，通过他们的证词证明胡小雨并没有遇到危险，她只是和不良少年凑在一起嗑药而已。

　　至于为什么她要对舒清扬撒谎，当时负责这个案子的警察说可能是嗑药造成的，而且像这种不良少女常常谎话连篇，根本不可信。

　　具体的调查过程当时作为局外人的舒清扬无从得知，他只知道主犯陈永被判了五年，另外两个是三年，三人都没有上诉。可舒清扬始终无法接受这个结果，他总觉得那晚胡小雨还有话要说的，却因为某些原因临时放弃了，然而这些都是他的感觉，单靠感觉来做判断，别说其他人了，连他自己都无法说服自己。

　　现在一晃十年过去了，原本的被害人早已入土为安，加害人也受到了应有的惩罚，对舒清扬来说胡小雨的案子早就结案存档，直到他闻到了相同的香气，曾经的记忆便如同破闸洪流，一股脑都涌上了心头。

　　那香味实在是太独特了，所以哪怕过去了那么多年，他依旧记忆犹新。

　　舒清扬一边回忆和胡小雨的偶遇，一边仔细阅读卷宗，在看到现场勘查记录时，他的目光定住了。

　　蝴蝶案虽然破了，但其中有几处还有存疑，一是鉴证人员在胡小雨的致命伤周围和掌心以及指甲里发现部分红色颜料，但三个加害者都说不知道那是什么；二是加害者他们是在屋内行凶的，然而死者却倒在木屋外的地上，后来陈永又把这一切都推到了嗑药上，这也成了最合理的解释，毕竟嗑药者的行为无法用常理来判断。

　　"救救我！有人要害我，救救我！"

　　耳边突然传来女孩子的叫声，舒清扬心头猛跳，似乎有种错觉，胳膊在幻听响起的同时被人用力攥住了，就像十年前那样，攥得那么紧那么真实。

　　他不敢动，生怕错失突如其来的灵感，闭眼用意念问道："告诉我，究竟是谁要害你？"

"我做错了事，我是坏人……可我不想死，我不想害人……"

"你做错了什么事？"舒清扬又问，却没有回声。

他不甘心，继续追问，耳畔依旧一片寂静，直到脚步声传来，他睁开眼，是傅柏云来了，就站在桌子对面。

傅柏云一看舒清扬的表情就知道怎么回事了，问："又是夜枭的幻听？"

"不是。"

"那是谁？"

舒清扬不答反问："你怎么知道我在这里？"

"你为什么要问搭档这么蠢的问题？"

舒清扬不说话了，低头看卷宗。傅柏云在他对面坐下，说："我想了想，觉得你说得也有道理，如果施蓝有心脱离组织，至少不会把电脑密码还设置成夜枭的名字。"

"但是你的分析也说得通，所以你不用因为我妹妹才妥协来配合我，我做事公私分明，不会像某人一样乱打小报告的。"

"你知道你这人最讨人厌的地方是哪儿吗？"

"愿闻其详。"

"看到有人来配合你了，你心里不知道有多高兴，却还跟我装大尾巴狼。舒清扬，你以为我是头一天认识你吗？"

舒清扬重新抬起头，傅柏云又说："就像我擅长记忆人的长相一样，你也有你擅长的地方，就比如说在嗅觉方面，反正施蓝的关系网有王玖他们在查，我就来配合你查查其他线索。"

"好吧，你说对了。"

"那是，要不怎么做你的搭档？"

"我是说第二句你说对了——人的嗅觉记忆在人的五感中是最独特的，嗅觉神经不像其他感知那样要经过大脑的认知层面进行分析，再判断是否连入长期记忆模块，而是在感知的同时直接连接了大脑的记忆模块，所以有句话说嗅觉记忆是人的五感当中最古老最精密也是最恒久的记忆，反过来也可以说我们是通过嗅觉来进行记忆的。"

舒清扬侃侃一番话说完，稍许沉默后，傅柏云问："你在强调你的嗅觉记忆没有出错吗？"

"不，我只是解释人类嗅觉功能的高深之处，但不代表我个人也有这么高深的能力，所以我需要更多的资料来证明我的判断。"

"不管怎么说，你都很厉害，我还以为我在跟杨宣聊天呢，你懂得这么多，还挺会忽悠人的，真该去当心理医生。"

"我早就说过了，我讨厌心理医生。"

"作为一名警察，我们不该存在偏见。"

舒清扬瞪过来，傅柏云及时改问："那你刚才幻听到了什么？"

"胡小雨的声音，就是之前我跟你提到的那个案子。"

舒清扬把卷宗推给傅柏云，又说了自己当年的经历。

傅柏云仔细看完卷宗，抬起头看向他。

"你查过很多大案，应该知道很多案子虽然结案了，但还是会留下谜团。死者脖子上的指纹和指甲里的纤维物质都确定是这三个嗑药的人了，凶手是他们毋庸置疑。"

"我知道，就是今早做的梦与真相稍有不同，让我比较在意，大概我以前没看过卷宗，一直以为死者脖子上的勒痕是发带留下的。"

"从心理学角度来分析，这是你的潜意识在提醒你关注案件……等等，你怎么会做梦梦到十年前的事？"

"不知道，好像去过孙长军的命案现场后，我就想起了胡小雨的案子。可能跟孙长军提到'蝴蝶'这个词有关，也可能是孙长军的现场有相同的气味，只是当时血腥气太浓，我忽略了，所以大脑在一直提醒我记起来，直到今天我再一次在现场闻到。"

这个解释连舒清扬自己也觉得难以信服，自嘲说："大概真是我想多了吧。"

"也不能说想多了，毕竟还是有谜团的嘛，至少死者手上的红颜料是哪来的，到最后也没找到答案，当时负责勘查现场的是……啊，居然是老胡！"

说到老胡，在之前的某个案子中，傅柏云和他打过交道，他是个非常有经验的鉴证专家。看调查结果他写的是原因不明，后来因为凶手的投案自首，再加上红颜料和案子本身关系不大，办案人员就没有再针对这一点继续调查。

"也许我们可以跟老胡打听下当时的情况。"他提议道。

"我也是这样想的，不过这只是单纯的直觉，在没有更确切的证据之前，施蓝的案子我们还是以调查她身边的人为主。"

"那胡小雨的幻听都说了什么？"

舒清扬重复了那段话，又说："后来我问她做错了什么事，她就没回应了。"

"因为你自己也不知道，当然就没法回应了，毕竟所谓的幻听就是你自己的想法啊。"

傅柏云随口一说，可这句无心之言让舒清扬一怔，不由地想，他潜意识地认为胡小雨做错事，那件事是指她嗑药还是指她撒谎骗自己？是不是她不想害人，所以才临时改变计划跑走了，那么她原本的计划是要害谁呢？

傍晚，尸检结果出来了，死因是失血过多，被害人身中两刀，凶手先是一刀从后背刺入肺部，刺穿了肺动脉，在死者跟跄时又上前补了第二刀，刺入被害人的左胸，凶器为 20 厘米长的匕首，勘查人员没有在现场找到凶器，推测是凶手行凶后带走了。

凶手的身高在 175 厘米左右，从下手力度来看，男性的可能性比较大，对人体结构有一定的了解，下手残忍狠毒，再加上凶案后下过阵雨，现场破坏严重，增加了调查难度。

舒清扬看完尸检报告，眉头皱了起来："被害人有过生育史？"

舒清滟点头："是的，不过从被害人的身体恢复状况来看，生育是多年前的事。"

傅柏云说："奇怪，这一点施大夫夫妇都没提过，施蓝身边也没有关于小孩的情报。"

"我只是根据我的发现写下报告，具体是怎么回事就要你们来调查了。"

除了这个意外发现外，舒清滟还在死者指甲里找到了少量的聚酯纤维，也就是俗称的涤纶，这与蒋玎珰在现场找到的水钻上的丝线成分一样。

马超起先怀疑这是被害人在挣扎中从凶手身上扯下来的，这个可能性被舒清滟否决了，她说被害人背后被匕首贯穿，大量失血，没有力量挣扎或反抗，所以指甲里的纤维成分应该是被害人自己衣服上的。

大家对比了美甲店提供的监控录像以及施蓝在其他地方被拍摄下的视频，发现最早她穿的是花裙，晚上七点多在经过某个路口时身上多了件浅棕色风衣，衣服的颜色和证物丝线的颜色相符，也间接证明了舒清滟的推断。

舒清滟还根据舒清扬的建议着重检查了死者的颈部和手腕内侧部分，果然发现橄榄油、蜂蜡、矿脂等物质，这些都是制作固体香精的基本成分，至于其中采用了哪些香料，还待做详细的化验分析。

看完尸检报告，大家的重点最后都放在了那件风衣上。

蒋玎珰说："如果风衣是被害人为了约会特意买的，那应该没有可以指证凶手的地方，为什么凶手还要冒险拿走它？"

王玖回道："可能凶手要拿走被害人的皮包，一个大男人拿女性的东西太显眼，所以把风衣当作遮掩的道具。"

监控视频里的施蓝拿的是个二十厘米大小的白色皮包，马超感叹地说："可惜拍到她的视频不多，她好像对探头非常介意，总是可以巧妙地避开探头来行动，简直可以说是天生的犯罪者。"

蒋玎珰说："所以她才很少去高级公寓住啊，而是常常待在又小又旧的破公寓里，赚那么多钱又不能享用，真不知道她都图了什么……你们问得怎么样？"

"不怎么样，现场附近的居民都对她没印象，大家都说那边太偏僻，到了晚上没人会过去，凉亭是很久以前建的，一开始热闹了一阵子，后来发生了抢劫事件，就荒凉了，不是当地人还真不知道那边有凉亭呢。"

马超说完，王科说："所以施蓝对那片是熟悉的，至少和她见面的人对那一带很熟。"

"那应该就不是卢江明了，卢江明这几年一直在国外。"

听了傅柏云的话，王玖说："我们去卢江明的公司打听过了，他的公司主要做香料香精出口的，严格地说，其实是他小舅子的公司，他就是投股做了个挂名老板而已。秘书说他一个月前回来了，不过就算他回国也很少进公司，这边都是交给小舅子打理的，所以我们没堵得到他。"

他说完，马超补充道："主要是老婆娘家厉害，所以当年卢江明也不敢为了施蓝离婚。我们问卢江明现在住在哪儿，秘书也不知道，只提供了手机号。看她的反应，那家伙大概是在哪儿花天酒地吧。"

正说着，小柯的资料传了过来，说没有在施蓝的手提电脑里找到有用的情报，唯一可以确定的是 FOX 的账号就是孙长军的，只可惜对话内容删除得太彻底，无法复原。

小柯还对施蓝半年内的手机通话履历做了数据分析，把有问题的手机号依次列了出来，其中大部分都已销号，剩下的四个分别是孙长军和卢江明、一个公用电话，还有一个的手机户主叫常江。

孙长军一共联络过五次，都集中在他遇害的一个月前；卢江明是三次，最早的一次是两个星期前，最后一次是昨天早上；公用电话三次，分别是一个星期一次，来电时间有早上的也有晚上的。

另外常江的手机来电比较奇特，最早是三个多月前，前期打得比较频繁，中期次数越来越少，到了这个月，只有三次，感觉像是恋人之间的交往，由热情到冷淡，最终分手。

舒清扬看了常江的资料，他是本市人，研究生在读，没有前科，与父母同住，家庭住址离凶案现场颇远。照片里的他是个戴着眼镜、文质彬彬的瘦弱青年，看气质与犯罪一点都不沾边，不过有关常江的具体情况还要去学校询问。

蒋玎珰自动请缨："这条线我来追吧，我有种预感，他一定很有问题。"

傅柏云问："为什么？"

"因为越是看着人畜无害的人就越有问题，尤其是戴眼镜的，通常都是斯文败类型的。"

王玖托了托眼镜咳嗽了两声，蒋玎珰嘎巴嘎巴地嚼饼干，权当没听到。

到了晚饭时间，王科把饭盒推给大家，说："从施蓝的工作性质来看，客人用公用电话联络她倒也说得过去，不过不能排除意外，王玖和马超你们负责调查这条线还有施蓝的关系网，柏云你负责卢江明，清扬你……"

他看向舒清扬，目光又转向他眼前的卷宗，舒清扬说："我刚翻到一个旧案，被害人死后身边也是围绕着很多燕尾蝶，不过我还不确定跟施蓝的案子有没有关系。"

"是什么案子啊？"蒋玎珰问道。

大家都好奇地凑过来，舒清扬简单说了胡小雨一案，王科说："这案子我有印象，一开始传得很玄乎，实际上只是嗑药导致的杀人，不过既然清扬你觉得香气相同，那就查查看吧，也许从香料方面入手调查，可以查到什么线索呢。"

饭后，大家分头行动，傅柏云先是打电话给施太太，婉转询问施蓝是否提过有关孩子的话题，施太太说从来没有，还说她不喜欢小孩，出去吃饭听到孩子的吵闹声就会很烦躁。

傅柏云接着又仔细看了卢江明的资料。

卢江明和施蓝分手后，一开始几年是国外国内两边跑，后来国外的公司业绩上来了，他就几乎都待在国外了。虽然他的工作与调香有关，却不怎么混调香圈，和施蓝应该也没有再联络，这次不知道为什么两人会搭上线。傅柏云看着资料，心想施蓝昨天穿着华丽，又特意做了美甲，难道是去跟他约会？

他正琢磨着呢，一抬头，就见舒清扬出去了，他急忙合上资料跟上，问："去哪儿？"

"去孙长军家看看，你……"

舒清扬本想说他只是去转悠下，不用特意跟，但是看了傅柏云那积极劲儿，他临时改为："一起来吧。"

第三章
情人与香水

孙长军的家还保持案发时的状态，相关物品都被收走了，显得比较空，现场虽然做了清理，但依然可以闻到怪异的气味。傅柏云忍着不适嗅了几下，始终嗅不到舒清扬提到的味

舒清扬沿着走廊来到客厅，站在客厅当中凝视现场，他把所有在意的地方都重新看了一遍后，又依次查看了卧室和浴室，每个角落他都仔细检查过了，然而既没有找到香料，也没有发现放置香料的地方。

傅柏云没打扰他，直到他都看完了，才说："孙长军和施蓝这两个人不管是年纪、嗜好还有工作都完全没有交集，除了夜枭这一点，我猜孙长军通过某些调查查到了施蓝这里，他查到的情报要比我们想象的多得多，所以夜枭才不得不杀人灭口。"

"那孙长军调查夜枭的理由呢？他讨厌警察，不可能是为了帮我们，他帮过我们只是为了给自己提供便利，可是要说他想加入夜枭的犯罪集团，我又觉得他没有那么坏，会不会他一开始的目标就不是夜枭，而是施蓝？"

傅柏云有些惊讶，舒清扬看到他的反应，说："可能是我想多了。"

"不，我相信你的判断，我个人也觉得孙长军只是有点偏激别扭，但

骨子里不坏……你能嗅到香气吗？"

"嗅不到，都过了这么久了，我又不是警犬。"

舒清扬刚说完，目光落在了沙发上。

沙发上的血迹已经干了，透着暗褐色，他想到了某个可能性，快步走过去，低头用力嗅血渍，叫道："这里有香味！"

傅柏云凑过去嗅了嗅，除了血渍气外似乎是有其他气味，但要说是不是香气，那就有点微妙了。他问："是和施蓝或是胡小雨身上相同的香水味？"

舒清扬有些纠结，想了想说："我不敢打包票。"

"但至少我们确定沙发上曾被蹭过某种香料，之后才溅上了血，导致血液盖住了香料，还盖住了香气，就是不知道现在再重新做勘查，还能不能检测出来。"

"如果我早一点留意到就好了，不管怎么说，先让技术科的同事来试试看吧。"

两人从孙长军的家出来，开车离开的时候，傅柏云又重新打量周围的环境，说："还是那句老话，夜枭到底有多神通广大，可以把一具尸体完整地转移销毁，不留一点痕迹？"

舒清扬的眼睛一直盯着手机，也不说话，傅柏云知道他在在意这次的失误，便改问："回局里吗？"

"不，去施蓝买风衣的那家商场。"

舒清扬根据小柯提供的情报说了地址，傅柏云开车过去，路上小柯又传了几张照片过来，说找到了一些施蓝被拍到的视频，舒清扬看了探头所在的地址，离商场有四站路，再看周围的地图，附近有一家华立达连锁酒店。

他对傅柏云说："回头再去这家酒店，施蓝很有可能是去酒店和卢江明约会。"

"和一个当初抛弃自己的男人去酒店约会？施蓝对施太太说只是谈合作的事，会不会是借口，实际上她是想利用美人计设计卢江明，捞他的钱？"

"很有可能，今天的施蓝不再是多年前的她了，至少她懂得欲擒故纵，所以都是卢江明单方面打电话联络她，等吊足了胃口就可以由她予取予求了，说起来这也是另一种形式的报复。"

"不过也许她对卢江明还有些感情，否则以她对监控探头的在意，怎么会那么不注意被拍到？女人的心思啊，真的很难用道理讲得通。"

舒清扬瞥了傅柏云一眼，表情似笑非笑，傅柏云问："怎么？我又哪里说错了？"

"你忽略了另一种可能。"

"什么可能？"

"我先不说，等找到了证据再告诉你。"

"等有了证据还用得着你说？"

傅柏云吐着槽把车一路开到了商场。

到了晚上，商场里顾客不多，施蓝买衣服的专柜靠近商场大门，里面只有一名店员当班，舒清扬报了身份，拿出施蓝的照片向她了解情况。

她看了照片，马上就想起来了。

"她是新客人，头一次来，好像赶时间，进来也没逛，直接问有没有比较素的外衣，我就帮她找了那件风衣，她试了下就买了，我问要不要加我们的会员，可以享受打折优惠，她说不用了，直接穿了风衣就走了。"

"她没继续逛？"

"没有，我看着她走出商场的，所以才说她应该是在赶时间，其实我觉得她的裙子很配她的妆和气质，天又不冷，没必要穿外套，不过客人喜欢花钱，我也不能拦着啊。"

"她的妆很浓？"

"应该说是精致吧，一看就是很懂得化妆和打扮的人。"

等舒清扬问完情况，傅柏云也要来了商场的监控，施蓝进出商场的部分都被拍到了，和店员说的没有出入，镜头里无法确认她的妆有多精致，但至少不像她被杀时那么浅淡。

"她好像是为了迎合约会对象的喜好，临时加了素雅的外衣，并且换了妆容。"看着视频，傅柏云说。

"去酒店问问看。"

两人来到华立达酒店，前台小姐对卢江明和施蓝都没印象，查了资料后说他们没有来入住过。傅柏云想他们可能是用了别人的身份证，正要跟前台交涉调取监控，舒清扬拐了下他的胳膊，示意他看电梯那边。

一男一女从电梯出来，女的把手拐在男的胳膊上，态度亲昵，一看就是情侣关系，不过两人相差了十几岁，男的四十多了，蓄着小胡子，身材在他这个年纪来看算是保养得挺不错了，正是卢江明。

"真够巧的啊。"

这么巧地遇到当事人，傅柏云都觉得实在是太幸运了，给舒清扬使了个眼色，快步上前拦住卢江明。

听两人自报家门，卢江明先是吃惊，继而紧张，结结巴巴地说："我是本分生意人，你们、你们是不是找错人了？"

"本分生意人需要伪造身份证住宾馆吗？"

"不是伪造的，是我朋友的……"

卢江明说漏嘴了，一脸恨不得咬下舌头的表情，年轻女孩一看不对劲，指着卢江明问傅柏云。

"他是不是骗子？还说自己是大老板，说让我做他们家模特儿，原来都是假的……骗子！你这个骗子！"

她气急了，拿起包去打卢江明，被傅柏云及时拉住了。

不等傅柏云询问，女孩就自己一股脑都说了。她是模特儿，和卢江明是一周前在一次广告宣传会上认识的，卢江明对她十分殷勤，花钱也特别大方，女孩听说他现在离婚单身，就动了心思，觉得不妨交往下。

卢江明在旁边听着，脸一阵红一阵白，傅柏云揶揄道："几年前你就说离婚，总算是离成了？"

"我是没离婚，可其他的我都没说谎，小美你相信我，我是氤氲之香的老板，我们公司的确需要模特儿……"

"滚吧你！"

小美又一皮包甩在卢江明身上，掉头就走，傅柏云追上去，说正在调查一起案件，请她配合，她才不情愿地留下了。

卢江明带他们去了客房，那是一个豪华小套间，看来对交往对象，他还是挺舍得花钱的。对于自己的行为他不敢隐瞒，趁着小美去洗手间补妆，急忙都交代了。

他每次回国，在需要订房时，都是用国内好友的身份证，这样万一做"坏事"，也不担心被老婆捉包，不过他没有骗钱骗色，相反的他还花了不少钱在小美身上，而且交往这种事都是你情我愿。

正喋喋不休时，小美回来了，卢江明赶忙闭了嘴，傅柏云也不耐烦看他演戏，冷冷地问："以前你也是用这种方式骗施蓝的吗？"

卢江明一脸惊讶，看起来还不知道施蓝出事了，问："这关施蓝什么事？难道是她报警的？难怪了……难怪昨天都聊得好好的，她突然要离开。"

"请说一下具体情况。"

"她到底怎么了？她是不是诬陷我什么？警官，我就是用别人的身份证订房间而已，应该不算太违法吧，除此之外我真的什么都没做！"

在不算长的接触中，舒清扬已经确定了卢江明这个人好色并且有点神经质，完全没有身为一个公司决断人的胆色，难怪他一直是个挂名老板，离开老婆娘家的扶持，他还真什么都不是。

为了不拖延调查，舒清扬说了施蓝遇害的事，卢江明听完，整张脸都白了，开始反复诉说自己的清白。傅柏云听不下去了，直接打断他，让他讲述和施蓝的接触情况，越详细越好。

卢江明跑去倒了杯酒，他喝着酒，总算是镇定下来了，说他和施蓝是两个月前在机场偶然遇到的，八年不见，施蓝的变化太大了，跟当年相比，简直就是脱胎换骨的蜕变，他一开始都没认出来，还好他做制香这行的，留意到施蓝身上的香气很特别，进而发现她竟然是自己以前的情人。

他主动上前跟施蓝打了招呼，施蓝起初很惊讶，好像还有点抗拒，不过还是跟他交换了联络方式，所以之后他回国，就第一时间联络了施蓝。

他们见了几次面，施蓝一开始挺冷淡的，后来又主动约他，给他的感觉有点若即若离忽冷忽热，他就想女人成熟了大概都是这个样子，他喜欢以前单纯的施蓝，但现在的施蓝也让他着迷，所以昨天他终于忍不住邀请施蓝来宾馆，施蓝同意了。

小美听到这里，气得指着他叫道："你这骗子，你还说是为了我订的房间，原来你还想一脚踏两船啊！"

舒清扬制止了她，问卢江明："她几点来的？"

"三点左右吧，我们约了喝下午茶，所以先在宾馆底下的咖啡厅坐，都是在聊调香方面的话题。以前的事我没提，怕她不开心，后来我带她来客房，她挺配合的，进来后气氛特别好，我还以为水到渠成了，谁知衣服都脱了，她手机响了，她起来看手机，马上就变了脸，说今晚有事，要和我另外约，我就眼睁睁看着到手的鸭子飞了。"

小美气得眉头都挑起来了，忍不住又要骂，看看舒清扬，把话咽了回去。

舒清扬询问施蓝当时的衣着和妆容，卢江明的描述和监控拍的一样，那时她还没有穿风衣，他又问之后卢江明做了什么，卢江明看看对面的小美，不敢说话。

舒清扬明白了，问："你又改为约这位小姐？"

"是啊，我想反正也没事，就约了小美出去吃饭，之后我们一直在一起，在……在外面打野战，半夜才回宾馆，你们问她，她可以作证。"卢江明指着小美说。

小美柳眉倒竖，大声说："没有！我们就吃了个饭，其他的我什么都不知道！"

"小美你别这样，就算我骗了你，你也不能撒谎啊，会害死我的！"

卢江明都快哭了，舒清扬对小美说："我们在查杀人案，你的证词如果影响到我们的调查，是要承担刑事责任的。"

小美一听这话，怕了，嘟囔说："是跟他在一起，他打电话给我，说订了烛光晚餐，还送了我这个。"

她拉出颈上的珍珠项链，又调出手机的通话记录给舒清扬看。

舒清扬靠近她时，闻到了熟悉的香气，他神思一恍，雨夜中胡小雨的脸庞在他眼前飞速闪过，直到傅柏云碰碰他，他才回过神，想到在楼下时小美身上的脂粉香不是这个，问："你补香水了？"

"你鼻子真尖啊，我就擦了一点点在脖子上，"小美摸摸后颈，说，"是他送的，说是专门为我一个人做的。"

她翻了翻皮包，掏出一个便携装小瓶。

瓶口是滚珠式的，舒清扬嗅了嗅，气味跟施蓝遇害时涂的固体香精很像，他看向卢江明，小美倒是挺聪明的，马上明白过来了，冲卢江明叫道："哦我知道了，这根本不是专门做给我的，我是捡人家的破烂货对吧？你这个骗子！"

她扬起手就要把香水瓶掷给卢江明，舒清扬拦住了，问："可以给我做证物吗？"

"送给你了，什么玩意儿，恶心！"

小美骂归骂，提供的证词跟卢江明的相符——她接了卢江明的电话，来宾馆玩了一轮，接着出去吃饭，饭后路过一个偏僻的小树林，又打了轮野战，时间是九点多，事后就开车回宾馆了。他们打野战的地方离凶案现场正好是相反的方向，所以卢江明的嫌疑暂时解除了。

舒清扬又问卢江明施蓝和他在一起时是否怀孕过，卢江明说有过，第一次发现后打掉了，所以之后那次施蓝死活要留下，在施蓝的坚持下孩子出生了，可惜没多久就夭折了。施蓝因此颓废了很长时间，他们的关系也开始恶化，后来勉强撑了一年，最后还是分手了。

"不是分手，是你单方面甩了她吧？"傅柏云讥讽道。

"她变得神经质，整天说对不起孩子什么的，是个人都会烦啊。"

卢江明说得振振有词，舒清扬忍着对他的鄙视，向他询问香水配方，他拿起笔，想都不想就写了一大串，看来他在制香方面还是有点水准的，当年施蓝那么迷恋他大概也有这方面的原因。

傅柏云问："做一瓶香水需要这么多材料？"

"这不算多，才三十多种而已，我这只是写了最基本的，太多我也记不住，你们需要的话，我回头找来给你们。"

舒清扬给了自己的微信，说："请放心，我们只作为调查使用，不会把配方流出去的。"

"没事，这个我就是自个儿做着玩玩的，不出成品。"

卢江明写好配方给了舒清扬，舒清扬临走时提醒他们短时间内不要离开本市，有情况会随时联络他们，两人唯唯诺诺地应了。卢江明犹豫了一下，打量着舒清扬的脸色，说："我觉得你们该查查她现在的男朋友。"

"她跟你说她有男朋友吗？"

"没有，不过昨天我看她看手机时的表情，肯定是有的，而且她还整容了，她本来就挺漂亮的，要不是为了悦己者容，没必要整啊。"

"这又是你看出来的？"

卢江明一脸干笑不说话，小美则是一脸愤慨，场面看着挺滑稽。

舒清扬从客房出来，房门刚关上，里面就传来女人气愤的吼叫和男人的求饶声，还夹杂着东西拍打的噪音，傅柏云耸耸肩。

"看来要摆平新女友，他得花不少钱才行啊。"

卢江明虽然人品不好，不过在花钱方面不小气，这种人有种特征，那就是喜欢用钱来解决麻烦。舒清扬想就算卢江明和施蓝有矛盾，他也不会铤而走险去杀人。

之后两人又去了咖啡厅和餐厅了解情况，店员证实了卢江明说的话，他们看了监控，卢江明和施蓝喝下午茶时，互动比较亲密，卢江明主动握施蓝的手，施蓝也没有抽回，不管她出于什么目的，至少表面上看是和谐的。

再看卢江明和小美共餐的监控视频，他依然是相同的招数，最多加了个送珍珠项链的戏码，还亲自给小美戴上。傅柏云看着视频，说："这珍珠又大又圆，看起来不便宜，我敢打赌他原本是打算送给施蓝的。"

"卢江明在这方面有点儿眼光，从气质来看，施蓝的确比小美更适合珍珠项链。"

"可施蓝到底是看到了什么留言，临时选择离开？会不会真让卢江明说中了，她有了新目标，女为悦己者容，所以她才会临时修改妆容和服装？"

"如果是新目标，那她就不会跟卢江明过多纠缠，除非她另有目的。一个人有目的地做事，要么是为感情要么是为钱，刚好卢江明又有钱又不太有经商头脑……"

"所以施蓝后来才态度一转，变得主动起来，大概觉得卢江明是个可以利用的好棋子，比如把他拉下水，为夜枭的犯罪组织服务，一方面有了援助资金，一方面也报了当年她被卢江明抛弃的仇，女人可是很记仇的啊。"

舒清扬瞥了他一眼："说的你好像很感同身受似的。"

"就上次我在舒法医面前说错了话嘛，后来被她晾了好久。"傅柏云心有戚戚焉。

舒清扬说："可惜计划中途出了岔，施蓝被杀。"

"这么说来，施蓝的死就与夜枭没关系了？"

"那也未必，别忘了孙长军出事前也一直跟施蓝有联络。"

可惜到目前为止，他们还没找到这两人的交集点，当初孙长军遇害，他们把孙长军的关系网来来回回捋过好几遍，都没发现施蓝的存在，所以舒清扬一度怀疑夜枭身边还有更厉害的黑客，在杀害孙长军的同时也把所有线索都抹掉了。

他看看表，九点了，说："我要去一个地方，你要是有事就……"

"我陪你，反正资料都给技术科了，回去也是干等，报地址吧。"

舒清扬说了地址，那是家叫春晖的福利院，地角比较偏，到了晚上车辆更少，傅柏云在舒清扬的指挥下把车绕去楼房后面，那里有一大片空地用来停车。

"看来你不是第一次来啊。"下了车，傅柏云打量着眼前这栋已经颇为陈旧的建筑物，说道。

"这是孙长军以前住过的地方，他出事后我来询问过情况，可惜来了两次院长都不在，这是家私人机构，为了维持日常开销，院长要到处去筹款，也挺不容易的。"

两人走进福利院，刚好一位女职员经过，她认识舒清扬，不等舒清扬询问，就说院长今天在，不过正在会客，不方便去叫她。

"这么晚了还有客人来？"傅柏云问。

职员看看他，表情像是在说你们不也是这么晚才来的吗？

正说着，对面房门打开，院长和一位女生走出来，看到那女生，傅柏云都不知该说什么好了，向舒清扬叹道："你和苏大记者可真有缘啊。"

"是我们，不是我。"

舒清扬说完，走上前去，傅柏云跟在后面自嘲道："我觉得她并不想和我有缘。"

苏小花也看到了他们，眼睛立刻亮了，不等舒清扬说话，就抢先冲他们招手，兴奋地说："真巧啊，你们怎么会来？"

"这句话该我问你，你来干吗？"舒清扬板着脸问。

苏小花一点都不在意："我最近在写一篇有关福利机构的报道，所以来采访的。"

职员向院长介绍了舒清扬的身份，院长先向他道了歉，又高兴地说："你们认识，那我就更放心了，有靠谱的记者帮忙做宣传，让更多的人了解我们的工作，对这些孩子来说也是好事。进来慢慢聊，有什么需要我做的，我一定全力配合。"

院长五十多岁，健谈又热情，她请舒清扬和傅柏云进办公室，苏小花眼珠转转，也要跟进，被舒清扬用眼神制止了。

"我还不能开车，是坐公车来的，你看都这么晚了，叫车多不方便啊，说不定还有危险呢，回头让我搭个顺风车吧。"

苏小花堆起一脸讨好的笑，又抬起她那只受过伤的胳膊，舒清扬知道她的个性，没再阻拦，提醒道："老规矩。"

"明白，明白。"

苏小花在嘴上做了个拉拉链的动作，跟在舒清扬身后进去了。

落座后，舒清扬开门见山询问孙长军的事，院长一脸惊讶："孙长军？会不会搞错了？或是改了名字？我们福利院没有这个人。"

"他应该是十二年前在这里住过，住了四年，就叫孙长军，没有改过名。"

听了舒清扬的话，院长又仔细想了想，还是摇头："我们院里姓孙的前前后后加起来一共有七八个吧，但没有叫这个名字的。"

她掏出钥匙打开后面的书柜，里面是一排排学员名册，她找到一本名册，拿出来放到茶几上，又说："我在这里做了快三十年了，我对自己的记忆有信心，不会记错的，除非那孩子来的时候报的就是假名。"

舒清扬翻开名册，里面详细记录了当时福利院孩子的资料，按照姓名顺序排列，他翻到 S 行，里面的确没有孙长军的资料，也没有他的照片。

傅柏云和苏小花帮忙把其他孩子的资料依次看了一遍，也都没有孙长军的照片，苏小花说："就算他改过名字，长相也不会变化太大，除非整容了。"

"没有。"舒清扬和傅柏云异口同声地。

苏小花只好说："那多半就是他不在这家福利院，你们搞错了。"

比起资料搞错，舒清扬更相信是真实资料被人改动过，有人不希望他们调查孙长军以前的事，可是孙长军岁数不大，除了他的黑客身份处于灰色地带外，没有其他特别的问题，所以修改孙长军资料的人真正想掩盖的是十二年前的部分，而十二年前与胡小雨被杀案很接近……

漂亮的靛蓝色蝴蝶在舒清扬眼前划过，他想起孙长军曾经问他的话——你喜欢蝴蝶吗?

孙长军与施蓝联络上后就出了事，施蓝也遇害身亡，假如孙长军了解胡小雨一案的话，那他的死或许就不是因为协助警方办案，而是他掌握了当年案件的一些内幕，这也是有人修改孙长军以前的资料，不想被警方发现的原因!

舒清扬的呼吸沉重起来，手下意识地攥紧了名册。傅柏云看出他不对劲，急忙咳嗽两声，询问院长是否可以让他们复印名册，院长同意了，起身去复印，傅柏云趁机问舒清扬："你还好吧?"

"突然有点头疼，没事。"

舒清扬揉揉额头，心想假如自己的推断正确的话，那胡小雨案子里的一些谜团就有待推敲了，但不管怎样，那不是个让人喜闻乐见的结果，所以在没有确凿证据之前，他没把怀疑讲出来。

院长复印了名册给他们，舒清扬道谢离开，三人出了福利院，苏小花坐上车，看看舒清扬的脸色，她说："孙长军不在这家福利院，肯定也在别家，这事交给我，反正我要写报道，最近要一直跑这些机构，顺便帮你们问问看。"

傅柏云说："我们会自己查的，你就别添乱了。"

"每次都说我添乱，但哪次我没帮到你们啊，真的！"苏小花不以为意，继续说，"不过挺奇怪的，为什么福利院的资料会弄错呢？假如是有人篡改了，干吗要在这种地方篡改啊？"

"查案是警方的事，你就好好做你的报道知道吗？去哪里？"

"送我回家就好，谢谢啦。"

苏小花还是有分寸的，没再聒噪，一路上看着做的笔记打发时间，直到进了小区，她的手机响了，她一边听一边看舒清扬和傅柏云。

傅柏云找了个空地把车停下，苏小花没马上下车，挂了电话，问他们："是不是又出案子了？我听说早上好多警察去了郊外，好像被害人是女性？"

施蓝被杀案被封锁了消息，苏小花居然这么快就知道了，傅柏云不由对她的门路叹为观止，舒清扬在旁边对他冷笑说："现在你知道为什么我每次都想掐死她了？"

"不不不，作为人民警察，你不可以这么说，不过……我有点感同身受。"

"二位警官别这样嘛，看在我每次都努力协助你们的份上，给点情报呗……"

"下车。"

舒清扬知道怎么对付苏小花，直接两个字下命令。苏小花也不介意，笑嘻嘻地下了车，凑到副驾驶座旁对他说："明白明白，在案情不明朗之前你们需要保密嘛，我不会强人所难的，不过查明真相后一定要关照我一下，求求你啦。"

"我也求求你，你就安心做你的报道行吗？"

舒清扬说完给傅柏云打了个手势，傅柏云开车离开，不远处有人牵了只小狗走过来，苏小花看到，跑过去和她打招呼。傅柏云透过后视镜看到她们聊天，问舒清扬："你认识？"

"不认识，邻居吧。"舒清扬的心思都在孙长军的履历上，随口应道。

傅柏云说："你有心事就说出来，我不是你肚子里的蛔虫，猜不出来的。"

"不是心事，是想法，我要再捋一捋，捋顺了再跟你说。"

早上，傅柏云在值班室睡得正香，被手机叫醒了，小柯告诉他们检查了小美的香水，成分和施蓝用的很接近。

傅柏云一听这话，马上就精神了，匆匆洗了把脸跑去了技术科。

舒清扬已经在那儿了，拿着三份资料对照着看，见他来了，把资料递给他。

一份是小美给他们的香水，另一份是施太太的固体香精，还有一份是法医从施蓝肌肤上提取的香料。

三者的成分几乎都是重叠的，不过施太太的香精中主要精油的比例稍有不同，而施蓝所用的香精挥发时间太长，精油的具体配方无法提取调查。

小柯说："暂时还不确定施蓝给她妈妈的香精和她自己使用的是不是同一种，我还在查她的电脑，她自己设计制作的香水，肯定会有配方留底的，不过有件事我有点想不通啊。"

"什么事？"

"香水这东西吧，就跟化妆品一样是会一直更新换代的，所以一些大牌才会定期出复刻版嘛，就是为了让人怀怀旧。那为什么施蓝会和胡小雨用相同的香水？难道她也怀旧？还是单纯只是香味近似，你闻错了？"

小柯说完，看看舒清扬的表情，马上道："我随便说说的，哪有那么巧合啊？不过这世上肯定会有很多巧合的，说不定这次也是。没问题，我们马上就有援兵入驻了，只要香水配出来了，就能对比配方成分，或者只要我查到配方，就可以用最快的速度配制出相同的香水，还有孙长军的履历问题，我也一并查……"

他一边说着一边又去忙活了，傅柏云听得莫名其妙，和舒清扬出了技术科，说："他最喜欢信口开河了。"

"不，我觉得他说得很有道理。"

"你说援兵入驻？"

"我说巧合——施蓝用了十年前的香水，而十年前刚好是她和卢江明热恋的时候，这说明她是有意做了复刻版，以此来吸引卢江明注意的。同样的，卢江明也使用了相同的手法，只不过香水还没送出施蓝就走了，他便转送给了小美，所以两种香精成分相似就说得过去了。"

说曹操曹操到，舒清扬的手机响了，卢江明把香水的完整配方传给了他。

舒清扬简单看了一遍，打电话给卢江明，询问香水是十年前的流行款还是他自己做的，卢江明说是当年他和施蓝一起做的，配方也是他们两人商量着定下的，当时他们正处于热恋期，曾说过如果受欢迎，就做成商品，可惜直到他们分手这款香水也没后续。

他送给小美的香水复制品其实并不完整，当年记录配方的是施蓝，过去了这么多年，他只记得主要配方，原本是打算做来讨好施蓝的，却没想到给了小美。

他的回答证明了舒清扬的猜测，问："那十年前市场上有没有气味相同的香水贩卖？"

"完全相同的香水是不可能存在的，最多是近似，而且当时我们是打算配制独特的香气，用现在的话说就是小清新，是初恋那种酸酸甜甜又有点苦涩的感觉，清淡但是余味悠长，余香很持久的。"

卢江明貌似又要长篇大论了，舒清扬及时打断，问："你们当时是只做了自用的还是送过人？比如试用会上当作小样赠送之类的？"

"我不清楚，那都是施蓝自己做的，照她的习惯应该不会做小样送人，不过把多做的部分送给朋友什么的有可能。"

舒清扬挂了电话，傅柏云说："会不会胡小雨和施蓝是认识的？可她们一个是不良少女，一个是白富美，完全没有交集点啊。"

"现在我们能确定的是配方相似，还是先等小柯找出施蓝的配方表再下结论吧。"

特调科里传来叫嚷声，还有东西翻倒的声音，两人不知出了什么事，急忙跑进去，就见同事们各自站在一边堵截，一副如临大敌的模样，原来小灰从笼子里蹿出来了，在办公室里到处跑，把东西都打翻了。

"是谁开的笼子门啊？跟你们说了要小心。"

"是我。"

回应傅柏云的是个粗粝的嗓音，一个男人从桌底下钻出来，看到他，傅柏云愣了几秒才回过神，叫道："老胡！"

老胡就是之前在老家配合他们查案的鉴证人员，也是他当初负责的蝴蝶疑案，所以傅柏云首先的反应就是老胡接到他们家上司的联络，过来协助他们做调查的。

正想着，咕咕声传来，一团灰蓬蓬的东西蹿到了他面前，蒋玎珰叫道："抓住它！快点！"

傅柏云急忙躬身一把把小灰攥到了手里，总算小灰和他相处得久了，没咬人，而是直接尿他身上了。

"你这个小兔崽子！"

傅柏云气不打一处来，揪着两只兔耳朵把小灰丢去了笼子里。舒清扬配合他，顺手带上门，又塞了块胡萝卜给小灰。

"哈哈哈，小傅你说得太对了，还真是兔崽子。"

老胡爆笑起来，傅柏云只好陪着笑，王科说："这都怪老胡，小灰平时很听话的，今天看到他就受刺激了，你以前欺负过它吧？"

"也没有，就是它破坏过现场，我说了几次要炖了它吃兔肉，不说这个了，看我给你们带来的特产，每个人都有份，还有一份是楚枫让我带给小舒和小傅的。"

老胡一边说着一边从大旅行包里掏出一袋袋土特产，最后两大袋是舒清扬和傅柏云的，全是当地的零食小点心。老胡抱怨说："这玩意儿又不贵，网购就得了，偏让我千里迢迢地带过来，我是来这边玩的，现在成了代购，还是免费的，现在的小年轻啊就知道使唤人。"

"这么多吃的啊，太好了，一整个月加班都不用担心饿肚子了。"

几个同事欢天喜地地把土产分了，傅柏云洗完手，回来看到老胡收拾了旅行包，一副打包走人的架势，他急忙拦住，问："你不是来帮忙的？"

"不是啊，我在休假，顺便过来看看老同事，接着……"

老胡指指王科，还要往下说，傅柏云上前接过他的旅行包，笑呵呵地说："接着就帮我们一个忙吧，我们现在办的案子正好需要你。"

"臭小子，什么时候轮到你来指挥我？"

老胡不高兴了，吹胡子瞪眼，直到舒清扬把胡小雨的案卷递到他面前，他才闭了嘴，接过来看了一眼，说："这个案子啊，有十年了吧，你们怎么突然想起要问这个案子。"

"你好像记得很清楚。"

"简直可以说是记忆犹新啊，被害人也姓胡，出事后周围又都是蝴蝶。怎么，这案子有什么问题吗？"

"我们正在处理的案子也发生了相同的现象，所以想请你给提提意见。"

舒清扬请老胡坐下，把施蓝的案子详细讲述了一遍，又把卢江明给他的资料打印下来，和尸检报告以及香水成分对比报告都给了他，老胡看完后，皱着眉半天没说话。

蒋玎珰问："你是不是也觉得这两个案子非常像？"

"老实说蝴蝶围拢尸体这现象没有大家想的那么神奇，只是刚好现场有那个条件，我的看法是胡小雨遇害时周围有不少野花，再加上她喷过香水，香水里的某种成分可能与蝴蝶喜欢的花香类似，所以导致蝴蝶在附近围绕，不过这个与凶案本身没关系，所以后续没有再调查香水成分以及出处。"

傅柏云说："现场没有找到香水瓶或香水棒，你不觉得奇怪吗？"

"我提过疑问，后来解释是被害人可能是在香水店喷的试用装，也可能是在家里喷的。我检查过她的家，她家里有不少化妆品试用装，所以这个解释说得过去。比起香水，我更在意的是被害人手上和裙子上的红颜料，我们在她家还有她常混的地方都找遍了，都没有找到相同的颜料，那三个嫌疑人身上也没有。后来我还根据颜料成分来调查，但成分就是非常普通的有机染料，跟我们常用的红墨水没什么区别，范围太广，也无从查起，所以直到破案，这个疑团仍然没解开，我只能保存了那些调查资料，算是给被害人一个交代吧。"

老胡说完，又看看施蓝的案卷，说："幸好这次的被害人身上没有相同的颜料，否则我会以为凶手又犯案了，过了这么多年，主犯也早放出来了。"

蒋玎珰斟酌着说："胡小雨的案子会不会还有什么隐情啊？"

"会有什么隐情？当初是两个从犯害怕，主动自首的，主犯后来也都交代了，他们的指甲里还留着被害人挣扎留下的肌肤纤维，他们是凶手逃不掉的。"

"不不不，我没说他们不是凶手，我是说会不会当时现场还有除了被害人和凶手之外的第五个人？"

听了蒋玎珰的话，老胡沉默了，过了一会儿，说："当时这案子传得很玄乎，刚好又碰上某个犯罪团伙作案，为了不让群众陷入恐慌，所以人证、物证都具备后就结案了，没有在一些细节多加追究，而是全力以赴追踪那个犯罪团伙……"老胡说完，看看大家，"你们怀疑是同一凶手作案？"

"暂时还没有证据证明是同一凶手，只是在香水方面我比较在意。"

"难怪早上我去技术科，小柯说大救星来了，原来是这样啊！行了，我懂了，我销假去帮他。"

老胡一拍大腿站起来，王科说："这怎么好意思呢？你看你好不容易才休个假，还要帮我们。"

"少装大蒜了，我跟你认识多久了，还不知道你那点儿猫腻！这活儿我来做，十年前没查清谜团，我就不信十年后还查不出来。"

老胡说做就做，收拾了东西，拿起相关资料就跑去了技术科。

王科转头对大家说："现在又多了个人帮忙，大家继续努力，争取早日破案。"

"目前来看，线索还是太少了。"

王玖查了打给施蓝的公用电话的情况，一次是在市中心，还有两次一个在城南一个在城北，还都是附近监控稀少的地带，所以他看了一圈视频都无法找出打电话的人。

马超说："你们说会这么巧合吗？三次都找不到人，还是有人早就预谋杀人，所以才特意使用公用电话？我建议双管齐下，除了调查夜枭那部分外，还要从感情纠纷方面入手，深入调查施蓝的关系网。"

王玖说："我昨天查了一部分，施蓝正常的关系网里暂时还没发现有问题，她从事犯罪活动，所以交往的人不多，我配合马超，再问问她调香方面的同行。"

接着舒清扬说了他们调查到的情况，当提到孙长军在福利院的履历是假的时，大家都很惊讶，王玖说："到底是谁篡改了他的经历？"

"应该问为什么要篡改，篡改的原因跟他和施蓝的遇害有没有关系，所以我们会继续跟进。"

舒清扬刚说完，办公室的电话铃就响了，他拿起话筒听了一会儿，表情变得严肃，通话一结束，傅柏云问："有新情况？"

"嗯，小柯查到了陈永爷爷的房子就在施蓝遇害现场附近的小区里。陈永少年时代几乎都住在爷爷家，后来因为出了那个不光彩的事陈家才搬走了，所以陈永对那一片应该很熟。"

"这也太巧合了吧。"蒋玎珰叫了出来。

王科不置可否，说："先说下你调查到的情况吧。"

蒋玎珰调查到的消息比较多，她去了常江的大学，从常江的同学那儿拿到了他的几张照片。她把照片贴在了白板上，里面有常江在教室拍的，也有他打球时的抓拍，他穿着运动装，瘦削但很有精神。

蒋玎珰说同学和导师对常江的评价都不错，他学习刻苦，喜欢打篮球和跑步，和同学舍友的关系也都很和谐，年前还申请了去英国留学读博士，导师说以他的成绩原本没有什么大问题，不过前段时间他的状况不太对劲，有一次做实验弄错了剂量差点把实验室给炸了，他自己也住了院，还好只是擦伤，那之后他就回家里住了。

蒋玎珰从常江的同学那里问到了他出状况的原因，好像是感情方面的问题，具体情况常江没说，不过看他的反应应该是被甩了。同学还怀疑那次爆炸是常江故意做的，为的是希望女朋友来看他，想挽回关系。虽然常江为人不错，但是在感情方面比较偏执，尤其是对纯洁的爱情异常推崇，但这些都是大家的怀疑，没有证据。

蒋玎珰问女朋友有没有去医院，同学们都说没看到，常江自己也不说，看情况应该是没来，否则他就不会那么颓废了，以前都是住宿舍，出院后大部分时间都回家住。

在问到常江女朋友的名字时，同学们都说不知道，他们连女生的照片都没见过，常江的舍友说他很少提恋爱方面的事，只有一次说漏了嘴，说女生有工作，很稳重，所以推测比他年长。

听完蒋玎珰的讲述，傅柏云马上说："这个女朋友会不会就是施蓝？他们的关系近期出了问题，刚好也是施蓝和卢江明重逢的时间。"

蒋玎珰问："那施蓝和常江是怎么认识的？他们一个是学生，一个是犯罪组织成员。"

"这个可难讲，别忘了施蓝有着高超的化妆变身技术，为了进行犯罪活动，她肯定进出各种场所。"

马超说完，舒清扬问蒋玎珰："你有没有查施蓝用周明珠的身份住的公寓？那栋公寓里住了不少大学生，很有可能常江是去同学租屋玩的时候遇到了她。"

"啊，这个很有可能，我马上查。"

"从学生们的证词来看，常江这个人在感情上非常偏执，施蓝和他逐渐疏远，随后搭上了卢江明，不管是出于什么目的，他都很难接受这个事实，所以有犯罪动机。"

"有关这一点，舒舒你要失望了，我昨晚问过常江的同学了，案发那晚有个篮球赛，常江下课后就被他们拉去了，比赛完又吃饭K歌，大约十点才散，这一点好多同学都可以证明，所以他没办法解散后再赶去郊外杀人，时间上不允许。"

舒清扬皱起了眉，王科说："还是要细查他，也许从他那里可以了解到施蓝的感情关系甚至犯罪活动，还有孙长军的履历和陈永那边，三条线一起查。"

"明白，我继续跟进。"

第四章
失踪的嫌疑人

陈永结婚后就从家里搬了出来，他家现在在一个城中村里，不是太好找。这里陈旧的房子一间连着一间，几个上岁数的妇女在门口洗衣服，看到舒清扬和傅柏云，投来警惕的目光。

傅柏云没报身份，只说是陈永的朋友，有事来找他。一个老太太"啧"了一声，不屑地说："催债就说催债，还朋友，他能有什么朋友。"

她指指最里面的房子，一个两三岁大的孩子在那儿玩泥巴，她说那是陈永的儿子，陈永可能不在家，最近都没见到他，有事问他老婆就行了。

两人走过去，门口挂了个缝纫店的牌子，上面的字是手写的，墨蘸得多了，有几笔流了下来，一条条墨线看着有点滑稽，再往里看看，屋里有点暗，传来锅碗瓢盆的碰撞声。

傅柏云敲敲门走进去，一个女人在炉灶前忙活，听到声音转过头来，问："改衣服的？"

"不是，我们有事来找陈永。"

一听跟陈永有关，女人不耐烦了，走过来说："他不知道死哪儿去了，好几天都没回家，你们要追债，就去直接找他，别找我，我没钱！"

她的普通话说得不太好，身板壮实，岁数不大，却显得很老相，头发也没好好梳理，落下来遮住了半个额头。她拿东西时舒清扬注意到她手上有不少老茧，再看家里，孩子的玩具丢得到处都是，缝纫机附近堆了不少衣服，从这乱糟糟的状态可以看出他们家的生活质量不太好。

舒清扬来之前查过她的资料，她叫张娟，本来在乡下务农，结婚后才搬过来的，问："他欠谁的债？"

"我哪知道，反正就东一家西一家的，等他赌完了，自然就回来了，是回来要钱……"

后面跟了几句舒清扬听不懂的方言，不过听得出是在骂人，傅柏云问："他没有正式工作吗？"

"没有，前两年跟着朋友做点小买卖，赚了不少，就飘了，一心想发财，结果最后全都赔进去了，一家三口都要靠我养活，孩子他也不管，整天的吃喝嫖赌，你们说他还是人吗？"

张娟越说越气，随手拿起一件衣服丢去了缝纫机上。

等她发完脾气，舒清扬才报了自己的身份，说有事情要向陈永询问，请她告知陈永常去的地方。

张娟一听舒清扬是警察，马上就慌了，先是要了他们的证件看，确定他们没说谎后，急忙撇清关系，说自己什么都不知道，陈永要是在外面犯了法，让他们去找陈永，然后又开始歇斯底里，一把鼻涕一把泪地说自己有多命苦，被爸妈逼婚，结果嫁了人才知道是个祸害，陈永吃喝嫖赌样样来，她又有了孩子，没办法离婚。

傅柏云耐心听她哭诉，又询问陈永离开时的情况，她才说了实话，原来陈永前不久又欠了一大笔钱，这次的债主好像不太好惹，说要么马上还钱，要么就为他做事。

那个"做事"肯定不是普通的上班打卡，陈永怕了，一句话没说就跑走了，一个星期前才打电话告诉她说这次挺麻烦的，他得去外面躲一躲，已经找了朋友帮忙带他跑路了，让她别担心，好好照顾孩子。

张娟一边说一边哭，好半天才把话说完，舒清扬听着她的讲述，把房间仔细看了一圈，又去院子和孩子搭话。

小孩子挺机灵的，说爸爸一个多星期没回家了，答应买给他的大火车也没有，还有爸爸都会带他去吃肯德基，妈妈只会骂他。

跟陈永的老婆相比，孩子穿的衣服档次好多了，舒清扬一问，果然是陈永买给孩子的。

不一会儿，傅柏云从屋里出来，张娟冲着他叫道："你们要是找到他，跟他说死在外面别回来了，看到他我就来气。"

傅柏云又安抚了她几句，和舒清扬离开，路上又遇到刚才指路的那个老太太，老太太很八卦地凑过来说："没问到对不对？他去哪儿不会对他老婆说的，要是回来，要么是输了钱回家要钱的，要么是想儿子了。"

舒清扬说："陈永对他儿子好像挺好的。"

"可好了，虽然他不务正业，不过舍得给孩子花钱，要是对老婆也这样，就不用整天吵了。"

"他们夫妇常吵架吗？"

"老公不做事，还整天问媳妇要钱，能不吵吗？不过他家媳妇也挺泼辣的，他也占不了啥便宜。"

老太太可能说了，不一会儿工夫舒清扬就了解了不少陈家的事——陈永夫妇关系不佳，陈永有点暴力倾向，发起脾气来什么都砸，不过不惹他的话，他也不会主动挑事，据说还嗑药，当然，老太太也是听街坊们传的，陈永唯一的长处大概就是他对儿子还不错，只要夸他儿子，他就会特别开心。

舒清扬调出施蓝还有她的一些伪装照片给老太太看，问她最近有没有见过这几个女人，老太太仔细看了，最后摇头说没见过。

告别了老太太，路上傅柏云把陈永老婆写的几个地址给舒清扬看。

那是陈永平时常出没的地方，什么足疗房啊歌厅啊，看名字就知道不是正经人会去的地方，还有一些狐朋狗友的名字，傅柏云一个个打电话询问了，大家都说最近一个多星期没见到陈永，可能是欠高利贷的钱，跑路了。

"真是狗改不了吃屎，当年就是嗑药出的事，现在都有老婆孩子了，他还是戒不掉。"

"而且还变本加厉了，你有没有发现张娟额头上有伤，她特意把头发放下来是为了掩饰伤口的。"

"发现了，我怀疑陈永对她动过手，不过她长得人高马大，估计陈永讨不到便宜。我还给她看了施蓝的那些照片，她说没见过，刚才那位老人家也说没有，证词应该是可信的，先去她给这几个地址打听下吧。"

两人去了足疗房和歌厅，大家对陈永的说辞大同小异，说这家伙花钱很大方，尤其是在女人面前，做事也有不少点子，就是不干正事，一起玩的好多人都被他坑过，有个借了几万块给他，到现在都要不回来，大家最后见到他是一个星期前，他说欠了高利贷，但又不想帮人做犯法的事，要出去躲一阵子，所以最近没来，谁也没在意。

他们的说法和张娟的一样，从店里出来，傅柏云说："那个债主不会是夜枭吧，他最擅长利用人的弱点为他效力了。会不会是施蓝和夜枭有了间隙，夜枭想借刀杀人？而陈永就是那把刀，地点约在凉亭附近是因为陈永对那边比较熟。"

"可是没必要制造出和十年前相同的案子，这不是引导我们留意到陈永吗？"

"因为夜枭是变态啊，正常人会主动挑衅警方玩游戏吗？那个 F 不就是游戏的开始？"

傅柏云说得有论有据，把一些矛盾的地方也解释通了，舒清扬不置可否，说："先查查陈永跑去哪里了。"

舒清扬把他们问到的情报转给了小柯，请技术科的同事帮忙调查，接着又去找参与胡小雨案件的另外两名罪犯。

这两个人的现状和陈永相比要好很多，一个跟朋友去广州那边发展了，可能是为了避讳当年的案子，已经几年没回来了，另一个叫周凯的在亲戚开的公司里做事，也算是个小白领了。

周凯现在改了名字，叫周大壮，戴着眼镜穿着西装，文质彬彬的样子，很难相信当年他曾参与杀人事件。

当听说了舒清扬和傅柏云的身份后，周大壮整张脸都变白了，把两人带去会议室，小声说他现在重新做人了，没有再碰毒品，这里也没人知道他以前的事，而且他还有女朋友了，请他们务必保密。

傅柏云安慰了他两句，说他们现在调查的案子跟胡小雨一案有些相似，所以来询问一下，他给周大壮看了施蓝几张化妆的照片，问他认不认识，还有他和陈永他们现在是否还有联络。

周大壮把照片依次看了一遍，摇头说不认识，又说他们没有联络，他完全不知道另外两人的情况。

大概舒清扬怀疑的表情太明显，周大壮把手机递给他："不信你可以自己看，那晚的事我现在想都不敢想，别说和他们联络了，就是想起他们的脸我都后怕。"

"当时就没怕吗？"

"那时候太小了，没什么觉得怕的，现在岁数大了，反而活回去了，如果再给我一次机会，我一定不会碰毒品，不，我会连陈永那种人都不来往，要不是他，我肯定不会碰毒不会误杀人。"

周大壮一脸恨恨，舒清扬觉得他把所有过错都推到陈永身上虽然不对，不过至少他现在没有再碰毒品了。他又问："那晚房子里有没有放红色颜料？或是你们四个人有谁带过去了？"

面对这些问题，周大壮很戒备，没有马上回答，而是反问："都过了这么多年了，为什么你们又重新问这个案子？"

"别紧张，我们只是想多了解一些，对我们现在负责的案子有帮助。"

"你这个问题以前也有人问过，我也没回答出来，后来他们就没再问了，不过我记得胡小雨曾提过她想学画画，大概买过颜料吧。这事你们怎么不直接问陈永啊，陈永跟胡小雨比较熟，他们常在一起玩。"

根据当年的调查，胡小雨并没有学画画，家里也没有画笔和颜料，舒清扬想胡小雨很可能只是说一说，或是还没来得及学就出事了。他说："你再好好想想，胡小雨那晚有没有带这类东西？"

"我……不太记得了，我记得最清楚的就是她带了刀子，当时她就把刀放在桌子上，对，就是之后陈永杀她的那把。其实我们那时候就是想吓唬吓唬她，谁知道陈永居然真的……他们平时那么好的……"

说到这里，周大壮脸露痛苦，垂头坐到了椅子上。"我们当时都磕了药，量比以往的都大，我看什么都是迷迷糊糊的，但我没有想杀人，真的没有，陈永就不知道了，他脾气不好，有时候做事也很怪，我也搞不懂他为什么事后还要把尸体拖出去……"

傅柏云纠正道："不是拖出去，是抬出去的。"

"呃，我不记得了，那肯定也是陈永让我们抬的……这个重要吗？"

周大壮轮流看看他们，舒清扬说："说下出事前的部分吧，她是怎么去小屋的，去了之后你们聊了什么。"

"当时我们都嗑上了，看她进来就随便打了招呼，她心情不太好，一直骂骂咧咧的……她脾气特别差，但架不住长得漂亮啊，所以我们对她都有点那种心思，平时不敢表露，那晚磕了药，一嗨起来……"

这都是十年前的事了，当时周大壮又磕了药，记忆有些断弦，他一边琢磨着一边唠叨，忽然说："我想起来了，后来她心情好了，说她弄了个好玩儿的东西来，我问是什么，她就卖关子不说了，把匕首丢在桌上，说回头给惊喜。"

周大壮把记得的都说了，两人道了谢离开，周大壮送他们出门时还千叮万嘱他们千万别张扬，他和女朋友都开始谈婚论嫁了，要是这事传出去，亲事就黄了，傅柏云安稳了他好半天他才放下心。

等周大壮进了公司，傅柏云说："他应该跟施蓝的案子没关系。"

舒清扬赞同他的想法："就是胡小雨的案子中，他有好多细节都说错了。"

"嗑药的人记忆混乱，做事不可理喻，这些都不奇怪，否则他们就不会特意把尸体抬去小屋外面，那不是催着让人发现命案吗？"

"你说真是他们把尸体抬出去的？"

"难道你赞同玎珰的说法——当时现场还有第五个人？"

舒清扬没有回答傅柏云的疑问，自言自语说："胡小雨说的那个好玩的东西是什么？会不会与颜料有关？现场没有找到，三名罪犯又都不知道，会不会是被第五个人拿走了？他之所以拿走，是因为那东西很可能成为指证他的证据。"

"你的推理建立在周大壮没记错的前提下。"傅柏云有些理解之前舒清扬纠结的心态了，安慰道："别想太多了，胡小雨的案子里可能还有我们未知的内情，但陈永三个人绝对是罪有应得，你与其在这儿烦恼，还不如抓紧时间做调查。"

傅柏云说得有道理，舒清扬上了车，找出胡小雨家的地址，傅柏云照着地址把车开了过去。

胡小雨的家和她被害的地方南辕北辙，当初三名加害人提供证词时都说是胡小雨约他们去小木屋吸毒的，他们也是第一次去那里，至于为什么胡小雨了解小木屋附近的情况，并选择在那儿吸毒，大概只有她自己才知道了。

当年胡小雨虽然对舒清扬说了谎，但她家的情况的确很糟糕，父亲早年和别的女人跑了，母亲王彩虹没有正式的工作，又好赌成性，为了弄钱做暗娼，这样的人自然担不起家长的责任，所以胡小雨初中就和不良分子混在一起，几天不回家也是常事，母女关系非常差。

十年过去了，胡家的平房除了更加陈旧外没有其他变化，门上象征性地挂了把锁，外面也没安装防盗门，傅柏云透过玻璃窗往里看，里面乱糟糟的，桌上落了张四方形锡纸，那是吸毒人员常用的东西，他对舒清扬说："王彩虹好像还吸毒。"

"她以前只是赌博和从事色请交易，没想到……"

可能是胡小雨的过世刺激了王彩虹，导致她更加堕落了。

舒清扬和傅柏云分开询问周围的邻居，大家都说王彩虹常常不在家，一把年纪了还每天打扮得花枝招展地出门，一看就不地道，不过大家也希望她不回家，因为她每次都喝得醉醺醺的回来，有时候还要酒疯，特别惹人嫌。

王彩虹是外来人口，当初为了结婚和家里闹翻了，后来也一直没联络，彻底断了关系，跟亲戚更是没来往，反倒是房东对她比较了解，说起胡小雨的事不时地发出感叹。

舒清扬跟房东要了王彩虹的手机号，但她的手机打不通，他便留了自己的手机号给房东，托她转告王彩虹，说想了解一些胡小雨的事，请她联系自己。

接着他们又去了孙长军的姨婆家。

孙长军的父母因车祸过世后，有段时间他辗转住在几个亲戚家，每次都住不久，最后收留他的人按照辈分来算是他的姨婆。

两人来到姨婆的家，一问才知道这位老人家已经过世了，接待他们的是老太太的女儿。她当时在外地工作，只见过孙长军几次，对他的印象很不好，说他孤僻内向不说，脾气还很倔，一点都不讨人喜欢，常跟家里同龄的孩子打架，所以家里人都说服老人把孩子送走。

后来吵架的次数多了，老太太看孙长军确实和家里人合不来，只好联络福利院把他送走了，但福利院是哪一家她跟谁也没说。大概也是气恼家人容不下一个孩子，大家怕她生气，也不敢多问，反正人送走了，这事就算是过去了。

女儿还特意找了老人家以前保存的书信文件，但都没有与福利院有关的资料，她只能对舒清扬说抱歉，不过她透露了一个消息，就是年前老太太过世时，他们收到了一份从网上转账过来的帛金，有两万块，他们都吓到了。备注里的名字写的是小军，当初老太太就是这样叫孙长军的，他们猜想会不会是他，还试图联络他，却一直没联络上，所以那笔钱他们到现在都没动。

从姨婆家出来，傅柏云叹道："没想到还有这么一出，孙长军这人也算是有情有义了。"

"可惜线索断了，现在只能寄希望给小柯，希望他能查到什么。"

小柯的调查也不顺利，花了一上午时间都没查到孙长军真正住过的福利院，不过有关陈永的情报倒是都调出来了。

陈永从一个星期前就再没有过消费记录，手机也没再用过，最后一通电话是打给老婆张娟的，说了不到一分钟。小柯尝试着找他，都没找到，只找到他消失前的行踪，他傍晚在一家KTV待了两个多小时，离开后在附近溜达，看似要跟谁约见面，这期间他一直戴着帽子，还刻意低着头并竖起衣领，一副躲躲闪闪的模样。

调查结果和张娟提供的情况吻合，傅柏云恨恨地说："这家伙正事不做一点，跑路倒是挺有天分的，也不知道躲去了哪里，连咱们的技术人员都找不到。"

他们原本以为陈永跟施蓝的案子没关系，可是他的突然失踪让案情又变得扑朔迷离起来，舒清扬交代小柯继续跟进，他和傅柏云开车回局里。

车开到半路，舒清扬看到有几个学生从小区走出来，他们穿着相同的运动服，和常江打篮球时穿的运动服一样，他心一动，让傅柏云把车开过去，跳下车叫住了学生们。

"同学，你们认识常江吧？"

大家转头看向舒清扬，脸上露出戒备，舒清扬说："我是常江的表哥，过来找他玩，你们也是来找他的？"

"表哥？没听他说过啊。"其中一个学生嘟囔道，不过他也没怀疑，说，"是啊，本来想叫他去打篮球的，被他爸骂了一顿，说我们妨碍他儿子用功，他儿子是要去国外读博士的，和我们不一样，啧啧。"

在常家吃了闭门羹，大家说起来都一脸的悻悻。

舒清扬说："大概是最近课业太多吧，你们别往心里去，这个女人你们见过吗？她就住这附近，我有事想找她，却忘了她住哪个小区了。"

他把施蓝的照片给学生们看，大家都摇头说没有，只有一个学生面露犹豫，舒清扬问："你见过？"

"常江的堂姐好像和她挺像的，不过是我老远看到的，不太肯定。"

"是什么时候的事？"

"两三个星期前吧，就在我们学校附近，我看到常江上了她的车，我还问常江是不是他女朋友，他说是堂姐，你们都是亲戚，你不认识？"

"我们家和他父亲那边的亲戚不熟。"

舒清扬随口应付过去了，道了谢，等傅柏云停好车，他打了个手势，走进小区。

傅柏云随后跟上，舒清扬说了刚问到的情况，"既然来了，咱们也进去看看吧。"

也是凑巧，他们才走没多远，就看到蒋玎珰从对面跑过来，看脸色，她也出师不利。

"咦，你们怎么过来了？"

"刚才碰巧看到几个学生，就跟他们聊了几句，有个学生认出了施蓝，不过常江说那是他堂姐。"

"他肯定不敢对外说那是他女朋友，光是施蓝比他大那么多这一点就不好过关。他爸挺不好说话的，听说常江和个老女人……他爸自己说的，和个老女人谈恋爱，差点儿把房子给掀了，刚才我和王科磨了好半天，他才让我们进去和常江聊。看常江的反应他什么都不知道，听说施蓝死亡，哭得一把鼻涕一把泪，直说是自己把她害死了。"

"他为什么这么说？"傅柏云问。

蒋玎珰按开录音笔，让他们听常江的讲述。

常江和施蓝是三个多月前认识的，起因是他骑车没注意，撞上了施蓝的车，后来施蓝带他去医院做检查，他就被施蓝的漂亮和温柔给吸引住了，要了她的手机号，又主动联络她，他们就这样交往了。

不过没多久他就发现对施蓝来说，他就像是个炮友，他每次提出想让关系更进一步，都被施蓝拒绝，反而开始躲他，这个月他们就见过两次面。他用自杀来威胁施蓝，施蓝的回应是好好考虑一下，所以之后他就没敢再打扰她，他做梦也想不到最后死的会是施蓝。

蒋玎珰询问常江施蓝是否和别的男人有交往，常江犹豫过后说没有，他相信施蓝的人品，她不是那种朝三暮四的女人，只是她有时候会心不在焉，像是在担心什么，问她她也不说。

常江不知道施蓝是调香师，施蓝不仅没对他提过调香，甚至在他面前连香水都不用，她给过常江一家贸易公司的名片，说自己在那里做推销，车也是公司的，常江对她的印象是认真朴素，他们平时幽会不是去宾馆，而是去普通的租房，他一直以为那就是施蓝的家。

"王科查了贸易公司和租屋，公司早就倒闭了，只是挂了个牌子在那儿，租屋也是空的，估计是房客不想租了，合约又没到期，为了赚回租金就转给了别人。施蓝这女人可真不简单，做事滴水不漏。"

听了蒋玎珰的话，舒清扬说："淡妆加素雅的外套，倒是符合朴素的形象，看来那晚施蓝原本是要去见常江。"

"我问过常江了，他没有约施蓝，所以应该是有人冒充他留言给施蓝约她见面，奇怪的是施蓝自己就是犯罪者，居然没发现有问题，去那么偏僻的地方赴约。"

"可能凶手伪装得很像吧，至少是个有点儿头脑的罪犯。"

傅柏云的话让舒清扬心里一动，从陈永的性格来看，他是个做事冲动不计后果的人，这种人可能会激情犯罪，但不是智能型犯罪者，至少他不可能是施蓝的对手。

"王科呢？"他问。

"他还在跟邻居们了解情况，要联络他吗？"

"不用了，我想直接见见常江。"

"他就住对面那栋楼，三楼最右边那间，他妈妈高血压犯了，在门诊打吊瓶，他爸心情不太好，你们有什么想问的，可以问他姐，他姐也在家。"

照蒋玎珰说的，两人来到常江的家，刚从电梯出来，迎面就传来古怪的气味。

舒清扬顺着气味看过去，对面门口地上放了一些供品，香烟缭绕的，他问："这是在干什么？"

"哦，应该是刚搬来的人家，烧香拜拜土地神地基主什么的，类似新人初来乍到拜码头的意思。"

"你知道的还真不少。"

"在派出所的时候常见到，其实很多公寓是不允许这么做的，不过大多数时候只要不太过分，大家都睁只眼闭只眼。"

说着话，香烟又拂过来了，傅柏云一个没防备，呛出了声。

舒清扬有先见之明，早跑去对面按门铃了，门铃响了大半天才有人来开门，却是个三十多岁的女人，她叫常欣，是常江的姐姐，和施蓝差不多岁数，也难怪常江的父亲听说了他的恋情后暴跳如雷了。

舒清扬说了他们的身份，常欣让他们进来了，却说："你们同事才刚来问过情况，怎么又来问？"

"我们想再多了解了解，请配合。"

常欣还没说话，屋里传来老人的骂声。

"配合个屁！她又不是我们杀的，我们也是今天才知道有这么个人，那女人打扮得那么妖艳，一看就不是正经人，什么谈恋爱，就是玩玩罢了，你们不要骚扰我儿子，他要是考不上博士，我一定告你们……"

"爸，不是考博士，是申请。"常欣纠正完，又对两人说，"对不起，我妈最近身体不好，我爸有点暴躁，不是针对你们。"

她刚说完，老人又骂："管管你闺女，这什么毛病，东西乱扔！"

"你跟个孩子计较什么？"

常欣跑回客厅，舒清扬和傅柏云也跟了过去，就见地上散乱了一堆过家家用的小物件，一个三岁多大的小女孩拿着蜡笔在纸上画画，老人还要骂，常欣说："我妈吊瓶快打完了，你去看看吧。"

老人还不到六十，岁数不算大，可就是显老，头发整个都白了，看到舒清扬和傅柏云，他哼道："现在警察都这么好混了吗？一件事还要一拨一拨地问，我就问问你们，我儿子是有时间证人的吧，他是有时间证人的吧！"

他凑到舒清扬面前一副要吵到底的架势，他比舒清扬矮一大截，可身板壮实，所以一点都不显弱。舒清扬不亢不卑地说："常正先生请您冷静，我们没说你儿子有问题，我们只是想多了解一些情况，还请配合。"

话声有力，常正好像被震住了，摸摸鼻子往后退开两步。小孩子跑过来抓住他的腿，叫："外公外公，你看我画的画，是照这个画的。"

她把手里的蜡笔画给常正看，又指指头上插的花，常正却好像很讨厌的样子，一把把她推开了，对常欣说："好好教教你闺女，别什么都往家里带，外面烧成那样，你们还嫌不够呛啊……阿嚏，我去门诊了。"

他说完就出门了，外面又传了打喷嚏的声音。舒清扬说："公共场所是不允许烧那些东西的，需要我们去说说吗？"

常欣赶忙摇手："不用不用，人家才搬来，闹僵了也不好。"

小孩子瘪了嘴，垂着头一副快哭出来的模样，傅柏云见常欣的脸色很难看，他蹲下来哄孩子。

"画得很漂亮啊，是什么花啊？"

"是牵牛花，楼下有好多，外公不喜欢，我是偷偷摘回来的，你看你看。"

孩子指指头上的花，又拉着傅柏云去看她的画板，常欣的脸色缓和下来，请舒清扬落座，倒了水给他们。

"对不起，我爸刚才也不是特意针对你们，他原本脾气就暴，最近我妈身体不好常跑医院，再加上对面乌烟瘴气的，他就更暴躁了，所以我也能理解我弟弟为什么谈恋爱也不和他说。"

舒清扬环视客厅，家具摆设都挺俭朴的，外间吵得这么厉害，也不见常江出来。他问："你弟弟在家吧？"

"在，我爸让他在里面看书，不许出来，其实就是求个心安，出了这事，他哪能安心看书啊……我爸到现在还去帮朋友的忙开出租，就是为了赚钱供他去国外读博，虽说常常骂他，但也是望子成龙吧。我也希望他能读出点儿成绩来，别像我，当初为了爱情放弃了不错的就业机会，结果最后还是要家人埋单。"

"那你现在的工作是？"

"没工作，去年离了婚，我上班的话，没人看孩子，现在就靠着吃老本生活。本来是打算今年找份工作的，我妈身体又不好，我就先过来照看她。我家就在这附近，一来一去挺方便的……你们是不是真的怀疑我弟弟啊，他绝对不会杀人的，他从小又聪明又老实，还有晕血的毛病，我爸杀只鸡他都不敢看。"

常欣说着说着又担心起来，舒清扬急忙安抚她，说只是为了多方面了解情况，常江有时间证人，让她别担心。

"出了这样的事，我能不担心嘛，我妈生他的时候岁数也挺大了，遭了不少罪，现在一把年纪了还辛苦赚钱，也是为了他能出人头地，结果他却和一个跟我差不多岁数的女人恋爱，唉，都不知道该怎么说……"

常欣又开始唉声叹气，对面房门打开，她看到常江出来，马上换成笑脸，走过去问："是不是看书看累了？要不就先休息会儿，这儿有两位警察同志……"

她指指舒清扬和傅柏云，常江看了看两个人，忽然低下头想返回自己的房间，傅柏云抢上前拦住。

"可以聊几句吗？请放心，不会耽搁你很久的。"

常江不像是常打篮球的，皮肤白皙，没戴眼镜，比身份证上的看着精瘦。他眼睛红红的，反问："她……施蓝真的死了？会不会是搞错了？"

"没有搞错，被害人的确是施蓝，前天……"

傅柏云的话顿住了，因为常江的肩膀开始颤抖，双手捂住脸蹲到地上，随即啜泣声从指缝里传了出来。

舒清扬仔细观察常江的状态，他很颓废，不管是从精神力还是武力来看，都不是一个可以彪悍杀人并且在事后巧妙伪装的人。

"舅舅，你为什么哭呀，是不是不开心，我把我的画笔送给你。"

孩子拿着她的画笔包包跑到常江面前，常江抱住她继续哭，过了好久才停止，站了起来。

常欣找借口把孩子带走了，常江走进房间，两人跟进去，房间不大，满满摆放的都是书，电脑开着，屏幕是张风景照，可见他把自己关在书房里，根本没有看书。

"该说的我都跟你们同事说了，你们还想知道什么？"他带着浓重的鼻音问。

"你见过这几个人吗？"

舒清扬把卢江明、胡小雨，还有陈永的照片分别给他看，他看了后摇摇头。舒清扬又说了他们的名字，问施蓝有没有提起过，他依然摇头，说："她从来不提朋友和家人，她说我们年龄相差太大，很难被接受，得慢慢来，我理解她的想法，所以也没有多问。"

蒋玎珰已经问过一遍了，舒清扬也知道问不出什么，以施蓝做事的风格，肯定不会向常江透露秘密，他只是施蓝一时兴起交往的对象而已，或许连对象都算不上，充其量不过是个炮友。

然而她却为了见炮友深夜去那么荒凉的地方。

舒清扬说了凶案现场的地址，问常江是否和施蓝去过，常江也一口否认了，直截了当地说他们约会几乎都是在家里，仅有的几次逛街也是在商场转悠，舒清扬提到的地址他不知道，更没有去过。

第五章
记忆闪回

　　傍晚，两人回到特调科，同事们也都回来了，看大家的表情就知道调查进展不理想，马超和王玖分别寻访了施蓝的调香同行，大家都说她孤僻不合群，所以都是点头之交，对她完全不了解，至于多年前的调香伙伴们，施蓝也早就不跟他们联系了，马超找到两个人，他们甚至不知道施蓝和卢江明的关系，这条线也断了。

　　蒋玎珰查了施蓝以周明珠的名义租的公寓，那里虽然住了不少学生，但没有人和常江同一个学校，也没人认识施蓝，初步推测常江的话是可信的，施蓝和他的认识只是偶然。

　　陈永的活动情况依旧一片空白，小柯还特意搜索了凶案现场一带，也没有找到他出没的视频，小柯怀疑他是换了其他身份一早就隐藏在现场附近，现在有可能还藏在居民区里，否则监控探头不可能完全拍不到他，王玖提议把陈永的照片分发给附近居民，发动群众留意可疑人物，王科同意了。

　　大家忙活了一整天，最大的收获就是老胡检测了固体香精的基础香料成分，它与施蓝抹在身上的香料成分重叠度很高，基本可以确定施蓝自身使用的和送给母亲的那个是一样的。不过和卢江明自制的香精成分有偏差，卢江明的苜蓿比例较多，而施蓝的除了苜蓿外，还多加了蒲公英香料。

看完这个检测报告后，傅柏云首先的反应就是问老胡："这么短的时间你是怎么把香味一个个嗅出来的？"

"我没鼻子还没嘴吗？我是直接去找卢江明让他帮忙的，他人品虽然不咋地，能力还不错，闻了固体香精就说当初他和施蓝一起制作的应该是这款，不过当时做的是香水，我想胡小雨当初用的也是同款香水。"

老胡把另一张香水配方表放到桌上，面对众人惊讶的目光，他咳嗽两声："我脑子好，都记住了不行啊。"

胡小雨的案子里香水不属于调查范围，老胡可以这么快就拿出配方表自然是当初他自己调查的，王科拍拍他肩膀。

"老胡，我就喜欢你这较真的脾气。"

"快别这么说，我那时候做调查，可万万没想到十年后还会再用上，怎么样，能帮到你们吗？"

"当然帮到了，简直不能再棒了！"

蒋玎珰冲老胡连竖大拇指，马超说："我听小柯说他在施蓝的电脑里找到了其他香水的配方，却单单找不到这一款的，会不会是施蓝出于某种做贼心虚的心态故意删掉的？"

"不，我反倒觉得她是不需要写，因为这款配方早就记在了她的脑子里。"

听了舒清扬的话，蒋玎珰叹道："是因为那是她和卢江明共同创作的吧，可惜记住的只有她，渣男早就忘了。假如当初不认识渣男，她的人生轨迹可能会完全不同。"

"不管怎样，现在我们知道了施蓝和胡小雨有接触点，也许两案之间也有关系，陈永是前一案的当事人，又在施蓝被杀前失踪，他很可能知道一些内幕，要尽快追踪到他。"

大家在狼吞虎咽的晚饭中结束了会议，舒清扬回家取换洗的衣服，在走廊上遇到了小柯。小柯看到他，一脸抱歉，说他还是查不出孙长军当初住在哪家福利院，他连周围其他城市的福利院都问过了，都说没有孙长军这个人。

"你说他当初会不会压根就没进福利院，而是寄养在谁家？否则就算黑客修改了履历，也不可能把他住过的轨迹全都抹掉。"小柯不可思议地说。

苏小花也在做调查，如果有消息，她应该老早就来联络了，所以她的调查结果应该和小柯一样，可惜孙长军的姨婆过世了，曾经照顾他的大哥也过世了，现在连孙长军自己也生不见人死不见尸，舒清扬想大概他的人生轨迹真的被抹掉，也不会有多少人记得的。

想到这里，不知为什么，舒清扬脑海中划过孙长军曾经说的那句话——我是扫把星，靠我太近，你会倒霉的。

到底是怎样的心境让他说出这样的话来？

舒清扬向小柯道了谢，走出警局，迎面夜风拂来，带着微凉打在脸上，下雨了，还好雨不大，他加快脚步往家里赶。

到了公寓门口，刚好有个女生从里面跑出来，撞到了舒清扬身上，她穿着吊带裙，肩膀上的刺青一晃，宛如蝴蝶，掠过舒清扬的眼帘。

舒清扬怔住了，女生慌忙向他道歉，舒清扬回过神，发现那不是蝴蝶，只是花和星星。他默默看着女生跑远了，忽然耳边传来呢喃："你说我是不是做错了？"

舒清扬转过头，朦胧细雨中，一段白裙衣袂在飘舞，那女孩仿佛就站在他身边，话声轻柔，像老朋友一样和他闲聊。

他便问了跟上次相同的问题："你做错了什么事？"

"我没做，我不想害人……"

"所以他们杀了你？"

女孩没有回答，而是转头看向他，舒清扬感觉看到了她眼角的泪水，有个声音在他耳边持续说道："我不要害人，我也不想死……"

舒清扬伸手想安抚她，女孩的身影却已然消失在了雨雾里，舒清扬只来得及看到她肩上的燕尾蝶，蝴蝶翩翩飞舞，和孙长军电脑上的蝴蝶重叠到了一起。

"你喜欢蝴蝶吗？"

这是孙长军选择和他合作时问的一句话，舒清扬的心怦怦跳起来，他发觉自己竟然忽略了一个很重要的细节——孙长军和胡小雨是认识的！

孙长军和胡小雨认识，胡小雨又和施蓝认识，而孙长军在与施蓝接触不久后人间蒸发，接着施蓝遇害，两起相隔了十年的案子由这几个人重新连接了起来！

孙长军当年应该不知道施蓝的存在，否则不会直到现在才去找她，而施蓝因为和卢江明的偶遇，心血来潮制作了和当年相同款的香精并使用。孙长军和施蓝没有面识，他唯一能认出施蓝的途径就是他嗅到了施蓝涂的香精的气味！

想通了这一点，舒清扬有些兴奋，出了电梯，匆匆跑到自己家。

他掏出钥匙打开房门，刚进走廊脚步就停下了，屋子里黑暗寂静，流淌着紧张的气息，他提起警觉，顺手拿起傅柏云平时锻炼用的棍子，屏气慢慢走到客厅。

啪！

就在舒清扬进去的同时，灯亮了，对面沙发上坐着一个人，手里还拿着茶杯，正是夜枭。

面对舒清扬的出现，他丝毫没露惊慌，坦然得像这里是他的家，微笑说："每天都做这么晚，警察真辛苦啊。"

"把茶杯放下，举起手！"舒清扬万万没想到夜枭的胆子这么大，竟然敢闯进自己家，他厉声喝道。

夜枭像是没听到，茶杯举到嘴边要喝，舒清扬再次喝道："放下！"

"喝口茶都不行？"

舒清扬用沉默做了回复，夜枭耸耸肩，把茶杯放下了，照他的要求举起双手，舒清扬掏出手铐上前将他反铐起来，接着要联络局里的同事，夜枭慢悠悠地说："如果我是你，就不会这么做。"

"可惜你不是我。"

"所以我来了，我知道你不会为了抓我而无视别人的生命。"

"你又要什么花样？"

"别这么激动嘛，都是老朋友了，过来跟你聊聊天叙叙旧而已。"

夜枭看向对面，舒清扬顺着他的目光看过去，一只手机放在那儿，手机视频里有个戴着小兔子面具的孩子，孩子正在玩游戏，还玩得很开心，根本不知道身后有支枪指着自己。

舒清扬上前抄起手机，然而镜头摆放得很巧妙，他除了看到孩子和那只持枪的手外，什么都看不到。

他气得转头看夜枭，夜枭慢悠悠地说："别这样，我也是为了不被抓啊，得有点准备才是。"

"这就是你所谓的'必要恶'吗？连孩子都不放过？"

"不不不，只要你配合，我是不会动手的，所以孩子的生命不是掌握在我手里，而是在你的手里。"

"你把和杨宣玩的游戏又拿来跟我玩，是黔驴技穷了吗？"

"应该说是游戏的升级版。"夜枭一点也不在意舒清扬的讥讽，冲他晃晃手臂，"先把手铐打开怎么样？我不太习惯这样和人聊天。"

舒清扬皱眉不语，夜枭又追加："摘了耳机，啊对，别忘了手机。"

舒清扬摘下耳机，和手机一起扔到茶几上，他上前解开夜枭的手铐，嘲讽道："岁数大了，胆子倒变小了，连孩子都利用上了。"

"这叫小心驶得万年船。"

夜枭不以为忤，揉着弄疼的手腕坐正身子，舒清扬留意他的小拇指，他的小拇指做得很逼真，不仔细看的话，完全看不出来那是假肢。

舒清扬观察夜枭的同时，夜枭也在观察他："看来你的幻视完全好了，所以第一时间就确定我是真的。"

要不是考虑到人质的安全，舒清扬的拳头早就挥到他脸上了。他冷冷地问："那孩子是谁？"

"谁知道呢，也许是 A 也许是 B，这种没有责任的家长，就算孩子出事，他们也不会在意的。"

"叶盛骁！"舒清扬大喝一声，"放了孩子，我来做你的人质！"

"你做人质，这游戏还怎么玩啊？"夜枭哈哈大笑，"你这人也太没劲了，我以为难得见一面，至少你会对我说声谢谢，毕竟陈天晴的案子是我帮你破的。"

"如果脸皮厚也能坐牢，你大概可以把牢底坐穿了。"

夜枭继续笑，他笑得眼泪都快流出来了，探手拿起茶杯喝茶。舒清扬冷冷地看着他做戏，问："这就是你的新游戏吗？先是杀了孙长军，藏匿他的尸体，又杀了施蓝，接着诱拐孩子来挑衅警方？"

夜枭收起了笑，正色说："你真的认为施蓝是我杀的？"

舒清扬不说话，夜枭又说："如果你真的这样想，那你的表现就太让我失望了，我以为我的对手至少该更聪明一点的。"

"你在说 Fiend 游戏不是你发起的？"

"这就是今晚我来找你的原因。不错，施蓝是和我合作了很多年，她是个聪明又漂亮的女人，也是个优秀的合作伙伴，所以我没有杀她的理由，至于孙长军，就更与我无关了，他拿钱做事，那是他的职业，他没有做错的地方，所以比起报复，我更想出更高的价码来让他为我服务。"

"这番话我更希望在审讯室里听你说。"

"我就知道你不信，但是在这两个案子上，我确实是无辜的，损失了一个好搭档，我也很难过，我比你更想知道凶手是谁。我只能说人心远比你想象的更复杂，尤其是女人，你永远想不到她们的感情有多反复无常……"

夜枭的语气温和沉稳，表情坦然，他的气质和谈吐很容易让人放下戒心，他也正是利用这一点引诱他人一步步地落入陷阱为他服务的。一想到这个，舒清扬就按捺不住愤怒，冷冷地道："那你怎么解释孙长军被杀现场留下的记号？"

"那些游戏记号当年不少人都见过，很多同学都知道我们常在一起玩侦探游戏。"

"我只说是记号，并没说是我们学生时代玩过的游戏记号，如果不是你作案，为什么你会第一时间对号入座？"

面对舒清扬的讥讽，夜枭苦笑了，摊摊手："谢谢你给我下套，好吧，我入套了，不过那是因为我听说警方怀疑孙长军被杀与我有关，出于好奇，我就去现场看了，我也很奇怪，到底谁会知道游戏里的'F'。"

"这个解释是在嘲笑我的智商吗？"

"不管你信不信，总之两个案子都不是我做的，如果你一直把我当作追查目标，那很有可能让真凶逍遥法外，这是我作为一个老朋友对你的真心建议。"

夜枭喝完了茶，拿起手机起身离开，舒清扬喝道："如果你还有一点作为高智商犯罪者的自负，就放了孩子，你有什么诡计，直接冲我们来。"

"我以为你会说'有人性就放了孩子'。"

"那种话对你没用，你最瞧不起的不就是人性吗？"

"我没有瞧不起人性，我只是认为很多时候人性是靠不住的。"

舒清扬放在茶几上的手机震动起来，两人的目光同时瞥过去，夜枭说："你搭档来联络了，他对你还真是一刻都不放松啊。"

舒清扬没动，夜袭提醒道："不接的话，他很快就会发现有问题了。"

"你要怎样才肯放过孩子？"

"查清案子真相，还我清白。"

"什么？"

"至少我在这两个案子里是清白的，不是吗？"

舒清扬听了这话，面露嘲讽，夜枭说："我就知道你不信，所以留了一手，只要你破了案，我就会放人。"

"如果凶手就是你呢？"

"如果你能找出证据证明我是凶手，我同样会放人，不过我的耐性不是太好，所以别把时间花在追踪我这上面。"

夜枭走了出去，手机还在那儿震个不停，舒清扬拿起手机追到走廊上，就见远处电梯门打开，夜枭要进电梯，他问："陈永是你杀的吗？"

"什么？"夜枭一愣，用手挡住门，反问，"陈永？"

"大概你害的人太多，自个儿都不记得了。"

"你说错了两件事。一、我的记忆力很好；二、我一直在救人，对很多受害者来说我是好人，这就足够了。"

夜枭说完走进电梯，舒清扬立刻接通手机，傅柏云在对面问："出了什么事？"

"遇到夜枭了，他刚进电梯，应该马上就出公寓，你在哪儿？"

"我快到公寓了，交给我。"

等舒清扬跑下去，傅柏云已经在公寓外面了，他正在打电话，看到舒清扬，把手机放下了。

"我没看到夜枭，不过看到有个老人家刚好上车，体形和他很像，我猜他是变装了，就把车牌告诉了技术科，让他们追踪。"傅柏云说完，问，"什么情况？他为什么主动来找你？"

舒清扬掏出口袋里的录音笔，说了夜枭出现在家里的前后经过，傅柏云听了，气极反笑："他说他不是凶手？让你帮他洗清冤屈？现在戏精演戏都这么投入了吗？"

"这个暂且不论，他肯定是有目的而来的，先查查这两天有没有失踪儿童的案子。"

回到特调科，舒清扬画下视频画面。

孩子穿的是白短裤加格子衣服，打扮中性，头上又戴了兔子头套，无法判断性别，只能从骨架来推断岁数大约在六岁到八岁之间。枪支也只露出枪口一小部分，看形状很可能是自制枪，孩子四周都涂了白色，坐的沙发也是白的，很难根据这些细节判断孩子在哪里。

大家听完录音笔里的对话，开始调查近期发生的几起儿童失踪案子，可惜不管是犯罪手法还是被诱拐者的岁数，都与视频里的孩子不符。

舒清扬想到了福利院这个可能性，连夜打电话给各家福利院询问，回复都是没有孩子失踪，最后大家得出结论——要么是孩子被诱拐的人家遭到威胁，不敢报警，要么孩子的家长本身就是犯罪成员或者吸毒分子，这种人为了达到目的什么没人性的事都做得出来。

　　蒋玎珰把对话录音又反复听了几遍，说："他到底是什么意思？以前都不强调自己没犯案，偏偏这次跳出来说，是真的气不过有人栽赃他？还是只是设计个游戏来挑战我们？"

　　这里面最了解夜枭的人就是舒清扬，所以大家的目光都落在了舒清扬身上，舒清扬说："如果是游戏的话，他不需要特意露面，所以我比较倾向于前者，他希望我们交出答案，好让他对栽赃的人打击报复。"

　　"他不是神通广大吗？怎么这次要依赖我们警方了？"

　　马超嘲讽说，王玖提醒道："因为他的黑客手下被抓了，等于失去了一条膀臂，以他的个性，其他黑客他大概也不会马上利用起来，怕他们出卖自己，所以就用上我们了。"

　　舒清扬说："我也是这样想的，所以我特意在他没防备时询问陈永，看他的反应不像是装的，我想他至少不是指使陈永杀施蓝的人。"

　　"这也难说，可能是他的演技提高了呢，否则陈永为什么会跟两个案子都有联系？"

　　"不管怎么说，夜枭手上有人质，我们要尽快查出他的老巢，不能让孩子受伤害。"

　　王科给大家部署了任务，没多久，技术科那边来联络了，说人跟丢了，夜枭很狡猾，中途换了两次车，附近的交警追上了车，里面已经没人了，司机是网约的，什么都不知道。

　　这个结果在舒清扬预料之中，所以他没有气馁，天一亮就出门找线索。为了节约时间，他和傅柏云兵分两路，傅柏云去几家福利院详细确认儿童的情况，舒清扬则去了陈永的父母家。

　　陈永的母亲出去买菜了，只有他父亲在家，偏偏陈父耳背，舒清扬耐着性子跟他沟通了好半天，才得知他们已经几个月没见过陈永了，两位老人也不希望陈永回来，因为他只要回家就是要钱抢东西，每次都吵个鸡犬不宁的。

　　一说到陈永，老人就唉声叹气，说现在有孙子了，他已经放弃那个不成才的儿子了，只希望他不要再闯出更大的祸就好。舒清扬委婉提起胡小雨的事，谁知陈父又听不清，他一边怀念傅柏云在身边的日子，一边一次又一次地重复相同的问题。

花了十来分钟，陈父总算是听明白了，也记起了胡小雨这个人了，他对胡小雨的印象是聪明又漂亮的女孩子，还来他们家玩过，谁能想到最后会死在他们儿子手里，说到这儿，老人又开始愤愤不平地骂陈永。

舒清扬费了好半天劲儿，才制止了陈父的骂骂咧咧，又给他看了施蓝的照片和她的变装照，在相同的问题重复了几次后，陈父说他没有见过施蓝，他们老两口不怎么出门，平时接触的都是熟人。

舒清扬顶着一脑门的汗离开，他刚从陈家出来，就接到了王玖给大家的联络，说他在居民区派发陈永的图像，以前的老住户还有人记得陈永，不过最近没有见过他，说他没来过，陈家搬走后，他们的房子也转了出去，现在房子是空的，王玖去查过了，里面没有人躲藏过的迹象。

"只要人活着，就没有我找不到的。"

听了王玖的话，舒清扬想起孙长军曾这样自诩过，这话也许有点儿言过其实，不过反过来想，一个人不可能一点痕迹不留下就失踪，他们一直都找不到的人，那个人多半是凶多吉少了。陈永被利用完干掉不奇怪，问题是看夜枭的反应，他好像并不了解陈永的情况。

想到这里，舒清扬打电话给小柯，让他再重新搜索陈永消失前的行踪，尤其是他最后出没的地方要做重点调查。

他打完电话，手机还没放下，电话又响了，是王彩虹的房东打来的，一接通她就问："王彩虹有没有打电话给你啊？"

"没有，我打给她，她也没接。"

"我就知道她肯定不敢接，她刚才回来了，还带了个男的，你赶紧过来吧，再慢一慢，她肯定又跑了。"

舒清扬开车赶去王彩虹的家，到了后就见她家门口站了三个人，除了房东和王彩虹外，还有个四十多岁的男人，看他的身板和脸色就是常年吸毒的。房东拉着王彩虹让她交房租，男人还想动手，舒清扬上前亮出了自己的证件。

男人一看是警察，二话不说掉头就跑，王彩虹也想跑，被舒清扬一把抓住，说："我来不是要查你，是想跟你打听下你女儿的事。"

一听不追究自己的事，王彩虹放弃逃跑，换成无所谓的脸孔，打着哈欠说："她早就死了，犯事的也都判了，还问啥啊？"

舒清扬带她进屋，房东一脸想八卦的表情，也想跟进来，被舒清扬制止了，向她道谢，关上了门。

屋里拉了窗帘，门关上后，显得特别暗，舒清扬过去拉开了窗帘。王彩虹想反对，嘴巴张张又闭上了，推开沙发上堆积的脏衣服，随便一坐，问："你要问什么？"

她的身材还不错，不过这个年纪还穿十几岁小女生的衣服，总有些不伦不类，脸上的浓妆还没洗掉，也没补妆，斑驳得让人不忍目睹。她坐在那儿东摇西晃的，舒清扬几乎怀疑她是否还有对女儿的记忆。

"最近出了一起案子，与胡小雨一案有些相似，所以我们想多了解下她的情况。"

"所以是有了案子才想起她，当初怎么就没人管她？"

也不知道是哪句话刺激到了王彩虹，她突然暴跳起来，冲着舒清扬叫道："要是你们当初管管她，多照顾下她，她就不会跟着坏人混，就不会被害死，我女儿死了，他们就判了几年，就因为他们比我有钱吗？"

"那你关心过她吗？"

"我当然关心了，她想要什么我都给她，给她钱给她衣服，为了她上好学校，我赚了多少恶心的钱啊，她还不满足，还骂我，和那些害死她的人鬼混，那个没良心的跟她爸一样，花我的钱还瞧不起我……"

王彩虹呜呜哭起来，舒清扬有点后悔和傅柏云分头行动了，因为劝人实在不是他的强项，看看周围，找到纸巾盒，他抽了两张纸递过去。

王彩虹接过纸巾抹掉眼泪，指指里面："她有什么事也不跟我讲，你问我也没用，你自己去房间看吧，她的东西我都没动过。"

舒清扬走进房间，这里应该好久没人进来了，有股霉味，地上和桌上落了不少灰尘，但总体比外屋整洁多了，看来不管王彩虹怎么骂女儿，心里还是想着她的，所以房间都保留着原有的模样。

舒清扬找了一圈，没找到与画画有关的东西，倒是发现衣柜里有几件高档时装，看样子没穿几回，案件记录里提到过胡小雨有偷窃行为，这么贵的时装明显是偷来的。

抽屉里有一些用了一半的化妆品，看牌子也不便宜，角落里塞了几个香水小样，都蒸发得差不多了，舒清扬打开瓶塞嗅了嗅，时间太久远，气味都变了，无法判断是不是胡小雨出事时用的那种。

他走到床脚，那里放了个纸箱，里面是胡小雨的手机、化妆箱等私人物品——胡小雨的案子侦破后，属于她的东西都还回来了，王彩虹也没整理，就那样放着，纸箱上也落了一层灰。

手机没电，舒清扬放在一边，翻看其他东西，化妆箱下面是高中课本和笔记，他翻开笔记，意外地发现胡小雨的字写得非常漂亮，记录得也认真，她应该是个很聪明的女生，可惜走了歪道。

正翻着，几张照片从笔记本里滑到了地上，舒清扬捡起来，中有一张合照里有陈永和周大壮，另一个曾经参与杀害胡小雨的男生靠在车旁。和其他照片一样，胡小雨的妆特别浓，头发挑染，指甲染了黑色，完全就是小太妹的形象。

他一张张看着，手停了下来，熟悉的装潢背景映入眼帘，胡小雨站在当中，身后的架子上摆放着香水样品，远处有几个人拿着酒杯在聊天——这是香水试用会，也就是施蓝和调香同伴们合照过的地方。

舒清扬调出自己手机里的照片做对比，他没记错，两张照片是在同一个地方拍的，照片里的胡小雨扎了马尾，穿着一身白色长裙，对着镜头笑得很开心，这是她唯一的一张淡妆照，也是最好看的一张，属于少女的俏丽活泼哪怕只是照片，也能让人感觉得到。

看来他们的推想没错，胡小雨和施蓝果然是认识的。

"那都是她和那些狐朋狗友拍的。"

不知什么时候，王彩虹走到了门口，看着舒清扬手里的照片，说："她以前很好的，又孝顺又懂事，还仗义，附近有小孩被欺负，她都会出头帮忙，要不是认识了那些恶心的人，她也不会变坏，她是自作自受啊！"

王彩虹的手紧紧握住，像是在努力压抑愤懑。舒清扬想她憎恨的不仅仅是胡小雨的堕落和杀害她的那些人，还有无法给予女儿更好生活的自己。

"这张她拍得很漂亮。"

舒清扬把胡小雨的淡妆照递给王彩虹，王彩虹原本扭曲的表情稍微缓和，接过照片看了一会儿，说："这张我记得，她那天的打扮和以往都不同，还主动和我打招呼，说认识了一个很好的姐姐，长得好看，人也温柔，我想她应该是在学着人家化妆吧。"

"她有没有提那个姐姐叫什么，是做什么的？"

"没有，不过我听她的意思好像是她做什么坏事被逮到了，人家心善没报警，还主动送她东西。小雨这孩子倔归倔，却是个直脾气，就怕别人对她好，她还说要帮姐姐的忙，我说你别添乱就好，她说不会，她今后会好好做人的……"

说到这里，王彩虹又捂着脸呜呜哭起来，舒清扬再问胡小雨学画画和买有趣的东西这些事，她连连摇头说不知道，看了施蓝和孙长军的照片后也说没见过。

舒清扬要回了胡小雨的照片，说先暂时保管，等调查结束后再还给她，王彩虹同意了。舒清扬走到门口，她忽然说："我知道她想学好的，后来她认识的朋友就挺有教养的，她就是命不好……"

"是她提到的那个姐姐吗？"

"不是，是个和她差不多大的男生，应该也是学生吧，有点认生，不过很有礼貌，那天我回家遇到他，他还叫我伯母，小雨以前的那些朋友从来不会主动跟我打招呼。"

"照片里有没有这个人？"

无意中听到了新情报，舒清扬急忙转回来，把几张照片放到王彩虹面前，王彩虹看了一遍，摇摇头。

"就见过一面，当时我也没留意，都这么多年了，我哪儿还记得啊？不过绝对不是这些人，你看他们的打扮，会是什么好人？那男孩子戴着眼镜，斯斯文文的，和他们肯定不是一伙的。"

"那他有多大？"

"十四五？也可能十七八吧。"王彩虹模棱两可地说。

舒清扬让她照记忆描述男生的长相，她讲了，可一会儿说是穿了校服戴黑框眼镜，是个胖子，一会儿又说瘦瘦的，穿着白衬衣和长裤，身高和岁数也记不清楚，舒清扬照她说的画了半天也没结果，他有些失望，收起纸笔正要告辞，王彩虹打了个哈欠，随口说："可能是孤儿院的吧，有段时间小雨常去孤儿院玩，那些孩子也喜欢她。"

"你是说福利院吗？是哪一家？"

"就附近那家，叫'彩虹之家'，和我的名字一样，所以有不少碎嘴子叫小雨是孤儿，后来关了，大概是没钱吧，里面的孩子也不知道怎么解决的。"

舒清扬明白了，难怪他们问遍了所有的福利院，都查不到孙长军的履历，原来他所在的福利院倒闭了。他赶忙向王彩虹道了谢，跑了出去，王彩虹在后面自嘲地说："啧啧，好久没听到这个谢字了。"

舒清扬一出门就看到了在对面探头探脑的房东，他走过去，房东还以为可以听八卦了，激动得眼睛都亮了，直到舒清扬询问福利院的事，她才泄了气，说："知道知道，开了很多年，院长真是个好人，她家的孩子吧，有些挺调皮的，没办法，正是贪玩调皮的年纪嘛，不过总体来说算不错。后来她丈夫过世，福利院资金又周转不灵，只好关掉了，六年前，不对，是七年前关的，里面的孩子能给安排的都安排了。"

"她叫什么？能联络上她吗？"

"叫王喜玲，她搬家时留过号码给我，一开始还打过电话，后来就没联络了，你等等，我试试看。"

房东真是个热心人，掏出手机找到王喜玲的手机号打过去，电子音提醒是空号，看来号码给注销了。

舒清扬又把孙长军的照片和刚拿到的那几张也给房东看了，房东没见过孙长军，不过记得陈永和周大壮几个人，说他们常来，偶尔还会带个穿校服的孩子，那孩子胖墩墩的，看着挺老实的，年纪也比他们小，和他们混在一起比较显眼，所以她有印象。

"你确定不是他？"

舒清扬拿着孙长军的照片又问了一遍，房东有点犹豫，指着照片说："我觉得这孩子更好看点，不过俗话说女大十八变，男孩也是一样，大了长开了，就变帅气了也是有可能的。"

"他都是和陈永他们一起来吗？还是会单独来找胡小雨？"

"我见到的都是他们一起来的，看起来他像是谁家的弟弟，所以带过来玩，不过我也不能二十四小时都盯着人家的家啊，所以也可能单独来玩过。"

至于单独来找胡小雨的那个男生，因为王彩虹的描述实在太笼统，舒清扬没法照她说的去询问。

他离开后，在车上查了彩虹之家，这家福利院因为规模很小，而且七年前就关掉了，所以网上有关它的资料不多。他本想联络小柯调查，忽然想起之前苏小花说要做福利院专辑的事，便碰碰运气，先打给了她。

还好苏小花没熬夜，第一时间就接听了，听了王喜玲的名字，她说："知道啊，我做采访时好多福利院的人都说起过她，对她赞不绝口，我正准备找个时间去给她做个专访呢。说到这位王妈妈，她特别厉害，和先生一起做慈善事业做了很多年，要不是先生去世了，她身体又不好，肯定会一直做下去的，不过她现在也没闲着，在朋友的疗养院做义工……等等，为什么你问她的事？她跟什么案子有关系？啊，我知道了，是孙长军的案子对不对？"

不得不说当记者的灵感天线都特别发达，苏小花从舒清扬的询问中猜到了内情，不过她没多问，交代舒清扬破了案要让她做专访后，就说了王喜玲的家庭地址和她做义工的地方。

舒清扬先去了王喜玲的家，他挺幸运的，王喜玲拿着竹篮正要出门买菜，听说了舒清扬的来意，连忙让他进家，又泡了茶，让他慢慢说。

王喜玲现在七十多了，身体健壮，说话中气十足，舒清扬提到孙长军，她想也没想就说记得，去拿了相册给舒清扬看。

"其实送到福利院的孩子，多多少少都有些缺陷的，尤其是男孩，不过小军比较特殊，他是他姨婆送来的，他姨婆和我很熟，据说因为小军，她家人闹得不可开交，都说小军是问题儿童，经常打别的小孩，我算是代为抚养吧。他很聪明，不喜欢和同龄孩子玩，总是一个人看书玩电脑，挺不一样的，我就买了电脑方面的书给他看，他来彩虹之家时才八岁多，一直住到十五岁，也就是福利院关门的时候，当时我先生过世了，我身体也不好，就接受女儿的建议，关了福利院，说起来真对不起那些孩子，所以我尽力帮他们找到领养的人家或转院。"

"那孙长军呢？"

"他被远房亲戚收养了，是一个二十出头的男人，我对他的印象不太好，不过他的资料和身份证明都没问题，小军和他还挺聊得来的，坚持要跟他走，我就没反对。"

孙长军亲戚里没有这样一个人，舒清扬猜想收养他的应该是后来出车祸死亡的小偷大哥，那些证明都是伪造的，以孙长军的黑客技术，要作假并不难，大概他是不想再住在福利院或是去亲戚家，所以用了个小手段让自己获得自由。

"他性格怎么样？有没有像他姨婆家人说的那样是问题儿童？"

"他常常跟人打架的，不过我不认为那是他的问题，小孩子也欺生，偏偏小军性子拗，有人欺负他，他就打回去，后来大一点就好了。他在玩电脑方面简直就是小天才，那几年院里的资料管理都是他帮我做的，还设计了网页做宣传呢，可惜最后还是关掉了。我跟他说的时候都哭了，他倒是挺冷静的，还安慰我说一切都会变好的。"

舒清扬翻看着相册，孙长军的照片除了几张是在户外拍的，其他的几乎都是和电脑一起拍的，那时他还挺瘦小的，眼睛炯炯有神，笑起来也很可爱，和之后那副总是玩世不恭的样子完全不同。

"那之后他还跟你有联系吗？"

"最初几年没有，大约是前年吧，他不知道从哪问到了我家地址，拿了礼品跑来拜访，那之后逢年过节的他都会问好，还给我发红包。他跟我说他在某家 IT 公司工作，待遇什么都挺好的，我也为他开心。上个月我家亲戚的孩子找对象，我还想介绍给他，可跟他说了后，他说工作不稳定，暂时不想谈，给回绝了。"

说着话，王喜玲又从手机里找出一张她和孙长军的合照，孙长军来拜访她时穿着西装，发型整齐，还真像是公司白领，可实际上孙长军说的都是谎言，所以他当然不可能回应王喜玲介绍对象的话题。

"你特意过来问他，他是不是犯了什么事啊？"

见舒清扬沉吟不语，王喜玲担心地问，舒清扬反问："为什么你会觉得他犯事？通常大家先想到的是——是不是出事了。"

"这个啊……他前几次来找我时好像心事重重的，我感觉他有话要对我说，可我问了，他又说没事。以前他也是这样的，什么事都放在心里，被欺负了也是自己反击，不会说出来，所以他姨婆家的人才会觉得他有问题吧，那孩子有时候也许会想法偏激，但绝对不会做坏事的。"

王喜玲说得很肯定，舒清扬安慰了她两句，又询问当初孩子们都转去了哪些福利院，王喜玲写了名字，舒清扬有印象，都是他们打电话询问过的几家福利院。

他拿出照片让王喜玲辨认，王喜玲没见过施蓝，不过记得胡小雨，说她出事前和同学来过福利院几次，当时她们班做义工活动，她们把收集到的玩具和旧衣送过来，孩子们都很开心。王喜玲对胡小雨印象很好，得知她遇害，还难受了很久，至于胡小雨和孙长军是否有接触，她说不清楚，因为那段时间她很忙，院里的事都是其他老师在处理。

舒清扬看她对胡小雨记忆犹新，便问："那您还记不记得胡小雨出事的那晚，孙长军有没有出去过？"

他本来没太抱希望，谁知王喜玲立马摇头否认了。

"没有，那阵子流感，几个孩子轮流发高烧，那晚小军也高烧了，老师带他和另外一个孩子去诊疗所打吊瓶，第二天他硬要去上学，结果中午就回来了，脸色特别差，精神也恍恍惚惚的，还被我骂了。那时候我听说发生命案了，被害人还是个小姑娘，我就特怕孩子们也出事，所以记得特别深。"

虽然王喜玲说孙长军那晚没出去，但是从她的描述来看，关于胡小雨遇害一事，孙长军应该是知道些什么，所以他第二天的反应才会那么奇怪。

想到这里，舒清扬的心微微一动，某个念头跃入脑海，他从王家出来，马上联络同事们说了自己的发现。

王科也说了他们的调查进度，说技术科那边重新查看陈永的行踪，他是在一家 KTV 和附近的人工水塘那一片消失的，所以大家怀疑陈永可能还藏在那附近，他们已经抽调人手去追查了。

"那这几家福利院能一起查吗？因为我想到了一个可能性。"

耳机那头大家不说话，舒清扬接着说："从我调查到的情况来看，孙长军是个很念旧的人，他在福利院住了多年，有感情的，我怀疑他就是在去哪家福利院时刚好和施蓝碰到了。"

王玖说："我们问过施蓝的朋友圈，她没有做过义工，那女人有时间的话，大概都在从事犯罪活动吧。"

"孙长军是个宅男，施蓝平时去的都是高级场所，在这座大都市里，他们俩碰巧遇到，并且孙长军还注意到了施蓝的香水，这种可能性微乎其微，除非一种情况，他们有共同出入的地方。"

傅柏云第一个反应过来，叫道："你不会是说夜枭手里的小孩人质是施蓝的孩子吧？"

"是的，虽然卢江明说他和施蓝的孩子早夭了，但也有一种可能是那之后施蓝又怀孕了，然而那时候卢江明已经提出了分手，她便谁都没说，私下生下了孩子，丢去了福利院——这些都是我的猜测，还得向各家福利院确认。"

"没问题，你把王妈妈写的名单传过来吧，我们大家分头去问。"

结束通话，舒清扬加快车速，把车开去施大夫的家。

施大夫夫妇都在后院，施太太在浇花，施大夫坐在旁边发呆，还是施太太先看到了舒清扬，跟他点点头。施大夫回过神，脸色顿时变得难看，无视舒清扬打招呼，掉头就回了家。

　　施太太很窘迫，放下小水壶，向舒清扬道歉，刚说了句不好意思，眼圈就红了。舒清扬知道她心里难受，用眼角余光看到隔壁邻居在张望，便说："能进去说吗？"

　　施太太带舒清扬进了屋，第一句话就是问："抓到凶手了吗？"

　　"还没有，我们还在寻找线索，所以有几件事我想再问问你。"

　　舒清扬取出胡小雨和陈永等人的照片，施太太对陈永等几个男生没有印象，但她记得胡小雨，说那次的香水试用会胡小雨参加了，她不懂调香，却为了帮施蓝忙活了一整天，而且长得也好看，所以施太太就记住了。

　　"说来也好笑，她对小蓝很倾慕，把她当偶像崇拜，我记得她肩上还有个蝴蝶刺青，小蓝觉得好看，也想去文，她爸死活不同意，说文那东西的都不是正经人，唉……"

　　说到当年的事，施太太眼圈又红了，她伸手抹眼泪，说："她爸哪儿都好，就是古板，要是当初不那么硬，也许小蓝不会出事，我一想起这事，我就气那老头子气得不得了，可我也知道不能怪他，谁能想到会变成这样呢……你还要问什么，尽管问，我没事……"

　　舒清扬等她的情绪稍微平复，才问起胡小雨出事后施蓝的反应，老太太想了想，说："她那段时间出去学习了，等回来时已经过去了好几个月，她听说后有点难过，跟我说吸毒害人，后来就再没提了。"

　　"出去学习多久？"

　　"大概四个多月，不过那之前她就很忙，我叫她回家她也没时间。"

　　舒清扬猜想那时候施蓝应该是怀孕了，所以特意避开家人，又找借口去外地休养，等生了孩子才回来，可惜最后小孩还是夭折了。

　　既然胡小雨遇害的时候施蓝不在当地，她可能并不了解胡小雨的案件情况，而且孩子早夭，她应该也没心思去考虑外人的事，只是孙长军偶然闻到了她擦的香水，误会了，才会联络她询问。

　　舒清扬又斟酌着问："施蓝有没有提到想和卢江明要小孩？"

"没有，她只说想结婚，但后来那男人还是抛弃了她，那阵子她精神特别不好，我也不敢多问，本来都过了这么久，以为熬过去了，谁知……"

施太太又开始哽咽，舒清扬安慰了她几句，就告辞离开了。

他经过走廊，旁边房间的门半开着，施大夫站在门口，舒清扬向他告辞，他没理会，哼道："查什么查？人都死了，都是她自己不学好，自作自受。"

他说得很偏激，不过舒清扬感觉得出其中也包含了他对女儿过世的懊恼和不甘，解释道："不管出于什么理由什么目的，都没人有资格扼杀他人的生命，所以我们一定会彻查到底，绝不让凶手逍遥法外，也希望您能摒弃成见，协助我们，因为施蓝不仅是受害者，她还是您的女儿。"

砰的一声，房门重重带上了，施太太慌忙向舒清扬道歉，舒清扬没在意，告辞出来，开车回了局里。

第六章
疑犯身亡

今天的调查成果显著，蒋玎珰很快从一家叫"明天"的福利院打听到了孙长军的情况，院长看了照片后，马上就认出了他，说他会定期过去，每次都带不少礼物和点心，所以小朋友都特别喜欢他，不过他从来不久留，也不和孩子玩，院长曾问过他的名字，他说叫"狐狸"，这明显是假名，院长看他不想说，也就没多问。

在调查施蓝方面花了点时间，院长既不记得这个名字，也没见过她这个人，蒋玎珰猜想施蓝应该是变装了，她照舒清扬的建议调出孙长军来福利院时的监控来查，终于查到一个月前孙长军来过福利院，在门口时他和一个中年妇女擦肩而过，他半路停下脚步，转头看了好久才离开。

蒋玎珰马上锁定了这位中年妇女，院长查了访客名单，说她叫王翠花，她偶尔会来，说自己有不育症，所以很喜欢孩子，可她家庭条件不好，也无法收养，只能定期送点东西过来，因为她偶尔才来一次，长相也不起眼，院长对她没印象，提供不出更多的情报。

蒋玎珰把王翠花的照片传给了技术科，通过面部骨骼对比很快就确定了这个王翠花就是施蓝假扮的。她的变装技术真是非常精妙，不仅化妆像是中年妇女，举手投足也扮得惟妙惟肖，连老胡都忍不住说她有这么好的技术，干点儿什么不行，偏偏去犯罪。

蒋玎珰又请院长提供近期被领养的孩童的名单，但是从岁数和照片来看，都比夜枭手上的孩子要小，院长说大家通常都喜欢领养比较小的孩子，岁数一大，人家会觉得养不熟。

"会不会有遗漏的？比如七八岁的，喜欢玩游戏的。"蒋玎珰照着舒清扬提供的图片描述孩子的身材，院长想了想，说："如果是女孩，倒是有一个，不过那家人还没有办理领养手续，只是说先处处看。"

孩子叫小萌，七岁多，和福利院大多数孩子不同，她没有一点疾病，是出生后不久被丢在福利院的，院长猜想多半是因为未婚生子才被迫丢弃的。

小萌长得好看又乖巧，但一直没遇到好的人家，半个多月前，一对中年夫妇来院里拜访，说他们没孩子，想领养一个，他们不介意岁数，只要懂事就行。

夫妇很有钱，第一次来就捐了两万块给福利院，而且男人谈吐优雅，聊起事情来也都有自己独到的见解，院长对他们印象很好，后来小萌和他们聊天，也特别喜欢他们，这样来往了几次，男人提出带小萌出去玩，说是培养感情，因为手续都到位了，院长就同意了。

小萌很快就和这对夫妇混熟了，还主动央求院长办领养手续，前天男人提出带小萌去游乐园玩两天，说好了周末送她回来，院长曾去男人家里看过，觉得没有问题，所以办了相关手续后，就送小萌过去了。

现在还没到周末，她自然觉得没什么问题，当蒋玎珰提出那对夫妇很可能是犯罪分子时，她还觉得当警察的疑心病太重，她做福利工作这么多年，坚信自己不会看错人。

蒋玎珰要了夫妇的身份证，很快就查出都是假的，技术科做了数据分析，确定男人就是夜枭，女人则是梁雯静，所谓的家庭地址自然也是假的，那只是个短期租屋，王玖带人过去调查时，里面已经人去楼空。

至此，整条线完整地串联了起来，小萌应该就是施蓝遗弃在福利院的孩子，这件事她不仅没有对卢江明和母亲说过，也没对夜枭提起，或许是出于自尊心，或许是出于保护孩子的想法。她变装来福利院也是为了看望女儿，她以为做得天衣无缝，却没有瞒得过夜枭，所以当发现施蓝萌生退意后，夜枭就变装接近孩子，打算利用小萌来要挟施蓝。

孙长军曾和胡小雨有过接触，也闻过施蓝给她的香水，所以当闻到施蓝身上相同的香水味时，曾经的记忆被唤醒，他主动联络施蓝想询问有关胡小雨的事。

正是这个调查让孙长军和施蓝陷入了危境，有人不希望他们旧事重提，所以先后杀害了两人，这个幕后黑手可能是夜枭，也可能不是，但他诱拐小萌是不争的事实。

这是大家根据这一天调查到的线索整理出来的结论，并把陈永当作第一嫌疑人。可就在王科准备申请增援调查的时候，马超来联络了，说他们在人工湖发现了一辆摩托车，让他们赶紧过来。

舒清扬本来要去食堂，一听有消息，他连饭也不顾得吃，坐上王玖的车一路赶到了人工湖。

还没靠近呢，他们就看到湖边围满了人，傅柏云和蒋玎珰已经在那里了，正配合派出所的同事在湖里搜索，舒清扬下车跑过去，刚好看到大家把一辆摩托车打捞了上来，摩托车身上还挂了个长形物体，他心一凛，隐约猜到了那是什么。

时间还不是太晚，有不少在附近围观的群众，大家一见有东西捞上来了，都想靠近了去看，被派出所的民警拦住了，舒清扬走过去，几人合力把摩托车放到地上，长形物体上缠了绳子，和摩托车绑在一起，物体虽然损毁严重，但明显可以看出是个成年男人的身躯。

尸体腐烂得很厉害，随着捞出发出恶臭，舒清扬身后传来作呕声，是派出所的新人警察受不了了，捂着嘴跑去一边干呕。

舒清扬打电话联络法医，说明情况后，又拿出随身带的手套和口罩戴好，上前检查。

摩托是个很普通的单人座小摩托车，车体很旧，本地车牌，舒清扬让傅柏云查一下车主，又转到尸体那边检查。

尸体被湖里的小鱼啃得很厉害，已经看不出原有模样了，不过身高和陈永相近，衣服也和陈永被探头拍到的衣着很像，颅骨有明显凹陷，这大概就是被害人的致命伤了。

法医很快就赶到了，舒清扬退出来，查看人工湖畔的状况。

这里说是人工湖，其实就是个小水塘，而且基本处于荒废状态，由于长期无人打理，湖边野草都很茂盛，湖畔还有不少垂柳，有些柳树枝几乎垂在了水里。

根据摩托车的发现地，舒清扬很快就确定了凶案现场，现场周围的草被重压过，地上还留着喷溅状血迹和一些滴落的血点，从血迹分布和杂草被碾过的状况来看，被害人在遭受重击后曾试图躲避逃离，但都失败了，凶手不止一次用重物击打被害人的头部，导致他的死亡，之后又将尸体捆在摩托车上推入水塘，水塘四周没有护栏，给凶手销毁证据提供了方便。

脚步声打断了舒清扬的沉思，傅柏云走过来，舒清扬问："这里还挺深的，你们怎么发现尸体的？"

"要感谢咱们的警犬帮忙，我们先发现了血迹，后来我注意到这一片小鱼特别多，就怀疑塘子底下有问题，结果下水一看，就找到了摩托车。就是塘子里有不少大石块，摩托被卡住了，打捞费了点儿事。"

舒清扬看看周围，这里很偏僻，没有路灯，更别说监控了，围观的群众不仅没增多，反而减少了，大概是看不到大新闻，都撤了，可见换了平时，这里该有多荒凉。

傅柏云说："凶手可真是老谋深算，在这种鸟不拉屎的地方把人干掉，再利用车子把尸体沉塘，还特意选了个石头多的地方，可见是个对附近地形很熟悉的人。要不是咱们专门寻找，尸体还不知道什么时候才被发现呢。"

"你觉得这是凶手有计划的杀人？"

"难道不是？"

"本来我也这样怀疑，不过看尸体腐烂的状况，大概在施蓝被杀之前。"

听了这话，傅柏云的眉头皱紧了，因为如果事实如舒清扬说的这样，那么他们之前的推断都要被推翻重来了。

现场鉴证结束了，尸体被抬走，舒清滟走过来，傅柏云问："被害人是什么时候死亡的？"

"目测至少有一个星期，详细结果还要等解剖后才知道。"

这个回答证实了舒清扬的判断，傅柏云看看他，叹了口气，舒清滟问："怎么了？"

"我们本来怀疑他是施蓝一案的凶手，还把他当作主要嫌疑人来查，现在要打回重练了。"

傅柏云解释完，舒清扬问："有什么发现？"

"被害人身上没有手机和能证明身份的东西，目前可以确定的是致死原因是颅骨损伤，创口主要分布在头顶偏后脑，有数次击打的痕迹，从创口形状和头皮附着物来判断，凶器应该是比较尖锐的石头之类的硬物，你们看看这附近有不少石块，很有可能是凶手趁被害人不留意，在他骑上摩托的时候，捡起石块从后面进行攻击。"

傅柏云看看四周，的确有不少零零碎碎的石头，他说："如果是用石头当凶器，那更像是临时起意，而不是蓄谋杀人。"

"难说，石头才是最好的武器，用完了往水里一扔，这里水又深，石头又多，根本没法找，匕首就不一样了，所以凶手很可能是……"

舒清滟说到一半，看看舒清扬的脸色，她打住了："我不乱说话打扰你们的思维，我回去做我该做的事。"

法医离开了，傅柏云的手机响了，他跑去旁边讲电话，留下舒清扬一个人在现场附近徘徊。

围观群众见没有热闹看，都纷纷散了，舒清扬看完现场，一抬头，忽然看到一棵垂柳后人影一闪，依稀是苏小花。

对方也第一时间发现了他，猫着腰想避开，他说："别藏了，都看到你了。"

"嘿嘿，不愧是当警察的，眼睛可真尖啊。"

见躲不过，苏小花直起腰板转过头，冲他一脸奉承的笑，舒清扬拿她一点办法都没有："你的手不是还没好？福利院专访不够你做的？还跟同行抢新闻？"

"不不不，你误会了，我是从附近经过，刚好看到你们那个笑面虎科长，有他在的地方肯定有案子，我就好奇过来看看，是什么案子啊？"

舒清扬瞪着她不说话，苏小花立刻改口："马上走马上走。"

"等等，你去哪里？"

"回家，今天的资料都收集齐了，剩下的就是在家打字，打字嘛，我的手还是可以用的。"

"我正好也要回局里，送你吧。"

"舒队你简直是太好了，以前我怎么都没发现你这么体贴啊。"

苏小花瞪大了眼，开心地看他，舒清扬转身去车位："想什么呢？我只是有事要问问你。"

他没走两步，耳机传来傅柏云的声音，说摩托车主找到了，就住在附近，派出所的同事带他过去，有事再联系。

"你们当警察的真忙啊，"苏小花在旁边看着，叹道，"看来你欠我的那顿饭又遥遥无期了。"

"没你忙，赶场似的，忙完上场忙下场。"

"其实我的要求也不高啦，一起在湖边逛逛也挺好的，就当谈恋爱了，呃，我是说这里黑灯瞎火的，死者为什么会跟人约在这里，这是明摆着送人头吗？还是他和凶手很熟悉，相信对方不会害自己？"

苏小花叽里呱啦了一大堆，只换来两个字。

"上车。"

路上舒清扬问了苏小花的采访情况。

最近苏小花都一直在跑各家福利院，她收集到的资料也多，被问起，她就把自己了解的都详细讲了一遍，尤其是关于募捐的部分。

这四五年间，有几家福利院会定期收到金额不菲的捐款，捐款都是直接从网上转过去的，署名要么是路人甲要么就是路人丙，明显是杜撰的，几位院长想道谢都找不到人，只能在福利院官网上发公告，所以苏小花去采访时，大家就提到了这件事，请她帮忙寻找捐款人，希望当面道谢。

舒清扬听了苏小花说的福利院的名字，那都是彩虹之家的儿童转院的几家，看来捐款人是孙长军无疑了。

孙长军最初给舒清扬的印象并不好，但后来随着交往渐多，他觉得这人品性不坏，就是走了些弯路，却没想到他一直用自己的方式去回报帮助过他的人，可就是这样的一个人，却偏偏有人容不下他！

想到这里，舒清扬就忍不住气愤，气恼中还掺杂着懊恼，孙长军出事前有好几次欲言又止，如果他早些留意并追问的话，也许事态就不会变成现在这样了。

"哎哟！"

苏小花叫起来，舒清扬转头一看，她在翻文件时不小心被纸张划到了手，血冒了出来，她翻翻背包，找出一张皮卡丘创可贴，贴到了指头上。

舒清扬都无语了："你说你就不能小心点儿，办点儿事还要力气钱。"

"我也这样觉得，所以为了不烧掉厨房，我都不敢碰炉灶……挺可爱的吧？我刚买的，送你俩。"

苏小花给他看看手指上的创可贴，又把另外两张塞去他的手机壳里，舒清扬不想要，奈何正在开车，只好任由她胡闹了。

苏小花搞定后，看看舒清扬的表情，她开始问正事。

"这个捐款人应该是孙长军吧？"

"对，所以无论如何，我一定要查出真相，不让凶手逍遥法外！"

舒清扬把车开进了苏小花住的小区，他找了个空位刚把车停好，苏小花突然头一低，趴在了他身上，他一愣，问："怎么了？"

"前面恶犬出没，我最怕狗了！"

舒清扬抬头看去，两个中年妇女有说有笑的，牵着牧羊犬从车前经过，他没好气地说："你以前不是还和老虎一起拍过照吗？老虎都不怕，你怕什么狗？"

"那不一样，那是小奶虎，这是成犬，快看看，还在吗？"

舒清扬看着居民牵着狗走远了，说："都走了，没事了。"

苏小花还是不敢抬头，又等了一会儿才直起腰，看看窗外，拍拍胸口松了口气。

"你怕的不是狗吧？"舒清扬故意问。

苏小花一愣，随即回了他一个甜甜的笑："我先回家整理资料了，要是有新发现再跟你说，谢啦。"

她说完跳下了车，不等舒清扬追问就一溜烟地跑没影了。

第二天上午，尸检报告出来了，确定正是陈永。

正如舒清滟最初判断的，陈永的致死原因是颅骨损伤，创口一共有五处，几乎都集中于头顶偏右偏后的位置。现场鉴定证明凶手善用右手，他在陈永坐在摩托车上时从后面发出痛击，陈永曾一度想逃离，被凶手追上继续殴打，事后用麻绳把他绑在车上，抛入水塘。

陈永的死亡时间大约在一个星期前，正是监控探头无法追踪他的那天，由于浸水时间过长，尸体被鱼啃食，损毁严重，舒清滟虽然提取了被害人的衣服和指甲上的附着物，却没有特别发现。

傅柏云调查了摩托车主，他是和陈永常在一起混的哥们。前段时间陈永跟他借摩托车说骑一骑，因为是快进废品收购站的旧车，哥们就随口答应了，压根儿也没想让他还，所以当听说摩托车是和陈永的尸体从水塘里一起打捞出来的，他目瞪口呆，不用傅柏云询问，就主动交代了自己当天的行动，以示清白。

调查结果证实他在陈永失踪前后有时间证人，他与陈永的死无关，至于陈永为什么要借摩托，哥们说他提到去附近买个菜什么的比较方便，也就是说陈永借车的时候还没有跑路的想法。

看到这个结果，舒清扬皱起眉，又仔细看了陈永近期的手机通话记录，让小柯调查从陈家到人工湖之间的所有监控，尤其留意骑小摩托的人。

不出他所料，一个小路口的监控拍到了骑摩托经过的女人，小柯对视频做了清晰处理，确定正是陈永借的那辆摩托车，从摩托车行驶的方向来看，女人是去人工湖的，然而他们继续追踪之后的视频，没有看到女人骑摩托回来。

"这女人好像是陈永的老婆。"傅柏云说。

探头只拍到了女人的后背，不过舒清扬相信傅柏云的判断，他说："张娟撒谎了，她说一直没见到陈永，但实际上那天她接了陈永的电话后，曾去湖边找过他。"

"所以我们把案件复杂化了，陈永以前住的地方离施蓝被杀现场很近只是巧合，他本人不认识施蓝，他的死更与夜枭组织没关系，更大的可能是出于家庭矛盾。"

"是啊，他们夫妻都是冲动型人格，一言不合很容易激化矛盾的。"

"可惜人工湖附近没有探头，很难指证张娟当晚去过那里。"

舒清扬闭着眼重新捋了一遍人工湖附近的状况，半晌，说："不，也许可以，跟我来。"

他说完，掉头跑出去，傅柏云莫名其妙跟在后面。

两人开车来到人工湖畔，舒清扬先去了陈永的遇害现场，抬头往前看看，又顺着湖边往前走，每走到一棵树前，他就会仔细查看树干，在走了十多米远的地方，他的脚步停了下来。

眼前有棵颇粗的柳树，树身斑驳，舒清扬着重看了和自己颈部等高的地方，傅柏云配合他打亮手电筒，透过光线折射，可以隐约看到部分褐色，联想张娟额头上的瘀青，傅柏云笑了。

"舒队你又猜中了。"

"不，要感谢这周没下雨。"

下午，张娟被带到了特调科的审讯室。

她一开始态度还很嚣张，冲着王科又吼又叫，说警察暴力执法，又说耽误了自己做生意，闹个不停，直到王科把她在陈永死亡当晚骑摩托去人工湖的视频放出来，还有她和陈永争执时撞到树上留下的血迹鉴定后，她就崩溃了，放声大哭，也不用王科问，就全部都交代了。

她说陈永平时就吃喝嫖赌，自己不赚钱就罢了，还花她的钱，欠赌债就跑出去躲债，害得她成天面对债主。那天陈永打电话给她，让她带点钱去小湖边，她就等把孩子哄睡了，拿了这几天做缝纫活儿赚的几百块过去，当时她还想着要早点回家，所以才会骑摩托。

谁知陈永一看她拿来的钱，居然嫌少，开始骂骂咧咧，她最近被债主吵得心烦，忍不住对骂起来，也不知道是哪句话刺激到了陈永，他突然跳过来动手。

两人撕扯中，她撞到了树上，陈永还不解气，开始骂她，说她命贱，没结婚前自己财运特别好，就是因为和她结了婚，才赌什么输什么，所以都是她的问题，骂完后抢过摩托车推着离开，说这是自己的，贱女人没资格用。

她撞得头晕目眩，想到结婚这几年自己受的委屈，再听到陈永骂人的话，那一瞬间，整个脑袋都像是炸开了，脑海里一片空白，顺手抄起一块石头就追了上去。

陈永推着摩托往前走，她追上去的时候陈永刚好骑到车上，她听到了击打的沉闷声，回过神，陈永已经捂着脑袋跌倒了，又手脚并用往前爬，看着那恶心的模样，她更加愤怒，冲着他的脑袋又狠命地敲下去，一连敲了数下，直到陈永趴在地上一动不动了。

她拿着石头站在原地呼呼喘着气，过了好一会儿，凉风拂过脸颊，她慢慢冷静下来，才发觉自己做了多可怕的事。

触触陈永的鼻息，已经完全没气了，她吓得抖个不停，慌忙把石头抛去了水里，原本想把尸体也一并推下去，后来一想，就这么抛尸，尸体很快就会浮上来，便灵机一动，从车座下翻出绳子，把尸体绑在摩托车上，推下了水。

说到这里，张娟号啕大哭，想起那晚的经历，她全身又开始发抖。王科给她倒了水，她咕嘟咕嘟一口喝下去，又开始唠叨说自己力气很大，所以才能把尸体和摩托推下水，而她力气大都是陈永训练出来的，平时陈永什么都不做，体力活儿都是她做的。

事后她还特意拿走了陈永的手机和身份证钱包什么的，本来还想摘掉车牌，这样就算万一尸体被发现，也查不到陈永身上。后来发现没工具摘不下来，又怕有人经过看到，只好放弃了。

回去时她特意走的小路，她在那附近住了很久，有自信不会被监控拍到，甚至还抱着侥幸想陈永赌鬼一个，失踪一阵子也没人会找，时间一长多半会当他人间蒸发了，她做梦也没想到才过了一个星期，就有警察找上了门，那时她就有种不祥的预感，现在果然预感应验了。

"手机和身份证那些东西你藏哪里了？"

"手机我扔到了水塘的另一边，身份证那些东西我带回家烧掉了……我不是故意要杀他的，否则我就不会拿钱给他了，是他先骂的人先动的手，你说我做错了吗？"张娟一边哭一边说。

不等王科回应，她又说："结婚前他可会说了，对我也好，谁能想到结了婚他就像变了个人，他根本就是骗婚啊！他家一家都不是东西，我是怀孕后才知道他以前杀过人坐过牢，我能怎么办？只能说算了吧，只要他以后对我好就行，结果呢，我这几年每天都辛辛苦苦地赚钱，转头就被他赌光了，我的命好苦啊……"

"既然你们夫妻关系这么差，那为什么他打电话给你，你还特意过去，还拿钱给他？"

"我以前就住在那附近，谈恋爱的时候我们常去湖边玩，那天他约我去那里，我想起以前的事，心就软了，觉得他是孩子的父亲，至少他对孩子还不错，可我拿了钱过去，他不领情就算了，还嫌弃少，你知道现在接个针线活有多难吗？那是我晚上不睡觉帮人赶活儿赶出来的……要是我那晚不去就好了，如果在家的话，有孩子在，我肯定不会那么冲动……呜呜，我是不是要坐很久的牢？那我儿子怎么办啊？王警官，一看你就是好人，你能帮我跟法官求情，让我早点儿出去吗？我儿子已经没有爸了，不能再没有妈啊……"

后面的话都被大哭声盖过去了，舒清扬在审讯室外默默听着，昨晚苏小花还开玩笑说恋爱去湖边，张娟会去赴约也是想到了当初恋爱的事儿，可惜风景没变，人心却变了。

张娟其实没说错，像陈永这种人就算消失了，也不会有人留意到的，这次他们会发现陈永的尸体纯属巧合。他同情张娟的遭遇，却无法接受她那些辩解，因为正是因为她一时的愤怒，不仅让自己触犯了法律，也让孩子同时失去了双亲。

在所有的家庭矛盾中，最可怜的都是当事人的孩子，张娟是这样，施蓝是这样，还有王彩虹，在她们需要承担起母亲的责任时，她们却选择了放弃！

心头涌起愤懑，舒清扬不想再听下去，掉头走开，傅柏云追上，问："去哪儿？"

"去厕所是不是也要汇报？"

"不需要，不过半小时前你才去过厕所，你这样子大概是肾不好，我建议你早点去看医生。"

旁边传来憋笑声，舒清扬看过去，蒋玎珰立刻把头埋进了资料里。舒清扬走到自己的办公桌，从抽屉拿出一盒烟。

"我去抽烟，可以吗？"

舒清扬说完，不等傅柏云言语就出去了。还好傅柏云没追上来，他松了口气，从后门出去，来到吸烟区准备抽两根缓解下情绪。

盒盖打开了，里面没有舒清扬期待的香烟，只有几根手指饼干，舒清扬呆了几秒，不死心，把东西抽出来，这次确定他没看错了，这玩意儿油腻腻的，上面还蘸了芝麻，跟烟半毛钱的关系都没有，就是小饼干！

终于明白傅柏云为什么没跟过来烦他了，舒清扬气极反笑，把饼干叼进嘴里狠狠咬了两口，味道居然还不错，他就把余下几根也丢进了嘴里，决定原谅搭档的擅作主张。

不远处传来说话声，舒清扬嚼着饼干走过去，他的同事跟一位戴帽子的男人在那儿说什么，看到他，说："舒警官你来得正好……"

戴帽子的男人掉头就走，舒清扬的同事叫道："你等等，你不是要找舒警官吗？"

帽子男人走得更快了，舒清扬急忙追上叫住他。

"施大夫！"

被认出来了，施大夫停下了脚步，摘了头上的棒球帽，像是做了坏事被抓包的学生，一脸困窘，舒清扬感到好笑，说："谢谢你过来找我。"

"我……"顿了顿，施大夫放开避讳，说，"我想过了，为警察提供帮助是我们应该做的，就算被害人与我毫无关系，我也该尽力协助你们。"

舒清扬没有戳破他真实的想法，请他跟自己去办公室，傅柏云刚把一小条饼干丢进嘴里，看到施大夫和舒清扬一起进来，差点呛到。

"你不是去抽烟了吗？"

"回头收拾你。"

舒清扬把空烟盒丢给他，带施大夫去了隔壁房间，傅柏云急忙倒了水，跟着跑进去。

施大夫性子很急，坐下后，也不顾得喝水，从口袋掏出一张照片，放到舒清扬面前。

这张照片比普通照片要小一圈，四角有褶皱，一看就是为了插在钱包里特意剪小的。

舒清扬看向他，他面露局促，说："因为卢江明的事，我和小蓝断绝了关系，她的所有东西我都烧掉了，这张是当时碰巧没翻到，就保存了下来，我知道你们在调查十年前的一些事，我就拿来了，不知道这个对你们有没有用。"

那是施蓝和胡小雨的合照，施蓝的双手搭在了胡小雨的肩膀上，这大概就是施大夫没有剪掉胡小雨的原因，背景依然是香水试用会，两人背后的玻璃架上放着各种香水试样小瓶，玻璃反光，从透出的人影可以看出当时会场上的人不少。

"那次的聚会你也参加了？"舒清扬问。

"是的，那时候我还不知道小蓝和卢江明是那种关系，听说他帮了小蓝不少忙，那次我是特意过去向他道谢的，顺便帮大家拍照，这照片真像是诅咒似的，这女孩出事了，现在小蓝也没了。"

施大夫指指胡小雨，舒清扬问："你对她了解吗？"

"不了解，我就见过她那一次，我从一开始就不喜欢她，她肩上文了刺青，一看就不是好人家的女孩，我提醒小蓝不要和她走得太近，小蓝还说我戴有色眼镜看人，但事实证明我没有看错。"

"这裙子看不到刺青。"

傅柏云说，施大夫看看他的表情："我没你们想得那么顽固，我会这样说是因为我在大楼门口看到她跟一个男的拉扯，露出了刺青，她还冲人家爆粗口，就是那种问候父母的话，可她在试用会上表现得特别懂事乖巧，把我老婆、女儿都骗了，我都怀疑她是不是骗子。"

"您对那男人还有印象吗？"

"嗯……算不上男人，就是个小男孩吧，十五六？也可能是十三四。"

"这里面有你说的那个男生吗？"

舒清扬把与胡小雨一案有关的几个人的照片放到施大夫面前，他看完后摇了摇头，说当时胡小雨骂得太凶，他才会留意到，所以完全没注意男生的长相，唯一记住的就是他戴着眼镜，胖胖的，看着挺懦弱的，否则就不会被骂成那样也不敢还嘴了，从这一点来看，他觉得陈永等人都不像。

傅柏云又加上孙长军的照片，施大夫犹豫着说："应该不是……吧，这个太瘦了，我就记得那孩子挺胖的，其他的真的不记得了，对不起。"

"没关系。"

舒清扬收起照片，看施大夫好像还很踌躇，他安慰说："您别有顾虑，有什么想法尽管说。"

"其实……其实两个星期前我见过小蓝，那天我去朋友家玩，回来的路上去公交车站，就看到她跟一个男人搂搂抱抱的，特别不检点，我气坏了，掉头就走了。我没看到那人的脸，后来我听说卢江明回国了，就想会不会是他，这么多年了，小蓝还跟有妇之夫来往，我这么一想，就更生气了……"

老人把话打住了，以免发出哽咽的语调，直到他的情绪慢慢缓过来，舒清扬才询问日期，他说了，还提供了路名和大约的时间。

施大夫离开时，舒清扬向他道谢，说破案后会将照片归还，他什么都没说，摆摆手，头也不回走出了办公室。

"白发人送黑发人，不管他嘴上怎么说，心里一定很难过。"看着老人离开，傅柏云叹道。

"现在不是感叹的时候，我们现在要做的是尽快破案，这样做不光是为了被害人，还为了他们的家人。"

话音刚落，敲门声响起，施大夫去而复返，傅柏云不知道他听到了多少，正要解释，他抢先说："你们刚才问到那个男孩子，我想起了一件事，他好像也去试用会了，不过就是一晃而过，试用会上也没发生吵骂的事，所以我不知道自己有没有看错。"

"谢谢您提供的消息。"

"不，是我该谢谢你们。"

施大夫离开后，舒清扬先打电话给技术科，等他说完联络事项，来到隔壁，傅柏云已经把他们调查到的情报向王科做了汇报。

同事们刚吃了饭，马超趴在桌上眯觉，蒋玎珰拿了管笔在他脸上戳，他大概是真累了，被戳了好几下都没反应，倒是脸上多了几个小乌龟。

"多大了，还玩这个。"舒清扬走过去说。

"跑了一整天，这不是才坐下来喘口气嘛，舒舒你要不要来盖俩？苏小花送我的。"

蒋玎珰把笔递给他，舒清扬接了，啪的一下，盖在傅柏云的额头上，一只红色小乌龟就横空出世了。

"苏小花就会搞这些玩意儿。"

舒清扬嘟嚷着看看笔帽，笔帽里面装了红墨水，往里按一下，墨水就溢了出来，他心头一震，猛然想起和孙长军头一次见面的场景。

那次孙长军男扮女装，用匕首挟持路人，事后他检查匕首，发现是魔术道具，人被刺中后，里面的红颜料就会喷出，造成受伤的假象。

那时候他觉得孙长军性情偏激，对警察成见很大，所以才会用那种方式诱使他开枪，现在才发现他真是太蠢了，孙长军出事后，他常常回想和孙长军接触的部分，却偏偏忽略了最重要的地方，这个简单的小诡计孙长军在初遇时就告诉他了啊！

舒清扬不由得气恼，泄愤似的拿着笔又往傅柏云脸上连戳几下，在戳到第五下时，傅柏云攥住了他的手。

"够了啊，盖一个权当是换烟的报复了，你盖这么多，就算是未来的亲戚我也要翻脸了。"

"我知道胡小雨裙子上的红颜料是怎么回事了。"无视傅柏云的警告，舒清扬喃喃说。

大家的好奇心都提了起来，蒋玎珰立刻问："是怎么回事？"

"很简单，就跟这个圆珠笔一样，"舒清扬把笔帽亮到大家面前，"胡小雨的那把刀是假的，刀尖碰到硬物时会自动收回，压破里面的红色颜料包，那晚她去木屋时对大家说拿来个好玩的东西，指的应该就是假匕首，一个魔术道具而已，因为当时她身上除了假匕首外，什么都没带！"

王科本来在自己座位上喝茶，听了舒清扬的话，他走过来："理论上是说得通的，但胡小雨是从哪儿弄到了魔术道具？她又为什么特意拿个魔术道具去见朋友？"

傅柏云说："这个大概只有她自己才知道了，不过那个年纪的孩子看到什么都好奇，她又有小偷小摸的毛病，备不住是从哪儿偷来的，就拿去给朋友看，想炫耀吧。"

"理由暂时先不管它，我们先假设胡小雨拿去的匕首是魔术道具，然而陈永等人并不知道，在强迫胡小雨的过程中，陈永拿刀捅了胡小雨，当时胡小雨被掐住喉咙，导致假死，行凶者又磕了药，精神恍惚，看到流血，都以为胡小雨死了，惊慌失措之下逃命，这就是胡小雨身上会留下红颜料的原因。"

王玖说："这么说来，咱们当初的推断没错，现场的确出现过第五个人。"

"不错，我的推想是胡小雨挨了两刀，第一刀是假的，而第二刀是货真价实的匕首，当时和胡小雨有密切来往的除了陈永三人外还有另一个人，陈永他们很可能做了别人的替罪羊。"

舒清扬打开施大夫的录音，大家依次看了施大夫拿来的照片，马超醒了，打着哈欠看照片，说："玻璃上有人影啊，既然站在她俩附近，那会不会是关系比较亲密的那种？"

"这个我会拿去技术科让他们做清晰处理，不过太模糊了，不知道做了处理后会清晰到什么程度，所以大家不要抱太大期待。"

傅柏云说完，王科说："还有施大夫目睹到的情报也非常重要，要尽快锁定和施蓝在一起的人。"

"已经在调那天的监控了，视频来了就马上查。"舒清扬走到白板前，先画了个小房子，又在房子里写出胡小雨一案的相关人员名字，最后在陈永三名加害者底下加了个 X。

"先说下我对胡小雨一案的看法，我想当年连陈永他们自己都认为是他们杀了人，因为人证、物证俱在，反而那第五个人没有任何物证证明他的存在，但是既然我们做出了匕首是假的可能，那刺杀胡小雨的凶器该是这个 X 拿去的。"

蒋玎珰跑过去追加上孙长军的名字。

"还有孙长军，他可能是看到了或是觉察到了 X 的存在，所以孙长军在十年后和施蓝无意中相聚，问到了一些情况，导致他和施蓝被杀。"

王科听着他们的讨论，问："现在已经确定陈永的家和施蓝遇害现场离得近是偶然了，陈永之死也跟施蓝被杀无关，你们仍然怀疑孙长军和施蓝的被杀是胡小雨一案的延伸吗？"

蒋玎珰用力点头，马超摇头，王玖和傅柏云没有马上表态，王科又看向舒清扬。

舒清扬说："在调查中，任何一种偶然都很可能连接着必然的结果，所以我不相信巧合，我想一定还有什么事情是我们还没发现的。"

"我不否认必然的存在性，不过十年前的案子调查起来难度太大了，这些也都只是推测，没有物证做依据，而且小萌还在夜枭手上，解救孩子是当前首要任务。这样吧，大家今晚先查监控，明早柏云你安排个时间配合清扬行动，记住，两边可以一起来，但不能顾此失彼。"

傅柏云做了个 OK 的手势，舒清扬转头看向白板上的 X，拿笔在上面打了个圈，有种感觉——施蓝的案子破了，当年的谜题也就迎刃而解了，或者说弄清胡小雨的死亡真相，施蓝一案也可以告破。可诡异的是明明所有相关人员和线索都摆在眼前了，他却硬是无法拼出正确的图形。

是少了某一块拼图？还是少了连接拼图的某条线？这跟胡小雨几次提到的"害人"是不是也有关系？

叫嚷打断了舒清扬的思绪，马超抹着脸吼道："我的脸是怎么回事？蒋玎珰！"

"不关我事，是舒舒戳的。"

蒋玎珰面不改色，一指舒清扬。舒清扬马上指向傅柏云："是他，你看物证就在他桌上，他还给自己也戳了几个呢。"

"哇，舒队，你的报复心也太强了吧，我不就是换了下你的烟吗？"

舒清扬挑起眉当听不到，马超在傅柏云的桌上找到了笔，冲傅柏云叫道："傅柏云你也学坏了。"

"真不关我事，你看我是那种人吗？王玖你都看到了，你来评评理。"

傅柏云去拉同盟，王玖把头撇开当听不到，傅柏云还要再说，王科说："别闹了，视频送过来了，开工。"

他把视频分成几份，几个人各拣一段来看。

根据施大夫所说的时间，大家很快就找到了施蓝出现的那一段，但很可惜，施蓝把车停在了探头死角，所以镜头里只有她和男人的胳膊，男人的手按在她肩上，她则靠在车上，车型和施蓝的车很像，应该是她的车。

马超不死心，放大画面又加了清晰处理，可男人的手没有什么明显特征，也没有戴戒指等饰物，唯一能确定的仅是男人穿的是白衬衣，他气道："这女人是不是长期从事犯罪活动，都习惯成自然了，不管到哪儿，先避开监控。"

"不排除这个可能性啊。"

傅柏云又去看其他视频，别的路段的监控摄到了施蓝开车的画面，不过车里只有她一个，没有坐其他人。

马超说："仅有一截胳膊，跟没有一样，这么多人，怎么查？"

"从手掌骨节长度可以计算出他的身高，再和附近路段的人做对比。"

傅柏云调出了一个特别软件，将手臂部分截图拖进去做数据分析，马超拍了他一下。

"行啊小子，原谅你刚才的恶作剧。"

"都说那不是我干的了。"

傅柏云看蒋玎珰，蒋玎珰嚼着手指饼干像没事人似的，他只好放弃纠正，解释道："这是我跟小柯学来的，咱特调科也不能啥事都去依赖人家嘛，自己能做的就自己做，省时省事。"

说着话，数据分析结束，傅柏云又逐一调出附近路段的行人，有两位接近数据的对象出现，但一个穿的是薄毛衣，毛衣领口露出蓝色衬衣，另一个二十出头，和女朋友手挽手逛街，都不是他们要寻找的对象。

王玖说："那个人会不会是去了没探头的地方？"

舒清扬说："施蓝当时没有变装，和她在一起的人应该与犯罪组织无关，所以他特意避开探头的可能性不大。"

"要么他就是上了自己的车或是公车，施大夫说过附近有公交车站的。"蒋玎珰说。

舒清扬重放视频，道边停了几辆私家车，不过施蓝的车开走后，那几辆车都没有人上去，看来也不像。

王科说："既然都没有，那只能去公交车站看监控了。"

"不是吧，那么多车一个个地查，会死人的。"

蒋玎珰趴到了桌子上，王科看着她，笑眯眯地说："还有附近的商店，说不定店门口的探头会录到什么呢，玎珰你要去哪边？"

"随便啦，反正哪边都不容易……舒舒，你是不是发现了什么？"

舒清扬还在一边翻来覆去地看视频，蒋玎珰心头升起希望，问："你要是发现了就赶紧说，别等我们看了一整天录像你再马后炮。"

无视她的恳求，舒清扬又重放了一遍，问："你们说他们是在卿卿我我吗？"

"都靠得这么近了，难不成是吵架吗……啊，会不会是常江？"

这两天他们都在围绕着陈永做调查，常江因为有时间证人，被排除了嫌疑，现在听蒋玎珰这样说，大家面面相觑，考虑到常江和施蓝之间纠结的感情，都觉得不无可能。

马超说："希望不是常江，否则我们又要做无用功了。"

王科拍拍他肩膀："明早先去附近店铺做调查，是不是无用功，做了才知道。"

第七章
香水中的杀机

　　舒清扬在值班室眯了一觉，天刚亮他就起来了，收拾收拾出门。

　　来到走廊上，刚好跟傅柏云打了个照面，傅柏云刚洗了头，一边擦头一边往外走，看样子也要出去。

　　"这么早？店铺都还没开门呢。"

　　"我去周大壮家。"

　　舒清扬看向他，傅柏云说："其实我也觉得陈永夹在两个案子里，实在是太巧合了，打算再去跟周大壮问问情况。"

　　"那我跟你一起去，他是旧案相关人员，你不能单独行动。"

　　"你也有你要调查的，不用配合我，再说，谁说我单独行动了？"走到门口，傅柏云指指停车场，"舒法医在等我呢，关于嗑药方面的问题，我想她作为专业人员，应该有不同的见解，别瞪我，不是我主动邀请的，是刚好聊起来的，你不用担心，舒法医身手不错的，估计连我都能打趴下。"

　　傅柏云大概是担心被揍，说完就加快脚步跑掉了，舒清扬只好冲他背后叫道："有消息马上联络我。"

　　舒清扬上了自己的车，刚打着引擎，旁边的车窗就传来"啪啪啪"的拍打声，他还以为是傅柏云来了，一抬头却看到一张甜甜的笑脸，又冲他摇手，示意他开门，却不是苏小花又是谁。

舒清扬拉下车窗："什么事？"

"我这么早跑过来，当然是有重要的事跟你汇报了，我想你都没睡个完整觉，就没打你电话，怎么样，够体贴吧？"

"谢谢你的体贴。"

"那还不开门？"

苏小花拍拍车门，舒清扬没办法，只好开了门，看着她跳上车，心想以他对苏小花的了解，她这一上车，一时半会儿是不会下去了。

"开车开车，咱们说话别耽误你办事。"

舒清扬偃旗息鼓，把车开了出去，苏小花先从塑料袋里掏出面包："你还没吃饭吧，刚出炉的热气腾腾的面包，还有牛奶，我还买了傅柏云的份，既然他不在，那便宜我了。"

舒清扬正好饿了，叼着面包咬了两口，苏小花又把吸管插进牛奶盒里，放到了饮料架上，都搞定了，她才从包里掏出资料。

"我来找你主要是有两件事，先说重要的那个。上次福利院那边不是提到有人定期汇款的事嘛，还让我帮忙寻找捐款人，后来我仔细看了院方给我的转账材料，最后那一份加了备注，是这样写的——这可能是我最后一次汇款了，感谢。"

"他转了多少钱？"

"五万，比以往都多，我看了以前那些转账资料，偶尔也会加备注，都是感谢之类的话，按说他捐款，要感谢的该是院方对吧，怎么倒反过来了？"

"因为他就是从福利院出来的，他没有亲人，帮助那些孩子对他来说等于一种救赎。"

"那你不觉得最后这则留言有点一语成谶吗？还是他一早就有预感自己会出事了，我总觉得无法理解。"

"为什么这么说？"

"孙长军是个挺聪明的人，在预感到有危险时，肯定会跟你们说吧。如果他真对警察有偏见，就不会几次主动帮你了，所以他为什么不说呢？退一步讲，出于某些原因，他无法直接对你们说，那他就是干黑客的，他有的是办法在网络上留下情报，可是他什么都没留，否则你们也不会一直查了。"

"或许有人的黑客技术比他更厉害，在我们发现之前都删掉了。"

"你是说夜枭吗？他把别的东西都删掉了，却偏偏在现场留下那个'F'，就好像在向所有人证明这是他干的似的，他这么肆无忌惮地挑衅你，仅仅只是为了看到你失败的样子吗？"

舒清扬心中微动，苏小花说到了他一直在意的点，也许这就是最后一块拼图。

再联想夜枭出现在他家时说的话，舒清扬越发觉得自己最开始就把事情想岔了，有人设了个完美的圈套，在引导他去钻。

"你怎么知道'F'的？又偷偷去现场了？"车在一个红灯前停下，舒清扬冷冷问。

"啦啦啦啦，吃面包吃面包。"

苏小花开始顾左右而言他，看在她热心帮忙的份上，舒清扬决定暂且放她一马，又问："那另一件事是什么？"

"你先答应你不生气，我再说。"

"早在认识你开始，我所有的气差不多都生完了。"

"那就好那就好，说起来这件事嘛，也是要怪你，谁让你动不动就送我回家，第一次被我妈看到了，她老人家最近担心我，硬要跑过来住，一看到你拉着我热情地说话，就以为你是我男朋友……"

"你确定伯母当时看到的不是我在暴走边缘徘徊吗？"

"还有那个遛狗的阿姨啊，我想躲没躲得过，还被她告诉我妈了，现在整个小区都知道我有男朋友了，没错，就是你了。所以我就想你配合我一下，等案子破了，请我吃饭时顺便请请我妈，先混过去再说。"

"混不过去怎么办？"

"混不过去也再说，看在我这么帮忙的份上，拜托拜托。"

苏小花双手合十恳请，舒清扬没办法了："早知道这么麻烦，当初就不该送你回家。"

"这还是你的问题，谁让你长得还不错呢，还是个男的，还送我回家，很难让人不想歪，其实看到什么不重要，重要的是她们这个岁数的大妈都喜欢脑补……"

"假如你知道某个女人曾经当过小三，后来看到她和一个男人在路上拉拉扯扯，你首先会想到什么？"

"你这话题跳得可真够快的啊……嗯，这还用说嘛，肯定是——哇，这女人厉害啊，又有新的目标了，就跟我妈还有邻居阿姨那样，用脑子看东西，而不是眼睛。"

所以施大夫也是犯了同样的毛病，他只看了一眼就掉头走了，根本没看清楚状况，再加上先入为主的心理，就想当然地认为施蓝是在跟人卿卿我我，导致他们也差点儿被带进去。

"我家好像早就过了。"苏小花在旁边小心翼翼地提醒。

"你觉得我会在同样的地方摔三次吗？"

舒清扬把车驶到施蓝遇害现场附近的小区，他跳下车，苏小花一看，连忙把包一背，跟了上去。

"舒队，身为警察，你应该不会毁约吧？"

"别妨碍我做事，我考虑配合。"

"没问题，绝对没问题！"

舒清扬来到陈永祖父家以前住的那栋楼，站在楼下往上看，有几家的阳台都是空空的，里面应该没住人，陈爷爷的家在二楼，阳台上也是什么都没有，舒清扬走上二楼，打开锁进去。

里面的东西大部分都搬走了，只留沙发和床等几个大件，这里之前技术科的同事来检查了，确定没有人进出过，舒清扬走到阳台上往前看去，远远地能看到凉亭的亭角，如果是楼上的房间，应该看得更清楚。

正看着，楼下传来脚步声，有人叫："你们又来做调查啊，辛苦了，辛苦了。"

舒清扬低头一看，却是张建成，当初现场就是他第一个发现的。此刻他穿着运动服，脖子上还挂着毛巾，看来是又要去跑步了。

舒清扬让张建成等一下，他跑下了楼，张建成在那儿做着原地跑步运动，还没正式开跑呢，脑门上已经冒出了汗。

"这里住户好像不多啊。"舒清扬说。

"是啊，上下班不方便，再加上要拆迁了，所以好多人都搬走了，我没搬，打算抗战到最后。"

"那晨跑呢，也打算继续抗战下去？"

"没办法，我老婆说我太胖，硬逼着我去跑，反正天亮了，也没啥可怕的，再说罪犯不是也抓到了吗？"

"罪犯？"

"就是陈永啊，昨天你们同事过来通知说陈永的案子破了，我琢磨着是捉拿归案了吧，看来他是觉得我们这儿不好藏，藏去别处了，所以说人不能做坏事，做了坏事藏哪去都没用。"

陈永一案还没有对外公开，张建成不清楚，就自己脑补了后续，舒清扬没纠正，问："他爷爷家以前就住这栋楼，你知道吗？"

"知道啊，我也算是看着他长大的，隔代亲嘛，平时太惯了，做什么他爷爷都不说，就觉得自家孩子好，你看惯子如杀子吧，他自己坏也罢了，还带坏弟弟。"

"他是独生子，你是说他堂弟或表弟吗？"

"不是，也是这栋楼里的孩子，好像是一家里最小的，所以大家都叫他弟弟。"

这个意外发现让舒清扬马上来了精神："你能具体描述下他的长相吗？晨跑先等一等。"

"没事没事。"

大概是觉得可以逃避晨跑了，张建成眼睛都亮了，带两人去附近的长椅上坐下，开始描述那孩子的长相，苏小花配合掏出纸笔，递给舒清扬。

舒清扬照张建成的描述画了图像，男生大约在十三岁到十六岁之间，体型肥胖，戴了个厚厚的黑框眼镜，张建成说他人倒是挺有礼貌的，就是有点怕生，遇到了总是会躲去陈永身后，陈永还常常欺负他，也不知道为什么他们会玩到一起。

真是柳暗花明又一村，王彩虹也曾提过有个戴眼镜的少年去她家，舒清扬问："你知道他的全名吗？"

"不知道，只知道他和陈永住同一栋楼，那家人好像姓田……还是姓纪姓朱来着，陈永就叫他四眼或是田鸡或是四眼猪……"

苏小花在旁边听着，扑哧乐了："这外号可真够直接的，那他不生气啊？"

"不知道，好像没见过他们吵架，他还管陈永叫哥，大概觉得陈永打架帅气吧，那个年纪的孩子没什么正确的是非观，父母又不在身边……啊对，我好像忘了说，这孩子应该是寄养的，因为有时候能天天看到他和陈永在一起，有时十天半个月都见不到人。"

原本以为神秘的第五个人马上就浮出水面了，没想到居然是寄养身份，舒清扬问："你确定？"

"这个……不好说，大概当时谁顺口一说，我就记住了，不过我不敢保证这就是事实啊。"

张建成连连摇手，一副怕好心办坏事的模样，舒清扬安慰了他，又向他道了谢。等他离开，舒清扬起身去车上。

苏小花紧跟在后面，看他掏手机，连忙说："我开车我开车，你先办事。"

舒清扬看向她的胳膊，她立刻握紧拳头，做出没问题的架势，舒清扬正要再问，手机先响了。

是傅柏云来的，通常没有紧急情况，傅柏云都是用耳机联络的，舒清扬急忙接听，问："有发现？"

"我见过周大壮了，他提供了陈永朋友的图像，刚好小柯给我传来做了清晰处理的照片，就是施蓝和胡小雨合照的那张，她们身后的玻璃柜不是有反光嘛，那是眼镜片的光芒，人脸处理得不是很清楚，不过我感觉就是周大壮画的那个人，所以和舒法医来陈永的父母家询问。"

对面传来女人的高声吵嚷，接着是男人的，舒清扬对男人的声音有印象，那是陈永的父亲，他耳背，得大声说话才行。

声音很快低下去了，傅柏云说："我出来了，舒法医还在里面跟他们沟通。陈永夫妇出事了，儿子暂时放在爷爷奶奶这儿。陈永母亲因为他们的事，情绪非常不好，什么消息都提供不了，他父亲倒是对陈永的几个玩伴有点印象，说那孩子好像叫四眼弟弟什么的，不过他耳背，得花点时间慢慢问。"

手机响了两下，傅柏云把图片传了过来，是个脸胖胖的，戴着黑框眼镜的男生，外形和张建成描述的一样，应该是同一个人。

从大家的叙述中可以看出他和周大壮等人不同，他与其说是陈永的朋友，倒不如说是被欺负的对象，再加上他没有参与嗑药，所以当初警方也没特别调查他。

现在既不知道他的姓名、年龄，也不知道住址，只能从十年前的老住户开始查起，要找到人大概得花点时间。舒清扬看看表，正准备联络小柯，傅柏云忽然说："我总有种感觉，这人好像在哪里见过。"

"会不会是孙长军啊？他小时候也有点婴儿肥。"

苏小花一边说着一边从包里掏出一沓孙长军的资料，她找到几张照片递给舒清扬，舒清扬对照两张图片看，觉得差别挺大的，最重要的是孙长军没戴眼镜。

傅柏云也在对面否决了："不是孙长军，但我就是有种即视感，看我这记性，该想起来的偏偏就……"

"如果瘦下来呢？"打断他的话，舒清扬问。

傅柏云"呃"了一声，舒清扬从苏小花手里夺过笔，在他画的人脸上唰唰唰补了几笔，把脸缩小了，又抹去眼镜，苏小花探头看看，赞道："像是变了个人，这是整容吧？"

"我想起来了，是常江，我们最早看到的他的照片就是戴眼镜的！"

　　傅柏云的想法和舒清扬不谋而合，一瞬间，他明白了一直被隐藏的拼图是什么了，一言不发把车开了出去。苏小花看着舒清扬画的图，再次感叹道："都整容成这样了也能认出来，你们警察个个都是天然甄别系统啊。"

　　"不是整容，他只是单纯瘦下来了而已，当初一定是遭遇了什么事情，才会让一个人从胖子变成一个瘦子……傅柏云你马上和舒清滟去常江家，他是危险分子，你们要小心，尽量先稳住他。"

　　"明白！"

　　舒清扬也加快车速赶去常家，路上他把调查到的事向王科做了汇报，王科说调王玖和马超过去协助，可是舒清扬的车跑到一半就接到了傅柏云的联络，傅柏云通过耳机告诉大家说他们到了常家，家里只有常欣和她女儿。

　　常欣说父亲在门诊陪母亲打吊瓶，常江昨天就不在，好像学校有个什么重要的实验要做，他得一直在实验室盯着，所以家人也没在意，现在他们打常江的电话打不通，又联络几个平时和他关系不错的同学，其中有一个说昨晚在学校见过常江，他当时心事重重的，跟他打招呼他都没理会。

　　王科让技术科的同事搜索常江的手机定位，手机还在学校，于是王玖和马超临时改为去大学，傅柏云又问了常欣常江平时常去的地方，常欣对这个岁数相差很大的弟弟不了解，只好说带他们去门诊找常正询问。

　　傅柏云留下来在常江的房间寻找线索，舒清滟跟随常欣去了门诊，不过常正也不知道常江去哪儿了，一听他可能出事了，首先做的就是指着常欣大骂，常欣气得回嘴，孩子被他们的吵闹声吓到了，哇哇直哭，光是从耳机里听到对面的叫嚷哭闹声，舒清扬就能想象得出状况有多混乱。

　　傅柏云把常江的书房找了一遍，没找到有问题的物品，不过有几本工具书落在地上，还有一本扔在垃圾桶里，抽屉里有几张常江打篮球的照片，都是外形瘦削的，很难把他和一个胖宅男联系到一起。

　　傅柏云蹲下来捡书，就在他怀疑自己是不是判断错误时，床脚后面有个小东西映入他的眼帘。

　　他抽出两张纸巾，隔着纸巾把东西拿起来，那是个手指粗的小圆管，类似唇膏盖子，凑近了嗅嗅，淡香传来，他立刻想到这个很可能就是施蓝的固体香精。

"我在常江的书房里找到了施蓝用的固体香精，不过只有盖子，没发现香精的柱体部分。"

傅柏云把自己的发现告诉了大家，舒清扬说："从东西散乱的状态来看，他的精神应该异常亢奋紧张，你和舒清澍小心点。"

"你的意思是他会回家？会攻击谁？"

傅柏云倒是不怕常江攻击他们，他担心的是常江去找不相干的人泄愤，舒清扬说："我只是说有这个可能性，他以往的记忆被香气刺激了，可能想起了一些可怕的事，但他突然之间还没办法完全接受可怕的事实，所以容易陷入癫狂……"

傅柏云似懂非懂，他还没把两起案件的断截点联系起来，就听蒋玎珰说他们已经赶到学校了，常江的手机也接通了，是一位老师接的，说手机放在实验室里，不过常江不在。王玖正在看校内外的监控，她和马超在常江平时出入的地方询问。

大家各自行动，都不说话，苏小花不敢打扰他们，悄悄缩在座位上一句话都不说，半晌，舒清扬突然把车头一拐，在道边停下了。

"他肯定已经不在学校里了。"他说。

苏小花负责用力点头。

"他现在就像颗定时炸弹，随时都会引爆，可我想不出他会去哪里，他想起了真相，一定会想去当时的场地确认……不，那个木屋已经不存在了，而且从昨晚到现在，他有的是时间去……"舒清扬靠在椅背上喃喃说道。

苏小花举起手，小心翼翼地提醒："让你们小柯查探头啊，现在到处都是探头，又确定了当事人，应该不难找吧？"

"小柯肯定已经在查了，要是有发现，他不会不联络的……我想知道的是他现在在哪里，不是他去了哪里……"

苏小花放下手不说话了，舒清扬忽然问傅柏云："香精找到了吗？"

"没有，至少不在常江的房间里。"

"那就是他带走了，那是引导他记忆复苏的香气，他应该既害怕又依恋，既喜欢又痛恨，就像他对胡小雨和施蓝那样，两段恋情里除了女主角外，还有个备胎，就是爱情剧里那种最让人讨厌的备胎！"

"感觉我的膝盖有一点点疼……"

苏小花小声嘀咕，随即便被舒清扬的声音盖住了。

"他撒谎了，他是知道施蓝还有其他交往对象的……他最无法面对的就是他本人是备胎的事实，所以他的大脑会扭曲真相，认定备胎是另一个人，只要除掉了那个人，他的爱情就圆满了……"

话声戛然而止，舒清扬看向苏小花，苏小花被他的自言自语给吓到了，结结巴巴问："怎、怎么了？"

"我知道他去哪里了。"

"啊！"

话音刚落，车轮刺耳的摩擦声中，车开了出去，苏小花前后摇晃，急忙抓住安全带，大叫："谁？是谁？"

回应她的是引擎的噪音，舒清扬紧踩油门，朝着华利达酒店飞奔而去。

卢江明就住在华利达酒店，他是胡小雨和施蓝的连接点，至少在常江眼中是这样的。

舒清扬在路上联络大家，说了自己的怀疑，王科说马上确认卢江明有没有退房，舒清扬也抱了侥幸，希望常江不了解卢江明的情况，还没有找到他，否则以常江混乱的精神状态，任何意外都有可能发生。

到了酒店，王科的联络刚好也来了，说卢江明的秘书说他今天退房，这个时间按道理说应该已经离开了，舒清扬暂时松了口气，进去后他让苏小花在楼下等，自己跑上楼确认情况。

来到卢江明的客房门前，舒清扬正要敲门，房门先打开了，卢江明拖着旅行箱正要往外走，他另一只手里还拿着西装外套，看样子是要退房。

面对舒清扬的从天而降，卢江明吓得向后一晃："舒警官，你怎么来了？"

"有没有人来找过你？"

"你是指小美吗？嘿嘿，有啊，她现在……"

卢江明一脸暧昧的笑，舒清扬不想听他啰唆，直接调出常江的照片给他看，他摇头，一脸疑惑。

"这个人来过吗？"

"没有，他是谁啊，不认识。"

"那没事了，你可能有危险，先跟我下楼。"

舒清扬说完，拿过旅行箱拉着他就走，卢江明被拉得跌跌撞撞的，问："到底什么事啊？你先说清楚，我不能走，我和小美约了在总统套房见面！"

他甩开舒清扬的手，叫嚷道，舒清扬问："也是在这家酒店？"

"是啊，就是顶楼的总统套房，小美说看我的表现再决定原不原谅我，所以我就花点钱哄她开心，退了这间房，上顶楼和她一起看风景。"

手机响了，是苏小花打来的，一接通她就叫道："我问过前台了，她们说之前也有人来问过卢先生的客房，出于隐私保护，她们没有告知，我给她们看了常江的照片，她们说就是他，后来他在大堂沙发上坐了一会儿就走了。"

舒清扬听完，马上问卢江明："你和小美约了几点？"

"小美已经到了，刚才留言给我说她来了，直接去楼上等我，所以我才拿着东西出来。"

卢江明翻出手机给舒清扬看，几条都是语音留言，说话声音挺正常的，他稍稍松了口气，常江不认识小美，他甚至不知道小美的存在，所以小美应该是安全的。

这个念头刚划过脑海，舒清扬就听到了语音中的杂音，除了小美高跟鞋踩动的响声外，好像还有其他的脚步声。

他不确定那是不是附近经过的客人，给卢江明打手势跑进电梯，问："你有没有再送小美香水？就是跟施蓝同款的那个。"

"没有，她不懂制香，送那东西给她简直就是暴殄天物，所以我就送了珍珠链子，就是上次你看到的那个……啊，珍珠链子里的香精不算吧？"

"链子里有香精？"

舒清扬一怔，大概他的表情太冷峻，卢江明吓得往后退了退。

"那串珍珠我原本是要送给施蓝的，我……我好像说过了吧，为了讨好她，我做了特别创意，把扣子设计成中空的，里面放了浸有香精的硬质棉，戴上珍珠后，香味慢慢散开，既持久又不会太刺激。"

听到这里，舒清扬有种不太好的预感，急忙把两人的对话往上拉，果然就看到小美在路上传给卢江明的照片，她脖子上就戴着那串珍珠项链。

"你用的是不是施蓝的同款香水？"

"是啊，不过成分没有完全一样了，我就是想讨讨施蓝的欢心……这香精有什么问题吗？难道凶手就是闻了香味想杀人……"

卢江明在旁边絮絮叨叨着，舒清扬没理他，心里已经确定小美跟常江碰到了。

对常江来说，那香味就是致命毒药，也许别人不会留意到，可他却是刻骨铭心。他一定是在寻找卢江明不成功后遇到了小美，他嗅到了小美身上的香气，临时改变主意，跟着她去了楼上的总统套房。

情况紧迫，舒清扬没时间让服务人员查监控，通过耳机简单跟大家汇报了眼前的状况，又跟卢江明要房卡，卢江明苦着脸说他没有，他昨天订了房后，为了讨小美的欢心，把房卡都给了小美。

面对这个满脑子都是风花雪月的男人，舒清扬都不知道该说他什么了。到了顶楼，电梯门一开，他拉着卢江明就往客房跑，卢江明还想拖自己的旅行箱，被他一脚踹开了。

"先别管它了，小美很可能被危险分子劫持进了客房，先想办法救人。"

"是……是恐怖分子吗？为什么要劫持我女朋友？"

"还不都是你搞出来的，你先敲门，其他的我来做。"

到了房门口，舒清扬把耳朵贴在门板上，里面隐约有响声，像是女人压低的哭泣声，看来小美暂时还是安全的，他闪身站去墙壁一侧，给卢江明使眼色让他叫门。

卢江明抬手要按门铃，半路又缩回来，压低声音说："这样会不会打草惊蛇啊？他一看是个男的，肯定会有提防的，万一狗急跳墙对付小美怎么办？"

他说的也有道理，舒清扬正琢磨着找个什么借口把常江引出来，对面传来脚步声，苏小花赶到了。

舒清扬一把把她拉到一边，小声斥责："你怎么来了？"

"楼下刚好有个小姐姐要退房，我说警察办案，就借了她的房卡上来了。"

"我不是问你怎么上来的，我是……"

舒清扬深吸一口气，觉得苏小花就是这么个人，跟她生气真没必要，一抬头，看到对面有个服务生推着餐车从客房出来，他低声说："你帮个忙，扮成服务员叫门。"

"Roger！"

苏小花毫不含糊，跑去服务生那边，也不知道她是怎么沟通的，很快就推着餐车跑了回来，丢下站在原地一脸懵的服务生。

她把餐车推到门前，舒清扬交代她怎么做的时候，她又从皮包里拽出块手帕，随便折了下插进上衣口袋，乍看还真像宾馆工作人员。

苏小花按了门铃，里面没有反应，她又按了一下，这次有回应了，一个女人用颤颤巍巍的声音问："谁、谁啊？"

"女士您好，您点的甜点到了。"

稍微沉默后，小美说："你们搞错了，我没有点。"

"我们确认过了，没有错，可能是您的同伴点的，请开下门，谢谢合作。"苏小花甜甜地说道。

里面又是一阵沉默，大概常江是担心坚持不开门会引起怀疑，没多久脚步声传来，有人隔着房门看了一会儿，随即开锁声响起，小美从门里探出头来。

她眼圈周围的妆都花了，哭丧着脸说："东西就放在这儿吧，你可以走了。"

"餐点很多的，还有红酒，需要您当面清点。"

苏小花信口开河，在小美想要拒绝之前就推着餐车硬是挤了进去。

小美还想阻拦，被她身后的男人拉住了，抢先拽着她的胳膊把她带回客厅，小美完全没反抗，苏小花用眼角余光瞥去，发现男人站在小美身后，右臂稍微弯曲，他应该带了凶器，所以小美才不得不配合。

她装作没看到，为了拖延时间，她从餐车下面那层拿出一瓶红酒，对两人微笑说："这是我们酒店免费赠送的红酒，请两位客人品尝，我去取酒杯。"

对面吧台就摆放着各种酒杯，苏小花过去拿酒杯，目的就是为了引开常江的注意，好让舒清扬进来。

常江的视线果然被带了过去，叫道："不用了！"

"先生您有所不知，这酒是我们刚从酒窖里拿出来的，酒的温度保持得刚刚好，所以现在品尝最能感受到酒的醇香……"

"我说不用了，你马上离开！"常江再次喝道。

这时舒清扬已经悄悄进来了，地上落了串珍珠项链，正是卢江明送给小美的那串，大概是在她跟常江撕扯中掉落的。

舒清扬弯腰捡起，熟悉的清香随之拂来，他想幸好项链掉了，失去了香气的刺激，常江对小美的敌意应该没有那么大。

舒清扬拿着项链，就在他要继续靠近时，身后发出轻响，却是卢江明也跟进来了，还好死不死地踩到了门口的拖鞋。

常江听到响声回头，见是舒清扬，他发出尖叫，勒住小美的脖子往后拖，又挥舞手里的匕首，继而顶在小美的腰间，喝道："别过来！别过来！否则我杀了她！"

小美被他勒得也发出惨叫，简直就是男女声双重奏，苏小花被震得伸手捂耳朵，常江还以为她要攻击自己，又冲她叫道："你也往后退！还有，举手，快点！"

苏小花只好举手后退，气得冲卢江明直翻白眼，卢江明也吓傻了，站在那儿动也不敢动。

常江自己也拖着小美后退，和舒清扬拉开了距离，他像是磕了药，眼神散乱，呼吸急促，精神状态比小美还要糟糕，舒清扬没有刺激他，站在原地，冷静地问："你为什么要劫持她？"

"她？"常江恍惚了一下才好像听懂了，摇头回道，"不知道，我就是想杀她，我讨厌她，还有她身上的香水味……啊对，我杀了胡小雨，在那个雨夜，没人知道是我干的，嘿嘿嘿……我杀了她，谁让她讥讽我嘲笑我……"

和前一次见面时一样，常江神经质地絮絮叨叨，先是咬牙切齿，半路忽然回神，又呜呜哭起来："我还杀了施蓝，对不起，我喜欢她我爱她，我说可以为了她放弃去国外读博，可是她也跟胡小雨一样讥讽我嘲笑我，她们是朋友，所以都是坏人……还有这个女人，她们是一伙的！"

"不是……我不认识你……"

小美挣扎着分辩，舒清扬急忙冲她打手势，不让她多说。

常江听而不闻，继续说："我记得那个味道的，是那个可以吸引来蝴蝶的味道，那么美那么美，可是蝴蝶很快就死了，我就得不到了，所以我要先毁了她，那样她就永远都是我的了……"

常江背靠着墙，刀尖顶在小美的腰上，让舒清扬无法瞅空突袭，他又哭又笑，眼泪和鼻涕流了一脸，活像个精神病患者，这种人比普通歹徒更加危险。

听他反复提到胡小雨和施蓝，舒清扬忽然灵机一动，悄悄把手背到身后，点动手机触屏调出音效，开口说道："你在说笑话吗，四眼？"

突如其来的女声，还带了几分戏弄和嘲讽，苏小花呆了呆，起初还以为是小美的声音，顺着声源看去，才发现那是舒清扬在说话。她下意识地伸手捂嘴巴，随即想起常江让她举手投降的，又慌忙举起手，幸好常江也被女声吸引住了，忽略了她的小动作。

"谁？谁在叫我？"常江颤抖着声音问。

"还有谁？当然是我，胡小雨，没见过你这么蠢的人，还说喜欢我，却连我的声音都记不住。"

依旧是带了嘲讽的语调，常江气得涨红了脸，大声反驳："你胡说！你是假的，小雨才不是这个声音！"

舒清扬的女声伪装得还是挺有水准的，但是再怎么变声也不可能像十七八岁女孩子的声音，常江没被骗过去，不过他有反应，就说明这招有效。舒清扬不慌不忙，冷笑嘲讽道："你这个孬种，你这么说就是怕我揭你的短罢了，是不是啊四眼田鸡？"

像是应和他的话声似的，滴滴答答的雨点声落下来，常江的脸更红了："假的，都是假的，你早就死了，是我杀死你的！"

"呵呵呵，杀我？你连刀子都不敢拿吧，你只敢幻想自己去杀人，你看我现在不是就站在你面前吗？你听，雨越来越大了，你偷偷跑来想跟我们一起嗑药，谁稀罕啊，看看你这副长相，又丑又胖还戴眼镜，和你嗑药？太恶心了！"

"我哪里恶心了？我那么喜欢你，你还这样说我，呜呜……这么大的雨，你看我的衣服都淋湿了，他们欺负你，我不会的，我帮你，你让我做什么都行，呜呜……"

常江像个饱受委屈的孩子似的放声恸哭，房间里的几个人都被他们的对话吓傻了，呆呆站在那里一动不动，空间里回荡着他响亮的哭声，还有愈渐变大的雨声，两个不和谐的声音汇集到了一起，变成诡异的奏鸣曲。

面对他卑微地讨好，女声的回音依旧冷漠，嘲弄道："四眼猪能干什么？学猪叫吗？还是学四眼田鸡蹦跶？"

"你……"

"有本事杀我啊，你不是一直都在幻想杀我吗？你看刀子就搁在那儿呢，你敢吗？"

餐车上就放了柄西餐刀，在阳光下异常刺眼，常江顺着舒清扬的目光看去，眼睛顿时瞪圆了，呼吸也越来越急促，舒清扬注视着他的反应，忽然晃晃手中的珍珠项链，提高声量，喝道："动手！"

这两个字就像是魔咒，常江本能地听从了诱导，一把推开小美，手里原本握的匕首落在了地上，他冲过去拿起餐刀就向舒清扬刺去。

舒清扬一直站立不动，直到看着常江双手握住刀柄冲向自己时，他才闪身躲避，就势一记手刀切在了常江的腕子上，当啷一声，餐刀便落到了地上。

常江吃痛弯腰，舒清扬趁机抓住他的手腕向后一拧，又一脚踹中他的腿弯，常江还没反应过来，人就已经趴在了地上。

整个过程前后只有几秒，其他三人都看傻了眼，直到常江挣扎吼叫，大家才反应过来，小美两眼一翻晕了过去，卢江明哆哆嗦嗦拿出手机说要报警，被苏小花制止了。

"不用，警察应该很快就会到了。"

第八章
谁是真凶

　　果然，没等几分钟，傅柏云和马超等人就陆续赶到了。马超接手，把常江铐了带他离开，常江的意识还没恢复正常，一会儿叫嚷说自己杀了人，一会儿又叫救命，状如疯癫，傅柏云莫名其妙，问舒清扬："你把他怎么着了？"

　　"只是给了点儿心理暗示，现在我知道胡小雨一案的真相了。"

　　傅柏云还是没懂，正要再问，舒清扬已经出去了，苏小花掏出录音笔，冲傅柏云晃了晃。

　　整个过程都被她偷偷录下来了，按下播放键，说："舒队实在太厉害了，我都不知道他女声玩得这么溜，给你听，不过先说好，这个我要留作纪念。"

　　话音刚落，舒清扬又原路返回，吓得苏小花立马按了暂停键，还想着藏录音笔呢，舒清扬说："备份一份给我，我们存档用。"

　　"好嘞。"一听录音不会被没收，苏小花二话不说答应了下来。

　　"刚才……谢谢。"

　　"不用，嘿嘿，其实我也没帮什么忙……"

　　话说到一半，苏小花才发现舒清扬的目光落在自己身后，她转头看去，刚才被她抢了餐车的服务生过来取餐车，舒清扬是在跟他道谢，苏小花的脸顿时窘了。

"道个谢都这么委婉，啧！"

常江的审讯很不顺利，原因是他精神亢奋，被带去审讯室后，王玖还没开始问呢，他就直接说自己是凶手，胡小雨是他杀的，施蓝也是他杀的，但王玖询问行凶的具体细节，他又支支吾吾交代不出来。

王玖从他身上搜出了固体香精，他一会儿说那是施蓝送给他的，一会儿又说是捡来的，问他在哪儿捡的，他又开始恍惚，说不出个所以然。

这状态根本没办法提供正确的口供，王玖便照舒清扬的提示问常江最近有没有坐常正的出租车，这个他倒是回答得很爽快，说没有，他平时很少和父亲相处，更别说是坐车了。

常江回答完后，王科便让王玖停止了审讯，先关押，接受医生的检查，等他情绪稳定后再做处理。

常江前脚刚被带走，常欣和常正后脚就赶到了，常正异常激动，制服扣子解开了，袖子也挽了起来，在会客室拍着桌子吵嚷着说常江有不在现场的证据，他是无辜的，警察不可以随便抓人，会妨碍他出国留学，等等，要不是常欣在一旁劝解，看常正那激动样子，大概会把桌子都掀了。

最后还是蒋玎珰和傅柏云好说歹说，倒了水，又请他们坐下，解释了常江在酒店的行为，常正这才消停了，愤愤不平地喝着水。他不配合也就罢了，常欣在旁边回答问题还几次被他打断，所以花了半天时间，傅柏云才把常江和陈永的关系顺利捋清。

常正年轻时开了家小运输公司，常江的幼年时期正是常正夫妇工作最繁忙的时候，他们长年在外跑运输，就把常江寄放在亲戚或者朋友家。常江十几岁的时候寄住在母亲的同乡家，也就是和陈永的祖父住同一栋楼的那户人家。

当时常江和陈永的关系具体有多密切没人知道，常正自己也不太会教育孩子，只要儿子成绩好就行了，其他的他从来不多问。后来常江在某一天淋了雨，引发高烧，一连烧了好几天，那之后他就像变了个人，一定要回自己家住，那时候常正公司的生意也开始走下坡路，索性就收了摊，改做其他生意，方便就近照顾儿子。

常江回了家，一改以往胡吃海塞的习惯，开始参加户外活动，为了行动方便，还戴了隐形眼镜，去年还做了近视眼手术，大家看到他的身份证照片是很久以前拍的。

常江的学习成绩非常好，体育方面也不错，所以在常正眼中，这个儿子简直可以说是一点缺点都没有，他压根儿就不信儿子会持刀伤人，认为都是警察在栽赃陷害，所以常欣刚说明完情况，就被他拖着离开了，临走时又指着傅柏云的鼻子警告道要是这件事影响到了儿子的前途，他跟特调科的人没完。

舒清扬坐在隔壁房间通过视频看着这场闹剧，自始至终他都没说话，王科半路进来，说："我听了苏小花的录音，你这次的做法很冒险啊，歹徒精神不正常，还拿了凶器，万一刺激过度，很可能伤到人质。"

"不，常江痛恨的是胡小雨，小美会被他劫持只是因为她的项链里有和胡小雨相同的香气。当时项链在我手中，对他来说，胡小雨就转成了我，再配合雨声和挑衅的心理暗示，他的精神状态就完全进入了十年前的雨夜，他爱的人是我，痛恨的人也是我，除了我，他不会对别人动手的。"

王科的眉头挑了挑："看来对这个案子，你已经心里有底了。"

舒清扬正要回答，座机响了，他拿起话筒。

小柯打来说他重新排查道路监控，在施蓝和人吵架之后，附近路上有辆出租车经过，监控拍到了司机的脸，正是常正。

蒋玗珰和马超他们去周围的商店做调查，可惜施蓝太狡猾，都巧妙地避开了监控，还好舒清扬从白衬衣这里推测当事人有可能是为了搭配制服穿的，提醒小柯把排查目标改为出租车，果然就找到了常正这条线。

常正是常江的父亲，从他的行为可以看出对于常江恋爱这事，他一早就知道了，而不是他说的什么都不了解。

"你再查一件事，在施蓝遇害的第二天，常正出租车的行驶记录。"

　　舒清扬交代完，把常正吵闹的视频又倒回去重看，蒋玎珰跑进来，气呼呼地说："这都是什么人啊？要不是常欣拉着，他就要揍我了，就算常江不是施蓝一案的凶手，可他劫持人质企图行凶这件事跑不了，身为罪犯的家属还这德行，难怪孩子会长歪呢。"

　　"至少他们提供了常江少年时代的情报，帮我们解开了谜团。"

　　"舒舒你是说用刀子捅胡小雨的不是陈永，而是常江？你怎么会想到是他？"

　　大家都听了舒清扬扮演女声和常江的对话录音，听他这么说，蒋玎珰好奇地问。

　　舒清扬说："根据周大壮等人的证词，匕首是胡小雨带来的，并随手放在了桌上，后来他们三人强迫胡小雨，当时大家都趴在地上，站起来拿刀的动作太不自然，杀人后又把尸体抬出房子的行为也无法得到解释，当然，这些行为可以当作是他们嗑药受刺激导致的，但是胡小雨被周大壮两人掐住脖子，她在挣扎中双手应该是搭在喉咙部位的，可她的指缝里却留下了红颜料，这一点也很违和。

　　"所以我猜测胡小雨只是假死，而陈永三人却以为她真的死了，惊慌逃出了木屋。那之后，第五个人也就是常江来到了木屋，他一直对胡小雨抱有好感，那晚多半是偷偷跑来的，可胡小雨平时就瞧不起他，再加上她刚被陈永等人欺负过，状况一定很狼狈，却被常江看到了，她恼羞成怒之下就把常江当成了出气筒，先发制人辱骂他。常江长年寄住在别人家，环境导致他的个性敏感又暴躁，这样的人的情绪很容易被激发，他在酒店的行为其实就是情景再现，在胡小雨的语言刺激下，他拿起匕首刺向胡小雨，血液飞溅，胡小雨捂住伤口，这就是为什么胡小雨的指甲里会渗有红颜料的原因。"

　　"等等，等等，"蒋玎珰急了，举手纠正道，"可那匕首是假的啊，杀不死人的。"

　　"不错，胡小雨自始至终都是在戏弄常江，她被欺负了，就再通过欺负别人来得到快感，那晚她特意带了魔术刀具，就是想做些什么，刚好就用在了常江身上。"

"那她本来是打算做什么呢？"

傅柏云自言自语，舒清扬心一动，隐约想到了某个可能性，可还没等他细想，就被蒋玎珰打断了。

"这不重要，关键是胡小雨最后是被谁杀的？"

"这个我还不知道，不过至少红颜料之谜解开了。"

舒清扬心想，对常江来说，那晚是噩梦之夜，他杀了人又淋了雨，他原本身体就虚胖，再加上恐惧导致持续高烧，自我保护意识启动，忘记了那段经历，甚至可能连胡小雨这个人也从他的记忆里抹去了，直到他再一次遇到施蓝，命运之轮重新启动，导致了又一场悲剧的发生。

王玖说："虽然常江的精神状态有问题，但施蓝的案子与他无关，这一点他的同学都可以证明，我已经把固体香精转去技术科了，看能不能从那上面找到线索。"

"反过来设想，常江没去过凶案现场，案发后他又一直待在家里，所以香精只能是在家里出现的，常江的母亲体弱多病，一直在打吊瓶，没有杀人的能力，常欣虽然对施蓝很抵触，不过她的身高与凶手不符，而且她有女儿要照顾，深夜独自去僻静地方的可能性也不大，所以，最后就只剩下一个人了。"舒清扬指着视频里的常正说。

马超说："难怪自打他们父女进来，你就一直盯着屏幕看，原来一早就怀疑他了。"

"常正望子成龙，倾尽积蓄想把儿子送出去读博，对于常江和施蓝的交往，他绝对是深恶痛绝的，这是动机；其次常正开出租，来往城市各处，可以在不同的地方给施蓝打电话，可是施蓝一直没有妥协，所以最后他在路边拦住施蓝对她做出警告，就是施大夫看到的那次。

"还有常江寄住的家离凶案现场很近，所以常正了解那边的地形，知道附近没有监控，而且那些楼房等待拆迁，有不少空屋，那晚他步行过去，在某个空屋里等待施蓝的到来，这证明他是有目的的杀人，否则就不会特意选择在凉亭见面了。"

舒清扬把自己的想法整理到白板上，最后在凶器和物证上打了个圈。

"常正行凶后，为了隐藏死者的身份，拖延调查，拿走了施蓝的随身物品，从常正给施蓝打匿名电话的行为来看，他处理凶器等物品的方式应该也是陆续丢弃，所以我的推测是物品最早是放在出租车上的。"

蒋玎珰说："难怪你让王玖问常江坐不坐常正的出租了，是想知道固体香精是怎么流到常江手中的吧。"

"是的，香精是圆管状的，可能是在常正开车时从施蓝的包里滚出来的，他没注意到。既然常江不坐父亲的出租，那就剩下常欣这条线了。如果是常欣捡到的，她不会不跟父亲说，所以我猜想是常欣带女儿坐车时，香精被小孩子捡到，觉得有趣就收了起来，之后又被常江无意中发现，从而刺激到他以往的记忆。我已经让小柯去查常正的行车记录了，希望还有机会找到施蓝的东西。"

马超脾气急，立刻对王科说："科长，申请搜查令吧，把常家里里外外彻底搜一遍，还有常正的车，我就不信他就那么厉害，一点线索都不留下。"

"别急，已经申请了，回头你们有得忙了，只可惜一开始走错了方向，在夜枭的犯罪组织上面浪费了好几天，这几天的时间足够常正彻底清洗车辆，再加上来来往往的乘客，要想在车里找到属于施蓝的 DNA 恐怕不容易。"

房间里沉默下来。

案发后，被害人指纹的及时确认给调查带来了便利，但也正是这个便利把大家引上了弯路。现在虽然在常江身上找到了施蓝的香精，但基于他的精神状态，香精无法作为决定性物证指证常正，施蓝的物品也被分别遗弃，找回来的可能性极小。假如出租车里也没有发现的话，那要控制常正只怕难度很大。

发现空气的低沉，王科拍拍手。

"看看你们，小年轻的一个个没点斗志，还没做呢就先泄气了，这一点要学习清扬啊，人家为了调查工作，还专门练习女声呢。"

一句话把大家都逗乐了，马超说："舒队的女声还挺好听的，我一开始还真没听出来，什么时候练的啊？真看不出你还有这么一手。"

舒清扬板着脸不说话，傅柏云说："那是，毕竟是演过朱丽叶的人啊。"

同事们的哈哈笑声中，舒清扬的脸板得更紧了，说了句去办事掉头就走，傅柏云追着他跑去隔壁会客室。

"生气了？大家就是开个玩笑，别当真嘛。"

"谁有工夫跟你们生气，都说了要办事。"

舒清扬戴上手套，把常正父女喝水的纸杯放进证物袋，走出去，傅柏云明白了，跟着他往前走，问："你是怎么猜到胡小雨对常江说了什么？"

"没猜，我随口杜撰的，反正以胡小雨对常江的蔑视，她说的话只会更难听。"

"老实说，你平时是不是压力特大，特想毒舌别人啊？越毒舌就越觉得神清气爽的那种？"

舒清扬停下脚步，冲傅柏云冷笑："毒不毒舌我不知道，不过到现在我还让你在特调科胡蹦乱跳的，对你也是真爱了。"

"别，我的真爱是舒法医，咱俩再亲密充其量也就是大舅子和妹夫的关系了。"

"呵呵，你倒是想。"

舒清滟从拐角走过来，问："在聊什么呢？什么关系？"

舒清扬正要开口，被傅柏云一把捂住了嘴巴："嘿嘿，随便聊聊，没什么没什么。"

舒清扬拨开他的手："爪子拿开，我找我妹有事。"

"我听说你们抓到施蓝一案的嫌疑人了，遇到阻碍了？"

"嗯，我想问你，如果是你，在什么情况下会把被害人的风衣拿走？"

"凶手身上沾了血迹，为了用风衣掩藏血迹，不过那晚下雨，凶手可能穿了雨衣或是打伞，所以这个可能性不大；另外就是刚好相反，风衣上沾了凶手的血迹或是肌肤纤维，他不得不拿走。"

"凶手外表没有明显的外伤，我比较倾向于后者，但风衣很有可能已经被处理掉了，所以我想被害人的尸体或是衣服上会不会沾有附着物。"

"理论上讲是这样没错。"

舒清扬把装纸杯的证物袋交给舒清滟。

"如果可以查出匹配的 DNA，凶手就插翅难逃了。"

"好，我再检查一遍，等我的消息。"

小柯根据常正的行车记录，把沿途所有垃圾箱的位置都调了出来，大家先从常正停车时间较长的区域开始调查，忙活了一天一夜，结果却不尽如人意。

几天前的垃圾都被清理掉了，王科怀疑常正将凶器丢进了那几个区域的观赏水塘，带人进行打捞，暂时没有收获。

搜查令下来后，常家以及常正的出租车也被仔细搜查过了，同样没有发现。蒋玎珰单独询问了常欣的女儿，小孩子看了香精管子的照片后，说是她捡来的，不过不是在出租车上，而是花坛里，她是摘牵牛花时捡到的。

栽种牵牛花的花坛就在常正停放出租车的旁边，这个答案虽然和舒清扬的推想有偏离，但差距不大，可能是常正在藏匿施蓝的东西时无意中掉落了香精管，事后被孙女捡到，然而这样一来就更加无法指证常正了。

第二天搜索活动继续进行，到了傍晚，就在舒清扬刚检查完某小区的垃圾箱后，接到了舒清滟的电话。

结果让人挺灰心的，舒清滟说没有新发现，因为案发当晚的雷阵雨太大，可能即使有附着物也被冲掉了。她不死心，又改用其他方法检查，同样一无所获。

舒清扬挂了电话，傅柏云站在旁边，看他的反应就知道是怎么回事了，安慰道："垃圾箱咱们还没检查完呢，继续找说不定有发现。"

对面一个保洁大妈经过，看到他们这样子，一脸看到贼的表情。

傅柏云跑过去报了他们的身份，又掏出照片给她看，照片上是衣服、皮包和手机，与施蓝的物品一模一样，傅柏云问她收拾垃圾时有没有见过类似的被损毁的东西。

保洁大妈看了一圈，说见过小皮包，看着挺美的，她本来还想拿来用，结果一拿起来发现都剪破了，皮包底部有个大洞，气得她又扔回了垃圾箱，风衣她也有印象，质地特别好，看标签应该都还没洗过，可惜也是剪碎的，只有一小半，所以她记得特别清楚。

"警察同志我跟你们讲，我们这个小区住了好几个小三，特别喜欢作，一吵吵就砸东西，这些肯定是她们扔的，当小三的人品真是不行，你说你不用了，送给别人也有利于环保不是？可她们就是宁可撕烂了扔掉，也不想别人用，可惜了那些好东西了，所以我只好都处理掉了。"

保洁大妈很爱聊，拉着他们说个不停，舒清扬没心情听她八卦，道谢离开。

走出几步远，就听大妈还在后面嘟囔："……太少了，配什么衣服好呢……"

他一愣，又匆匆转回去，问："什么衣服？你不是都处理掉了吗？"

"呃，我是说我自己的衣服了，她们的东西用不了，我都扔了，不过留下了扣子。"

"扣子？"

"就是袖口上的装饰扣啊，一排三颗，玫瑰花瓣样子的，特精致，我就拿回去了，你不知道，我们这种喜欢做针线活儿的人啊，就算是扔旧衣服也会把好看的扣子留下的，这样做个小手工什么的就可以利用上了……哎呀看你们这年纪，肯定没过过苦日子，我们那一代的人啊……"

打断她的唠叨，舒清扬问："扣子在哪里？"

"在我家呢，我家就住附近，跟我来。"

保洁大妈带两人去了她家，她说的袖口就丢在缝纫机下面，她捡起来递给舒清扬。

那是半截袖口，接缝处缝了三颗银色花瓣，正如保洁大妈说的，做工非常精致，袖口被剪掉的部分参差不齐，跟狗啃的似的，看来剪衣服的人当时非常着急，就随便一剪就扔掉了。

"我本来打算只拿扣子的，可它缝得太结实了，我就只好就一起拿回来了，想着剪完扣子再扔掉，谁知一忙起来就忘了这事了，要是被我家姑娘看到，又要骂我捡破烂了……那个，我这不算犯法吧？"

"不，您做得非常好。"

傅柏云安慰道，舒清扬也笑了，对他说："看来我们的运气也没有太差嘛。"

跟所有罪犯一样，常正最初被带进审讯室时，态度非常强硬，一副"你们什么证据都没有，能奈我何"的架势。

舒清扬坐在他对面讲述了他的犯罪过程，常正面露冷笑拒不承认，还反过来说他们搞诬蔑，只因为常江没有作案时间，没办法定罪，就想把罪名加在他的头上。

舒清扬无视了他的嚣张，等他叫嚷完了，才淡淡地说："你是不是觉得自己很聪明？行凶前特意避开了监控，事后又拿走了被害人的私人物品，企图拖延我们对被害人身份的调查，让你有足够的时间将所有相关物证分别丢弃，来个死无对证，这样就构成完美犯罪了，是不是？"

常正哼了一声，似乎想努力控制自己的得意，却不是太成功。舒清扬看着他的反应，接着说："你的行为的确一度扰乱了我们的调查，但我要告诉你，你并没有你想的那么聪明，相反，还很愚蠢，否则你怎么会没发现在丢弃施蓝的东西时，把她的香精遗落在了出租车附近呢？"

如他所料，在听了这话后，常正的脸部肌肉僵硬起来，垂在膝上的双手也握成了拳头——在情绪控制上，常江完美地遗传了他的性格，暴躁又自负，同时又有着潜在的自卑感，容不得一点被否认的话。

"还有这个。"

舒清扬不给常正反驳的机会，把物证放到了桌上，常正抬抬眼皮看过来，在发现是块剪碎的女装衣袖时，表情明显不对劲了。

"这东西不用我说，你应该比我更清楚，你在杀害施蓝后拿走了她的东西，风衣落在地上，你觉得太显眼，也一起拿走了，你以为剪碎风衣并分别丢弃，不会引人注意，就算注意到了也拼接不起来，更无法证明这是被害人的衣服。其实我们不需要拼接起来，要指证你，只这一小块衣袖就足够了，我们的技术人员在布料和衣扣上找到了属于你的 DNA，你有过敏性鼻炎，花香或香水都会引发你打喷嚏，你和被害人在纠缠中嗅到了她身上的香水味，打喷嚏时唾沫溅到了她的袖口上，我说得对吗？"

常正的嘴半张开，呆愣了几秒后，突然叫嚷道："就算有我的唾沫那又怎样？这种衣服满大街都是，怎么证明是那个女人的？垃圾箱旁边有监控吗？拍到我丢这件垃圾了吗？"

常正色厉内荏，舒清扬冷笑道："这么有自信不会被拍到，证明你在扔垃圾的时候确认过附近没有监控对吧？不过有一点你还是没计算到，被害人的美甲水钻蹭到了袖扣，导致脱落，粘在水钻上的线头是被害人风衣上的，而水钻断截面的划痕和袖扣突起部分也完全吻合，还有，这件风衣是被害人遇害当天下午才买的，所以不存在你在之前留下 DNA 的可能性，你还有什么话说？"

面对舒清扬的逼问，常正再次愣住了，过了好一会儿，他破罐子破摔，冷笑反问："是啊，是我杀的人，那又怎样？她又有钱又有貌，什么样的男人找不到，为什么偏偏缠着我儿子？你知道为了把儿子培养成才，我们一家人付出了多少吗？可她不知道给我儿子下了什么迷魂药，我儿子自从认识了她，成绩就直线下降，还要为她放弃读博。那么好的机会，别人求都求不来，可他说放弃就放弃，那女人只是无聊和他玩玩啊，他怎么就看不透呢？我找了那女人好几次，好话歹话都说遍了，她不仅不听，还嘲笑我说像我这种把儿女当私有物的人根本没资格当父母，有钱就了不起吗？以前我也很会赚钱的……"

"这些都不是你可以随便杀人的理由！"

"我本来没想杀她，虽然那晚我做了准备，可我还是抱了一丝希望，假如她和小江分手，我就放过她。结果她来了后一看是我，马上就翻了脸，说我是小人，我气得上前和她理论，就像你刚才说的，她的香水味熏得我打喷嚏，她抬手遮掩，唾沫大概就是那时候喷上去的，她就把风衣脱了，还一脸厌恶。我终于忍不住了，从后面给了她一刀，她想逃，我又追上去刺了一刀，看着她咽了气。我没想过风衣上沾了我的 DNA，只是想着它可能是个大牌子，警察容易根据牌子查出她的身份，本来我还想脱掉她的裙子，可是看看挺难脱的，我怕一个弄不好反而留下自己的线索，又怕有人经过看到，就放弃了，原本想着东西都丢了，我儿子又有时间证人，怎么也查不到他身上，谁想到……谁想到……"

他呜呜哭起来，一个大老爷们哭得一把鼻涕一把泪，不用舒清扬多问，就主动交代说他把凶器丢在了哪个水塘里，说是想坦白从宽，可是在舒清扬看来，他并没有真正懊悔杀人，而是懊悔自己做得还不够细致，才导致罪行暴露，为了争取宽大处理才不得不低头认罪。

等常正都交代完毕了，舒清扬问了最后一个问题。

"你是怎么发现常江和施蓝交往的？仅仅因为常江的成绩突然下降吗？"

"不，是巧合，是施蓝的朋友坐我的车，聊起来我才知道的。"

"是男性吗？"

"是个女生，长得还挺好看的。"

舒清扬拿出几份名单让常正认，常正看了好久，最后指着梁雯静的照片，说像她，但又不敢十分确定。

审讯结束，舒清扬带常正出去，走到门口时，他突然挣扎大叫。

"我没错吧？错的是那个贪心的女人，我这样做都是为了我儿子！你是不是没有孩子？如果有的话，肯定可以体会当父母的心情，你知不知道我儿子小时候生重病，烧得迷迷糊糊的差点死掉，我都快急疯了，后来他长大成才，我开心得不得了，哪怕再辛苦我也要赚钱供他读博，我就这一个儿子，为了他，我什么都可以做的！"

傅柏云和马超上前压住他，他不服，还拼命挣扎，舒清扬冷眼旁观，喝道："我当然无法体会你的心情，那又不是我的经历！"

声音洪亮，常正被镇住了，停止了叫嚣，舒清扬向他逼近，他下意识地往后缩了缩。

舒清扬盯着他，冷冷地说："你经历过什么，遭遇过多少挫折失败，还有你对儿子有多爱护，对他抱有多少殷切期待，我一点兴趣都没有！对我来说，你杀了人，你是罪犯，我的责任就是逮捕你归案，让你接受法律制裁，这就足够了，你的那些付出留着感动你自己吧！"

常正张口结舌，再也说不出一个字来，任由马超把他拉了出去。

施蓝的案子破了，中途虽然走了不少弯路，但总算抓到了真凶，常江在接受治疗后，精神状态也逐渐稳定了下来。

舒清扬去拘留室，向他说了当年的事情，还有胡小雨和施蓝的关系。

当听说自己不是杀害胡小雨的凶手后，常江起先是震惊，接着失声痛哭，反复念叨说既然他动了手，其实就是罪犯，如果当年他不逃避，之后一连串的悲剧都不会发生，是他的胆小害了施蓝，也害了自己的父亲。

舒清扬没有紧逼他，等他大哭了一场情绪缓解下来后，才改聊其他的话题，常江在精神正常时性格还不错，老老实实回答了他的提问。

常江说他曾从施蓝那儿听说过卢江明这个人，那是施蓝的初恋，他感觉施蓝之所以会喜欢自己，也是因为他的名字里带了个"江"字，所以他嫉妒卢江明，记忆复苏后想找人泄愤，就首先想到了他。

"施蓝为什么会跟你提起他？"

"是我无意中看到他们在一起，询问后她才说的，她没有隐瞒我，说和卢江明曾经有过一段感情，但都过去了，她现在对卢江明连恨都提不起来，他们只是单纯的客户关系，卢江明挺有钱的，是个很好的合作伙伴。"

舒清扬想施蓝真正要说的是卢江明是个很好的冤大头，她只是为了拉卢江明下水才会接近他的，否则就不会在看了常正伪造的约会留言后放了卢江明鸽子。

他又接着问："你以前有单独去过胡小雨的家吗？"

常江的回应是摇头。

"没有，我就是跟着陈永去过几次，那时我特别胖，小雨瞧不起我，我哪儿敢单独去她家，我去香水试用会都被她骂。我也不知道那时候怎么会喜欢她，我真正喜欢的是施蓝，可她也瞧不起我，像小雨那样，只是闲得无聊耍着我玩。"

"胡小雨我不知道，但施蓝，我想她是喜欢你的。"

常江惊讶看过来，舒清扬说："那晚施蓝去见你，特意穿上比较素气的风衣，还把浓妆改成了淡妆，就是为了让她看起来岁数没有那么大，和你站在一起显得比较般配，一个女人只有在她喜欢的人面前，才会这么在意自己的衣着打扮。"

常江沉默半晌，低头哭了起来，舒清扬起身离开，走出拘留室老远还能听到哭声。

他微微停住脚步，忍不住想，假如那晚常正没有杀施蓝，常江迟早还是会嗅到那款香水，从而刺激记忆复苏，假如是那样，那他会不会狂性大发杀了施蓝呢？

这个念头刚掠过脑海，他就发现自己的想法有多可笑，用一件还没发生的事来做假设，这个论点本身就是不成立的。蝴蝶效应固然存在，但是效应究竟会引发好的效果还是坏的，在那一刻没到来之前，没有人知道。

第九章
诱饵

案子结了，特调科的大家却完全没放轻松，因为夜枭还没有追踪到，他带走小萌后就再没跟福利院联络，所以小萌现在是什么情况也无法推测。

吃着晚饭，大家正在讨论接下来的行动，就听有个同事在走廊上叫："舒清扬，你女朋友找！"

舒清扬正蹲在笼子前喂小灰，听了这话，手停在了半空，小灰吃不到东西了，急得直跳高，傅柏云则直接把刚喝进嘴里的茶喷了出来，咳嗽着问："你什么时候交女朋友了？我怎么不知道？"

"很正常，因为我也不知道。"

舒清扬站了起来，一个穿着碎花连衣裙的女孩子跑进办公室，竟然是小美，他只觉得眼睛一花，小美就跑到了他面前，连声道谢。

"舒警官，谢谢你救我，这是我的一点小心意……哎呀，你同事真是的，我们的关系还没公开呢，他就大喊大叫的，让人多不好意思啊。"

她手里拿了个很大的礼盒，说着话放下礼盒，又很自来熟地跟大家打招呼，舒清扬拦住了她。

"小姐，请你不要误会，我们没有任何关系，我甚至连你姓什么都不知道。"

"你这人可真死板啊，我这不是来向你告白了吗？我这么个大美女倒追，你不会不同意吧？"

舒清扬目瞪口呆，突然觉得和这位小姐相比，苏小花的沟通能力简直是太高阶了。

傅柏云凑过来，忍住笑问小美："那卢江明呢？你不是在跟他交往吗？"

"分了，那男人太没担当了，还脚踏好几条船，以为有钱了不起啊，还是舒警官好，舒警官你……"

小美又凑过来想跟舒清扬搭话，舒清扬拿起外衣跑出了办公室。

"谢谢你的点心，我有事要办。"

他生怕小美追来，脚步踏得飞快，从警局后门跑了出去。

外面在下小雨，舒清扬刚出门口，雨点就随风打到了脸上，他犹豫着要不要回去拿伞，傅柏云追了出来，把雨伞递给他。

"人家大美女倒追，你怎么跑得比小灰都快？"

"感觉你在骂人。"

"你那不是感觉，是错觉，放心吧，我跟她说你有个谈了好多年的女朋友，她就走了。"

"这种烂谎言你就不怕被戳穿？"

"实在不行就让苏小花冒充一下嘛，你和苏小花关系那么好，她肯定会帮忙的。"

舒清扬一想也是，但仔细一想又觉得不对劲，傅柏云察言观色，及时转换话题。

"案子总算是结了，夜枭说施蓝的案子与他无关，这一点倒是没撒谎，如果孙长军被杀也与他无关的话，那……"

说到夜枭，舒清扬沉默下来。

施蓝被杀一案告破，他想夜枭不会不知道，却一直没打电话过来，这一点不太符合他的个性，他尝试着打夜枭的手机，被提示手机已销号，看来在孙长军的案子没解决之前，那家伙是不会露头了。

"如果孙长军的死亡和夜枭无关，那会不会还是因为他在调查胡小雨的案子时发现了什么，所以被杀人灭口，我们要找出孙长军的死亡真相，还是要从胡小雨的案子查起……"

傅柏云在旁边唠唠叨叨着，远处闪电划下，舒清扬猛然一惊，抬头看向他。

雨帘中傅柏云的身影转为胡小雨，女生嘴唇微张，像是在向他诉说什么。

"那晚你到底要做什么？为什么带了魔术匕首？"他轻声问。

傅柏云一愣，舒清扬马上又说："我没有幻视的毛病，我为什么会看到你？又有人给我下药吗……不、不可能……"

自从发现被下药后，他就对饮食特别注意，而且幻视只限于胡小雨，所以这应该也是潜意识在提醒他什么。

对了，最早出现幻视那次胡小雨也出现了……确切地说，是胡小雨的名字被提到了——夜枭伪装俞旻的女声打电话给他，说他害死了很多人，囡囡、小雨、天晴……

一直以来，他从来没觉得有什么不对，因为他的幻听里也常常出现这些人，可那次不是幻听，是夜枭的电话，他从来没在夜枭面前提过胡小雨，为什么夜枭会知道她？

"我也很奇怪，到底谁会知道游戏里的'F'……"

"小雨很仗义的，附近有小孩被欺负，她都会出头帮忙……"

"他来彩虹之家时才八岁多，一直住到十五岁，也就是福利院关门的时候……"

"我不想死，我不想害人……"

"这可能是我最后一次汇款了，感谢……"

"后来她认识的朋友就挺有教养的，戴着眼镜，斯斯文文的……"

"我没单独去过小雨的家，她瞧不起我……"

灵感被触发了，只字片语宛如洪水，渲涌着划过舒清扬的脑海，他终于明白那块隐藏的拼图是什么了。其实拼图一直就在他身边，是他被那些伪造的假象蒙蔽了，而忽略了真正的线索。

他抬起眼帘看过去，雨声淅沥，这一次他终于听清了胡小雨的幻听。

"我要害的人……是你！"

不错，那晚胡小雨去木屋只是顺路，她真正的目的是在他回家的路上等他，又杜撰名目想让他带自己回家！

那晚家里只有他一个人，胡小雨身上带了魔术刀具，还用语言诱惑他，假如他真的带胡小雨回了家，那结果会演变成什么？

但最终胡小雨还是放弃了，也许是因为他态度坚决，也许是胡小雨临时改变了主意，不管怎样，那晚胡小雨是注定要死的，因为只有她死了，幕后者的秘密才不会被揭发！

但人算不如天算，有人觉察到了幕后者的秘密，所以……

他抬起头，胡小雨的影像已经消失了，雨帘中只站着傅柏云，默默注视着他。

他轻声问："你知道我为什么会变声吗？"

不等傅柏云回答，他便自顾自地讲下去。

"以前玩侦探游戏时，叶盛骁就会变声，他会模仿很多不同人的声音，我不服气，就暗地里来学，那时候他对我来说既是朋友也是对手，现在他不仅是对手，还是罪犯，所以我一定要赢过他！"

他说完，转身要回警局，半路又折回来往公寓那边跑。

"先回家拿衣服去，傅柏云你也一起来。"

傅柏云紧跟上去，兴奋地说："你一变得神经兮兮的，我就知道有线索了，你发现了什么？"

"孙长军可能还活着。那个混蛋，他想让我们调查胡小雨的案子，所以就自导自演，制造了一起凶案现场，引导我们去怀疑夜枭……难怪夜枭没有像以前那样出来挑衅了，他临时改变了计划，很可能是因为他发现了孙长军还活着的秘密。"

"孙长军是伪装自杀？"傅柏云听了这话后，首先的反应就是，"他设计陷害夜枭，如果夜枭知道了他的'死亡真相'，一定会对他动手的！"

"不错，所以我们一定要赶在夜枭之前找到他！"

孙长军一案发生后，他们一直没放弃对这个案子的追踪调查，但追踪一具尸体跟追踪一个大活人的方式完全不同，这也难怪之前完全找不到一点运尸销尸的线索，因为人还活着，怎么可能出现尸体呢？

小柯听了舒清扬的怀疑，先是把孙长军破口大骂了一通，一边骂一边调出孙长军的资料，根据他平时常去的地方、主动联络过的人，还有他出入的网站重新做数据分析，列出排查名单，舒清扬等人照着名单上的地址一家家地去询问。

第二天，傅柏云和舒清扬在外面跑了一天，什么收获都没有，孙长军的网名不愧是叫狐狸，他不仅把自己的行踪隐匿得滴水不漏，还制造了很多假消息在网上散布，可想而知，他们的调查最终都打了水漂。

到了傍晚，眼看着没有成果，两人商量了一下决定先回去。

一天下来，水都没喝几口，嗓子都冒烟了，路上傅柏云气道："等找到了孙长军，我一定得先揍他一顿出口气才行。"

"我们是纪律部队，怎么能打人？"

傅柏云看向他的搭档，舒清扬一板一眼地说："到时记得找个没人没探头的地方揍。"

"有探头又咋了？就那小子的做法，揍他一顿都是轻的。"

正过着嘴瘾呢，蒋玎珰通过耳机告诉他们说小美又来了，王科不让她进特调科，她就赖在接待处守株待兔，让他们进来时注意下。

这马上就到局门口了，舒清扬冷笑着瞪傅柏云，傅柏云自己也觉得理亏，摸摸头："我以为说你有女朋友，她就会放弃了。"

"呵呵，现在她不仅没放弃，还愈挫愈勇了。"

"行行行，我的锅我来背，你先去吃饭，我请。"

附近有家餐厅，傅柏云让舒清扬把车开进去，车停好，他跳下车，又交代道："记得顺便帮我带一份啊。"

　　傅柏云步行回局里了，舒清扬正好也饿了，他进了餐厅，随便找了个位子坐下，点了个套餐吃起来。

　　饭吃到一半傅柏云的留言就过来了，说小美在他苦口婆心的劝导下，已经死心离开了，这次绝对没问题，他不用怕再被缠了。舒清扬随手点了张感谢的图送出，继续吃着饭，顺便翻阅孙长军的资料。

　　看了一会儿，在看到孙长军的某张照片时，他的目光定住了。

　　那是一张比较少见的在户外拍的照片，孙长军和另一个小朋友肩并肩站在草坪上，孙长军脚下后面不远处有个长形铁质物品，稍微比地面高出个几厘米，由于是傍晚拍的，又加上背光，看不出那是什么。

　　舒清扬今天去彩虹之家福利院查看过，确信院子里没有设置铁质物件，福利院的房子都还保持了原有的模样，单独拆除某件物品也说不过去，难道是有人特意做了掩饰？

　　由于长年没人居住，福利院的后院杂草很多，再加以掩饰的话，的确不容易发现。一想到自己可能忽略了重要的线索，舒清扬坐不住了，匆匆收拾了资料，结账跑了出去。

　　他开着车一路直奔彩虹之家福利院，路上原本想通过耳机联络大家，谁知耳机出问题了，一直传来杂音，他只好趁着等红灯给傅柏云留了言，说彩虹之家福利院有发现，他要过去查看。

　　来到福利院门前，舒清扬停下车看看手机，留言没有顺利送出，他又打电话过去，对面一直是忙音，这情况很不对劲，舒清扬心里有底了，他戴好耳机，又找出孙长军给自己的摄像笔，插进上衣口袋，跳下了车。

　　舒清扬绕过福利院的房子来到后院，院子里长年没有打扫，到处都是杂草，他打开手电筒，根据照片的背景找到原本是草坪的地方，这里堆积了很多碎石块，他拨开杂草，看到了底下一块长满苔藓的石板。

　　石板有五厘米左右厚，呈长方形，乍看没有怪异之处，舒清扬蹲下身，用嘴叼着手电筒，双手抬住石板往旁边移动。

　　石板比想象的要重很多，移开一块空隙后，下面的铁栅栏露了出来，原来照片里拍到的铁质物件正是栅栏的边缘。

　　舒清扬把石板整个掀去一边，底下的铁栅栏锈迹斑斑，也有些年数了，边上还有个锁扣，不过没有上锁，他试着掀了掀，发现栅栏是滑动式的，有一半可以滑去对面，露出下面的土阶梯，刚好容一个成年人进入。

　　舒清扬拿着手电筒走下阶梯，洞口不深，呈 L 形，看大小规模应该是冬季用来储存食物的地窖，舒清扬踩到底后，就看到眼前挂了个简易布帘，布帘是新的，应该是为了挡光挂的，他掀开门帘再往前走了几步，地窖就到头了。

　　这是个不太大的洞穴，站在下面无法完全挺直腰，洞里放着便携型桌椅和两个太阳能灯，地下滚落了几个易拉罐和泡面盒，一个身材瘦削的人靠在椅子上，目不转睛地盯着笔记本电脑，对他的到来置若罔闻。

　　"孙长军？"舒清扬开口叫道。

　　孙长军像是听到了，慢慢转头看过来，电脑屏幕的光投在他脸上，泛出惨白的颜色，张张嘴似乎要说什么，最终却只发出虚弱的叹气声。

　　舒清扬走到他面前，终于明白他虚弱的原因了。

　　孙长军的右臂上插着献血用的大针头，针头连着的输液管放在旁边的小水桶里，桶里一片红色，舒清扬不知道里面原本放了多少水，也不知道他已经流了多少血，急忙按住他的手臂，把针头拔出来，再按住静脉出血口，拍打他的脸，叫道："孙长军？"

　　"嗯……"

　　也不知道孙长军有没有听到，只含糊回了一声。舒清扬扶住他，只觉得他的脸颊和手臂都很凉，气息微弱。

　　"坚持一下，我带你出去。"舒清扬安抚道。

　　忽然想起苏小花送给自己的创可贴，他掏出手机，翻出了塞在里面的皮卡丘创可贴，贴到了孙长军的静脉针口上。

　　"那家伙还真是每次都能帮上忙啊。"

　　东西还挺管用的，舒清扬忍不住感叹道。又揉动孙长军的后背，让他换了个坐姿，这样会感觉舒服点。

　　孙长军的意识稍微清醒了一些，眼皮抬了抬："舒队……"

"是我，感觉怎么样？"

"头很痛，难受……"

孙长军的额头上冷汗直冒，舒清扬转头看看那个水桶，凶手很歹毒，用输液管把静脉的血导出来，桶里有水，血会一直流下去，虽然不会马上致死，但时间一长，人失血过多，会看着自己慢慢步入死亡，这种恶毒的做法只有一个人做得出来。

"不会有事的。"

他安慰着，正要再试试手机能不能拨通，身后传来脚步声。

舒清扬转过头，有人从洞外走进来，还是个熟人，那个失踪了很久的梁雯静，她手里还举着一管自制手枪。

洞穴狭窄，舒清扬没有轻举妄动，他站起来，挡在孙长军面前，平静地看向梁雯静。

"好久不见。"

梁雯静先开了口，她剪了短发，看起来更飒爽，语调温柔，如果忽略她手里的枪，她的招呼会让人以为是老友重逢了。

"的确很久，"舒清扬冷淡地回应，"只不过三年前是我救你，三年后完全反过来了。"

"这世上很多事情都难以预料，我也没想到我会由人质转为同盟……站住！"

舒清扬稍微往前挪动脚步，梁雯静很警觉，马上发现了，发出警告，他只好停下——洞口实在太小了，一旦开枪，他和孙长军都有危险。

又有一个人走了进来，他三十多岁，身材精瘦，一边嘴角往上撇，像是在发笑。舒清扬不认识他，不过他的表情让舒清扬想起攻击杨宣的歹徒，杨宣提到歹徒嘴角上方有疤，这个男人脸上没疤，但表情很像，虽然带着笑容，却十分诡异。

刀疤男走到舒清扬面前，二话不说就给了他腹部一拳头，舒清扬向前踉跄的同时，手腕被攥着拧去背后，男人掏出手铐把他铐上了。

看他被制服了，梁雯静才收起手枪走过来，舒清扬咳嗽着说："放过他，我跟你们走。"

梁雯静没说话，盯着舒清扬看了看，伸手拽下他插在上衣口袋的摄影笔，哼道："准备得倒挺齐全的，是那家伙给你的吧？"

她用下巴指指孙长军，舒清扬直起腰，他看到了梁雯静戴的耳机，明白了，反问："夜枭，你不会为难弱者吧？"

不知道夜枭交代了什么，舒清扬的手机被夺下丢去了一边，跟着他眼前一黑，一个头套从后面套下来，舒清扬挣扎喝道："你们要带我去哪里？"

没人回答他，舒清扬只感到后背被个硬物顶住，他才想到那可能是电击器，触电般的痛感便从背部延绵至全身，连着数次剧痛传来，他的意识瞬间腾空。

不知过了多久，舒清扬的神智逐渐清醒。

他睁开眼睛，首先映入眼帘的是雪白的墙壁，白的让人觉得刺眼的那种，墙壁前方摆着一排很有质感的棕色真皮沙发，他此刻正坐在沙发上，和对面的沙发之间隔着一个茶几，茶几上依次摆着他的私人物品——手机、耳机、摄影笔、钱包，还有几枚硬币。

他的头靠着沙发靠背，手铐已经解开了，发现手脚自由，舒清扬马上便要起身，手抬起来却感觉酸软无力，再动动双腿，酸软的感觉一样，他现在的气力最多是慢慢挪动身体让自己坐得直一些，也许再努努力可以站起来，但别想正常行走。

"醒了？"

背后传来温和的话声，不回头舒清扬也知道那是谁，透过对面的电视屏幕，他看到了站在沙发后的人，体形修长，手里还拿了杯酒，悠闲得像是来邀老朋友共饮。

舒清扬咬牙站了起来，还没迈步，肩膀就被按住，将他重新按到了沙发上，夜枭继续用柔和的声音说："好久不见。"

"抛开你用致幻剂对我做心理暗示那几次还有你去我家挑衅的那次，我们的确好久没见了。"

"如果不提前做好准备，你一定会抓我的，我现在过得很好，还不想进去。"

"比如趁我昏迷给我注射药物吗？"

"别担心，那不是什么剧毒，只是让人短时间内四肢无力的药而已。"

"你也给孙长军注射了相同的药吧？"

"没办法，你知道剧烈挣扎会加快血流速度，在你赶到之前我不希望他出事。"

"那如果我没发现他隐藏的地方呢？"

"以你的能力不可能忽略那些细节，清扬，我相信你的能力。"

手掌在舒清扬的肩膀上轻轻拍了两下，像是在对他表达赞赏，但是在舒清扬看来，他更像是在赞赏自己，毕竟是他先一步看出了孙长军的诡计。

"他怎么样了？"

夜枭没回答这个问题，而是转去他的前面，舒清扬半仰着头，刚好对上他俯视的目光，他就像一位刚打了胜仗的将军，悠闲自在地品着酒，顺便欣赏手中的猎物。

"要喝点什么吗？这药没什么副作用，唯一不好的地方就是会口渴，作为好友，我不希望你太不舒服。"

夜枭说着，走向房间的另一边，那里有个很大的吧台，看他的意思是要倒酒，舒清扬说："一瓶水。"

"不是一杯吗？"

"一瓶，没开封的，我怕你下毒。"

舒清扬说得直白，夜枭被他逗笑了，取了瓶矿泉水递到他面前，看着他费力地拧瓶盖，便又好心地拿了条毛巾递给他。

"几年不见，你也学会开玩笑了，我要下毒的话，在你昏迷的时候有的是机会，又何必等到现在呢？"

舒清扬用毛巾拧了半天，总算是把瓶盖拧开了，他咕嘟咕嘟喝了两口，说："我喜欢这样想，不行吗？"

夜枭耸耸肩，坐去了对面沙发上，他的目光掠过茶几，舒清扬看到了，问："是你胁迫孙长军对我的耳机和手机动手脚的吧？"

"我只是想看看他的能力，我身边的黑客高手被你抓了，我得找个替补的才行啊。"

"所以不管我能不能及时发现他藏身的地方，他都不会死？"

面对舒清扬的质问，夜枭挑挑眉，换了话题。

"以前我们玩捉贼游戏时常用到硬币，没想到你到现在还有随身带硬币的习惯，是用来和你的搭档玩的吗？"

"我们现在捉的是真的贼，比如你。"

"然而现在被捉的是你，不是吗？"

无视夜枭的嘲讽，舒清扬说："这是用来买早点的，我支付宝里常常没钱。"

"真难想象当警察的这么穷，所以你要不要再考虑下我的提议……"

"我当警察不是为了钱，不过……"舒清扬探手摸了两枚硬币，"没钱也是不行的，你应该不介意我收回吧。"

"假如你接受我的提议的话。"

"那个所谓的'必要恶'吗？没兴趣。"

舒清扬一句话否决了，他转动手指，两枚硬币在他指间灵活地翻转着，偶尔发出叮当撞击声，夜枭看在眼里，说："你的技术退步了，以前你可以同时转三枚硬币，也不会撞到一起的。"

"因为我被注射了药。"舒清扬嘲讽道。反正也没力气多活动，他便索性靠着沙发靠背，转头打量四周。

"这是哪里？"

"聪明人应该习惯用自己的眼睛去观察，用自己的大脑去判断，而不是张口就问别人。"

"好久不见，你的胆子还是那么小。"

"我认为小心谨慎是种美德。"

夜枭巧妙地避开了提问，舒清扬也知道他不会轻易上钩，嘲讽着仔细观察房间。

房间颇大，没有窗户，除了基本家具外也没有其他多余的摆设，最显眼的是对面的家庭影院和旁边的酒吧，主人应该是把这里当作偶尔享用的地方，喝杯酒听听音乐，会不会是山间别墅？

不对，去山间的路比较偏，不方便操作各种犯罪计划，而且一旦被监控拍到，也容易暴露目标，像夜枭这种人，他会选择人多眼杂不会被留意到的地方作为藏身之所，狡兔还三窟呢，他肯定不止三窟，拘禁小萌的租屋只是其中一窟。

那这一窟又是在哪里？

"这里还不错吧？"观察着舒清扬的反应，夜枭问，"我对这个新住所还是挺满意的，除了无法提供给你任何信息外。"

"小萌怎么样了？"

"她在我这儿住得很开心，我也蛮喜欢她的，不过你找出了两个案子的真相，遵守诺言，我送她回去了。"

夜枭拿过平板电脑点开视频，放到舒清扬面前。

视频里福利院院长正面对镜头解答记者们的提问，她说小萌没事，绑架者没有虐待她，相反，对她一直很好，所以她相信绑架者只是一念之差，内心还是善良的，也希望他能尽快投案自首，争取宽大处理。

弹幕和底下的留言比视频本身热闹多了，不少人极力赞美绑架者是侠盗，他会绑架孩子也只是为了洗脱嫌疑，所以归根结底还是警察办事能力不足。

其中有人提到了"必要恶"，还宣扬说是因为法制不健全，才导致"必要恶"的形成，所以两者缺一不可，比如不仅当小三还试图毒害正室的人，比如恶意猥亵夜跑女生的人，再比如酒驾撞死无辜行人的人，他们都该接受"必要恶"的惩戒。

这几个例子都是舒清扬进入特调科后经手的案件，都没有对外公布过，网友会知道这些案子，毫无疑问是夜枭的杰作，舒清扬冷冷地看向夜枭，夜枭耸耸肩。

"我也是好心让广大群众了解真相嘛，别担心别担心，大部分视频都被删掉了，这一点你们做刑警的该学学那些网警，要是你们有他们那么高的办事效率，也不至于一个案子搞那么久都找不到凶手。"

舒清扬继续往下看，夜枭又说："不过从大家的呼声可以看出大多数人都赞成我的主张，包括你，虽然你不敢承认，但你扪心自问，当初对于我惩罚伤害燕子的那些人，你是不是也觉得很解气？如果脱离那些虚伪的道德观的桎梏，你是不是也会认可我的行为？"

"一个人只有对自己的主张没信心的时候，才会强调这是大多数人的观点，看来你这些年白拿了那么多学位，实际上想法和行为并没有太多长进。"

夜枭的笑容收敛了，舒清扬盯着他，问："如果我的回应是否定的，你是不是要干掉我？"

"你觉得我会那样做吗？"

舒清扬点点头，夜枭哈哈大笑起来。

"你始终还是不够了解我啊，清扬，你是我最好的朋友，朋友交往讲究求同存异，我怎么会因为这种事伤害你呢？"

"很好笑吗？"舒清扬冷眼旁观，等他笑完了，才冷声说，"我发现了，这么多年你也不是一点长进都没有的，至少你的演技变厉害了，差点让我以为你好几次害我是我的妄想了。"

夜枭的表情头一次出现了动摇，舒清扬没忽略他那微妙的反应，目的达到了，他放轻松语调，微笑说："因为你，我不得不退居二线三年，这不算是你害的吗？"

夜枭的脸色缓和了："那是你的心理承受力低，无法接受现实罢了。"

"所以你特意把我抓到这里来，还花时间跟我闲聊，就是为了帮我提高心理承受力吗？"

"老朋友碰巧遇到了聊聊天，这不是很正常的事吗？"

"原来派人伏击在你看来是碰巧遇到的意思啊。"舒清扬不无嘲讽地说，他又喝了两口水，接着道，"聊了半天，你还没回答我孙长军怎么样了，在没确定他安全之前，我不接受你的任何条件。"

　　夜枭一脸"就知道你会这样问"的表情，在平板电脑上点了两下，推给他。

　　视频里同样是个墙壁是白色的房间，孙长军斜靠在一个沙发上，旁边有人看着，那人只露出半边身子，手里拿了个饼干袋，正在咔嚓咔嚓嚼饼干，还有个女人的声音，应该是梁雯静。

　　从体格来看，男人不是攻击舒清扬的那个，再看孙长军，他没有再被放血，不过状态还是很虚弱，靠在沙发上一动不动。

　　"现在你放心了？"夜枭问。

　　"视频可以作假，我要亲眼看到他。"

　　"你的疑心病太重了，我为什么要骗你？甚至我为什么要害孙长军？你该知道我做事的底线，我不会伤害一个没有犯过错的人。"

　　"带我去见他，还是你心里有鬼，不敢带我去？"

　　舒清扬一边说着一边站起身来，但没走两步就又一晃摔回沙发上，还连带着把那喝了一半的矿泉水瓶撞去地上。

　　他弯腰费力地去捡水瓶，夜枭帮他捡了起来："就你这样子连这道门都走不出去，还是我推你过去吧。"

　　房门很快被打开，梁雯静推着轮椅走进来，夜枭半路接过，推到舒清扬面前，看着舒清扬按着扶手挪去轮椅上，他说："别耍花样，梁小姐的脾气没有我这么好。"

　　梁雯静的手放进口袋，舒清扬猜想手枪也在口袋里，他还想摆弄轮椅，轮椅已经被推了起来，他只好说："能再给我一瓶水吗？"

　　梁雯静把半瓶的那个丢给他，舒清扬看向夜枭："这就是你对待好朋友的态度？"

　　"给他瓶新的。"

　　夜枭交代梁雯静，梁雯静这才不情愿地去吧台拿了瓶矿泉水，这次没有丢，而是递给他。

　　舒清扬刚说完谢谢，轮椅已经被推出去了，出了房门，外面是条长长的走廊，灯光暗淡，温度也较低，舒清扬看看自己坐的轮椅，问："这里是医院吧？"

没人回应他，舒清扬又接着说："这种轮椅是医院常用的基础款型，只有医院才能轻松弄到轮椅，而且使用轮椅移动人质也不会引起别人的怀疑，你们就是用轮椅把孙长军和我送过来的吧，现在只是二次利用。"

"你想多了，医院有这么豪华的房间配置吗？"

无视梁雯静的反驳，舒清扬继续说："如果这里是医院的话，那应该是安和医院了，你们那位伪装成神父的手下韩敏曾在安和医院工作过，他对这里很熟，知道该怎么避开监控藏到大家都不会去的地方，就是这个地下室吧，大概这里是医院的某个大人物的休息室。"

夜枭稍微低下头，提醒说："我认为一个聪明人应该明白什么话该说什么话不该说。"

话声温和，威胁之意却不言而喻，舒清扬点点头，用牙齿咬矿泉水的盖子，努力了好久，终于拧开了。

走廊尽头是个 T 字路口，轮椅推到一半就停下了，舒清扬不知道路口两边是什么情况，他猜应该有电梯，希望不是专用磁卡开启的那种。

他还想再仔细看，梁雯静已经打开门，把他推了进去。

这个房间没有装修过，里面还算宽敞，与视频里看到的一样，孙长军有气无力地靠在沙发上，旁边还坐着那个吃饼干的男人，地上丢了些空了的零食包和易拉罐，看来他们住在这里不是一天两天了，

舒清扬一看到孙长军，就咬牙站起来扑了过去，吃饼干的男人急忙上前阻拦，被舒清扬推开，撕扯中饼干落了一地，还有一些落到了孙长军身上。

舒清扬抓住孙长军，连声问："孙长军？感觉怎么样？能不能回答我？"

那男人想去拉开舒清扬，被夜枭制止了，孙长军虽然精神状态很差，神智却是清醒的，看看舒清扬，低声说："没事，就是很渴，想喝水……"

舒清扬拧开矿泉水，将瓶口抵在孙长军的嘴上，孙长军咕嘟咕嘟喝了几口，还要再喝，舒清扬制止了，对夜枭说："他状况很差，如果你们不想

送他就医，能先输营养液吗？"

"别小看他，虽然他是个电脑宅，不过体质很好，休息一阵子就缓过来了。"

说话的不是夜枭，而是之前就在房间的男人，舒清扬看着他："你是医生，你连最起码的医者之心都没有吗？"

"如果他快死了，我会救的，可他现在不是很好吗？你看他都能站起来了。"

韩敏的饼干散落了一地，正恼火着，看着孙长军撑住扶手，颤巍巍地站立，他开口嘲讽道。

但孙长军马上又跌倒了，还好舒清扬及时拉过轮椅，孙长军跌进轮椅上呼呼直喘，舒清扬蹲下来，帮他揉着后心，说："傅柏云说等你回去了，一定要揍你，你欠了他一顿打，所以一定得好起来。"

孙长军嘿嘿笑了："我命贱，没、没那么……容易挂的……"

夜枭说："人你看到了，可以放心了？"

舒清扬靠着沙发扶手站起来，点点头："我可以带他去大房间休息吗？"

"他留在这里，有医生就近看护会更好。"

"你是说这位差点害死他的医生？"

舒清扬瞥了韩敏一眼，夜枭没回应，给韩敏摆摆下巴，韩敏上前就要把孙长军拉回沙发，就在这时，夜枭脸色微变，好像有人通过耳机在跟他联络，他稍微侧身听对面讲话。

舒清扬就在等这个机会，猛力将头撞过去，韩敏的鼻子被撞到，眼泪顿时流了下来，和鼻血混在一起，满脸血红，跟着手臂传来剧痛。他的眼泪正止不住地往外流，也看不清是被什么东西刺伤了，只以为是匕首，生怕舒清扬再顺便给自己心脏来一刀，吓得尖叫着直往后退。

其实刺伤韩敏的只是个献血用的针头而已，那是孙长军趁歹徒没留意时偷偷藏起来的，刚才舒清扬一靠近，他就把针头塞给了舒清扬，希望他能在必要时利用上，却万万没想到舒清扬会用得这么快。

梁雯静一见不好，伸手就要掏枪，舒清扬早有准备，急速晃动矿泉水瓶，随即将瓶口对准她和夜枭。

之前他和韩敏撕扯，就是为了弄到饼干里的干燥剂。碎掉的干燥剂混进水里再剧烈晃动后，瓶内空气急剧膨胀，压力作用下液体四下飞溅。梁雯静脸上被溅了好多碱性液体，不由疼得大叫，慌忙伸手擦拭。

倒是夜枭反应比较快，在液体喷射的同时急忙向后躲，又迅速抬手遮挡，舒清扬趁机推动轮椅冲出了房间。

一出走廊，他就朝着 T 字路口冲去，在车轮的惯性下，他们很快就跑到了尽头，他左右看看，看到右边有电梯，立刻拐弯跑过去。

电梯就停在这一层，也就是地下二层，舒清扬连着按动按键，走廊另一头传来脚步声，还好电梯门及时开了，舒清扬冲进去，又拼命按关门键。

他们很幸运，在夜枭堪堪跑到门前时电梯门关上了，孙长军按了一楼的楼层键，电梯开始往上升的时候，舒清扬又顺手按了其他几层楼的楼层键。

惊险暂时告一段落，两人同时松了口气，孙长军仰头靠着轮椅靠背，呼呼喘着说："你反应还挺快。"

"你也不赖。"

"他们要杀我，我就想怎么着……咳咳……也要拉个垫背的，咳咳……"

"你能闭上嘴吗？力气留着逃命用。"舒清扬打断他的话，看着楼层灯慢慢往上跳，他说，"我们已经逃出来了，电梯马上就要到一楼了，我不知道这里是哪栋楼，不过只要到了人多的地方，他们就不敢再动手……"

孙长军起先还以为舒清扬在跟自己说话，很快发现他在自言自语，正要开口询问，舒清扬做了个嘘的手势。

光滑如镜的电梯壁映出两人的身影，都很狼狈，现在他们别说反击了，能不能顺利逃脱都成问题。

叮！

一楼到了，漫长得让人担心追兵已经赶来，堵在外面了，孙长军的手情不自禁地攥住轮椅扶手，门终于开了，外面黑洞洞的，死一般的寂静，既没有追兵，也不像是一楼应有的状态。

舒清扬反应很快，在发现情况不对后马上按了关门键，但电梯却怎么都不再往上升，他重复按楼层键，下方屏幕显示需使用磁卡。

居然在这种地方设定用磁卡，舒清扬脱口爆出了脏话，一拳头砸在开门键上，电梯门一开他就推着轮椅冲了出去。

外面一片黑暗，只有远处安全通道指示灯散出幽幽的光亮，原来这一层是停车场，出去没多远就是自动门，出了门只看到水泥建筑的大场地，阴暗寂静，附近停了几辆车，却看不到有人。

"这栋楼好像是废弃状态的，一楼是停车场，有车，没有人……"

舒清扬一边观察着周围一边说，话声半路打住，因为他听到了急促的脚步声，夜枭等人追上来了，他不敢怠慢，咬牙推着轮椅往前跑，不远处的水泥柱子旁停了辆路虎，他跑去车后，弯腰藏起来。

一番奔跑下，他的体力透支了，双腿无力，靠着车屁股大口喘气，他不敢坐下，生怕一坐下就再没力气站起来了。

孙长军比他更虚弱，低声说："你一个人先跑吧……我还有用，他们……他们一时半会儿不会杀我的。"

"你说反了，他们要杀的人正是你。"

孙长军没听懂，正要询问，脚步声靠近了，却是夜枭和梁雯静，梁雯静此刻异常恼怒，大声吼道："舒清扬你出来！你这个孬种，你有本事就别逃啊！"

旁边传来轻笑，梁雯静更恼怒了："笑，你还笑！他弄花了我的脸！"

"我始终觉得一个人做事失败是自身的问题，而不该迁怒于比自己强的人。"

"我是你女朋友，你怎么可以这样说我！"

"不管你是什么身份，都否认不了你不如他的这个事实啊。"

夜枭说得云淡风轻，笑声中不乏调侃，梁雯静更气恼了，突然啊啊大叫，扣下了扳机，子弹射在墙壁上，发出噗噗响声。

"舒清扬，你出来！"梁雯静大喝道。

接着又有一面车窗被射中，正是舒清扬二人藏身的这辆车，孙长军不由自主动了一下，轮椅碰到了旁边的柱子，梁雯静听到响声，马上冲了过来。

为了保护孙长军，舒清扬急忙沿着几辆车的车屁股往另一边跑，他跑得跌跌撞撞，但总算把梁雯静的注意力引过去了，在跑到另一头的柱子时，梁雯静又开枪了，要不是舒清扬及时滚开，子弹就射到他身上了。

他还想再跑，双腿已经没力气了，跌倒在地上，没等他爬起来，梁雯静紧跟而上，双手举枪对准了他。

梁雯静的脸被碱水喷到，很多地方泛起了红斑，要不是她躲得快，恐怕眼睛都有可能失明。她的枪口先指向舒清扬的头，马上又转去他的腿，喝道："想死没那么容易，我不会让你好过的！"

舒清扬看向对面，没看到韩敏，大概是受伤过重没跟来，梁雯静身后只有夜枭一个人，双手插在口袋里，慢悠悠地走过来。

他喝道："警察已经把这里包围了，你跑不掉的，还是投降吧！"

"警察？呵呵，别骗人了，警察在哪里？"

梁雯静冷笑，谁知就在这时，刺耳的警铃声响彻整个空间，却是有人启动了火灾报警系统，梁雯静一怔，随即手腕传来剧痛，舒清扬把一直攥在手里的两枚硬币弹了出去，一枚打中她的手腕，一枚打在她眼睛上，她手枪落地，捂着眼睛蹲了下来。

舒清扬翻身过去拿枪，然而夜枭快了他一步，在他靠近时已经捡起了枪，将枪口对准他。

"你输了，清扬。"他托托眼镜，微笑着说。

火警铃还在疯狂地响动着，却完全没有影响到两个人，舒清扬呼呼喘着气，仰头看他，夜枭和他对视，又说："我要更正之前说的话，你玩硬币的手法比当年娴熟多了，我都没发现你刚才玩的把戏。"

"不，是你从来没了解过我，以前玩硬币游戏时，我都是让着你的。"

"可惜你已经没有硬币了，也许还可以用用纽扣什么的，不过我想你应该也没那个力气。"

夜枭都说中了，所以舒清扬一言不发，夜枭又笑道："你现在一定很害怕吧，虽然警察赶来了，但远水解不了近渴。"

"你不会开枪的，"舒清扬喘着气说，"我没有犯过罪，杀我会违反你的行事原则。"

"啧啧，有时候有个知根知底的朋友也是件让人很不愉快的事啊。"

"你还不快杀了他，杀了他！"

梁雯静在旁边捂着眼睛尖叫，夜枭置若罔闻，退出子弹，把手枪丢去了一边。

"可是没办法，谁让我们是朋友呢？"

夜枭发着感叹，顺手把眼镜也扔掉了，又拿出一副墨镜戴上。

看着死亡与自己擦肩而过，舒清扬暗中松了口气。

夜枭当然没那么善良，他只是知道警察即将赶到，不想硬拼罢了，他是个聪明人，做任何事都会先计算得失，而且又傲自负，舒清扬就是利用他的这个心理，在这场博弈中险胜了一局。

对面传来脚步声，随即是傅柏云的喝声。

"警察，不许动！"

夜枭转头看去，傅柏云举枪向他们快步走近，他对舒清扬说："你的搭档和你配合得还挺默契的嘛，他来得比我想象的要快。"

"所以你这次跑不了了。"

"哪儿的话，我还要跟你说声后会有期呢。"

话音刚落，舒清扬眼前便亮起刺眼强光，他没想到夜枭居然用了闪光弹，顿时呛人的气味直冲鼻腔，他急忙闭上眼睛捂住口鼻，随即胳膊被抓住，傅柏云扶住他把他带去一边。

舒清扬不敢睁眼，捂着嘴咳嗽着说："别管我，快去抓人。"

"放心吧，王玖他们在外面围着呢，跑不了，咳咳……这混蛋，末了还耍这么一手。"

舒清扬原本想说夜枭生性狡猾，又擅长变装，他这么一跑只怕不好抓，可想到孙长军还在附近，没人保护可能会有危险，便没再多说，跟随傅柏云去了离烟雾较远的地方，傅柏云又过去查看孙长军。

孙长军还有意识，抓住轮椅靠在一面墙上，他背后正是火灾报警器，看到傅柏云过来，他喘息着笑了。

"现在我可以好好睡一觉了，你要揍我的话，等我醒过来再说。"

第十章
最终对决

　　救护人员很快就赶到了，孙长军被送去了急救室，梁雯静和韩敏也被拘捕了，舒清扬原本想去追踪夜枭，奈何四肢依然无力，傅柏云不由分说，把他按在了轮椅上，推着他去做检查。

　　在接受检查的时候，舒清扬才知道原来拘禁他们的地方是安和医院的旧楼，最近新楼刚建成，旧楼就空出来了。地下室原本是院长一时兴起装修的，压根就没用过几次，最近他又一直在国外，夜枭正是瞅准了这个时机，把地下室作为临时基地来使用。

　　由于其他楼栋也装修了相似的地下室，傅柏云赶到医院后，在寻找舒清扬上花了些时间，半路又被歪嘴男带着同伙围攻阻拦，导致他没能及时赶到，幸好舒清扬机警，带着孙长军脱离险境。

　　舒清扬的担心很快变成了现实，等他检查完身体出来，收到了王玖的联络，说安和医院的几栋楼同时发生爆炸，火灾警报不断，医护人员和保安忙于疏散患者，导致现场混乱，他们已经加派人手阻截夜枭了，但还是被他逃掉了。事后他们确认了那些爆炸物，都是仿造品，只是腾出一些烟雾而已，没有杀伤力。

　　傅柏云听了这个消息，气得就地转了好几圈，懊恼地说："我要是早来一会儿，可能就抓到人了，你说的没错，夜枭真是太狡猾了，这次费了这么大力气，好不容易把鱼钓上钩了，最后又被他逃掉了。"

　　舒清扬坐在轮椅上，看着他脸都涨红了，一直发牢骚，不由得笑出了声，傅柏云瞪眼问："很好笑吗？"

　　"是啊，头一次看到你这副模样，原来被惹毛了你也会发飙啊。"

　　"是个人就会有脾气的，更何况这件事你冒了这么大风险，差点没命，"说到这里，傅柏云看看舒清扬，"王科都知道了，这次行动咱们自作主张，就等着回去挨批吧。"

　　"没办法，要是提前跟王科说我去当鱼饵，他肯定不同意。"

　　舒清扬拽下了衬衣第二颗扣子，那是追踪器，是他为了配合这次的计划，让小柯特别配置的。追踪器的形状和其他纽扣完全一样，他又特意把摄影笔别在上衣口袋里，果然如他所料，夜枭只注意到了摄影笔，虽然检查了他的随身物品，却忽略了扣子。

　　他靠在轮椅上陷入沉思，半晌，说："我想好了。"

　　"想好怎么做检讨了吗？"

　　"不，想好怎么抓夜枭了，"舒清扬指指轮椅靠背，"一起来吧，现在咱们是一条绳上的蚂蚱，谁都逃不掉，只有抓住夜枭将功补过了。"

　　"你知道他藏哪里？"

　　"不知道，不过可以猜一猜，一直都是他出猜谜游戏，这次换我们来。"

　　长途车站的候车室里，随着广播通知乘客排队检票，一位坐轮椅的老者拿起脚下的提包，他把提包放在腿上，按动轮椅遥控往前走。

　　几位乘客看到老者过来，主动让开路，老者朝着优先检票处驱动轮椅，就在快靠近的时候，轮椅后背扶手被按住了，一个熟悉的声音说："就到此为止吧，夜枭。"

　　老者一怔，一位便服打扮的年轻男人走到了他面前，正是傅柏云，他又按了下遥控把轮椅转了个头，站在他后面的是舒清扬。

前不久他们才狭路相逢过，不过那时候是他站着舒清扬坐着，现在情势反转，老人微微眯起眼睛，像是看陌生人似的打量对方。

看老人这种反应，舒清扬嗤地一笑："还是该叫你叶盛骁？"

傅柏云也往前踏近一步："不要再装了，我们都知道你是谁了。"

他把手机亮到夜枭面前，屏幕里是一张老人的照片，老人大约六十岁，两鬓花白，蓄着小胡子，脸上还有不少老年斑，长相挺普通的，属于扎进人堆里绝不醒目的那类人，乍看就是眼前这位老者的照片。

行藏被识破了，夜枭放弃了演戏，叹道："好久没听到叶盛骁这个名字了，我都快不记得那是我的名字了……你们是怎么找到我的？"

"按图索骥。"舒清扬用下巴指指手机照片，"你一早就想好要怎么金蝉脱壳了，还想好了变装样板，施蓝有个文件档，里面放了所有她做过的变装图片，你的这款也是照她的图片变装的对吧？"

"她的资料应该都删掉了，包括备份。"

"不错，不过她事先把这个文件档传了一份给孙长军，她应该是考虑到要退出，想到你未必会放过她，所以留了一手，孙长军是干什么的你很清楚，大概没几个人能完全删除他加密的文件。"

舒清扬说完，傅柏云接着说："你的变装技术不如施蓝，所以我们想你在变装时应该会参考她的图片，就把里面你可能会伪装的形象提出来，在高铁和长途车站等地方搜索排查，就这样找到你了。"

"那假如我没用施蓝的图片，而是随便伪装一下，那你们的搜索计划岂不是要落空了？"

"你不会的，"盯着他，舒清扬冷冷地说，"你是个完美主义者，施蓝的变装设定不仅是头像，还有具体的脸部比例和骨骼特征，以及不同年龄和体格的人的行为表现，在这一点上，你们两人的个性非常相似，所以你们才会合作了这么多年，你要隐身逃跑，为了不出一点差错，在变装时一定会参考她的图片设计的。"

"原来如此。"夜枭发出衷心的赞叹。

傅柏云问："你对付她的时候，没想到会被她算计吧？"

"对付她？我不记得我做过这样的事。"

"梁雯静向常正透露施蓝和常江交往的事，这不是出于你的授意吗？"

"没有，我只是酒后失言，跟梁雯静稍微抱怨了一下，我又不是神，无法预知梁雯静会把那件事告诉常正，更想不到施蓝会被杀，这只能证明人性的丑恶远远超出了我们的想象。"

夜枭一脸无辜，舒清扬相信他说的是真的，梁雯静的行为，还有常正在知道真相后所做出的判断都是出于他们个人的意志，夜枭甚至连唆使和暗示都没有。

然而他真的无辜吗？不，他在做人性测试，就像他对杨宣所做的那样，他把自己放在上帝的位置上，欣赏众人的选择。对他来说，常正也好常江也好施蓝也好，他们的死活都不重要，重要的是这个人性测试的结果是否取悦到了他。

真是个变态到了极点的家伙！

舒清扬按捺住不适，掏出手铐咔嚓一声给夜枭铐上，把他从轮椅上揪了起来。

"剩下的回警局慢慢说吧，相信你有足够的时间讲述自己的犯罪史！"

特调科的空气有点紧张，舒清扬一进去就听到小柯叫苦连天的喊声。

"是我不对，我道歉我检讨，我不该不跟领导打报告就私底下帮忙，不过我也是被迫的啊，都是舒队的错，他……"

小柯还在血泪控诉着呢，一转头看到了舒清扬，马上说："他来了，王科你直接问他，我就是一炮灰，请让我自动消失。"

他说完掉头就跑，舒清扬叫都叫不住，他再转头看王科，王科的表情不愠不喜，其他几个同事也都审时度势，各自缩在座位上，大气都不出一声。

舒清扬走过去，汇报了他们拘捕夜枭的过程，王科听完，没提他们擅自行动这事，说："叶盛骁这个人很狡猾，清扬你先别出面，先看看梁雯静他们的供词，王玖和玎珰你们去打前锋，随便拣着问题问，扰乱他的步骤，让他摸不清我们的虚实。"

王玖和蒋玎珰跑去了审讯室，马超调出他们下午录的审讯视频，说："你们看了这个，就知道夜枭多会蛊惑人心了。"

先是韩敏，他受伤最重，又很胆小，被抓后就老老实实什么都说了。

两年前，他挪用弟弟韩峰募集到的捐款被发现，两人在争执中他失手杀了韩峰，不得已只能辞职，顶替韩峰做了神父。他也不知道叶盛骁是怎么发现自己的真正身份的，叶盛骁提出让他当助手，提出的条件也非常丰厚，他就一个没忍住答应了。

但他只是外围，参与的活动也都是调车、开车，或是看个孩子比如小萌这类的，像这次他们把安和医院的休息室作为据点虽然是他提供的情报，但叶盛骁具体有什么计划他完全不知情，孙长军的事他也不了解，他所做的就是照梁雯静的吩咐给孙长军放血而已。

简而言之，这个人就是个小卒，而且是个随时可以抛弃的小卒，叶盛骁压根儿就不信任他，所以他能提供的情报也有限。

歪嘴男叫张明，除了身材健硕，智商稍低外，其他地方就跟他的名字一样普通。

张明之所以会歪嘴，是曾经被高空抛物砸中脑部导致的。丢东西的人最初不承认是自己的过错，是叶盛骁出面交涉，让对方付了医药费和一大笔精神损失费才罢休。

这笔钱让张明的弟弟妹妹得以上了大学，所以他简直把叶盛骁当恩人来看。如果说韩敏是那种随时会倒戈的小人的话，那张明就是忠仆，他的证词中充满了对叶盛骁的敬仰，坚持说攻击吴小梅和杨宣还有之后电晕舒清扬等事都是他自作主张，与叶盛骁无关，不管马超怎么苦口婆心地劝导，他愣是丝毫不松口。

张明没有犯罪前科，不过舒清扬敢肯定假如叶盛骁让他杀人，他也会毫不犹豫地动手，他完全被洗脑了，这就是叶盛骁最可怕的地方。

无独有偶，梁雯静的态度也是同样的强硬，她也把所有过错都揽到了自己身上，反复强调夜枭不是三年前劫持她的人，而是她的男朋友叶盛骁，是警察搞错了。

她承认自己因为目睹了一些不公的社会事件，曾有过一些过激行为，但这一切叶盛骁都不知道。施蓝的事是她主动透露给常正的，因为她私下找施蓝交涉，施蓝根本不搭理她，就是香料工房的学员看到施蓝跟人吵架的那次，她的本意是想利用常正给施蓝施压，她也没想到常正居然会杀人。

孙长军是她让韩敏放血的，舒清扬也是她绑架的，起因是孙长军陷害她的男朋友，所以她要报复，却不凑巧被舒清扬看到了，只好也控制了他的自由，但她没有想伤害这两个人，她就是想吓唬一下罢了。

马超拿出她用过的枪质问，她说那是朋友送的仿真玩具枪，她做了改造，因为舒清扬弄伤了她的脸，她一时气急才会开枪，说完就捂着脸放声痛哭，说自己知道错了，会老实交代罪行，求警察不要为难自己。

她说得楚楚可怜，很爽快地承认了所有罪行，但就是咬牙不扯上叶盛骁，马超也拿她没办法，只好终止了审讯。

看完所有视频，傅柏云有点理解马超先前发出的感叹了，说："这些人被洗脑洗得还真彻底啊。"

"是啊，夜枭参与犯罪的手法实在太高明了，他每次都不会亲自出手。三年前劫持人质那次又因为人质改口很难立证，当时尸体被确定是夜枭，现在总不可能再诈尸出来一个……哦对了，这位叶盛骁先生还是外籍人士，不是清扬的发小。"

听了王科的话，傅柏云都气笑了。

"这话是在嘲笑警察的智商吗？不是舒队的发小，那他顶着夜枭的名字，整天死缠着舒队做游戏是吃饱了撑的？"

"他很擅长玩诡计游戏，"舒清扬看着审讯叶盛骁的视频，把话接了过去，"而且三年前'夜枭'确实被炸死了，有DNA匹配证明这一点，所以在档案中，'夜枭'这个人早就不存在了。"

像是和他有心灵感应似的，视频里叶盛骁说他是美国公民，从事心理学方面的研究，三年前他在一场意外事故中失去了小拇指，小拇指一直没有找到，他怀疑是有人利用事故陷害自己，便请人暗中调查。

后来他查到了舒清扬这里，当听说自己的名字和舒清扬的发小一样后，他怀疑是舒清扬为了立功，将他的小拇指丢弃在爆炸现场，之后又向警方提交了他的 DNA 样本，伪造现场证明夜枭真正死亡，他在发现真相后气不过，索性便真的顶替夜枭的名字向舒清扬下挑战书，好借机会揭开他的面具。

傅柏云最初气极反笑，但是听到最后他笑不出来了，叶盛骁在审讯室侃侃而谈，悠闲自得的像是在聊家常，再看舒清扬，舒清扬眉头紧蹙，神情难得的严肃。

马超第一个忍不住了，问："他这什么意思？不承认自己是夜枭，还想反诬告舒队害他？"

王科点点头，最初的担心变成了现实。

"那做指纹核对呢？他进过少管所，舒队总不可能把所有的指纹都伪造成假的。"

"没用，以前夜枭用的都是假指纹，包括进少管所的时候，当时也没细查，因为没人想到一个少年的心机会这么深，所以那些指纹都和现在叶盛骁的核对不上。"

"也就是说……"环视大家，傅柏云说，"叶盛骁在下挑战书向我们宣战时，就想到了万一被抓后该怎么应对吧。"

"不错，他那个美国国籍可能在爆炸事件发生之前就有了，这是我的失误，他故意在现场留下小拇指，一是为了证明夜枭已死，还有一层意思是引我上钩，所以当时不管我选择哪一方，都会中他的诡计。"

"看他这有恃无恐的态度，他在国外的那些身份证明大概不容易被戳穿，说不定没多久私人律师就粉墨登场，要求我们放人了。"傅柏云自嘲地说。

马超气道："外国国籍了不起啊，我们费了多大的劲儿才抓到他，就这么放人？"

"外国国籍没有了不起，但是在程序处理上比较麻烦。"王科说完，看看舒清扬，"你是不是一早就想到了会是这个结果？"

傅柏云想起最近舒清扬数次欲言又止，他明白了，舒清扬比任何人都了解叶盛骁，所以叶盛骁的目的和打算他当然会预料到，叶盛骁是在警告他——坚持下去很可能鱼死网破，更甚至是只有网破，而鱼一点儿事都没有。

但最后舒清扬还是无视了叶盛骁的警告，坚持抓他。

"梁雯静？她不是我的女朋友，我们只是普通朋友，我早觉得这女人的精神不太正常，没想到会严重到这种程度，这么说有点推卸责任，但事实的确如此。我唯一的过错是没有及时发现她精神异常，还一时鬼迷心窍，配合她软禁了舒警官，但我并没有想伤害任何人，你们可以问舒警官，我当时手里有枪，可是我却选择放下枪离开，而不是杀他……"

叶盛骁还在审讯室侃侃而谈，一副游刃有余的模样，傅柏云看着，不甘心地问："真的没有办法治他的罪吗？"

"也不是一定就没办法。"

淡淡话声响起，三个人的目光一齐看向舒清扬，舒清扬转身朝外走去。

"我去看看孙长军，也许最关键的钥匙就握在他手里。"

次日午后，叶盛骁被带进审讯室接受第二次审讯，他精神很好，举手投足带着冷静优雅的气度，完全没有被关押后应有的颓废。

看到舒清扬走进来，他展开了笑颜："终于肯露面了，舒警官。"

无视他的笑脸，舒清扬在他对面坐下："昨天你的律师来申请保释，被驳回了。"

"我想也是，按道理说你作为嫌疑人，在这个案子上应该避嫌的，看来贵国在法律程序操作上还是很不完善啊。"

砰！

傅柏云把刚倒的水重重放在了叶盛骁的面前，叶盛骁向他道了谢，把戴着手铐的双手放到桌上，探身对舒清扬说："不过无所谓，我也想亲眼见识一下舒警官的审讯手段，希望别像昨天那两位那样让我失望才好。"

舒清扬面无表情，在外面看审讯的蒋玎珰却气坏了，叫道："这混蛋，要不是警察不能打人，我一定揍他！"

王科提醒道："少安毋躁，昨天那只是热身运动，今天才是正戏，好好看清扬怎么打败他。"

傅柏云在旁边坐下，准备开始做记录。叶盛骁来回看看他们，说："该说的昨天我都说了，有关你们说的那些案件，我什么都不知道，那都是梁雯静和韩敏勾结做的，那女人是疯子，一直坚持说是我女朋友，这给我造成很大的困扰。"

"最后一句话你昨天已经说过很多遍了。"

"看来你已经看过审讯视频了，我的脸有没有很上相？"

"以前倒没发现你这么自恋。"

"以前？以前我们认识吗？哦对了，你应该是说我冒充的夜枭那个人吧？他好像在三年前已经死了。"

舒清扬抛出了鱼饵，叶盛骁没上钩，喝着傅柏云倒的水，慢悠悠地说："看，都怪我，一直模仿夜枭这个角色，我入戏太久，导致你也入戏了。"

"有件事我一直想不通。"打断他的话，舒清扬说。

叶盛骁收敛了笑容，做出聆听的态度。

舒清扬说："那晚我查到孙长军可能会藏在彩虹之家福利院废弃的地窖里，赶过去找他，那个发现和后续行动都是突发性的，所以你是怎么做到可以提前预知我会做什么，从而利用孙长军的黑客手段干扰我的手机和耳机的通讯联络的？"

叶盛骁开口要解释，舒清扬无视了，继续往下说："可能性有两个，一个是你一直在暗中监视我们，在确定我是一个人时做出干扰。但这就出现了一个问题，如果我没从照片里发现福利院的情况，饭后回警局，那干扰行为不仅变成了无用功，反而会打草惊蛇，所以我想到了另一个可能性——我被暗中监视是事实，通信器材被干扰也是事实，因为你们设定了一套计划准备引我上钩。从干扰电子设备的做法来推想，你们是打算在我一个人独处的时候劫持我，然而在你们行动开始之前我有了新发现，赶去了福利院，你发现那时就算你们抛出诱饵我也不会上钩，只能临时改变计划，尾随我去了福利院。

　　"这样的话，就引出了一个新问题，假如我没发现孙长军藏身的地方，结果会怎样？这个问题之前我问过你，你回答得很巧妙，奉承说以我的能力一定会发现，但这同样是个不可控因素，为什么你确定我会发现？除非你自己告诉我，才能保证我会按照你的计划去行动，这就是你原本设下的诱饵吗？我想不太可能，如果诱饵是孙长军，仅仅是控制他的自由就行了，没必要放他的血，你明知道他在不久前为了伪造凶案现场，曾放过至少1200毫升的血，短时间内再放大量血液的话，以他的体质很可能会导致死亡，这不是你的行事作风。你不管是玩游戏还是参与犯罪，都会有个明确的目标，而不是这种充满了不稳定因素的设定。"

　　听到这里，叶盛骁的眉头不显眼地挑了挑，舒清扬没有忽略他这个微小的动作，说："所以我肯定了一件事，孙长军被放血并不是像你说的那样是想跟我玩一场拯救人质的游戏，你是真的想杀他，假如我没有及时赶到的话，他就死了。你是有目地杀人，并且还会伪造成自杀，事后即使我们发现了那个地窖，也只会认为孙长军是自杀，因为他自己已经伪造过一次自杀了，而且他懂得一些医学知识，有能力从静脉放血，至于自杀的理由，悲观厌世、忧郁症，随便一条都能构成理由。

　　"然而你的计划被我打乱了，因为我找到了孙长军，你没法在地窖杀我灭口，因为一路上的道路监控提示了我去了哪里，假如我死了，孙长军就不可能被判定为自杀，你只好临时放弃杀害他，并让手下电晕我，把我关进了医院的地下室，又杜撰了一套理由来敷衍我。

　　"这里跟你最初要劫持我的计划殊途同归了，你拉着我大谈特谈，其实是在等待跑路的时机——虽然我们一直没法搜索到你，但同样你也出不去，你想离开这座城市就得借助于他人的力量，这就是你劫持我的目的。做出犯罪组织利用我这个人质跟警方谈判的假象，实际上是找时机跑路，你都铺垫好了，却没想到我身上还带了其他的通信设备，就是这颗纽扣。"

　　舒清扬把纽扣放到了桌上，叶盛骁看了看，笑了："你事先都做好了准备，是打算利用自己当诱饵吧？"

"是的，那时我们已经猜到了孙长军的秘密，担心他有危险，但又一直抓不到你，所以就想到了这个计划。"

"难怪你会在没把握的状况下攻击我们，原来是担心孙长军随时会遭遇不测啊。"

"你也不用太懊恼，即使没有这个，我的同事也同样会及时赶去营救的，因为通讯耳机只在最开始受到干扰失去功效，之后它一直可以用，要不你以为我配合你耍嘴皮子是吃饱了撑的吗？"

叶盛骁一怔，舒清扬观察着他的反应，说："孙长军并没有完全听你的命令，而是暗中做了手脚，你一定对他花言巧语软硬兼施了，可你却没想到即使在生死攸关的状况下他还敢违抗你。对你来说，只有有利用价值和没利用价值两种人，可惜孙长军是第三种，他是为了达到目的可以把命都豁出去的那类人。"

"为什么？"

叶盛骁脸上露出细微的惶惑，这是他被审讯以来第一次露出这种没底气的表情，在外面关注审讯的几个人都激动了，马超一握拳头。

"他快投降了，舒队再加把劲儿！"

舒清扬说："你和杨宣都是很优秀的心理侧写师，但你们同样犯了一个过错，你们都太自傲自负，把心理侧写当作一份工作来做，而不是投入感情去思考，所以你们永远无法真正地对当事人感同身受，更不可能明白孙长军这样做的意义，你只知道他的存在很危险，一定得除掉。"

叶盛骁眉头微皱，随即便重新绽放笑颜，抬起被紧铐的双手拍了几下巴掌。

"不愧是在调查第一线上活跃的警察啊，推理起来还挺像那么回事的，可有一点你一直没提到——动机。我为什么要杀孙长军？就因为他诬陷过我吗？在孙长军和施蓝的案子上，别说你还帮我洗脱罪名了，就算没有，我也不需要报复，孙长军是个难得的黑客高手，比起杀他，和他合作不是更有利吗？"

"别急，接下来我就要说动机了，动机就是孙长军知道你的秘密，所以他必须死。"

舒清扬盯住叶盛骁笑，叶盛骁也回敬般地盯着他，黑眸深沉，看不到内里的情感。

舒清扬将一张图片和一张照片并排摆放到叶盛骁面前。

图片里的男生十七八岁，穿着白衬衣，戴着黑框眼镜，干净瘦削，和照片的那张非常像，不过照片的男生戴的是普通的金边眼镜，眼镜细窄，可以清楚看到镜片后的眼眸，这让他多了几分神秘感。

叶盛骁看了眼照片。

"这个人长得跟我挺像的。"

"这是王彩虹，也就是胡小雨的母亲给我们提供的图像，她说胡小雨在出事前和这个少年接触过，我最初以为是常江，但胡小雨讨厌常江，不可能带他去自己家，在发现了你的秘密后，我才确定这个人是你。"

"那你一定是搞错了，我不认识王彩虹和胡小雨，我的少年时代是在美国度过的，好像是洛杉矶吧……"

"因为我的告发，你被送去了少管所，你出来后一直想报复我，这也是你会接近胡小雨的原因。在你看来，胡小雨是不良少女，给点钱或是什么好处，就可以让她对你唯命是从，她的确也那样做了。那晚她照安排半路截住我，想让我带她回家，身上还带了魔术匕首，我不知道你的具体计划是什么，因为我没有照你的剧本走，我只知道你当晚随身带了刀具，所以那晚不管计划如何，你都没打算放过胡小雨。

"然而计划失败了，你自以为了解我，你不会认为失败是你的问题，而是觉得胡小雨没用心去做，而且你担心事后胡小雨会走漏风声，刚好陈永和常江对胡小雨动粗，你就借这个机会杀了胡小雨，把罪名都推到陈永等人身上，还顺便拿走了那柄魔术匕首。除了掩饰证据外，你还想看着常江是如何在惊恐和懊悔中度过的，好为自己无聊的生活打发乐趣。"

"说得你好像很了解我似的，舒警官，三年前你就害过我一次了，为了证明你的公正无私，你害得我失去了小拇指，三年后你又想害我，证明夜枭已死的人是你，现在要证明夜枭还没死的人又是你，就因为你是警察，就可以为所欲为了吗？"

"我没有说夜枭，我在说胡小雨的案子。"

"那不是一样吗？因为我和你的发小重名，你就说我是夜枭，说夜枭害了胡小雨……"

"我没说夜枭杀害胡小雨，我说的是你，你是杀害胡小雨的真凶，与你的名字、你的昵称还有你的身份毫无关系！"

叶盛骁针锋相对，舒清扬步步紧逼，两个人都丝毫不退让，别说审讯室外的人紧张，连傅柏云也看得一颗心都提了起来，生怕舒清扬一个拿捏不好，被叶盛骁反将一军。

倒是两位当事人都很冷静，叶盛骁双手搭在桌上，说："我不是太懂你的意思，能说得再清楚点儿吗？"

"你心里应该比我更清楚，否则你就不会处心积虑要杀掉孙长军了。"

舒清扬取出一张照片放到叶盛骁面前，那是孙长军和胡小雨的合照，背景是彩虹之家福利院。

"这是孙长军给我的。孙长军少年时代一直住在彩虹之家，福利院和胡小雨的家很近，胡小雨虽然跟着陈永等不良少年混，但她本性不坏，她帮助过福利院的孩子们，对年幼的孙长军来说，胡小雨就像是姐姐一样的存在。这是他们一起拍的照片，也是唯一一张留下来的照片，孙长军在实施计划之前把它存放在了银行保管箱里，保管箱只放了两样东西，其中之一就是这张照片，足见他对照片的重视。

"十年前你找机会接近胡小雨时，肯定也知道那些福利院儿童，但你没把他们放在心上，更想不到胡小雨被杀的第二天，孙长军在凶案现场留意到了你，当时你正混在围观群众当中欣赏自己的杰作，压根儿没发现他的存在。"

"舒警官，我不想打断你这丰富的推理故事，"叶盛骁半是嘲讽地说，"不过你的推理里有个很大的漏洞，你口中的'我'跟福利院儿童有过接触吗？孙长军为什么会认识'我'？退一步说，就算他认识'我'，但如果'我'是胡小雨的朋友的话，去现场看情况也很正常吧？"

"别急，听我把话说完。孙长军并不认识你，他是嗅到了你身上的香气，就是施蓝送给胡小雨的香水的香气。香气很特别，孙长军在胡小雨那儿闻过，胡小雨提过香水是特制的，他就记住了，而你在杀害胡小雨时身上蹭到了香水，那是很淡的香气，也许连你自己都没觉察到，孙长军却发现了，虽然当时他不知道你是凶手，却记住了你的长相。"

叶盛骁垂下眼帘，像是在思索，随即抬起头，问："这些都是他对你说的？"

"是的，他已经醒过来了，虽然两次放血对他的身体损害很大，但没有大碍，他还年轻，多休息治疗，很快就会康复的。"

"照他的年龄来推算，当时他应该是十一二岁吧？"

"十二岁，而且因为长得瘦小，看起来也就十岁上下，很容易被忽略。后来孙长军因为流感去医院，又再次与你相遇了。我确认过了，孙长军去的医院刚好就是常江高烧时住的那家医院，所以孙长军和你的相遇并非偶然，而是必然的。你特意去医院查看常江的情况，大概是想知道常江在误以为自己是凶手后会是什么反应，但很可惜他选择性失忆，你什么戏都没看成。"

"哼哼，这些都是孙长军的一面之词，十年前的事随他瞎编，还是……"叶盛骁冷笑发出质问，"不靠瞎编的台词，你就没办法结案？"

"没有证据的话我是不会乱说的，我这样说自然有指证你的物证。"

舒清扬从文件夹里取出两份资料，一份是匕首的照片，一共两张，分别是刀刃完整拉出的和缩进去的状态，一份是 DNA 鉴定结果，他把两份资料并排放到了叶盛骁眼前。

叶盛骁的笑容有一瞬间的僵直，随即呵呵笑道："这种东西不会又是你利用非法手段弄来的吧？"

"这柄匕首是孙长军放在银行保管箱的另一件东西，你对它应该有印象才对，因为它就是你送给胡小雨的魔术匕首。你杀害胡小雨后，第一时间就销毁了所有与凶案有关的物品，但你没有处理魔术匕首，一是因为它与胡小雨的被杀毫无关系，还有一个原因是你原本打算利用这个匕首去吓唬常江，好让常江听你的使唤。但常江的失忆打破了你的计划，于是魔术匕首也变成了废物，你在离开医院后就把它丢进了垃圾箱，扬长而去，却万万没想到魔术匕首被偷偷尾随你的孙长军捡了回去。"

随着舒清扬的讲述，叶盛骁的脸色变得难看："就算他说的都是真的，可凭什么说是我？凭指纹吗？呵呵，别说十年前的指纹了，就算是十几天前的指纹都未必可以保存完整。"

像是没听到他的反驳，舒清扬继续说道："我们鉴证人员从刀刃重叠的卡槽里找到了蝴蝶的磷粉，经 DNA 对比，与胡小雨遇害时身上的磷粉完全一致，证明这柄刀曾经出现在凶案现场，而且刀柄上还有一个人的 DNA，就是你的。"

他把鉴定书往叶盛骁面前推了推，叶盛骁马上说："不可能！"

"我一开始也觉得不可能，因为你是个非常仔细并且很小心的人，不该犯这么愚蠢的错误，但事实胜于雄辩，假如像你所说的当时你在国外的话，那你怎么解释胡小雨被杀现场的匕首握柄上附着了你的 DNA？"

叶盛骁的目光扫过鉴定书，很快又重新抬头注视舒清扬，随着舒清扬的讲述，他依稀记起了当时的场景，四下里很静，静得几乎可以听到自己的心房剧烈鼓动的声音，他一向以精于算计而自傲，却万万没想到那个细微得几乎可以忽略不计的地方，十年后变成了致命的罪证。

舒清扬目不转睛地看着他。

"你是谁并不重要，但是你是胡小雨一案的真凶这一点毋庸置疑。你也可以保持沉默，但如果你准备用蹩脚的谎言来做解释的话，我宁可你保持沉默，这样至少你还保留了少年时代叶盛骁的傲气，拥有属于你自己的尊严，而不是像跳梁小丑一样为了脱罪信口开河。"

沉默了很久后，叶盛骁叹了口气，双手一摊，朝舒清扬微笑道："你都这样说了，我再另找借口，那岂不就真是跳梁小丑了？"

这么说就代表他投降了，舒清扬松了口气，一直以来他都把叶盛骁当作最强对手来看待的，对叶盛骁来说，他的存在或许也是这样，正因如此，叶盛骁才不屑于继续掩饰自己的失败，坦然承认了罪行。

"你都说对了，我是想利用魔术匕首控制常江，所以才一直没丢弃它。那天我去常江的病房查看他的情况，遇到有人经过，我就装病患，低头用手捂住嘴巴咳嗽，这样就没人能看到我的长相了，那天我戴了胶皮手套，应该是唾沫溅到了手套上，可我没在意，把手插进口袋时，很自然地就握住了刀柄。后来发现常江这人用不了，我出了医院，刚好看到清洁工在附近打扫，我就索性把匕首丢掉了，它只是个玩具，而且很快就会被清理掉，那样做原本应该是最安全的，我万万没想到会有人捡走。"

"其实当时孙长军也不知道魔术匕首有什么意义，只是他记得你这个人，总觉得你出现在胡小雨的被害现场有问题，这大概就是所谓的第一直觉吧，所以他捡了匕首后把它放进收纳袋中，这一保存就是十年。"

"他为什么没有继续跟踪我？"

"他怕东西被清洁工收走，所以抢先翻找，也因此失去了你的踪迹。他起初也认为陈永等人是凶手，还曾想向那三人进行报复，可是随着深入调查，他注意到了很多违和点，再后来他发现了你的存在，这就是当初他会答应和你合作，入侵国贸大厦网络系统的原因。"

"呵呵，他想借此接近我。"

"是的，但你太狡猾了，那次合作之后就把他踢掉了，他只好转而接近我，探听我的口风。他知道我和你曾经是挚友，还曾怀疑胡小雨是我们联手杀害的。"

这是舒清扬去向孙长军做笔录时，孙长军主动交代的，所以在两人认识最初，孙长军对舒清扬各种冷嘲热讽，当时舒清扬只以为他是因为大哥遭遇车祸身亡，才会对警察抱有怨恨，但那只是一个原因，更主要的是他认为胡小雨的死亡与舒清扬有关。

后来随着接触，孙长军对舒清扬有所改观，也曾想过说出真相，但想到胡小雨一案早已结案，而他又没有任何证据证明案子有问题，更别说是怀疑叶盛骁了，所以他最后还是选择独自暗中调查，直到他在福利院偶然遇到了施蓝。

经过询问和调查，孙长军终于确定了自己的怀疑，后来杨宣被诬陷跑路，也是他打匿名电话给杨宣告知吴小梅的行踪的。他这样做一方面是为了调查到更多的真相，借此取得舒清扬的信任，好为自己日后的"死亡"做铺垫，另一方面也是为了试探叶盛骁的势力。

等当时机成熟后，孙长军就自导自演了死亡事件。

福利院的地窖原本是冬季用来储存粮食的，后来院长发现孩子们常跑下去玩，担心发生事故，就上了锁，还在栅栏上加了块大石板。福利院关闭后，院子里杂草丛生，地窖也早就被人遗忘了。

所以在计划最初，孙长军就想到了利用地窖来藏身。这么多年了，没人知道福利院里还有这么个地方，他还为了突出自己被杀的真实感，故意抹掉或是修改了所有与自己相关的线索，却留下了和施蓝有过联络的部分，意图将矛头指向叶盛骁。

孙长军原本的计划是隐藏起来后，再陆续抛出其他线索，引起舒清扬对胡小雨一案的重视，但他万万没想到之后没多久施蓝就被杀了，接着陈永也遇害了，虽然舒清扬留意到了胡小雨与施蓝的关系，但事情的发展完全脱离了孙长军预期的轨道。就在他不知所措的时候，行踪被叶盛骁发现，再后来就是舒清扬前去救他的那一幕。

以上就是孙长军提供的证词，叶盛骁听完，自嘲地说："胡小雨应该感到开心，在她死了十年之后，还有人记得她，不惜为了她豁出去命去做调查。清扬，你说对了，我不该把心理研究当作一份工作来做，我轻视了对手，理应受到惩罚。"

"你受到法律制裁是因为你犯了罪，而不是所谓轻视他人这种浅薄的理由！"

"可我就是不甘心啊，明明一切都计划得那么完美，假如那天我戴了口罩，唾沫就不会沾到手套上，你也永远没有逮捕我的机会了。"

"我也以为你会戴口罩的。"

"唉，你们视力好的人永远不会理解近视的痛苦，戴口罩的话，镜片容易蒙上雾气，很麻烦的，所以我就没戴，没想到一念之差……要是换作现在的我，肯定不会犯这类过错。那时候毕竟还年轻，经验不足。"

"魔鬼总是藏在细节里，也可以说这是天网恢恢，疏而不漏。"

"讽刺的是后来我做了视力修复手术，却开始戴平光镜，因为我发现眼镜有一种独特的魅力，至少对我来说是这样的。戴着它，会吸引到更多的人，让他们心甘情愿地为我做事。"

叶盛骁摘下了眼镜，丢去一边。

没了眼镜后，他眼窝显得比较深邃，戴眼镜的确更适合他，少了份凌厉，多了份知性优雅，正是这份气质迷惑了很多人，但更多的还是他自身的巧言善辩，还有对人性之恶的洞察力。

"对了，有一点你说错了，那晚我本来没想杀胡小雨的。"

舒清扬眼瞳微微收紧："那为什么你又改变了念头？"

"她失败了，不仅不自责，还反过来说我有问题，她说你人不错，她不想害一个好人。啧，你是好人，那就是说我是坏人了？她有什么资格判定我们的立场？"

"就因为她质疑你，你就杀了她？"

"你一定要把惊讶表现得这么明显吗？她母亲是妓女，她是不良少女，这种渣滓留在世上也只会祸害到好人，我那样做也是为了维持秩序，免得好人受到伤害啊。"

舒清扬的拳头握紧了，尽管他深知叶盛骁骨子里的恶劣性，但是看着他这么满不在乎地嘲笑一个人的生命，他还是无法容忍。

旁边传来傅柏云的咳嗽声，及时压住了舒清扬的火气，面对叶盛骁挑衅的微笑，他深吸一口气，继续往下问："三年前在爆炸中死亡的人是谁？"

"我怎么知道？调查他的身份不是你们警察的工作吗？"叶盛骁双手一摊，笑容中透着狡黠，"我只承认杀了胡小雨，其他案子嘛，如果你有确凿证据，我也会认的。"

"那我也要告诉你，你犯了这么多案子，逃不掉的，下半生就留着在监狱里度过吧！"

审讯结束了，傅柏云带叶盛骁离开，叶盛骁走到门口，又转身对舒清扬说："那天你突然反击，我就知道出问题了，如果我第一时间逃跑的话，你根本没机会抓到我。"

"如果你这样说是为了挽回点面子，那我要告诉你这毫无意义。"

"我只是想说比起逃跑，我更想亲眼看到结局，要知道如果不是我手下留情，你就死了，你的生死全都掌控在我的手里，所以在这个游戏里我才是赢家。"

舒清扬不想再听他啰唆，给傅柏云摆了下头，示意他赶紧把人带走。

偏偏叶盛骁还没说够："还有，梁雯静的证词不可信，至少在是我女朋友这部分上她撒谎了。"

"这不是本案重点。"

"对我来说是重点！你知道我最讨厌哪种人吗？就是那种智商太低却又一腔热血的家伙，这种人不管是做恋人还是做朋友都只会拖后腿，如果不是她冲动，去向常正爆料，施蓝就不会死，所以我认罪归认罪，可不想被看低智商……"

舒清扬再也忍不住了，冲上前揪住叶盛骁的衣领，吼道："虽然她犯了法，但她对你是真心的，可你不仅利用她对你的感情让她为你办事，还讥笑她的选择！"

"我没有利用她，是她在为她自己做的事自我感动而已，还有，她对我好，为什么我就要接受？我对你也不错啊，我把你当作挚友，你却只想把我投进监狱！"叶盛骁冷声喝道。

舒清扬和他四目相对，然后松开了手。

"不，"他回道，"你从来没当我是朋友，否则你该做的是堂堂正正地对付我，而不是利用胡小雨来害我。那些所谓的'同路人'都是托词，你只是希望把我改造成和你一样的人，因为只有这样，你才算是真正地战胜了我。"

叶盛骁冷笑出声，被傅柏云拽出去的时候，他再没做任何反驳。

舒清扬在审讯室独自站了一会儿，等心情稍微平静后，他回到办公室。

经过同事们都看到了，蒋玎珰上前拍拍他的肩膀，安慰道："不管怎么说，案件顺利告破，叶盛骁也会被绳之以法，都是值得开心的事啊。"

"谢谢。"

"啧，说得这么勉强还不如不说，直接物质感谢吧，说吧，今晚请我们去哪里吃饭？"

"你们自己选，我埋单。"

这句话把舒清扬解救了出来，蒋玎珰高高兴兴地跑去拿手机找饭店。

舒清扬走到王科面前，把审讯资料交上去。

"干得不错，辛苦了，不过……"王科话锋一转，问："你是不是觉得抓到了叶盛骁，将功补过，就能抹掉你擅作主张冒险当诱饵的行为了？"

"我不是特意不汇报的，而是当时时间太紧，没来不及，窃听追踪纽扣那个也是我老早以前就拜托小柯做的，只是临时用上。"

傅柏云一回来就听到舒清扬一板一眼的解释，他冲过来，一个胳膊肘把舒清扬拐开了，向王科赔笑说："这事我也有错，我们都没想到夜枭会突然出击，所以我一发现不对劲儿，就马上联络大家了，您要罚就罚我。"

"傅柏云你不用抢着出头，这也不是什么好事，这次幸好没出大问题，否则就凭你们俩，担得起这个责任吗？"

"王科您是不是口渴了？喝茶喝茶，润润嗓子再接着骂，现在大鱼也抓到了，您骂多久都没问题。"

傅柏云跑去泡了新茶，递去王科面前，又一脸讨好的笑。

王科拿他们没办法，板着脸对舒清扬说："你，停职写检讨，下限三千字，还有你傅柏云，你五千字。"

"啊？为什么我的这么多？"

王科不理他，又对舒清扬说："你们搭档做事，今后你要再蛮干，我就罚他，你错得越多，他就罚得越多。"

舒清扬一听，马上点头同意，傅柏云叫道："不，我不同意，这太不公平了！"

"你觉得不公平，那你就好好看着他，别让他给我犯浑，你做不到你就兜着走，你知道什么叫搭档吗？这就叫搭档。"

因为擅自行动这事，舒清扬被停职两天，在家写检讨面壁思过，傅柏云比他好点儿，在家待了一天就去上班了。

总算最近没再发生离奇的案子，舒清扬趁这个时间处理了一些私人的事情。第二天傍晚，他回家经过警局，就顺路进去了，大家都不在，只有傅柏云一个人在办公室逗弄小灰，看到他，埋怨说："昨晚庆功宴你都不露面，害得我又被玎珰骂了。"

"你资历最浅，不骂你骂谁？"

舒清扬从抽屉里摸了盒烟，踹进兜里要离开，傅柏云在他身后说："听说王彩虹被送去戒毒所了，你是忙着办理这些事，才赶不及参加庆功宴的吧？"

舒清扬皱起眉，心想谁这么大嘴巴。

下一秒傅柏云给了他答案。

"我去看望孙长军，听他说的，我想他大概也想帮帮忙，却被人抢了先。"

这次的事件中，孙长军的行为严重影响了他们的调查工作，不过后期他确实也提供了很多帮助，再结合他的经历，王科觉得应该给他一个反省的机会，所以跟上头做了沟通，最后只对孙长军做了警告处罚。

所以当听了傅柏云的话后，舒清扬就觉得对那家伙的处罚实在是太轻了。

"夜枭……叶盛骁已经转去看守所了？"

"是啊，你要去见他？"

"嗯。"

舒清扬走出办公室，傅柏云立马跟上："我陪你去吧，那家伙最擅长心理暗示了，有我在会好点。"

"不，我想单独和他聊聊。"

叶盛骁被带进来，当看到是舒清扬，他脸上露出明显的惊讶。

"我以为直到上法庭，都不会再见到你了，"他在舒清扬对面坐下，一脸玩味地说，"还是你又找到了什么证据，来指证我的？"

"不是，是另外一件事。"

叶盛骁挑挑眉，越发的不解。

舒清扬掏出一张 A4 大小的海报，放到他面前。

那是张小提琴演奏会的海报，演奏会在全国巡回演出，海报下方印着几位演奏者的照片和姓名，叶盛骁的目光划过其中一个人的名字，定住了。

"凌燕子……"他低声叫道。

"就是燕子，她现在是一位很出色的小提琴演奏家，这次巡回演出的所得将用于特殊疾病儿童的治疗，我和她联络上了，刚好赶上她在这边的公益演出。"

叶盛骁注视着照片里的人，试图找到记忆中熟悉的影子，可惜失败了，他只记得那女孩很漂亮，五官搭配都是最完美的，可是真要让他描述长相，他却什么都说不上来。

眼前这位女性同样很美，笑容中充满了自信，可是……燕子不应该是这样的，失去了梦想的她不该拥有这么灿烂的笑容。

"你撒谎，"他试图纠正舒清扬的说法，"她不是燕子，你只是找了个名字相同的人来糊弄我。"

"我为什么要这么做？"

"因为你想证明当年我是错的，我不该去报复，你想从思想上打击我。"

"我没你那么无聊，不过她的确变了很多，我一开始查到的时候也不敢相信，差点问她是不是整容了。"

"别给自己贴金了，以你的个性，肯定直接问了。"叶盛骁一针见血地说。

舒清扬苦笑："好吧，我问了。她说如果这是赞美的话，她表示很开心，她还向我问起你，她说以前我们关系最好，她一直以为我们长大后都会当警察的。"

　　叶盛骁没回应，表情阴晴不定，舒清扬又说："老实说，我真的找不到记忆中她的模样了，我想你也是，那件事是我们的心魔，我们都在避讳它。"

　　"那是你，我从来没有！"

　　"如果你没有，那以你的本事，很容易查到她的情况，可是这么多年你从来没想要去查，因为你怕自己曾经喜欢的人变了模样，变成自暴自弃自怨自艾的悲情女主角，你无法容忍美好的优秀的事物变得平庸，所以宁可选择无视。"

　　"没有！"

　　"曾经我也是这样，我一直不敢去查燕子的情况，我怕我会懊恼在她出事后，我不仅没有帮到她，还把帮她的人投进了少管所，我甚至不敢去看望她，担心她看到同学们都是健康的，反而加重她的痛苦，现在我才发现，她比我们两个人都坚强。她早就从那件事里走出来了，她不是什么悲情女主角，只是不小心跌了一跤，然后选择了一条让自己更开心的路。"

　　舒清扬说完，沉默半晌后，叶盛骁冷笑说："你特意跑来讲一个励志的故事，以为我就会被感动，放弃原有的信仰，照你期待的吐出所有真相吗？"

　　"我没那样想过，我只是告诉你一个事实，当然，你可以选择无视。还有，之前你提过'必要恶'，我仔细想过了，恶就是恶，没有必要和不必要之分，所谓的'必要恶'只是在恶行上镀了层道貌岸然的金，但是镀的东西很快就会褪色了，依然掩盖不了内里的恶。"

　　叶盛骁眉头微挑，忽然转换话题，问："你的幻听治好了吗？"

　　"没有，这病从那场车祸之后就一直跟着我了，可能这辈子都治不好，我本来很排斥它，因为它的存在让我感觉自己是有缺陷的，可是后来我想通了，这世上又有谁是没有缺陷的？那些幻听其实都是我自己的意识创造的，是属于我人格的一部分，与其特意去改变它，倒不如接受它的存在，因为我已经找到了和它共处的方法。"

　　舒清扬起身离开，叶盛骁叫住他："你会去听燕子的演奏会吗？"

　　"我买票了，今晚的。"

"那再多买一张，告诉她，有机会的话，我也会去捧场的。"

"我会记账的。"

舒清扬推门出去，属于叶盛骁的声音从身后传来。

"舒清扬，下次再见面时，我会堂堂正正赢过你！"

舒清扬脚步微顿，却没有回头，昂首向前走去。

傅柏云站在走廊对面，看到他出来，迎上前，打量着他的表情，说："叶盛骁终于可以接受法律的制裁了，我以为你会很开心的。"

把多年的对手捉拿归案，要说不开心那是假的，但开心的同时还有些怅然若失，大概那是因为叶盛骁曾是他最好的朋友，抓住叶盛骁，也代表着以往种种不管是留恋还是憎恶，都可以真正告一段落了。

"你怎么也过来了？"他问。

"顺路来看看，刚才我还接到了施大夫的电话，说谢谢我们帮忙查清施蓝被杀的真相。他知道了小萌是自己的外孙女，特别开心，已经开始办理领养小萌的手续了，他是孩子的亲外公，流程方面应该很快的。有孩子在身边，对施大夫和施太太来说也是个慰藉。"

"这应该是近期听到的最好的消息了。"

"是啊，"傅柏云看看手表，"到晚饭时间了，走，我请客。"

"不，我有约了。"

"约了苏小花？不对，苏小花最近忙着写报道，才没时间理你呢，是小美吧。她昨天又过来找你了，不过放心，这次我找了个更好的借口，她一听说你又穷脾气又大精神还有问题，就自动退出了……"

"傅柏云，你撒谎都不打草稿吗？"来到停车场，舒清扬冷笑着打断了他的叽里呱啦。

傅柏云正色说："身为人民警察，我说的可字字都是大实话啊。"

"行了，我要去听演奏会，你的大实话留着跟自己说吧。"

"是那个为了募捐筹办的小提琴演奏会吗？那我跟你一起去。"

"虽说咱们是搭档，但我并不想一天二十四小时都看到你。"

"我说你这人怎么总是抢别人的台词啊？我又没约你，我约的是舒法医，欸，她来电话了，不跟你聊了，回见。"

"你什么时候跟我妹这么熟了？"

傅柏云掏出手机，无视舒清扬的询问，冲他摆摆手，跑掉了。

被他这么一搅和，舒清扬心情好多了，站在门口掏出烟盒，准备来上一根，谁知弹开盒盖却发现里面装的又是手指饼干，他"啧"了一声，嘟囔道："这家伙又欠修理了。"

"你觉得这次的搭档怎么样？"

耳畔划过低低的询问声，声线很熟悉，因为那是属于他自己的嗓音。

舒清扬抽出一根饼干塞进嘴里，香甜气味融入口中，他嚼着饼干，笑了。

"这个问题，等哪天我想好了再回答。"

（全文完）

图书在版编目（CIP）数据

平行线 . 3, 杀局 / 樊落著 . –– 南京：江苏凤凰文
艺出版社 , 2020.8
ISBN 978-7-5594-4802-6

Ⅰ . ①平… Ⅱ . ①樊… Ⅲ . ①推理小说 – 中国 – 当代
Ⅳ . ① I247.5

中国版本图书馆 CIP 数据核字 (2020) 第 063090 号

平行线 . 3，杀局

樊落 著

责任编辑	王昕宁
特约编辑	马春雪　苗玉佳
装帧设计	末末美书
责任印制	刘　巍
出版发行	江苏凤凰文艺出版社
	南京市中央路 165 号，邮编：210009
网　　址	http://www.jswenyi.com
印　　刷	北京永顺兴望印刷厂
开　　本	680 毫米 ×970 毫米 1/16
印　　张	23
字　　数	330 千字
版　　次	2020 年 8 月第 1 版　2020 年 8 月第 1 次印刷
书　　号	ISBN 978-7-5594-4802-6
定　　价	39.80 元

江苏凤凰文艺版图书凡印刷、装订错误可随时向承印厂调换